森見登美彦

모리미 도미히코

"UCHO-TEN KAZOKU: NIDAIME NO KICHO" written by Tomihiko Morimi
Copyright © Tomihiko Morimi, 2017
All rights reserved.
First published in Japan by Gentosha Publishing Inc.
This Korean edition is published by arrangement with Gentosha Publishing Inc., Tokyo
in car of Tuttle-Mori Agency, Inc., Tokyo through Eric Yang Agency, Inc., Seoul.

이 책의 한국어판 저작권은 Tuttle-Mori Agency, Inc.와 Eric Yang Agency를 통해
Gentosha Publishing Inc.와 독점 계약한 작가정신에 있습니다.
저작권법에 의해 한국 내에서 보호를 받는 저작물이므로
무단 전재와 무단 복제를 금합니다.

有頂天家族

유정천 가족 ② 2세의 귀환

모리미 도미히코 장편소설
권영주 옮김

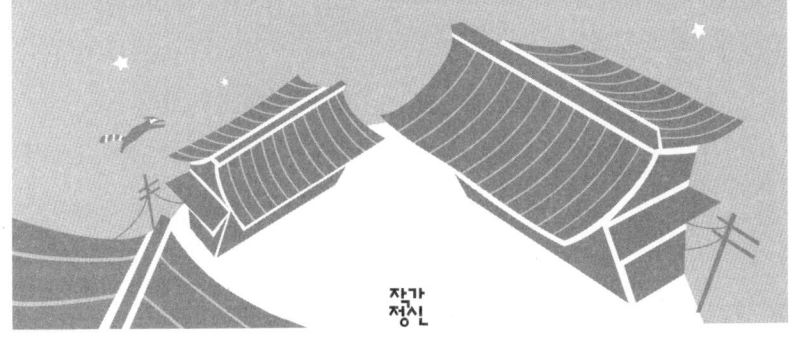

작가
정신

차
례

제1장	2세의 귀환	9
제2장	난젠지 교쿠란	75
제3장	환술사 덴마야	135
제4장	다이몬지 납량선 전투	195
제5장	아리마 지옥	265
제6장	에비스가와가의 후계자	325
제7장	덴구의 피, 바보의 피	429

등장인물

시모가모 일가

*

시모가모 야사부로下鴨矢三郎
소설의 주인공이자 화자로 교토의 다다스숲에 사는 너구리 명문 시모가모가의 삼남. 재미를 좇으며 자유분방하게 살아간다.

시모가모 야이치로下鴨矢一郎
시모가모가의 장남. 고지식하지만 책임감이 강해 아버지의 뒤를 잇기 위해 고군분투한다.

시모가모 야지로下鴨矢二郎
시모가모가의 차남. 지금은 개구리로 변신한 채 우물 속에서 칩거 중.

시모가모 야시로下鴨矢四郎
시모가모가의 사남이자 막내. 아직은 미숙하고 심약한 너구리다.

어머니(시모가모 도센下鴨桃仙**)**
배짱 좋은 낙천가이지만 자식들에 대한 사랑만큼은 지극하다. 번개를 무서워한다.

아버지(시모가모 소이치로下鴨総一郎**)**
시모가모가 형제들의 아버지이자 선대 교토 너구리계의 두령 '니세에몬'.

에비스가와 일가

*

에비스가와 소운夷川早雲
에비스가와가의 두령이자 시모가모 소이치로의 친동생. 가짜 덴키브랜 공장을 경영하고 있다. 여러 이유로 시모가모 일가에 앙심을 품고 대립한다.

에비스가와 구레이치로夷川呉一郎
에비스가와가의 장남. 섬세하고 느긋한 성격으로 아버지와 맞지 않아 출가하였다.

금각金閣 / **은각**銀閣
에비스가와가의 쌍둥이 형제. '바보 형제'로 불리는 말썽꾸러기.

에비스가와 가이세이夷川海星
에비스가와가의 막내딸이자 시모가모 야사부로의 전 약혼녀. 어째서인지 야사부로 앞에서만은 모습을 드러내려 하지 않는다.

덴구계

*

아카다마 선생님(뇨이가타케 야쿠시보如意ヶ嶽藥師坊**)**
위대한 덴구였으나 지금은 은퇴한 것이나 다름없이 영락하였다. 너구리들의 스승 역할을 해왔다.

벤텐弁天
원래는 인간이지만 아카다마 선생님에게 납치당해 덴구 수행을 받았다. 엄청난 능력과 미모로 덴구와 인간과 너구리들을 압도하는 인물.

2세二代目
아카다마 선생님의 아들이자 후계자로 자랐다. 자취를 감춘 뒤 100년 만에 귀국해 고국 땅을 밟는다.

그 외

*

난젠지 교쿠란南禪寺玉瀾
난젠지가의 장녀로 장기 게임인 쇼기를 무척 좋아한다.

난젠지 쇼지로 南禅寺正二郎
난젠지가의 두령이자 교쿠란의 오빠. 시모가모가에 호의를 갖고 있다.

덴마야 天満屋
데라마치 거리에서 불법 라면 가게를 운영하는 수수께끼의 환술사.

주로진 寿老人
교토의 고리대금업자로 '금요클럽'의 수령.

요도가와 교수(요도가와 조타로 淀川長太郎**)**
먹는 것에 진심인 농학부 교수로 '금요클럽'의 회원.

제1장

2세의 귀환

일러두기

1. '유정천有頂天'은 불교에서 이야기하는 구천 가운데 맨 위에 있는 하늘, '유(존재)의 꼭대기에 있는 하늘'이라는 뜻이다. 즉, 형체가 있는 세계에서 가장 높은 곳이다. 일본에서는 불교적인 뜻 이외에 파생된 의미로 '유정천'에 오른 것처럼 무엇인가에 열중하여 자기 스스로를 잊은 상태, '기뻐서 어쩔 줄 모르는 상태'를 가리키기도 한다.

2. 본문의 인명과 지명은 국립국어원 외래어 표기법을 따르되 일부는 우리말 소리 나는 대로 표기했다. 또한 강, 다리, 산, 절 등을 뜻하는 가와川, 바시橋, 야마山, 다케岳·嶽, 지寺 등이 지명에 붙어 고유명사가 된 경우, 이해를 돕기 위해 같은 의미의 단어를 겹쳐 사용하기도 하였다.

3. 모든 각주는 옮긴이 주이다.

좌우지간 재미있게 살고 볼 일이다.

일단 그렇게 단정해보면 어떨까.

나는 현대 교토에 사는 너구리이지만, 일개 너구리라는 것을 긍지가 허하지 않아 먼발치에서 덴구*를 동경하며 인간 흉내를 내는 것도 좋아해 마지않는다. 이 성가신 습성은 조상 대대로 면면히 전해 내려온 것이 틀림없다. 선친은 그것을 "바보의 피"라고 불렀다.

내 아버지 시모가모 소이치로는 교토 너구리계의 두령 '니세에몬'으로서 교토 안팎으로 널리 이름을 떨친 너구리요, 덴구들

* 天狗. 일본 요괴의 일종으로 전설 속의 마물. 일반적으로 수도자의 복장을 하고 붉은 얼굴에 코가 길고 크며 날개가 있어 자유롭게 날아다닐 수 있다. 지역과 배경에 따라 다양한 종류를 가진다.

도 경의를 표하는 존재였다. 소이치로가 조금만 더 분별 있는 너구리였다면 구라마 덴구*들에게 싸움을 건 끝에 인간들 손에 너구리전골이 되는 일도 없었을 것이다. 그러나 철제 냄비 가두리에서 춤추는 남다른 바보였기에 그는 수많은 전설을 남겼다.

"바보의 피가 그리하게 시키는 것이다"라는 것이 아버지의 말이다.

나는 그런 니세에몬 시모가모 소이치로의 셋째 자식으로 다다스숲에서 태어났다.

될성부른 나무는 떡잎부터 알아본다고, 네발의 분홍 발바닥이 굳기도 전에 나는 너구리계의 우량아 겸 문제아로서 털북숭이 두각을 나타냈다. 솔잎을 태워 롯카쿠도六角堂의 배꼽돌님을 검게 그슬린 것을 시작으로, 표주박 모양 병따개에서 헤이안 기마대에 이르기까지 자유자재로 변신해 덴구와 인간을 집적거렸다. 그 결과 "야사부로는 무모한 녀석이다"라고 크게 빈축을 샀다. 그러나 아버지에게 물려받은 바보의 피가 몸속에 흐르는 너구리로서 달리 어떤 식으로 살 수 있었으랴. 나 자신을 살리는 길은 이것밖에 없었다.

요컨대 재미있는 것은 좋은 것이다.

5월 모일, 교토 시내에 봄꽃이 흐드러지게 피고 히가시야마 산 36봉**에 신록이 눈부신 계절, 나라는 너구리가 변함없이 재

---

* 교토 구라마산에 사는 덴구. 덴구들 중에서도 막강한 능력을 자랑한다.

미있게 살고 있던 때부터 이 털북숭이 이야기가 시작된다.

○

새끼 너구리 때부터 5월이라는 계절을 더없이 좋아했다. 바보의 피가 주체하지 못할 만큼 끓어오른다.

뭉게뭉게 부풀어 오르는 신록의 숲은 어쩐지 너구리를 생각나게 하지 않나.

그날 나는 콧노래를 부르며 다다스숲***에서 나와 봄바람 부는 가모가와강 변을 걸었다. 나는 금발 파란 눈의 화려한 미녀로 둔갑해 있었다. 가짜 육체미를 뽐내며 가모가와강 변을 걸으면서 지나가는 바보 학생을 보는 족족 홀렸다.

그렇게 해서 내가 간 곳은 데마치 상점가 뒤편에 위치한 연립주택 '코포 마스가타'였다.

교토의 뒷골목마다 상쾌한 봄바람이 불고 있건만, 허름한 연립은 썩은 내 나는 이부자리처럼 음침했다.

은퇴한 것이나 다름없는 노^老덴구 아카다마 선생님이 그곳에서 뱃성 구슬을 부풀렸다가 쭈그러뜨렸다가 하며 살고 있다. '뇨이가타케 야쿠시보'라는 훌륭한 이름을 가진 선생님은 과거

** 교토분지 동쪽에 형성된 산의 총칭.
*** 교토시 사쿄구 시모가모 신사 경내에 있는 원생림. 36,000평 규모로 국가 사적과 세계문화유산으로 지정돼 있다.

뇨이가타케산* 일대를 지배한 위대한 덴구였다. 그런데 구라마 덴구들과의 땅따먹기 전쟁에서 패배하면서 이제는 영락해 데마치 상점가 뒤편에서 조용히 지내고 있었다. 덴구로서의 품격은 눈 씻고 찾아봐도 없다.

"야호, 선생님, 야사부로가 왔어요."

안쪽 다다미 넉 장 반을 향해 인사하자 "야사부로냐" 하고 언짢은 듯한 목소리가 답했다.

"어머나, 선생님, 오늘도 기분이 안 좋으시네?"

"어머니 배 속에서 나온 뒤로 기분이 좋았던 적이 내 한 번도 없다."

"선생님도 참……. 자, 미녀가 왔다고요. 황금 미와 소면** 같은 금발을 보세요."

"어디서 싸구려 둔갑술을 과시하느냐, 징그럽게!"

내가 부엌에 음식 재료를 두고 안쪽 다다미 넉 장 반에 들어가니, 선생님은 아카다마 포트와인***으로 얼룩진 이부자리에 책상다리를 하고 앉아 값비싼 방석에 얹은 돌을 노려보고 있었다. 인간의 주먹만 한 크기의, 아무 특징 없는 회색 돌멩이였다.

"오오, 이게 바로 덴구 전골의 요석要石이군요!"

나는 말했다.

---

* 히가시야마산의 최고봉. 뇨이가타케산의 서봉으로 다이몬지산이 유명하다.
** 나라현 사쿠라이시를 중심으로 한 미와 지방의 특산품 소면.
*** 1907년 산토리가 발매한 감미 포도주. 산토리의 첫 히트 상품이다.

"이것만 있으면 너 같은 바보도 전골을 끓일 수 있을 거다."

"……어떻게 그런 심한 말씀을."

덴구 전골이란 냄비에 물을 붓고 두부와 대파, 배추, 닭고기를 넣은 다음 선생님이 소장한 요석을 빠뜨려 보글보글 끓인 것이다. 양념을 곁들인 폰즈 소스에 찍어 먹으면 맛있는데, 같은 재료를 써도 요석이 없으면 덴구 전골 맛이 나지 않는다. 요석은 오랜 세월 교토 시내 요정料亭의 냄비란 냄비를 거쳐온 백전노장인지라, 냄비에 넣으면 무수히 많은 전골의 감칠맛이 배어나온다. 고다이지高台寺 옆에 있는 요정에서 또 다른 돌을 맡아 숙성 중이라고 한다.

다만 아카다마 선생님에 따르면, 덴구 전골은 원래 깊은 산속 골짜기에서 끓이는 것을 염두에 둔 조리법인지라 명징한 산의 대기가 전골에 녹아들어야 진품이라 한다. 이 연립에서는 먼지와 너구리 털만 녹아드니 결국은 가짜 덴구 전골이라는 이야기다. 끓여주면 맛있게 먹으면서 하여간 덴구는 말이 많다.

"비나이다, 비나이다."

나는 요석을 삼가 받들고 부엌으로 가서 전골 끓일 준비를 시작했다.

"야사부로야, 아직도 쓰치노코를 쫓는 중이냐?"

"선생님도 참가하시겠습니까? 내일 뇨이가타케산으로 갑니다만."

제1장 2세의 귀환

내가 말하자 선생님은 다다미 넉 장 반에서 "허튼 짓을"이라며 코웃음을 쳤다. "실없는 부분만 소이치로를 닮는군."

○

전골을 대충 먹고 나니 창밖에 날이 저물고 있었다.

나는 부른 배를 통통 두들기고 아카다마 선생님도 만족스레 덴구 담배를 피웠다. 담배 연기가 전등갓 주위를 작은 용처럼 흔들흔들 떠돌았다.

"해가 꽤 길어졌는데요."

"하찮은 하루가 오늘도 끝나는군."

"벤텐 님 편지는 왔습니까?"

내가 묻자 선생님은 나를 곁눈으로 노려봤다.

"왜 그런 것을 묻느냐?"

"왜 안 가르쳐주시는 건데요?"

"시끄럽다. 나와 벤텐의 서신 교환이 너와 무슨 상관이 있다고."

벤텐은 덴구의 힘으로 진짜 덴구들을 압도하고 미모로 인간들을 매혹시키고 너구리전골을 먹는 악식 습관으로 교토 시내 너구리들을 전율하게 해왔다. 과거 비와호* 호숫가를 아장아장

* 시가현에 있는 일본 최대의 호수.

걷던 그녀를 아카다마 선생님이 납치해 왔을 때, 이토록 급속도로 성장해 두각을 나타낼 줄 누가 상상이나 했을까.

벤텐은 나를 부추겨 아카다마 선생님을 함정에 빠뜨려 추락시켰고 그 때문에 선생님이 몰락하게 된 원인을 제공했다. 뿐만 아니라 내 아버지를 너구리전골로 끓여 잡아먹고 기회만 있으면 나를 전골로 끓여 잡아먹으려고 한다. 그러면서 내 첫사랑이기도 하니 영 복잡하다. 나는 "너구리는 안 됩니까?"라고 물었다. 그녀는 "그렇잖아, 난 인간인걸"이라고 대답했다. 그때 오간 말을 떠올리면 꼬리털이 근질거린다.

벤텐이 "바다를 건너겠다"라고 선언한 것은 벚꽃이 현란한 4월이었다.

그때 나는 벤텐과 이른 아침 가모가와강 변을 산책하는 중이었다. 그녀는 흐드러지게 꽃을 피운 제방의 나무들 사이를 날아다니며 꽃잎을 남김없이 떨어뜨리는 잔인한 놀이에 빠져 있었다. 벚꽃 폭풍 속을 쫓아가며 "갑자기 왜요?"라고 물어봤다. 그녀는 헐벗은 벚나무 가지에 걸터앉아 제방에 흩날리는 꽃잎을 유쾌하게 바라보며 "따분하니까"라고만 했다.

"야사부로, 선생님을 돌봐드려. 마음 내키면 편지를 쓸지도 모르고."

교토의 벚꽃을 화끈하게 떨어뜨린 벤텐은 고베항에서 부호를 꼬드겨 호화 여객선을 타고 세계 일주 크루즈를 떠났다. 아카다마 선생님은 출항 뒤에야 벤텐이 출발한 것을 알게 된 탓에 뒤를 쫓으려야 쫓을 수 없었다.

장대한 무전無錢 항해를 떠난 뒤로 벤텐은 여태 돌아오지 않았다.

가끔 오는 편지만이 선생님의 마음을 위로해주었다. 벤텐이 편지를 쓴다는 것만으로도 감사히 여길 일이지만, 행간에 차디찬 피가 비쳐 보일 만큼 수고를 아낀 편지는 그래봤자 달랑 몇 줄, 심하면 ○나 ×만 그려져 있었다. 그래도 편지를 기다리는 아카다마 선생님은 몇 안 되는 글자의 나열을 성심성의껏 읽고 다리 달린 궤에 넣어 쇼소인正倉院에 보관된 황실 보물처럼 소중히 간직했다. 내가 선생님 댁에 꼬박꼬박 드나든 것은 선생님이 술에 취한 틈을 타서 벤텐의 편지를 읽기 위해서이기도 했다.

아카다마 선생님은 빈 냄비를 들여다보며 신음했다.

"벤텐 그것이 지금 영국에 있는 모양이더라. 그런 벽촌에는 뭐 하러 갔는지."

선생님은 잡동사니 무더기에서 지구본을 꺼내 빙빙 돌려 영국을 찾았다.

"이렇게 작은 나라라니." 선생님이 말했다. "아까운 재능을 허비해가면서 세계 유람은 무슨. 엉덩이 진득하게 붙이고 마법의 길에 정진해 위대한 내 뒤를 이어야 하거늘."

"뭘 하고 계시려나요."

"흥, 영국 너구리라도 먹고 있지 않겠느냐."

그 말을 듣고 나는 "잡아먹고 싶을 만큼 좋아하는걸"이라는 아름다운 천적의 말이 생각났다. 은사를 배신하고 우리 아버지를 잡아먹고 나마저 잡아먹으려 하는 천적의 귀국을 학수고대하다니 스스로 생각해도 바보의 피란 참으로 성가시다.

"쓸쓸해 보이는구나, 야사부로." 선생님은 나를 노려봤다. "벤텐이 없어서 그러냐?"

"아하하, 무슨 말씀이십니까."

"분수를 모르는 녀석. 그것이 한낱 너구리 따위에게 자비를 베풀 줄 아느냐."

선생님은 그렇게 말하며 코털을 뜯었다.

"……자진해서 철제 냄비에 몸을 던지고 싶다면야 말리지 않겠다만."

○

그해 봄 나는 열심히 쓰치코노를 쫓고 있었다.

인간계에는 '소인은 한가하면 악한 짓을 한다'는 말이 있다. 어리석은 자가 시간이 남아돌면 신통한 일을 하지 않는다는 뜻일 것이다. 너구리계에도 '소리小狸*는 한가하면 악한 짓을 한다'

* '소인'을 너구리에 빗대어 '소리(소인배 너구리)'로 쓴 것.

는 말이 있다. 악한 짓을 할 바에야 쓰치노코라도 쫓는 편이 세상을 위한 일이니 그것이 처세의 지혜라 할 것이다. 애초에 내가 쓰치노코를 찾기 시작한 것은 선친의 영향이다. 아버지가 젊었을 때 혈안이 되어 쓰치노코를 찾아다닌 것도 몸속에 용솟음치는 바보의 피를 어찌하지 못해서일 것이 틀림없다.

쓰치노코는 몽똑하고 오동통한 기기묘묘한 뱀인데, 『와칸산사이즈에』*에도 '노즈치 뱀'이라는 이름으로 등장하는 유서 깊은 미확인 생물이다. 내가 세상에 태어나기도 전부터 이 괴상망측한 생물을 찾아내겠노라는 정열이 종종 너구리계를 석권했다. 아버지의 질풍노도 같은 청소년기는 5분의 4가 쓰치노코를 둘러싼 모험에 허비됐다는 설이 있다. 그런 낭만적인 정열의 원천은 다름 아닌 우리 몸속에 흐르는 바보의 피라, 우리 일족 중에는 쓰치노코 탓에 신세를 망친 너구리까지 있다고 한다.

그러나 우리 어머니는 쓰치노코의 낭만을 조금도 이해하지 못했다.

"그 쓰치노코라는 게 다케노코** 같은 거니?"

어머니는 말했다.

"전혀 다릅니다, 어머니."

"먹을 수 있잖아?"

---

* 에도시대의 백과사전.
** 죽순.

내가 쓰치노코의 상상도를 보여주자 어머니는 "괴상망측한 뱀이네. 살이 탱글탱글할 게 틀림없어"라고 말했다. 어머니는 어디까지나 쓰치노코의 음식 재료로서의 측면만 봤다.

"안 먹는다니까요."

"안 먹을 거면 왜 찾는데?"

"어머니는 이 낭만을 이해하지 못하시는군요."

"그러고 보니까 소 씨도 젊었을 때 그걸 찾아다녔는데. 진짜 어이가 없다니까. 너구리 아이는 왜 이렇게 괴상망측한 거에 빠지는 건지!"

그러고는 어머니는 미청년으로 변신해 다카라즈카를 관람하러 외출했다.

나는 로쿠도 진노지六道珍皇寺 우물 속에 있는 작은형에게도 같이 쓰치노코를 찾자고 권해봤다. 그러나 작은형은 "만약 쓰치노코를 찾게 되면 나는 산 채로 잡아먹힌다는 뜻이군. 그놈은 뱀이고 난 개구리니까"라고 말했다. 반론의 여지가 없었다.

그 무렵 큰형은 난젠지南禅寺 절에 빈번히 드나드느라 바빴다. 과거 난젠지의 선대와 아버지가 합동으로 개최한 '난젠지 너구리 쇼기*** 대회'를 부활시키기 위해 암약 중이었다. 쇼기는 아버지의 취미였지만 쓰치노코 찾기 또한 아버지의 취미였다. 그러나 큰형은 쇼기가 쓰치노코 찾기보다 문화적으로 가치 있다

*** 일본의 장기 게임.

제1장 2세의 귀환

고 평가하는 경향이 있어, "쓰치노코처럼 불확실한 걸 뒤쫓다니" 하고 훈계를 시작하는 형편이라 말이 통하지 않았다.

결국 나는 그리 의욕이 없는 동생 야시로를 대원으로 끌어들여 '쓰치노코 탐험대'를 조직해야 했다. 제1대 대장은 아버지, 2대 대장은 나, 대원 1호는 동생이다. 대원 2호는 교토시 내외에서 널리 모집 중이다.

○

아카다마 선생님을 찾아간 다음 날, 우리 쓰치노코 탐험대는 시시가 계곡에서 숲으로 들어가 뇨이가타케산 기슭을 돌아다니고 있었다. 신록의 숲은 맑은 물을 흡수한 스펀지처럼 부풀었고, 어린잎에서 흘러나오는 수많은 빛기둥 사이를 서늘한 바람이 스르르 지나갔다.

"형, 봄 냄새가 나네."

"쯧, 잘 살펴봐야지. 어디 숨어 있을지 모르는데."

"그렇지만 형, 쓰치노코가 진짜 있을까."

"있는지 없는지 모르니까 낭만인 거야."

쓰치노코는 수수께끼에 싸인 미확인 생물이므로 그것을 잡으려면 수수께끼 같은 방법을 써야 한다는 것이 내 이론이었다. 뻔한 수단은 이미 누가 시도해봤을 것이 틀림없다. '그런다고 무슨 소용이 있는데?' 싶은 방법일수록 도움이 될 가능성이 있다. 우리는 조미료를 뿌린 완숙 달걀과 싸구려 술을 담은 호리병을 나무 밑에 두었다. 숲속에서 수상쩍은 흔적을 발견하면 즉각 일지에 기록했다.

나는 동생에게도 쓰치노코 조사의 묘미를 알려 장차 어엿한 대원으로 길러내려 꾀하고 있었으나, 동생은 전자학에 관한 어려운 이야기만 늘어놓고 쓰치노코라는, 지금 여기에 있는 낭만에 조금도 관심을 보이지 않았다. 급기야 똑딱이 지갑 모양의 배낭에서 참고서를 꺼내 니노미야 손토쿠*처럼 걸으면서 읽기 시작했다. 그런 정열의 1퍼센트라도 쓰치노코 조사에 써주면 안 될까 싶은 내 절실한 바람을 동생은 조금도 이해하지 못하고, "형, 천재는 99퍼센트의 노력과 1퍼센트의 영감이래"라고 시건방지게 에디슨 같은 소리나 했다.

"그게 아니야, 야시로. 천재는 99퍼센트의 바보와 1퍼센트의 영감이라고."

"그럼 노력은 언제 하는데?"

"……천명天命을 기다리는 것이다."

"그렇지만 형, 난 그럼 안 될 것 같은데."

내가 '이 깡통한 에디슨 같으니!'라고 말하려는데, 별안간 보이지 않는 거인이 잡아 흔드는 것처럼 숲의 나무들이 술렁거리

---

* 에도시대의 농정가. 장작을 진 채 책을 읽으며 걷는 모습으로 묘사된 동상이 많다.

기 시작했다.

횡횡 하늘을 가르는 기이한 소리가 다가왔다.

"뭐가 날아오는데. 위험해!"

내가 동생의 머리를 끌어안고 몸을 낮춘 직후, 하늘에서 날아온 뭔가가 신록의 천개天蓋를 찢듯이 머리 위를 가로질렀다. 숲속에 비쳐 드는 햇빛이 세차게 출렁이고 찢어진 어린잎이 우수수 쏟아졌다. 쿵 하고 배에 울리는 소리가 들리더니 조용해졌다.

우리는 조심조심 고개를 들었다.

우리 머리 위, 어린잎으로 싸인 거목의 가지에 벨벳 소파가 걸려 있었다. 붉은 벨벳이 햇빛에 고혹적으로 반짝였다.

"형, 이거 덴구의 돌팔매*일까?"

동생이 중얼거렸다.

○

하늘에서 이상한 물건이 떨어지는 현상을 너구리는 '덴구의 돌팔매'라고 부른다.

덴구가 장난을 치거나 물건을 떨어뜨리는 것이라, 과거에는 지폐나 금화, 술통, 비단잉어 등 온갖 것이 떨어졌다고 한다. 어머니가 어렸을 때 산조다리 근처에서 솜사탕이 떨어졌다 하고,

* 본래는 하늘에서 돌이 떨어지는 현상을 가리키는 말.

후나오카산 가까이에는 덴구의 돌팔매 수집으로 유명한 너구리의 개인 박물관이 있다. 과거 아카다마 선생님이 현역으로 천공을 비행하던 시절에는 문하 너구리 일동이 종종 선생님이 떨어뜨린 물건을 찾으러 다녀야 했다.

며칠 전부터 근대적인 덴구의 돌팔매가 교토 시내에 떨어져 화제를 모으고 있다는 것은 나도 알고 있었다.

반들반들하게 광이 나는 은제 식기, 음악가가 쓸 법한 오래된 바이올린, 금 다리가 달린 욕조, 하늘도 날 듯한 페르시아 양탄자 등 참으로 다채롭고 호화로운 물건들이었다. 덴구가 소유권을 주장하지 않는 한 '덴구의 돌팔매'는 주운 사람에게 귀속된다는 것이 에도 시대로부터 내려오는 관례인지라, 온 교토의 너구리가 열광한 것도 당연하다 할 것이다.

너구리계의 규칙을 따른다면 이 벨벳 소파는 시모가모가家의 것이다.

나와 동생은 힘들게 소파를 나무에서 내렸다.

붉은 벨벳 소파에 앉아보니 궁둥이가 푹신해 유서 깊은 서양식 저택의 귀빈이 된 것처럼 엄숙한 기분이 들었다. 희미한 곰팡내도 고귀함의 증거처럼 느껴졌다. 우리는 명가의 자식들처럼 자세를 바로 하고 감탄 어린 한숨을 내쉬었다.

"너무 편해서 궁둥이가 없어진 것 같아."

동생이 곱씹듯 말했다.

"대단한데. 이런 게 바로 앤티크지."

"가지고 가면 어머니가 좋아할걸."

"좋다. 쓰치노코 탐험대는 지금부터 소파 운반대가 된다. 대원 1호는 즉각 소파 한끝을 들도록!"

"넵!"

우리는 소파를 끼고 일렬종대로 서서 뇨이가타케산 기슭을 영차영차 나아갔다. 역사적 관록이 있는 소파는 중량에도 관록이 있어 체력이 빈약한 현대 젊은 너구리의 가녀린 팔에는 버거웠다. 동생은 "형, 팔이 시큰거려"라며 우는 소리를 했다. "그건 여기가 시큰산이라 그래" 하고 내가 말하자 동생은 "거짓말, 여기 뇨이가타케산이잖아"라며 웃었다.

이윽고 동생은 걱정스레 속삭였다.

"형, 쓰치노코 찾으러 이런 데까지 왔다고 혼나지 않을까?"

"누가 혼낸다는 거야?"

"여긴 구라마 덴구 님의 구역이잖아."

"구라마 덴구 같은 걸 신경 쓰다간 쓰치노코를 못 찾아. 애초에 뇨이가타케산 일대는 우리 아카다마 선생님의 구역이잖아. 덴구의 땅따먹기 전쟁에서 져 쫓겨나기는 했어도 선생님은 구라마 놈들보다 위대하시다고. 구라마 덴구는 아카다마 선생님에 비하면 꼬꼬마야."

"꼬꼬마구나."

갑자기 소파가 무거워졌다. 잡아당겨도 꿈쩍도 하지 않았다. "야시로, 너 잘 들고 있어?"라며 돌아보려는데 귓가에서 "호오 호호" 하고 밤 올빼미 울음소리 같은 목소리가 들렸다. 목덜미에 닿은 차가운 숨결에 오싹하자마자 누가 뒷덜미를 휙 낚아챘다.

"시건방진 소리를 지껄이는 네놈은 어디 너구리냐?"

거뭇한 양복 차림의 남자가 소파 팔걸이에 내려서 내 목덜미를 잡고 있었다.

나는 고개를 움츠리며 말했다.

"아니 이런, 구라마 덴구 님 납시셨습니까."

○

구라마 덴구는 나와 동생을 다이몬지의 불판*으로 끌고 갔다. 간담이 쪼그라든 동생은 가짜 거죽이 벗겨지는 바람에 너구리 모습으로 돌아와 고양이처럼 목덜미를 붙들려 있었다.

과거 아카다마 선생님이 뇨이가타케산 일대에서 세력을 떨치던 시절, 아카다마 문하의 어린 너구리들은 '실전 훈련'이라는 명목으로 산으로 들로 끌려 다닐 때가 있었다. 때로는 이와야산이나 다카라가이케에도 갔지만 대개는 선생님의 본거지인 뇨이가타케산을 얼쩡얼쩡 돌아다녔다. 다이몬지의 불판에서 어린

---

* 火床. 오본 풍습의 일환인 고잔 오쿠리비(199쪽 참조) 행사 때 큰대자로 불을 피우는 곳.

제1장 2세의 귀환

너구리들이 둔갑술을 써서 가짜 겐페이 전쟁*을 벌였던 것이 생각난다.

"이쪽이다, 따라와."

구라마 덴마는 거만하게 말하고는 큰대자 모양으로 불판을 점점이 놓은 경사면을 올라갔다.

푸릇푸릇한 어린 풀을 밟으며 뒤를 돌아보니 안개가 낀 것 같은 하늘 아래 밝은 교토 시가지가 펼쳐져 있었다. 그야말로 덴구에게나 가능한 조망이다.

경사면 중턱에 수영장 아이스크림 매점 같은 붉은색과 흰색 줄무늬 파라솔이 있고, 구라마 덴구 넷이 원형 테이블을 둘러싸고 열심히 화투를 치고 있었다.** 양복을 단정하게 차려입고 넥타이를 맨 자가 있는가 하면 이마에 핏대를 세우고 소매를 걷어붙인 자도 있었다. 그들이 화투짝을 던질 때마다 짤그랑짤그랑 동전 떨어지는 듯한 소리가 났다. 덴구는 툭하면 짜증을 내는지라 게임에 열중하면 금세 화투짝을 찢어발기거나 물어뜯는다. 그 때문에 '덴구의 화투'는 모두 강철로 만든다.

우리를 데려온 덴구가 말했다.

"호오호호, 레이잔보."

와이셔츠 차림에 선글라스를 낀 덴구가 돌아봤다.

---

* 12세기 일본에서 벌어진 내전.
** 덴구의 눈에 띄는 특징인 '코(하나)'가 '화투(하나후다)'와 발음이 같기 때문에 옛부터 구라마 덴구의 얼굴이나 '덴구'의 '덴天' 자는 '화투'를 가리키는 의미로 쓰이기도 하였다.

"호오호호, 다몬보. 너구리는 왜 데려왔나?"

"우리를 모욕하는 말을 지껄이기에 그냥 둘 수 없다 싶어서 말이지."

"그렇지, 너구리를 가르치고 인도하는 것도 우리 할 일이니까. 무슨 말로 모욕했기에?"

"'구라마 덴구 따위 꼬꼬마'라는군."

원형 테이블을 둘러싼 구라마 덴구들이 화투를 든 채 와르르 웃었다. 덴구의 웃음은 불길한 먹구름처럼 하나로 뭉쳐 바람에 실려 날아갔다.

이 구라마 덴구들은 과거 아카다마 선생님을 내몰고 뇨이가타케산을 점거한 자들이요, 구라마야마 소조보의 부하인 열 덴구 중 다섯이다. 레이잔보, 다몬보, 데이킨보, 게쓰린보, 니치린보라는 이름인데, 서로 도토리처럼 비슷비슷하게 생겨 누가 누구인지 분간이 되지 않는다. 아타고산에서 열린 집회에서 아카다마 선생님이 "산도토리가 폼 잡기는" 하고 비웃을 만도 하다.

나는 봄바람을 맞으며 불판에 넙죽 엎드려 말했다.

"시모가모 소이치로의 셋째아들 야사부로가 대령했습니다. 저기 있는 자는 동생 야시로입니다."

구라마 덴구들은 "명문이로군! 명문이야!" 하고 박수 치며 화투짝을 딱딱 내리쳤다.

"네가 시모가모가의 야사부로냐." "벤텐 씨가 예뻐한다지?"

"아니, 잠깐, 소이치로라면 철제 냄비에 빠진 얼간이 한 마리가 있지 않았나?" "그 너구리는 기억나는군." "분수를 모르는 너구리였지. 야쿠시보가 오냐오냐한 탓이야." "그 늙은이는 늘 그 모양이었어. 너구리 따위가 떠받들어준다고 좋아해서는." 저마다 좋을 대로 떠들었다.

선글라스를 쓴 레이잔보가 궐련을 씹으며 비웃었다.

"야쿠시보는 행복하겠군. 그렇게 영락해도 너구리가 돌봐주니 말이야. 뇨이가타케산 일대는 우리가 접수했으니까 안심하고 뒈지라고 전해라."

"외람되오나 한 말씀 드리겠습니다."

나는 몸을 일으키고 거침없이 강변을 늘어놓았다.

"아닌 게 아니라 저는 구라마 덴구 님을 '꼬꼬마'라고 했습니다. 보아하니 천계의 제왕이신 구라마 덴구 님께서는 너무나도 고매하게 사시는 탓에 비천한 너구리의 말씨를 모르시는 모양이군요. 저희 너구리가 쓰는 언어는 시대에 따라 의미가 달라지는지라, 과거 '쪼끄마하다, 햇병아리, 도토리 같다' 같은 모욕의 언사였던 '꼬꼬마'가 이제는 '크다, 어른의 풍채, 의외로 신사' 같은 멋진 뜻으로 쓰입니다. 너구리가 구라마 덴구 님을 우롱한다는 일은 있을 수 없지요."

구라마 덴구들은 어안이 벙벙해서 화투짝을 딱딱 내리치며 입을 열지 않았다. 레이잔보가 선글라스를 밀어 올리며 눈을 위로 뜨고 씩 웃었다. "그래, 과연 묘한 너구리로군."

"나불나불 말 많은 너구리 같으니, 난 마음에 들지 않는데."

다몬보는 그렇게 말하며 동생의 털북숭이 목덜미를 잡아 높이 쳐들었다.

"어디 보자, 이놈을 던지면 어디까지 날아가려나."

구라마 덴구들이 화투짝을 치며 갑자기 신나게 떠들었다.

"가모가와강을 넘을지 아닐지 내기하자고."

"화투보다 재미있는데."

"산을 걸까, 계곡을 걸까."

과거 내 아버지 니세에몬 시모가모 소이치로는 다름 아닌 뇨이가타케산으로 둔갑해 은사를 괴롭히는 구라마 덴구들에게 한 방 먹였다. 이른바 '가짜 뇨이가타케산 사건'이다. 이것은 시모가모 가문뿐 아니라 너구리계의 역사에 길이 남을 폭거이자 영광의 기억이었다. 그러나 우리 일족에게 역사적 승리는 구라마 덴구들에게는 역사적 오점이어서, 구라마에게 반기를 든 것이 아버지가 금요클럽의 철제 냄비에 빠지는 간접적인 원인이 되고 말았다.

이 일화에서 총명한 너구리가 얻어야 할 교훈은 '덴구에게 반기를 들어봤자 손해다'일 것이다. 덴구는 모름지기 너구리를 괴롭히게 마련이다. 괴롭히기에 덴구인 것이다.

"뭐지, 야사부로. 무슨 할 말이 있느냐?"

레이잔보가 말했다.

"외람되오나 동생이 괴롭힘을 당하면 제가 지병으로 인한 발작을 일으켜서……."

"발작? 무슨 발작 말이냐?"

"으으으, 이런, 구라마 덴구 님, 조심하십시오!"

나는 신음하며 네발로 엎드려 몸을 부스스 부풀렸다. 똥구멍을 조이며 기합을 넣는 것이 큰 것으로 둔갑하는 요령이다. 눈 깜짝할 새에 내 사지는 파르테논신전의 기둥처럼 굵어지고 솟아오른 등은 회반죽을 바른 것처럼 허옇게 됐다. 기다란 코가 푸른 하늘을 향해 쑥쑥 자랐다. 나는 거대한 흰 코끼리로 둔갑한 것이다.

과거 아버지에게 속아 가짜 뇨이가타케산에 발을 들여놓았던 구라마 덴구들은 거대한 흰 코끼리에게 쫓겨 다닌 아픈 기억이 있다. 그들이 굴욕적인 기억에 사로잡혀 곤혹한 틈을 타서 동생은 몸을 비틀어 다몬보의 손에서 벗어나 쓰치노코처럼 경사면을 굴러 도망쳤다.

"됐다, 됐어. 야사부로. 시시하긴." 레이잔보가 불쾌한 듯 얼굴을 찌푸렸다. "우리는 코끼리가 싫어. 당장 원래 모습으로 돌아가라. 그렇지 않으면……."

그때 멀리 서쪽 하늘에서 무시무시한 속도로 날아온 여행 가방이 레이잔의 얼굴을 들이받았다. 그야말로 하늘에서 내린 일

격이었다. 찍 소리 못 하고 벌렁 넘어진 레이잔보에게 휘말려 다른 구라마 덴구들이 우르르 쓰러지면서 파라솔이 날아가고 화투짝이 짤그랑짤그랑 흩어졌다.

"뿌우, 뿌우, 무슨 일이지?"

나는 긴 코를 들어 서쪽 하늘을 처다봤다.

봄 하늘에서 한 영국 신사가 미끄러지듯 날아 내렸다.

○

"저런, 뇨이가타케산에 웬 코끼리지?"

다이몬지에 내려선 영국 신사는 실크해트에 손을 얹으며 나를 올려다봤다.

내가 몸을 줄여 머저리 대학생의 모습으로 돌아오자, 그는 "역시 너구리의 둔갑술인가, 훌륭하군" 하고 중얼거리고는 멋부린 동작으로 소리 없이 박수를 쳤다.

살빛이 희고 외국인처럼 생긴 미남 서양풍 덴구는 시대착오적인 풍모가 더없이 두드러졌다. 광택이 흐르는 실크해트와 몸에 딱 맞는 검정 스리버튼 양복, 석고처럼 하얀 와이셔츠에 검은 나비넥타이. 가죽 장갑을 낀 조붓한 손에는 서양식 지팡이를 들었다. 덴구는 원래 나이를 가늠하기 어려운 존재인데, 인간으로 치면 30대 후반쯤으로 보였다. 광채가 줄줄 흐르게 잘생긴 덴구였다.

그는 여행 가방을 집어 들고는 버둥거리는 구라마 덴구들에게 말했다.

"제군, 이런 데서 뭘 하며 놀고 있는 거지?"

구라마 덴구들은 일어서서 어이없다는 표정으로 신사를 쳐다봤다.

갑자기 레이잔보가 선글라스를 벗으며 놀라 말했다.

"야쿠시보 2세로군. 이제 와서 왜 돌아왔지?"

"볼 것은 다 봤거든. 구라마의 총수께서는 건승하신가? 조만간 자리가 잡히면 인사드리러 가지. 그나저나……."

2세는 막힘없이 말하고 나서 의아한 듯 주위를 둘러봤다.

"여기에 다른 짐도 보냈을 텐데……."

"아, 그것 말인가." 레이잔보는 싸늘하게 말했다. "걸리적거려서 버렸어."

"……왜 그랬지? 제군의 산도 아닌데."

레이잔보가 눈짓하자 구라마 덴구들이 2세를 에워쌌다. 험악한 분위기가 주위를 메웠다.

"한발 늦었군, 2세. 뇨이가타케산은 우리가 접수했어."

드디어 덴구 전쟁이 벌어지나. 나는 신이 나서 털을 부르르 떨었다.

현재 덴구 전쟁은 매우 드물어 아카다마 선생님과 구라마 덴구들의 아타고산 전쟁, 시가 덴구와 교토 덴구의 지쿠부섬 대줄다리기, 이부키산 히코 쇼닌 격추 작전 등 바야흐로 전설이 된 일화를 듣는 것이 고작이다. 너구리 처지에 역사적 덴구 전쟁을 구경할 수 있다면 술자리에서 자랑할 이야기는 평생 부족하지 않을 것이다.

그러나 담백한 2세는 구라마 덴구들의 도발도 마이동풍으로 받아넘겼다.

"아, 그런가. 알겠네."

"그게 다인가." 레이잔보는 김샌다는 듯 말했다. "어처구니없을 만큼 냉혈한이군. 우리가 네놈 아비를 산에서 내쫓았다고."

"그렇다면 뇨이가타케산은 제군 것 아닌가." 2세는 관심 없다는 표정으로 말했다. "아니면 뭐지? 자기들 행동을 부끄럽게 여기는 건가?"

"부끄럽게 여길 것이 뭐가 있다고!"

"그럼 당당하게 있어. 어쨌거나 제군은 덴구 님 아닌가. 땅따먹기 전쟁에 열중하든 말든 뭐라 할 자는 아무도 없어. ……그나저나 아버지는 어디에 계시지?"

"데마치 상점가 뒤편이다. 꼬질꼬질한 연립에서 너구리의 보살핌을 받고 있지."

"그렇다면 내가 숨통을 끊어야겠군. 그럼 제군, 이만 실례하겠네."

2세는 구라마 덴구들에게 정중하게 절하고는 마치 투명 에스컬레이터라도 탄 것처럼 우아하게 하늘로 날아올랐다.

구라마 덴구들은 아연히 그 모습을 배웅했다.

2세가 가고 나자 그들은 침 튀기며 토론을 벌이기 시작했다. 흩어져 있는 강철 화투짝을 와작와작 밟으며 "여전히 아니꼬운 녀석이로군", "그나저나 이제 와서 귀국하다니", "본가에 알려야 하지 않나", "아타고산에서는 알고 있나" 하고 떠들었다. 자신들을 꼬꼬마라고 부른 건방진 너구리 따윈 이제 안중에 없는 듯했다.

나는 때는 이때다 하고 너구리 모습으로 돌아와 산기슭을 향해 달리기 시작했다.

숲을 지나는데 숨어 있던 동생이 덤불에서 뛰쳐나와 "형, 살아 있었구나!"라며 기뻐했다. 잠시 둘 다 무사히 살아남은 것을 기뻐한 다음, 나는 머저리 대학생, 동생은 소년으로 둔갑해 관광객으로 북적이는 긴카쿠지銀閣寺 바깥문 앞 비탈을 내려가 수로를 따라 잎이 우거진 벚나무 밑을 달려갔다.

이제 쓰치노코도 덴구 돌팔매도 문제가 아니었다. 아카다마 선생님의 안전이 그 어떤 것보다도 중요했다. 2세가 "숨통을 끊어야겠군"이라고 말한 것을 똑똑히 들었고, 덴구 부자의 100년이 넘은 갈등을 생각하면 2세가 폭력적인 인사를 드리러 선생님을 찾아갈 가능성이 충분히 있었다. 하지만 아카다마 선생님은 조상 대대로 우리를 인도해준 은사다. 우리 형제도, 우리 아버지도, 아버지의 아버지도, 수없는 털 뭉치가 선생님 밑에서 배웠다. 아무리 선생님이 이제 덴구로서의 존재감이 사라졌다고 해도, 선생님의 덴구 인생에 마침표가 찍히는 것을 수수방관할 수는 없다.

이마데가와 거리를 달리며 나는 동생에게 다다스숲으로 돌아가라고 했다.

"큰형한테 2세가 귀국했다고 말해. 야사카 씨한테도 알릴 필요가 있어."

"형은 어쩔 건데?"

"난 데마치야나기로 가려고. 2대는 선생님을 원망하니까 분명 보복하러 올 거야. 그 전에 선생님을 다른 데로 피신시켜야지."

동생은 긴급 사태를 알리러 다다스숲으로 달려갔다.

그리고 나는 데마치 상점가 뒤편의 '코포 마스가타'로 갔다.

○

은퇴한 덴구 이와야산 긴코보가 오사카 니혼바시에서 중고 카메라 상점을 해서 지금까지 여러 번 놀러 갔다. 긴코보는 아카다마 선생님의 몇 안 되는 친구로, 내게 2세에 관해 자세히 알려준 것도 그였다.

2세는 기요, 즉 나가사키에서 태어났다.

나가사키에서 아카다마 선생님에게 납치된 2세가 교토 땅을 밟은 것은 메이지 유신과 연관된 여러 동란도 과거가 된 메이지 20년*경이었다고 한다.

아카다마 선생님은 2세를 "내 아들이다"라고 긴코보에게 소개했다.

긴코보는 난생처음으로 교토 땅을 밟은 2세의 모습을 똑똑히 기억했다. 아직 앳된 티가 남아 있는 볼 통통한 미소년이면서도 눈빛은 날카롭고 속에 감춘 커다란 뼛성 구슬이 비쳐 보였다. 아카다마 선생님의 핏줄을 이었다는 것을 한눈에 알 수 있었다고 한다.

아카다마 선생님으로부터 덴구 교육을 받은 소년에게 메이지 일본의 발전은 완전히 남의 일이었다. 비와호 수로가 완성되고 노면전차가 달리고 빌딩이 들어서는 문명개화 시대에, 소년은 뇨이가타케산 속에서 혹독한 수행을 하며 하루하루를 보냈다. 그러나 소년 시절의 2세는 자신의 처지에 만족하고 있었던 것은 아니었다. 그가 작정하고 덴구 수행에 몰두한 것은 어서 아버지를 내쫓아주겠노라고 결심해서인 모양이다.

세월은 흘러 신세기가 도래해 다이쇼 시대가 시작됐다.

* 1887년.

반지르르한 신청년이 된 2세는 이제 뇨이가타케산 속에 틀어박혀 지내지 않았다. 친구가 된 구라마의 총수 구라마야마 소조보와 고등학교에 숨어들어 가짜 학생 행세를 하고, 너구리들을 이끌고 밤거리로 놀러 나가기도 했다. 2세의 행실에 대해 아카다마 선생님은 언짢은 표정이었지만, 2세도 덴구의 힘을 착착 길러 아카다마 선생님에게 정면에서 맞섰다. 부자가 서로 뺏성 구슬을 크게 터뜨릴 기회를 호시탐탐 노리는 것 같은 형세였다.

  거기에 한 여자가 등장했다.

  당시 시계탑이 있는 서양식 호텔이 가라스마 거리에 홀연히 출현했다.

  그녀는 전쟁 통에 벼락부자가 된 '20세기 호텔' 주인이 애지중지하는 딸이었다.

  2대는 첫눈에 열렬한 사랑에 빠졌다. 그런데 아카다마 선생님이 '마도를 벗어난 제자를 혼내주겠다'며 여자에게 접근했다. 당시 아카다마 선생님은 덴구로서의 기력이 충만해 아들의 첫사랑 상대를 넘보는 정도는 식은 죽 먹기였을 것이다.

  찬연히 빛나는 밤의 호텔을 무대로 벌어진 사랑의 줄다리기는 뒤엉킬 대로 뒤엉켜, 소년 시절부터 부풀어온 2세의 뺏성 구슬은 마침내 폭발해 화르르 타올랐다.

  히가시야마산 36봉을 뒤흔들어 놓은 아버지와 아들의 싸움은 사흘 밤낮을 이어졌다고 한다.

불면불휴로 싸움을 벌인 두 사람은 각각 만신창이가 되어 촌무지렁이나 다름없는 몰골로 당시 재건축되기 전이었던 미나미좌*의 대지붕에 기어올랐다. 푸르스름한 번개가 맑은 하늘을 가르고 장대비가 거리를 뒤덮은 가운데, 그들은 마지막 남은 힘을 쥐어짜 충돌했다. 서로 상대의 콧구멍에 손가락을 꽂고 수염을 잡아 뜯으며 버둥거리는 모습은 도무지 덴구의 사투 같지 않고 애들 싸움으로만 보였다고 한다. 그러나 어쨌거나 연륜은 무시할 수 없어서 아카다마 선생님은 사나운 사자처럼 2세를 미나미좌의 대지붕에서 시조 거리로 뻥 차내고 승리의 함성을 질렀다. 패배한 2세는 비를 맞으며 어두운 거리를 지나 모습을 감추었다.

그 뒤로 100년.

대영제국에서 귀국해 고국 땅을 밟은 뇨이가타케 야쿠시보 2세는 가와라마치오이케의 교토 호텔 오쿠라에 위풍당당하게 입성했다.

쾌적한 호텔 객실에 짐을 내려놓은 2세가 아버지에게 인사드리러 가려고 꼼꼼하게 채비를 갖추고 있을 때, 아카다마 선생님은 데마치 상점가 뒤편의 싸구려 연립에 틀어박혀 벤텐의 귀국을 기원하며 한쪽 눈을 그려 넣은 달마 오뚝이를 끌어안고 "벤텐, 벤텐" 하고 중얼거리고 있었다.

* 1929년에 세워진 일본 최초의 가부키 극장.

아버지와 아들의 명암이 어찌하여 이렇게까지 극명하게 갈리었는가.

덴구판 잔혹사라 하지 않을 수 없다.

○

내가 아카다마 선생님의 연립에 뛰어들었을 때 다행히 2세는 아직 와 있지 않았다.

넝마 같은 커튼 틈으로 봄 햇빛이 들어 잡동사니로 뒤덮인 다다미 넉 장 반을 비추었다. 누렇게 변색된 속옷 차림의 아카다마 선생님은 늘 깔아두고 지내는 이부자리에서 큰 소리로 코를 골았다. 전체적으로 측은한 모습과는 달리 잠자는 선생님의 얼굴은 행복의 극치로 보였다. 벤텐의 엉덩이 꿈이라도 꾸나 보다. "일어나세요!"라며 흔들어 깨워도, 선생님은 돌아눕기만 하고 욕심 사납게 엉덩이 꿈에 매달려 도리어 감미로운 꿈속 깊이 빠져드는 것 같았다.

"하여간 어처구니없어서. 일어날 생각을 않네."

이부자리 주위에는 덴구 담배와 풍신뇌신의 부채, 벤텐이 보낸 쌀쌀맞은 그림엽서, 좋아하는 수건 등 일상적으로 쓰는 물건들이 흩어져 있었다. 나는 그것들을 그러모아 보자기에 싸고 선생님을 일으켜 등에 업었다.

문을 열고 밖으로 나가려는데 연립 담장 너머에 데마치야나기 일대에 명백히 어울리지 않는 영국 신사가 보였다.

"으헉, 2세잖아! 참 신속하기도 하지."

나는 하는 수 없이 선생님 집으로 돌아왔다.

2세의 뇌리에 있는 아카다마 선생님의 모습은 100년 전 것이지, 영락한 현재의 모습은 상상해본 적도 없을 것이다. 그렇다면 내가 아카다마 선생님으로 둔갑해 2세의 눈을 속이는 것도 가능할지 모른다. 가짜 아카다마 선생님이 되어 2세를 따뜻하게 맞이하며 포옹하면 의외로 100년의 세월을 넘은 해빙이 실현될지도 모르는 일 아닌가. 오오, 그래, 그거다.

나는 반침에서 잡동사니를 끌어내고 달마를 끌어안은 아카다마 선생님을 이부자리에 누운 채로 대신 밀어 넣었다. 장지문을 닫는 것과 동시에 2세가 현관문을 노크했다.

"뇨이가타케 야쿠시보는 계신가."

나는 아카다마 선생님으로 둔갑해 다다미 넉 장 반 중앙에 책상다리를 하고 앉았다.

"들어와라."

나는 큰 소리로 말했다.

이윽고 2세가 문을 열고 들어와 부엌에서 다다미 넉 장 반을 들여다봤다. 순백의 손수건으로 코와 입을 틀어막았다. 덴구 담배의 연기, 병 바닥에 남은 아카다마 포트와인, 상한 쇼카도 도시락*, 귀지를 파고 나서 방치한 누런 면봉, 아무렇게나 벗어놓은 속옷, 아카다마 선생님의 노인네 냄새 그리고 빈번하게 드나드는 너구리들의 털과 냄새. 2세는 혼돈의 극치를 이룬 방에 압도된 듯 망연히 문지방에 서 있었다.

나는 둔갑술의 정수를 총동원해 덴구적 위엄을 재현했다.

"잘 돌아왔다, 아들아. 지금까지 있었던 일은 모두 내가 잘못했다. 용서해주겠느냐?"

마도에 통달하고 삼라만상에 침을 뱉는 뇨이가타케 야쿠시보의 입에서 그토록 타협적인 말이 나오니 너무 거짓말 같아 내가 말해놓고도 창피했다.

내가 두 팔을 벌리자 2세는 머뭇머뭇 다가와 손수건으로 다다미의 얼룩을 닦고 나서 무릎을 꿇었다. 그리고 웃옷이 더러워지지 않도록 세심한 주의를 기울이며 포옹에 응했다. 이로써 덴구 부자의 100년 대립에 마침표를 찍은 듯 보였다.

문득 2세가 내 귓가에서 속삭였다.

"꽤 너구리 내가 진동하게 되셨군요, 아버지."

"너구리들이 드나드니 말이다. 나도 참 진저리가 난다만."

"말씀은 그리하셔도 너구리를 아주 좋아하시는 것처럼 보입니다."

"바보 같은 녀석. 그게 무슨 소리냐."

---

* 회, 구이, 찜, 밥 등을 칸칸이 넣은 전통 도시락으로, 고급 음식이라는 이미지가 있다.

"그럼 어째서 너구리처럼 꼬리가 있으십니까?"

2세는 내 엉덩이를 찰싹 때리고 반동으로 튀어나온 꼬리를 꽉 쥐었다.

순식간에 가짜 거죽을 잃고 거꾸로 매달린 나는 덴구로 둔갑해 덴구를 속이겠다는 얕은꾀를 쓴 것을 후회했다. 이토록 굴욕적이고 고통 어린 경험이 있을까. 너구리는 천지무용*이다. 역전된 천지 사이에서 불안정하게 흔들리며 나는 버둥버둥 2세에게 용서를 빌었다. "잘못했어요! 잘못했어요!"

"혹시 아까 뇨이가타케산에 있던 너구리인가?" 2세는 미끈한 콧날을 거꾸로 매달린 내게 갖다 댔다. "사정을 짐작하고 선수를 쳤군."

2세는 노여움을 가라앉히고 나를 다다미에 내려놓았다.

나는 욱신거리는 꼬리를 쓸며 2세를 올려다봤다.

"시시한 장난을 쳐 죄송합니다. 시모가모 소이치로의 셋째아들 야사부로라고 합니다. 무사히 귀국하신 것을 진심으로 경하드립니다."

"그런 딱딱한 인사는 필요 없어. 그런데 진짜 아버지는 어디 계시지?"

"글쎄요, 저도 모르겠습니다. 어디를 가신 건지."

2세는 "흐응" 하며 다다미 넉 장 반을 둘러보더니 조금 전 내

---

* 天地無用. 짐을 뒤집으면 안 된다는 일본 표현.

가 황급히 닫은 반침 장지문을 쳐다봤다. 안에서는 아카다마 선생님이 침을 흘리며 달마 오뚝이를 끌어안고 벤텐의 엉덩이 꿈을 꾸고 있을 터였다. 당장이라도 들키는 게 아닐까 싶어 조마조마했으나 2세는 반침을 열어보려고 하지는 않고 그저 "너구리는 참 가상하기도 하지"라고 가여워하는 것도 같고 어이없어하는 것도 같은, 뭐라 형언할 수 없는 투로 중얼거렸다.

"그럼요, 너구리는 갸륵하고말고요." 나는 말했다. "시키실 일이 있으면 뭐든 말씀만 하십시오. 오랜 세월 떠나 계셨으니 불편도 있으실 겁니다. 가재도구도 찾으셔야 할 테고요."

"그래, 구라마의 바보들이 뇨이가타케산에 던져버렸다고 하니 말이지."

"제게 맡겨주시면 어떻겠습니까?"

다이몬지에서 구라마 덴구들이 던져버린 가재도구는 교토 시내를 가득 메운 너구리들이 남김없이 주워 모았을 것이다. 하지만 2세가 지금이라도 소유권을 주장하면 너구리들의 침소에 빼앗긴 컬렉션을 되찾는 것도 불가능하지 않을 것이다.

내가 그렇게 말하자 2세는 "그래주면 좋지"라며 주머니에서 금화를 꺼내 내게 억지로 쥐여주려 했다. "무료 봉사를 시킬 수는 없는 노릇이야."

"덴구는 원래 너구리를 부려먹는 법입니다. 덴구는 너구리보다 잘났으니까요."

"난 빚지는 게 싫은 사람이거든, 야사부로 군." 2세는 말했다.
"게다가 난 덴구가 아니야."

○

2세의 귀국은 너구리계에도 큰 파문을 일으켰다.

수명이 짧은 털 뭉치에게 순전한 새 덴구의 출현은 평생 한 번 목격할 수 있을까 말까 하는 진기한 사건이다. 호기심 많은 너구리들은 소문이 자자한 새 덴구를 보겠다고 가와라마치오이케의 호텔 오쿠라에 너도나도 몰려들었다. 그중에는 다누키다니 후도*에 칩거 중일, 살날이 얼마 남지 않은 털 뭉치들까지 있었다. 어느새 '새 덴구의 모습을 보면 수명이 연장된다'는 무책임한 소문이 돌아서다.

너구리계가 시끌시끌해진 가운데, 나는 너구리계의 두령 야사카 헤이타로 씨의 부름을 받고 큰형과 함께 기온을 찾았다.

시조 대교의 동쪽 어귀에서 야사카 신사를 향해 걸으며 나는 "귀찮은데"라고 투덜거렸다.

내 경험으로 보건대 니세에몬에게 호출돼서 좋을 게 하나도 없다. 대개 하와이언 멜로디를 배경으로 훈계를 하든지 성가신

---

* 교토시 사쿄구에 위치한 절 다누키다니야마 후도인狸谷山不動院을 가리킨다. 재난과 불치병을 물리치는 부동명왕을 모시고 있으며 절의 입구에 많은 너구리 장식품이 봉납되어 있다.

일을 시키든지 둘 중 하나다.

큰형의 설명에 따르면, 전날 야사카 헤이타로와 큰형을 중심으로 회의가 열려 너구리계가 2세에 어떻게 대응할 것인지 협의했으나 결론이 나지 않았다. 결국 "일단 야사부로의 의견을 들어볼까나" 하는 무책임한 결론으로 얼버무린 모양이다.

"2세와 대화다운 대화를 해본 게 너밖에 없으니까. 게다가 넌 아카다마 선생님을 다루는 데도 능하지. 뎅구, 하면 야사부로 아니겠냐."

"내가 뭐 뎅구 전문가라도 돼?"

"잔소리 말고 가끔은 너구리계에 공헌해봐라."

야사카 헤이타로라는 대大너구리는 마루야마 공원에서 기온 일대까지를 차지하는 야사카 일족의 두령일 뿐 아니라, 교토의 너구리들을 통솔하는 니세에몬이기도 하다. 작은 스낵바가 늘어선 기온 나와테의 뒷길에 위치한 작은 사무소는 지금은 폐업한 항문과 의원이었다. 오랜 세월 교토 너구리들의 궁둥이를 보살펴온 의원으로 나도 궁둥이에 버섯이 자랐던 어린 시절 신세를 졌다.

폐업한 병원 대기실은 니세에몬을 만나러 온 너구리들로 가득해, 나와 큰형은 낡은 가죽 소파에 앉아 참을성 있게 기다렸다. 마침내 하와이언 멜로디가 흐르는 진료실로 안내되자, 야사카 헤이타로는 등의자에서 뒹굴거리며 우쿨렐레를 뽀로롱 뜯어 우리를 맞이했다.

"여, 와줘서 고마워. 가짜 하와이에 온 걸 환영하지."

진료실은 하와이다운 푸른 하늘과 바다처럼 벽을 칠하고 구석에는 가짜 야자나무 몇 그루가 있었다. 훌라걸 인형이니 화환이니 알로하셔츠 같은 하와이 굿즈가 벽을 가득 메웠다. 젊었을 때 단체 여행을 다녀온 뒤로 하와이를 동경해 마지않게 된 야사카 헤이타로는 니세에몬의 자리를 어서 큰형에게 떠넘기고 꿈의 남쪽 나라로 도망치고 싶어 했다. 은퇴하고 하와이 모래사장에서 야자열매와 시시덕거리며 지내는 것이 그의 소원이었다.

"장사 잘되네요."

나는 말했다.

"돈벌이가 되는 것도 아닌데 사람만 많지. 하여간 언짢은 일이야."

너구리계의 두령인 니세에몬은 교토 너구리들을 통솔하는 위치에 있는지라, 다툼이 벌어지면 중재에 나서야 하고 너구리들의 큰 모임이 있으면 지휘해야 하고 너구리로서 어떻게 살아야 할지 고민하는 어린 너구리가 있으면 인도해주어야 한다. 가끔은 연애 상담도 해준다. 다만 너구리란 모름지기 큰 문제는 멍하니 그냥 넘기고 작은 문제를 둘러싸고 공연히 수선을 피우는 경향이 있다. 야사카 헤이타로에게 들어오는 문제를 해결할 때도 묘기나 다름없는 기지와 명판결이 요구되는 경우는 극히 드물다. 그렇기에 덴구와 관련된 성가신 문제가 하늘에서 뚝 떨어지기라도 하면 야사카 헤이타로는 당혹했다.

야사카 헤이타로는 큰형과 내게 의자를 권하고 냉장고에서 망고 프라푸치노를 꺼냈다. 우쿨렐레가 뽀롱뽀롱 울었다. 점점 더 남국 분위기가 주위에 흘러넘쳤다.

"야사부로, 너를 덴구계의 권위자로 보고 묻는다만."

그런 말을 들으면 기분이 나쁘지 않다.

"2세라는 그 덴구……, 진짜냐?"

야사카 헤이타로의 말은 이랬다. 만약 2세가 진짜 덴구고 아카다마 선생님의 정통 후계자라면 너구리계도 정식으로 인사를 드리러 찾아뵙고 환영 의식을 거행하는 것이 예의일 것이다. 어쨌거나 100년 만에 고국 땅을 밟았다는데 성대하게 환영해줘야 한다. 그러나 100년 전 벌어진 싸움을 모르는 이가 없을 만큼 아카다마 선생님과 2세 사이에는 크나큰 대립이 있다. 선생님은 2세를 인정하지 않고, 뿐만 아니라 2세 대신 벤텐을 후계자로 삼을 생각이라 하지 않나. 너구리계가 2세에게 예의를 다하는 것은 좋지만, 나중에 아카다마 선생님과 벤텐에게 부조리하게 철퇴를 맞았다간 곤란하다.

나는 2세와 있었던 일을 이야기했다.

"제 눈엔 어떻게 봐도 덴구던데요. 본인은 '덴구가 아니다'라고 우기시는 게 묘합니다만…… 덴구라는 자각이 부족한 걸까요?"

"그것참, 까다롭게 됐군."

"부자 사이는 여전히 나쁜 것 같고 언젠가 벤텐 님이 귀국하시면 한바탕 난리가 날 건 분명합니다. 섣불리 말려들었다간 꽁무니 털에 불날걸요."

"재미있어할 때가 아니야, 야사부로."

큰형이 나를 나무랐다.

"됐어." 헤이타로는 말했다. "……자네 생각은 어떤가, 야이치로 군."

큰형은 팔짱을 끼고 진지한 표정을 지었다.

"동생은 바보입니다. 하지만 옳은 판단이라고 생각합니다."

야사카 헤이타로는 우쿨렐레를 뽀롱뽀롱 켜며 생각했다.

과거 니세에몬의 지위에 있던 아버지가 금요클럽의 냄비에 빠진 뒤, 야사카 헤이타로가 뒤를 이은 것은 아버지의 소꿉친구라는 이유에서였다. 두령을 잃고 우왕좌왕하는 너구리들이 서로 밀치락달치락하던 중 헤이타로가 어물거리다가 뽕 하고 밀려 나왔다. 당시 에비스가와 소운은 니세에몬의 지위를 강탈하기에는 관록이 부족해 '녀석에게 맡기느니 헤이타로가 그나마 낫다'고 생각하는 너구리도 많았다. 그 이래로 특필할 만한 업적은 없지만 특필할 만한 실태도 없이 담담히 너구리계를 위해 일하며 어울리지 않는 역할을 완수해온 것은 훌륭한 일이다.

"결국 우리는 너구리니 말이지, 서둘렀다간 일을 그르쳐."

이윽고 야사카 헤이타로는 연주를 멈추고 무릎을 탁 쳤다.

"난 늙은 너구리로서 잠자코 지켜보겠네. 덴구계의 미래가 명확해지면 꼬리를 어디에 둘지 정하기로 하지. 대신 덴구계의 동향은 주의 깊게 살펴봐줘."

○

나는 야사카 헤이타로에게, 너구리들이 주워 털북숭이 품에 넣은 '덴구 돌팔매'에 관해 2세의 소유권을 널리 고지하고 반환을 요청해달라고 부탁했다.

데라마치 거리의 골동품 상점 주인인 기요미즈 주지로에게 부탁해, 점포 한구석에 임시 덴구 돌팔매 회수소를 설치해서는 너구리들이 들고 오는 물건들을 검사했다. 기껏 주운 덴구 돌팔매를 포기하는 것은 너구리들에게 살을 에는 듯한 고통인지라, 여러 너구리가 골동품 상점 앞에서 눈물을 흘리며 슬퍼했다. 개중에는 공연한 짓을 한다고 나를 원망하는 너구리까지 있는 판국이었다.

2세가 영국에서 가져온 물건들은 어처구니없을 만큼 다양했다.

책상, 서양식 지팡이 열 몇 자루, 가죽 신사화 몇십 켤레, 목제 옷장, 여행 가방 다수, 망원경 컬렉션, 확대경이며 현미경 같은 실험 도구, 실내용 슬리퍼 다수, 은제 식기에 촛대, 바이올린, 체스판, 정체불명의 열쇠 꾸러미, 외투 세 벌, 램프, 욕조, 페르시아 양탄자, 헌팅캡, 외국 서적 수백 권, 신문기사 스크랩. 이것들은 일부에 불과하다. 뇨이가타케산 기슭에서 나와 동생이 발견한 소파도 회수되었다.

이리하여 약 일주일 동안 나는 더없이 바쁘게 지내느라 쓰치노코를 신경 쓸 여력이 없었다.

쓰치노코는 낭만이나 텐구는 현실이다.

그동안 2세는 가와라마치오이케의 호텔에서 지냈다.

그는 자신의 미모와 텐구적 위엄으로 호텔 직원을 매혹시켜 오랜 단골손님처럼 대우받았다. 시대착오적인 영국 신사 같은 모습도 중후한 로비나 카페에 자연스레 녹아들어 갓 귀국한 텐구다운 면모를 유감없이 발휘했다. 오후 5시에 한 시간쯤 산책을 나가는 것이 일과였는데, 가는 길은 늘 일정해 비가 와도 결코 변경하지 않았다. 혼잡한 신쿄고쿠에서 2세의 모습은 대단히 눈에 띄어 길 가는 사람들이 모두 돌아봤다. 호텔로 돌아오면 그는 현관에서 반드시 시간을 확인했는데, 회중시계를 열어 보는 동작에서 문자판을 내려다보며 고개를 끄덕이는 턱의 각도에 이르기까지 매일 판에 박은 것처럼 똑같았다. 웃옷 주머니에서 샘솟듯 나오는 나폴레옹 금화는 2세의 어마어마한 재력을 암시했지만, 그는 자신의 재력을 호사스러운 유흥에 탕진하는 일 없이 더없이 정온하게 생활했다.

매일 저녁 나는 2세가 산책에서 돌아올 시간에 맞춰 그날 너구리들에게서 빼앗은 물건들을 전달하러 갔다.

"왔나, 야사부로 군. 고마워."

내 방문이 거듭되면서 호텔 객실에 가짜 유럽이 출현했다. 얼룩 하나 없는 와이셔츠 차림으로 나를 맞이하는 신귀국자 덴구는 애용하는 가구에 둘러싸여 편안해 보였다. 그는 종종 내 품에 금화를 찔러 넣어주려 했지만, 나에게도 너구리로서의 긍지가 있는지라 얼렁뚱땅 거절했다.

"다른 사람에게 빚지는 게 싫은데."

2세가 말했다.

"전 너구리인데요."

"그럼 바꿔서 말하지, 난 너구리에게 빚지는 게 싫어."

"솔직히 말씀드려서 언젠가 크게 돌려받을 생각입니다. 금화로는 수지가 맞지 않죠. 하도 바빠서 쓰치노코를 추적할 짬도 없습니다."

"그것 봐. 정신 바짝 차리지 않으면 속아 넘어가겠군."

"속아 넘어가주는 여유를 갖는 것도 멋진 일이죠."

2세는 쓴웃음을 지었지만 나는 단호히 금화를 받지 않았다.

2세는 특히 '독일제 공기총'이라는 물건의 회수에 관심을 보였다. 19세기 독일의 기술자가 개발한 것인데, 강력한 펌프로 공기를 압축해 납 총알을 발사하는 기계라고 했다. 대륙에서 대영제국으로 건너와 오랜 세월 어느 귀족의 비장품으로 있다가 매각됐을 때 2세가 사들였다. 사진을 보기로 마치 금관악기처럼 아름다웠다. '공기총'이라고 해서 나는 보드랍고 폭신폭신한 보풀 같은 것이 튀어나오는 장난감을 상상했으나, 2세는 "그렇게 귀여운 게 아니야"라며 웃었다. 과거 어느 나라 대신의 암살에도 사용되었다는 소문이 있으며, 만에 하나 맞기라도 하면 너구리는 그 즉시 승천할 것이라 했다.

"털 뭉치 제군도 총포는 싫어하지?"

"물론 싫습니다. 그렇지만 가까이서 볼 일이 없어서요."

"어서 찾아주면 좋겠어. 악용되면 곤란하니까."

그런데 내가 이렇게 빈번히 2세를 찾아가는 동안에도 아카다마 선생님은 2세의 귀국을 모르고 지냈다. 일부러 보고해 뼛성 구슬에 말려들고 싶은 너구리가 있을 리 없으니, 연립에 틀어박혀 사는 선생님은 애초에 알 기회가 없었다.

어느 날 쇼카도 도시락을 들고 선생님 댁으로 찾아가니, 선생님은 다다미 넉 장 반 한복판에 놓은 밥상에 들러붙어 벤텐에게 연문을 쓰고 있었다.

모르는 사람은 선생님뿐이니 딱하기 그지없도다.

멍하니 그런 생각을 하는데 선생님이 갑자기 노려봤다.

"야사부로야."

"네?"

"내게 뭐 숨기는 것이 있지 않느냐?"

"새삼스레 무슨 말씀이십니까." 나는 황급히 명랑한 목소리로 말했다. "숨기는 게 하나둘이려고요."

선생님은 코웃음을 치고는 연애편지를 마무리하기 시작했다. "……됐다. 어차피 시시한 일이겠지."

○

2세 귀국 소동에서 소외되던 아카다마 선생님이 상황을 알게 된 것은 5월 중순에 접어들어, 2세가 귀국한 지 2주쯤 지났을 때였다.

연립에 틀어박혀 지내는 선생님에게 진실을 고할 사람은 옛 지기 덴구뿐이다.

선물 장식을 붙인 되들잇병을 든 이와야산 긴코보가 데마치 상점가를 걷더라는 소문을 들은 나는 '드디어 때가 왔구나'라고 생각했다.

조심조심 선생님 댁에 얼굴을 비쳐보니 이미 텅텅 비어 있었다.

그때부터 아카다마 선생님은 교토 시내에서 모습을 감춰 성급한 너구리들은 '2세가 인사하러 올 것을 겁내 숨었다'고 수선을 피웠다. 그러나 나를 비롯한 아카다마 문하 너구리들은 '선생님에 한해 그런 일은 없다'고 대꾸했다.

아닌 게 아니라 우리 은사는 천공을 자유자재로 비행하는 능력을 상실한 지 이미 몇 년, 덴구다운 일은 뭐 하나 하지 않으면서 저만 알고 색을 밝히고 거드름 피우며 너구리를 괴롭히는, 덴구의 나쁜 부분만 빠짐없이 긁어모은 듯한 쓸모없는 영감이다. 하지만 덴구의 자부심만은 코에서 줄줄 흐를 만큼 잔뜩 있다. 너구리 따위에게 '2세가 무서워서 도망쳤다'고 뒷손가락질을 당하느니 고야두부*에 머리를 처박고 죽겠다고 할 것이다.

'선생님은 꼭 돌아오신다'고 아카다마 문하 너구리들은 주장했다.

며칠 지나 '선생님이 구모가하타에서 꿈지럭거리는 것을 봤다'는 너구리가 나타났다.

교토 북쪽 구모가하타는, 가모가와강을 북쪽으로 거슬러 올라가 시가지를 벗어나서 기타야마 삼나무 숲속 깊이 들어간 곳으로 예로부터 이와야산 긴코보의 구역이다. 속세의 먼지와 너구리 털로 범벅된 하계를 떠나 그같이 고상한 장소에 틀어박힌 데에서 우리는 아카다마 선생님이 얼마나 진심인지를 짐작할 수 있었다. 우리 위대한 은사는 귀국한 2세의 습격에 대비해 오랜 은거 생활로 인해 녹슬 대로 녹슨 심신을 단련 중인 것이 틀림없었다.

* 두부를 얼려서 낮은 온도에서 숙성시킨 후 건조한 저장식품.

"아카다마 선생님은 역시 다르시군. 썩어도 뇨이가타케 야쿠시보라니까."

너구리계에서 선생님의 명성은 다소 회복된 듯했다.

○

수행 중인 아카다마 선생님께 문안 선물로 콩떡을 가져다드려야겠다고 생각했다.

하지만 구모가하타는 몹시 멀다.

큰형의 자동 인력거를 빌리려고 했는데 인색한 큰형은 좀처럼 허락해주지 않았다. 산속에 틀어박힌 아카다마 선생님은 심기가 불편하실 테니 뻣성 구슬의 오폭으로 귀중한 인력거가 산산조각 났다간 곤란하다는 것이다. 하는 수 없이 그 멀리까지 자전거로 갔는데, 어찌나 먼지 넌더리가 날 지경이었다. 위문품으로 준비한 콩떡을 내가 먹어버리고 아무 일 없었던 것처럼 그냥 올까 몇 번을 생각했는지 모른다.

구불구불한 산길을 이를 악물고 달려 간신히 도착했다.

덴구가 산에 틀어박혀 수행하는 것이니 태산이 흔들려도 이상할 것 없다고 각오했건만, 구모가하타 촌락은 평화 그 자체였다. 신록에 싸인 산촌에서 맑은 햇빛이 낡은 초등학교 건물과 돌담을 비추고 용수로에 흐르는 물소리만 크게 들렸다. 시간이 물

엿처럼 눅진하게 흐르는 듯했다.

구청 구모가하타 출장소 앞까지 와 나무 그늘에 앉아 휴식을 취하는데, 갑자기 머리 위에서 목소리가 들려왔다.

"이런, 시모가모가의 야사부로 아닌가."

놀라 올려다보니, 작은 출장소 건물의 튀어나온 콘크리트 부분에 와이셔츠와 루프 타이 차림의 품위 있는 노인이 걸터앉아 포도 맛 환타를 홀짝홀짝 마시고 있었다. 아카다마 선생님의 몇 안 되는 친구요, 지금은 은퇴해 오사카 니혼바시에서 중고 카메라 상점을 경영하는 이와야산 긴코보였다.

"긴코보 님이시군요."

나는 일어서서 머리를 숙였다.

"야쿠시보를 보러 왔나?"

"제가 워낙 한가해서요."

"하하하, 여전히 마음씨 고운 제자로군. 그럼 같이 가볼까. 덴구의 수행장은 저기로 올라가면 나오네."

눈앞에 고운지高雲寺로 이어지는 가파른 계단이 있었다.

나는 긴코보를 따라 계단을 올라갔다.

긴코보는 절 경내로 들어가지 않고 왼편에 흐르는 작은 수로를 따라 산속으로 들어섰다. 반짝이는 신록의 숲을 지나자 수로는 이윽고 싸늘한 삼나무 숲으로 이어졌다. 오른쪽을 보나 왼쪽을 보나 검은 삼나무가 하늘을 찌를 듯 우뚝 솟아 있었다. 한가로운 산촌의 분위기가 멀어지고 덴구의 기운이 짙게 들어찼다.

이와야산 긴코보는 허리에 작은 진갈색 호리병을 차고 있었다. 찰랑찰랑 귀여운 소리가 났다.

"용수龍水가 들어 있다네."

가모가와강의 원류지로 알려진 이와야산 시묘원 일대에는 용석龍石이 다수 묻혀 있다. 그 돌에서 스며 나온 물을 용수라고 하는데, 덴구들은 이를 소위 정력 증강제로 애용해왔다고 한다. 2세와의 대결을 앞둔 아카다마 선생님을 위한 것이라고 했다. 긴코보는 야쿠시보 부자의 싸움을 말릴 마음은 눈곱만큼도 없는 모양이었다.

"덴구는 모름지기 일을 원만하게 해결하는 방법을 모르거든."

"하여간 부자가 둘 다 꼬였으니 곤란하다니까요."

"은사를 걱정하는 자네 마음에는 탄복하네만, 부자지간의 싸움까지 너구리가 신경 쓸 필요는 없네. 하고 싶은 대로 하게 내버려둬."

수로를 따라 15분쯤 걷자 이윽고 양옆에서 쓰러진 무수한 삼나무 거목이 앞을 가로막았다. 덴구의 소행이 분명했다. 긴코보가 손동작을 하며 뭐라 주문을 외우니, 구부렸던 손을 펴듯 쓰러진 나무들이 잇따라 일어나 우리 앞에 길이 생겼다.

그렇게 해서 생겨난 길을 나아가 덴구의 수행장에 다다랐다.

그곳은 거인의 발자국처럼 생긴 초원이었다. 발바닥의 아치에 해당되는 부분에 하늘 높이 솟은 거대한 삼나무 한 그루가 있었다. 그 밑에 데마치 상점가 뒤 연립에서 가져온 이부자리가 깔려 있었다. 아카다마 선생님이 달마 오뚝이를 무릎에 안고 뻐금뻐금 덴구 담배를 피우고 있었다. 일부러 산속에 틀어박힌 것치고는 평소와 다를 바 없는 풍경이었다.

긴코보에게서 용수가 든 호리병을 받으며 선생님은 나를 흘끗 쳐다봤다.

"야사부로야, 이런 데서 무얼 하느냐?"

"쓰치노코를 뒤쫓다가 길을 잃었습니다. 선물로 콩떡을 가져왔습니다."

"하여간 넌 만날 놀기만 하는구나."

내가 2세의 귀국을 알고도 모른 척한 것을 선생님도 이미 알고 있을 것이다. 하지만 선생님은 이제 와서 뺏성 구슬을 냅다 던지지는 않았다.

"……녀석은 뭘 하고 있지?"

"가와라마치오이케의 호텔에 틀어박혀 계십니다."

"내가 잠든 틈을 타서 목 딸 궁리라도 하는 게지. 무능한 녀석이 생각한들 시간 낭비일 뿐이거늘."

아카다마 선생님은 호리병 마개를 열어 용수를 꿀꺽꿀꺽 마시고 입을 훔쳤다.

"어리석은 녀석. 사소한 문제에 사로잡혀 마도를 벗어나는 버릇은 아직도 못 고친 모양이군. 뇨이가타케 야쿠시보는 도망치지도 숨지도 않는다. 싸울 때가 왔도다, 하이호!"

"옛날 그 친구가 아니네, 야쿠시보."

긴코보가 조용히 말하자 아카다마 선생님은 홍 하고 코웃음치며 입을 다물었다.

내가 작은 털 뭉치였을 때, 아카다마 선생님은 '야외 수업'이라며 문하 어린 너구리들을 모두 바구니에 처넣고 여기 덴구의 수행장으로 날아오곤 했다. 널따란 초원에서 너구리들이 노는 동안, 선생님은 삼나무 거목 꼭대기에서 덴구 담배를 피우며 푸른 하늘에 기기묘묘한 구름을 띄워 어린 너구리들을 즐겁게 해 주었다.

오랜만에 보는 삼나무 거목에 추억이 되살아나 나는 천천히 주위를 걸어봤다. 나무가 하도 커 가지가 보이지 않았다. 굵은 줄기 곳곳에 센자후다*가 붙어 있고, 덴구가 두고 간 듯한 술병이며 장난삼아 모아온 듯한 귀와**, 물 빠진 수건이 가지에 걸려 봄바람에 팔랑팔랑 나부꼈다.

어렸을 때 아카다마 선생님이 뺏성이 나 벌로 나를 이 나무 꼭대기에 묶어놓은 적이 있다. 그런데 잊어버리고 그냥 가는 바

* 千社札. 신사에 참배하러 온 사람이 이름 등을 써서 붙이는 종이.
** 귀신의 얼굴을 새긴 기와.

람에 큰형이 데리러 올 때까지 나는 삼나무 꼭대기에서 잔뜩 골이 나 있었다.

내가 그런 추억을 이야기하자 아카다마 선생님은 "난 생각 안 난다"고 말했다.

"잊어버리다니 너무하시잖아요."

"네 아버지도 또 그 아버지도 묶었는데 일일이 기억하겠느냐."

이윽고 아카다마 선생님은 이부자리에서 나와 호리병을 흔들며 삼나무 밑동으로 다가갔다. 그리고 호리병을 거꾸로 들어 용수를 모두 쏟았다.

"괜찮겠나?"

긴코보가 말했다.

"이 삼나무를 알고 지낸 지도 오래되지 않았나. 나머지는 이 녀석에게 주지."

선생님이 말했다.

삼나무 밑동에 용수를 부은 선생님의 옆얼굴에는 뇨이가타케 야쿠시보로서 덴구다운 위엄이 가득했다. 과거 뇨이가타케 산을 주름잡으며 하계에 골고루 침을 뱉던 시절 선생님의 모습이 머릿속에 떠올랐다.

아카다마 선생님은 빈 호리병을 긴코보에게 떠넘기고 품에서 서한 한 통을 꺼냈다. 연문인가 했는데 '결투장'이라는 글자가 보였다.

"이것을 녀석에게 전해라. 명예로운 역할인 줄 알도록."

나는 서한을 받고 넙죽 엎드렸다.

"시모가모 야사부로, 분부 받들겠습니다."

○

가와라마치오이케의 호텔 로비에서 나는 2세에게 아카다마 선생님의 결투장을 전달했다. 친아버지의 전신전령이 담긴 흉흉한 서한을 받고도 2세는 눈썹 하나 까닥하지 않고 광고 우편물이라도 받은 것처럼 냉랭한 표정이었다.

"갈지도 모르고 안 갈지도 몰라." 2세는 말했다. "보장은 없어."

의욕을 보이지 않는 2세와는 반대로 덴구의 결투가 벌어진다는 소문은 너구리계를 열광시켰다. 100년 전처럼 아카다마 선생님이 승리해 2세를 교토에서 뺑 차낼 것인가, 아니면 2세가 승리해 덴구의 신시대를 개척할 것인가. 너구리들은 마른침을 삼키며 결투가 벌어질 날을 기다렸다.

애초에 덴구란 깎아지를 듯이 드높은 거드름 산에서 삼라만상을 내려다보는 자다.

덴구이기에 잘났고 잘났기에 덴구인 것이다. '어디를 가든 당할 자 없음'의 덴구 논리에 따르면, 너구리 따위 털 뭉치에 불과하고 인간은 벌거벗은 원숭이에 불과하며 자신을 제외한 다른 덴구들마저 결국에는 종이 호랑이다.

천지간에 잘난 것은 오로지 나 하나뿐. 그것이 덴구란 존재다. 따라서 아버지는 자식보다 잘났고 자식은 아버지보다 잘났다. 아무리 생각해도 원만하게 수습될 리 없었다.

○

결투 당일 밤, 아카다마 선생님은 미나미좌 대지붕에 엉금엉금 기어 올라갔다.

머리띠와 어깨띠를 보면 투지만만하다는 것은 알겠는데, 네 발로 엎드려 부들부들 떠는 모습에 덴구다움은 눈곱만큼도 없었다. 100년 전 자기 자식을 뺑 차서 떨어뜨린 미나미좌 대지붕을 결투 장소로 지정한 것은 명백히 무모했다. 그러나 선생님은 불굴의 투지로 지붕을 기어 이럭저럭 꼭대기에 다다랐다.

"천공을 자유자재로 비행하는 것이 덴구이거늘……. 이거야 원."

아카다마 선생님은 책상다리를 하고 땀을 훔친 다음 덴구 담배에 불을 붙였다.

짙은 담배 연기가 시원한 밤바람에 흩어졌다.

그곳에서 동쪽을 보면 밤 축제 풍경 같은 기온시조의 불빛이 이어지고, 서쪽을 보면 시조 대교와 건물들의 불빛이 찬연히 빛난다.

시조 거리를 끼고 맞은편에 있는 '레스토랑 기쿠스이' 옥상에서 지글지글 고기를 굽는 맛있는 냄새가 밤바람에 실려 날아왔다. 제등 불빛이 반짝이는 비어가든은 오늘 밤 구라마 덴구들이 전세 내어 '야쿠시보를 철저하게 깔보는 모임'을 개최하려 하고 있었다. 아카다마 선생님과 2세의 결투를 한 손에 맥주 조끼를 들고 특등석에서 구경하려는 심산일 것이다. 쟁란과 결투는 덴구들에게 최고의 술안주다.

구라마 덴구들은 비어가든 난간 너머 시조 거리 상공으로 몸을 내밀고 부채며 메가폰을 휘둘렀다. "야쿠시보여, 원 없이 싸워라", "시신은 수습해줄 테니 맡겨만 둬라", "수습해서 가모가와강에 버려주마" 등 쓸데없는 성원을 보내며 맥주잔을 깨고 맥주 거품을 흩날리고 왁자지껄 떠들었다.

"산도토리 놈들. 언젠가 비와호에 빠뜨려주마."

선생님이 이를 갈았다.

사실 구경 나온 것은 구라마 덴구들만이 아니었다.

시조 대교 주변에 취객으로 둔갑한 너구리들이 수도 없이 모여 결투의 행방을 지켜보고 있었다. 니세에몬 야사카 헤이타로도 내 큰형 야이치로와 함께 시조 대교 어귀에 대기 중이었던 모양이다. 또 가모가와강 건너편에 석등처럼 반짝이는 '도카사이칸'* 옥상에서는 이와야산 긴코보가 혼자 라오주를 마시며 옛 친구의 결투가 끝나기를 기다리고 있었다.

이윽고 어두운 밤하늘에서 만년필의 잉크가 번지듯 검은 옷을 입은 2세가 날아 내렸다. 그는 시치미를 떼고 실크해트 챙을 들어 아카다마 선생님에게 인사했다. 그리고 마치 지나가던 타인에게 말을 걸듯 이야기했다.

"저런, 노인장. 이런 곳에서 뭘 하십니까?"

"약속이 있어서."

"우연이로군요. 실은 저도 여기서 약속이 있는데요."

"……네 상대는 누구지?"

"하찮은 인물이죠, 입에 담기도 싫은."

"허어, 그것참 우연이로군. 내가 기다리는 상대도 참으로 하찮은 인물이거든."

아카다마 선생님은 덴구 담배를 끄고 비슬비슬 위태롭게 일어섰다. 엉거주춤한 자세로 100년 만에 만나는 자기 자식을 노려봤다.

"그 어리석은 놈은 내 아들이기도 하고 제자이기도 했다만 지금은 둘 다 아니야. 수행 중인 몸이거늘 연애에 넋이 빠져 어리석게도 내게 반기를 들었어. 장차 위대한 나의 뒤를 이어 천하

* 교토의 시조 대교 근방에 있는 북경요리점으로 100여 년의 역사를 자랑한다.

의 운명을 거머쥐어야 할 사내가, 계집에게 놀아나 마도를 벗어나다니 한심하기 그지없는 일이지. 그 뒤로 인사도 없이 오랜 세월 모습을 감추었다가 이제 와서 어슬렁어슬렁 돌아왔다지 않나. 보나 마나 얼굴을 비칠 배짱도 없을 테니 선수를 쳐 결투장을 보냈어. 또 여기서 뻥 차 떨어뜨려 주려고 말이야."

그러나 2세는 아카다마 선생님의 도발에도 태연하게 아무 말도 하지 않았다.

덴구 부자는 서로 노려본 채 꼼짝하지 않았다.

이윽고 비어가든의 구라마 덴구들이 기다리다 지쳐 "더 해 봐, 더", "어이, 얼른 시작해", "설마 화해하는 건가", "화목한 부자냐" 하고 떠들어댔다.

2세는 가죽 장갑을 낀 손을 들어 광택이 흐르는 실크해트를 벗었다.

실크해트를 가슴에 대며 하늘에 기도드리는 듯한 몸짓을 잠깐 취하더니, 그는 냉엄한 표정으로 돌아서서 구라마 덴구들이 연회를 벌이는 비어가든을 향해 실크해트를 획 던졌다. 제1차 세계 대전에서 사용된 포탄을 녹여 만든 호신용 실크해트는 무시무시한 소리를 내며 테이블을 박살 냈다. 구라마 덴구들이 대번에 조용해졌다.

2세는 다시 돌아서서 고개를 숙이고 멋 부린 동작으로 머리를 매만졌다.

"떨어뜨릴 수 있으면 떨어뜨려 보시죠."

"암, 그래주마. 각오해라."

아카다마 선생님이 품에서 풍신뇌신의 부채를 꺼냈다.

○

풍신뇌신의 부채는 한 면으로 부치면 큰 바람을 일으키고 또 한 면으로 부치면 뇌우를 불러온다는 천하무적 부채다. 과거에는 뇨이가타케 야쿠시보의 일곱 도구 중 하나였으나, 선생님은 그런 것치고는 함부로 다루었다. '사랑의 기념'이라며 벤텐에게 증정해 덴구계와 너구리계의 빈축을 샀는데, 작년 우여곡절을 거쳐 선생님 손에 돌아왔다.

아카다마 선생님은 이제 덴구 바람을 일으킬 힘이 없다. 혼신의 힘을 다해도 연꽃 핀 들판에 부는 봄바람 수준이니 2세의 앞머리를 살랑 흔드는 게 고작일 것이다. 하지만 풍신뇌신의 부채만 있으면 선생님이 아무리 연로해도 미나미좌 대지붕 정도는 손쉽게 날려버릴 것이다.

"똑똑히 알렷다!"

아카다마 선생님은 호령하며 부채를 쳐들려 했다.

부채는 선생님 손에서 쏙 빠져 가모가와강을 향해 하늘을 날았다. 제 아무리 최강의 부채라도 부치지 않으면 아무 쓸모가 없다. 허둥지둥 부채를 잡으려던 아카다마 선생님이 허공을 잡아 균형을 잃고 쿵 넘어져 머리부터 주르륵 미끄러져 떨어졌다. 부채는 데굴데굴 경쾌하게 굴러떨어졌다.

그냥 두면 풍신뇌신의 부채도, 은사의 목숨도 위험했다.

나는 어둠에서 일어나 나와 지붕을 달려가 풍신뇌신의 부채를 낚아채 품에 넣고 이어서 아카다마 선생님에게 달려들어 붙들었다.

아카다마 선생님은 말없이 일어나 내 옆에 책상다리를 하고 앉았다.

세게 부딪친 코를 누르며 눈물을 글썽이고는 있어도 달리 다친 데는 없는 듯했다.

머리 위에서 2세의 엄한 목소리가 들려왔다.

"거기 야사부로 군이지?"

나는 대지붕 가장자리에 넙죽 엎드렸다.

"시모가모 야사부로, 대령했습니다."

"이런 데서 뭘 하나?"

"……이 또한 바보의 피가 그리하게 시키는 것이죠."

"도우러 온 것인가." 2세는 한숨을 쉬었다. "하여간 너구리는 어째서 그렇게 어리석은가. 훈훈한 일이라는 것은 인정하지. 하나 제군이 바보라는 사실은 변함없어."

"2세도 덴구다운 말씀을 하시는군요."

"나는 덴구가 아니야. 덴구란 무엇인가? 저기 있는 늙은이거든."

2세는 아카다마 선생님을 턱짓으로 가리켰다.

"그렇게 으스대며 신통력을 자랑해놓고 제 구역도 지키지 못해 구라마 덴구들에게 쫓겨나선 인간들이 사는 지저분한 연립에 갇혀 있어. 지금도 자기가 잘났다고 생각하겠지만 결국은 벌거벗은 임금님이야. 덴구 바람 하나 제대로 다루지 못하고 하늘도 온전히 날지 못해. 뭘 할 수 있다는 거지? 참으로 무의미하고 가소로운 모습이야. 하지만 그게 바로 덴구란 존재네. 이게 덴구의 말로야. ……아아, 저게 무슨 꼴인지. 한낱 너구리에게 동정을 받으면서 그럼에도 목숨을 부지하고 있다니."

2세는 수려한 눈썹을 일그러뜨리며 냉랭한 눈빛으로 아카다마 선생님을 내려다봤다.

"수치가 따로 없구나. 수치스러운 줄 알도록."

2세의 말에 성이 났는지 아카다마 선생님은 비척비척 일어나 나를 밀쳐내고 지붕을 기어 올라가려 했다. 힘없이 주르르 미끄러졌다가 이럭저럭 버텨 또 2세가 서 있는 높은 곳으로 올라가려 했다.

아카다마 선생님은 백발을 흩뜨리고 숨을 몰아쉬며 신음했다.

"달아날 생각 말고 거기서 기다려라. 내가 다시 걷어차주마."

그때 2세가 거만하게 내려다본 것은, 죽을힘을 다해 지붕을 기어오르는 아버지뿐 아니라 마른침을 삼키며 그 모습을 지켜보는 나와 눈 아래에서 꿈실거리는 어중이떠중이였을 것이다. 천지간에 잘난 존재는 나뿐이라고 싸늘한 눈빛이 당당하게 이야기하고 있었다. '덴구가 아니다'라고 우기는 2세의 번득이는 덴구의 편린에 나는 반하고 말았다.

2세는 하얀 뺨에 냉소를 띠며 말했다.

"아버지, 이제 그만 죽으시죠."

아카다마 선생님은 이를 가는 듯한 목소리로 대답했다.

"……죽기를 바라면 어디 한번 죽여봐라."

2세가 코웃음 쳤다.

"죽여줄 가치도 없군. 알아서 나가 죽어라."

2세는 선생님이 기어 올라오기를 기다리지 않고 대지붕에서 뛰어올랐다.

가볍게 가모가와강을 뛰어넘어 '도카사이칸' 옥상에서 라오주를 마시는 이와야산 긴코보에게 고개를 까닥한 뒤 휘황찬란한 밤거리로 날아가버렸다.

아카다마 선생님은 입을 딱 벌린 채 배웅할 뿐이었다.

이리하여 덴구의 결투는 막을 내렸다.

○

"어이구야, 또 도망쳤나. 못난 놈."

아카다마 선생님은 대지붕 중간께에 책상다리를 하고 앉아 거사를 마친 양 후련하다는 표정으로 담배를 피웠다. 나는 선생님 옆에 앉아 풍신뇌신의 부채를 만지작거리며 2세가 날아가버린 밤거리의 찬연한 불빛을 바라봤다.

이윽고 아카다마 선생님은 어이없다는 듯 말했다.

"하여간 너란 너구리는 나타나지 않는 데가 없구나."

"신출귀몰을 명심하고 있습니다."

갑자기 선생님이 "어떠냐?"라며 내 옆구리를 찔렀다. "내가 이겼지?"

"……어, 음, 무엇을 가리켜 승리라 하시는지?"

"그런 것도 몰라서 쓰느냐."

선생님은 맛있게 담배를 피우며 눈 아래 남북으로 흐르는 가모가와강을 봤다.

강변에는 벌써 납량상*이 생겨 몽환적인 밤의 불빛을 검은 수면에 던지고 있었다. 딱 벤텐이 호사스러운 유흥을 하고 있을 법한 광경이었다.

---

* 가게 밖에 임시로 평상을 내놓아 만든 자리로, 여름의 가모가와강 변을 대표하는 풍경으로 유명하다.

그때 선생님도 나와 똑같은 생각을 한 모양이다.

가모가와강을 보며 선생님이 나직이 중얼거렸다.

"벤텐은 어디서 어떻게 지내는지."

"돌아오시면…… 퍽 즐거워지겠죠."

"……지금이 바로 그 미인이 나설 차례이건만."

선생님은 밤하늘에 빛나는 달을 올려다보며 한숨 쉬듯 말했다.

"벤텐이 보고 싶구나, 벤텐이 보고 싶어."

제2장

난젠지 교쿠란

사랑에 빠지는 수컷 너구리와 암컷 너구리는 '운명의 붉은 실'로 이어져 있다고 한다.

애매모호한 전설에 가슴을 콩닥거리며 귀중한 붉은 실 한 올을 찾아내겠다고 온몸을 살펴보는 너구리는 한둘이 아니다. 지금도 요시다산의 나무 밑에서, 고진*님 경내에서, 교토부립식물원 온실에서 너구리 군과 너구리 양의 털이 북슬북슬하면서도 조신한 교제가 진행 중이다. '당신 같은 너구리는 이 세상에 한 마리뿐이야.' '당신 같은 너구리도 이 세상에 한 마리뿐이야.' 어휴, 간지러워라.

여기에 털북숭이 사랑의 이야기가 있다.

* 荒神. 조왕신.

옛날에 사쿄구 이치조지 다누키다니 후도의 숲에 '도센'이라는 이름의 암컷 너구리가 살았다. 복숭아처럼 풋풋하고 신선처럼 몸놀림이 가벼웠다. 250단이나 되는 참배길 계단에서 아침부터 밤까지 놀았다. 그녀를 업신여기는 멍청이는 "나가 뒈져라!"라는 한마디로 격퇴했다. 동네 어린 너구리들은 경외심을 담아 '계단 타기의 도센'이라고 불렀다.

어느 날, 낯선 새끼 너구리들이 다누키다니 후도에 쳐들어왔다. 당시 너구리계를 석권했던 쓰치노코 붐에 바람이 들어 '쓰치노코 탐험대'를 표방하며 근교 산들을 휩쓸고 있던 악동들이다. 노래하며 계단을 올라온 악동들은 도중에 도센을 만났다. 그녀의 악명을 모르는 그들은 고자세로 나왔다.

"야, 비켜, 꼬맹이."

"뭐야?"

분개한 도센은 악동들을 뽕뽕 차 떨어뜨렸다.

"나가 뒈져라!"

그때부터 다누키다니 후도의 어린 너구리들과 쓰치노코 탐험대는 참배길 긴 계단을 둘러싸고 땅따먹기 전쟁을 벌였다. 도센은 용감히 싸워 자신들의 구역을 지켰다고 한다.

이윽고 세월이 지나 도센은 흰 전통 혼례복 차림으로 혼처인 다다스숲으로 향했다.

그때 그녀가 추억한 것은 큰 소리로 노래하며 계단을 올라온 쓰치노코 탐험대의 악동들과 그에 맞서는 자신의 모습이었다. 그날 "야, 비켜, 꼬맹이"라고 한 쓰치노코 탐험대 대장은 시모가모 소이치로, 다시 말해 내 아버지였다. "뭐야?"라고 받아친 말괄량이는 말하나 마나 어머니다. 이 세상에 털북숭이 사랑이 없었다면 시모가모가의 아들들은 터럭 한 올 존재하지 않았을 것이다.

털 뭉치 옥동자들이 태어나면서 털북숭이 사랑의 이야기가 시작됐다.

○

장마가 시작된 6월 초순, 나는 교토시 동물원 우리 안에 앉아 있었다.

오카자키 헤이안 신궁 옆에 있는 교토시 동물원은, 벽돌담으로 둘러싸인 부지 내에 금수의 목소리가 시끌시끌하게 울리는 곳이다. 코끼리와 사자, 기린, 하마 같은 관록 있는 동물들 우리 틈에 너구리 우리도 있다.

그러나 너구리는 우리에 갇히는 것을 매우 두려워한다. 우리 너구리의 둔갑술은 자유의 개념과 밀접한 연관이 있어, 우리에 갇혀 자유를 빼앗기면 가짜 거죽을 유지할 수 없게 되기 때문이다. 둔갑도 하지 못하는 부자유를 좋아하는 너구리는 없다.

그렇기에 동물원의 너구리 역할은 그 방면의 프로페셔널인 오카자키 너구리들이 돌아가며 맡는 것이 예로부터 내려온 관습이었다. 그들이 단체 여행 등을 가고 없을 때면 부득이 다른 너구리가 대타로 나서야 하는데 당연히 하겠다는 이가 없다. 내가 그 일을 맡기로 한 것은 보수가 쏠쏠해서다.

나는 우선 '동물원 너구리의 올바른 행동거지'에 관해 오카자키의 두령에게 상세한 강습을 받았다. 올바른 너구리가 무엇인지 온 교토 사람에게 알리는 계몽 활동에 대해 오카자키 너구리들은 긍지를 갖고 있다.

"애교가 중요합니다. 그렇지만 아첨을 하란 게 아닙니다."

오카자키의 두령은 자기 나름의 철학을 폈다.

"비결은 긍지를 가지고 너구리를 연기하는 겁니다. 있는 그대로의 리듬으로 하면 안 돼요. 그러면 다 망쳐요. 있는 그대로의 모습을 보여주는 게 아니라 너구리보다도 너구리다워지는 순간을 의식적으로 포착합니다. 그것도 둔갑술인 거예요."

그래도 우리에 들어가려니 섬뜩해 첫날은 안절부절못했다. 둔갑력도 빼앗기는 바람에 어슬렁어슬렁 놀러 나가지도 못하고 24시간 누군가의 시선에 노출되는 것은, 익숙지 않은 너구리에게는 몹시 피로한 일이었다.

그날 저녁, 혼자 우리에 있는 나를 걱정해 어머니가 찾아왔다. 어머니는 그날도 다카라즈카풍 미청년의 모습이었는데, 어깨에 녹색 개구리를 올려놓고 있었으니 더더욱 눈에 띄었다. 개구리는 창살 틈으로 꼼지락꼼지락 들어왔다.

"야지로가 같이 있으면 쓸쓸하지 않을 거야."

어머니가 말했다.

그리하여 이틀째부터는 작은형과 함께 있게 된 덕에 마음은 꽤 편해졌다. 내가 털북숭이 머리에 개구리를 얹고 되똑되똑 걸어 다니자, 우리 앞에 모인 아이들이 "개구리가 너구리를 운전하는데!"라며 놀랐다.

"너도 참 빠지는 데가 없군. 하여간 감탄스러워."

작은형은 말했다.

"딱히 할 일이 없으니까."

"그러고 보니까 쓰치노코는 잡았어?"

"아니, 형, 잡았으면 이런 곳에 있겠어? 지금쯤 기자회견과 축하 파티를 여느라 바쁠걸."

그날 밤, 작은형은 우리 구석에 납작하게 주저앉아 열심히 무슨 생각인가 하고 있었다.

"뭐 해?" 하며 들여다보니 작은형은 쇼기 문제를 풀고 있었다.

난젠지가에서 주최하는 너구리 쇼기 대회가 6월 중순에 개최되어 작은형은 예선에 나간다고 했다.

"산에 고목나무라도 있으면 없는 것보다는 나으니까." 작은형은 말했다. "쇼기를 좋아하는 너구리는 많지 않은데 참가자가 얼마 없으면 난젠지가 불쌍하잖아."

"그나저나 아버지도 참 희한한 이벤트를 만드셨지."

우리 아버지 시모가모 소이치로는 상당한 쇼기 애호가였다. 쇼기를 좋아하다 못해 난젠지 선대와 손잡고 '너구리 쇼기 대회'를 창립한 것까지는 좋았지만, 너구리는 쇼기의 말을 외우는 것조차 귀찮아하는 데다 쇼기판 앞에 가만 앉아 있으면 궁둥이 털이 근질거린다. 아버지의 바람도 헛되이 너구리계에 쇼기는 정착되지 않았고, 그 뒤 아버지가 너구리전골이 되면서 대회는 일시 중단에 이르렀다. 그것을 부활시켰으니 큰형은 꽤나 우쭐하겠다는 생각이 들었다.

그때 문득 생각나 물었다.

"그러고 보니까 형, '쇼기 방'이란 게 있지 않았어?"

"그러게, 있었지. 아버지의 비밀 기지잖아. 재미있는 방이었는데."

"그 방은 어떻게 됐어?"

"다다스숲에 있을 텐데 나도 어떻게 됐는지는 몰라."

너구리계의 두령으로 바삐 활동하는 틈틈이 '쇼기 방'에 틀어박히는 것이 아버지의 소중한 휴식 시간이었다. 쇼기 책과 오래된 쇼기판 같은 수집품을 모아놓은 다다미 넉 장 반에서 우리 형제도 가끔 쇼기를 배우곤 했다.

나는 그리운 쇼기 방을 머릿속에 그려봤다.

어디에 쓰는지 알 수 없는, 다다미 한 장만 한 크기의 거대한 쇼기 말과 기묘하게 생긴 쇼기판에 둘러싸여 아버지는 즐거운 표정으로 방석에 앉아 있었다. 그 방에는 커다란 천창이 있었다. 천창 너머 깊고 맑은 하늘이 펼쳐져 있고, 익은 감이 달린 가지가 뻗어 나온 게 보였다. 감을 따달라고 졸라 아버지를 난처하게 한 기억이 있다.

　이상하게도 아버지는 우리를 그곳에 데려갈 때 꼭 눈을 가렸다.

　기억나는 것은 바람이 윙윙거리는 굴속으로 뛰어내리는 느낌뿐이다.

　"큰형도 방이 어디 있는지 모를까?"

　"모르는 것 같더라." 작은형이 말했다. "숲을 샅샅이 뒤져봐도 그런 굴이 없더라나. 아버지가 어지간히 교묘하게 감추셨겠지."

　그러더니 작은형은 중얼거렸다.

　"언젠가 다시 가보고 싶다."

○

　동물원 생활 마지막 날에 진기한 손님이 우리로 찾아왔다.

　그날은 아침부터 날이 흐리고 간간이 비가 뿌려 동물원이 한산했다. 삐삐 울며 달리는 붉은 굴뚝 열차 폿포도, 작은 관람차도, 회색 비에 젖어 쓸쓸해 보였다. 이런 날은 내가 아무리 너구리다운 너구리를 연기해도 우리 앞에 멈춰 서는 인간이 많지 않다. 그러면 의욕도 생기지 않는다.

심심해서 하품을 하는데 어린 여자애가 나타났다. 유치원생 정도 되는 키에 빨간 우산과 빨간 장화가 산뜻했다. 아이는 열차 폭포에도, 관람차에도 관심을 보이지 않고 우산을 빙글빙글 돌리며 곧장 너구리 우리로 다가왔다. 너구리가 어지간히 좋은가 보다. 아이는 빨간 우산을 우리에 푹 찔러 넣고는 내가 우리 안을 의기양양하게 돌아다니는 것을 큰 눈으로 바라봤다. 그러더니 쿡쿡 웃었다.

"참 멋진 너구리네, 야사부로."

나는 놀라 멈춰 섰다.

"이런, 교쿠란이잖아. 여기엔 웬일이야?"

머리 위에서 작은형이 말했다.

"야사부로가 대타로 나섰다길래 응원해주려고 들렀지."

"흥. 어때, 훌륭하게 임무를 완수하고 있지, 교쿠란 선생님?"

내 말에 교쿠란은 "'선생님'은 빼줘"라며 쓴웃음을 지었다.

난젠지 교쿠란은 난젠지가 두령 쇼지로의 동생이다.

과거 내가 아카다마 문하의 어린 너구리였을 때, 이미 지혜도 분별도 갖추고 있었던 교쿠란은 아카다마 선생님에게 귀여움을 받았다. 선생님 밑에서 배운 너구리들 중 성적이 우수한 몇 마리가 선생님을 돕게 되어 있었다. 난젠지 교쿠란은 큰형 야이치로와 함께 아카다마 선생님의 조수 노릇을 톡톡히 해내, 교단 밑에서 꼬물거리는 털북숭이 악동들을 양치기 개처럼 몰고 다녔다. 내가 '교쿠란 선생님'이라고 부르는 것은 그 때문이다.

교쿠란은 우리 앞에 서서 너구리 쇼기 대회가 기다려진다는 이야기를 했다. 오늘도 오빠인 쇼지로와 함께 예선 장소를 답사하러 다녀오는 길이라고 했다.

"야사부로도 보러 올 거지?"

"글쎄, 난 쇼기에 관심이 없어서."

나는 하품했다.

"야이치로 씨가 부활시키려고 저렇게 애쓰는데 안 온단 말이야? 그렇게 쌀쌀맞은 소리 하는 거 아냐. 틀림없이 재미있을 거니까 꼭 와."

"그야 교쿠란은 재미있겠지."

교쿠란은 어렸을 때부터 쇼기를 좋아해 마지않는 너구리로 유명했다.

원래부터 난젠지가는 쇼기를 좋아하는 일족이지만 교쿠란의 쇼기 사랑은 그중에서도 각별했다. 비와호 수로에 빠지고도 쇼기 문제를 계속 풀었다느니, 쇼기가 너무너무 좋아서 말을 먹어버렸다느니, 매일 밤 쇼기판을 끼고 잔다느니, 그런 전설이 다수 존재했다. 교쿠란의 말로는 모두 거짓이라고 하지만, 그녀가 아카다마 선생님 문하에 있었을 때 천진난만한 어린 너구리들에게 쇼기를 강요했던 것은 사실이다. 나도 "재미있다고! 진짜 재미있어!"라며 쇼기판을 들고 쫓아오는 교쿠란을 피해 도망쳐 다닌 기억이 있다. 교쿠란은 쇼기를 사랑하는 마음이 너무 강한 탓에 계몽 활동에 적합하지 않았다. 너구리계에 존재하는 여러 교쿠란 전설은 당시 쫓겨 다니느라 학을 뗀 어린 너구리들이 퍼뜨렸을 것이다.

문득 교쿠란이 중얼거렸다.

"야이치로 씨는 지금도 쇼기를 두지 않네."

"형은 이제 쇼기를 두지 않을 거야." 작은형이 부드럽게 말했다. "그건 교쿠란이 제일 잘 알 거 아냐?"

"언제까지 그렇게 연연하고 있을 건지. 이미 어엿한 털 뭉치인데."

"형한테 그렇게 말해봤어?"

"못 해. ……이유는 모르겠지만 말 못 하겠어."

다다스숲에 아버지가 남긴 쇼기판이 있었다. 큰형은 이것을 자동 인력거와 함께 소중히 여겼다. 오동나무 함에 든 쇼기판의 반면盤面에 무시무시한 잇자국이 남아 있었다. 노여움에 미쳐 날뛰던 큰형이 호랑이로 변신해 물어뜯은 자국이다. 큰형은 어린 시절 쇼기를 두다가 형세가 불리해지면 머리에 피가 솟구쳐 호랑이가 되는 버릇이 있었다. 큰형이 쇼기를 그만둔 것은 그런 식으로 이성을 잃는 게 싫어져서다. 동갑내기 여자애와 쇼기를 두다가 분하다고 쇼기판을 물어뜯은 것은 형의 체면을 구기는 추억이 틀림없다.

이윽고 교쿠란은 "그럼 쇼기 대회에서 만나"라는 말을 남기고 비에 부옇게 흐려진 난젠지 절의 숲으로 돌아갔다. 그녀는 진짜 어린애처럼 빨간 우산을 빙글빙글 돌리며 걸어갔다. 작은형이 내 머리 위에서 "이 세상에 털북숭이 사랑이 없었다면"이라고 중얼거렸다.

"무슨 말이야, 형?"

"……아니, 아무것도 아니야."

"변죽만 울리긴."

"우물 안 개구리에게도 비밀 엄수 의무라는 게 있거든."

○

6월 중순 어느 날, 밤이 이슥해진 뒤 가족들과 난젠지로 갔다.

하늘은 짙은 구름으로 뒤덮여 별을 찾아볼 수 없었고 습한 밤바람이 불었다. 동생인 야시로는 고적대 선두에 선 리더처럼 득의양양한 표정으로 가문家紋이 든 제등을 들고 있었다. 대저택의 긴 담장이 이어지는 어두운 동네를 지나 난젠지 경내로 들어가니, 온 교토의 너구리들이 제등을 들고 꿈실거리고 있었다. 오늘은 난젠지가에서 주최하는 '너구리 쇼기 대회' 날이다.

어머니가 감탄하며 경내를 둘러봤다.

"꽤 많이 모였네."

"아버지가 돌아가신 뒤로 쇼기 대회도 오랫동안 중단됐었으니까요." 큰형이 자랑스레 말했다. "저도 힘쓴 보람이 있습니다. 아버지도 기뻐하실 테죠."

"작은형이 오늘 이기면 아버지가 더 기뻐하실걸"이라고 내가 말하자, 어깨에 올라앉은 작은형이 꼼지락거렸다. "글쎄, 그건 모르지. 너무 기대하지는 말아줘."

"약한 소리 하지 마라, 야지로. 시모가모가의 명예를 지키는 거다."

큰형이 말했다.

"무슨 소리야, 형. 난 명예를 지키려고 쇼기를 두는 게 아니야."

"너라면 교쿠란의 상대로도 부족하지 않을 거다."

"그야 모르지."

작은형이 말했다.

"꼭 이길 거야." 어머니가 말했다. "그렇지만 승패를 가르는 건 운이니까."

경내에 모인 너구리들의 태반은 말도 구별하지 못하는 쇼기 까막눈으로, 그저 노름과 연회에 관심 있어서 온 것이다. 소나무에 둘러싸여 검게 솟은 난젠지의 삼문三門 밑에서는 데라마치 거리의 바 '아케가라스' 주인이 다른 너구리들과 도박에 관해 의논하고 있었다. 대결이란 대결은 모두 노름에 연결하는 것이 그들에게 인생을 사는 낙이었다.

나는 '아케가라스' 주인에게 다가가 말을 걸었다.

"여, 쇼기 까막눈이 웬일이야?"

"부탁한다, 야사부로. 우리는 판 밖 몸싸움도 고려하고 있어." 그는 몹쓸 소리를 했다. "판 밖 몸싸움은 네 장기잖아."

내가 맞받아치려는데 동생이 가문이 든 제등을 흔들었다.

"야사카 씨가 오셨어."

야사카 너구리들이 나팔을 조그맣게 뿌뿌 불며 난젠지 경내로 들어왔다. 니세에몬 야사카 헤이타로는 변함없이 알로하셔츠 차림이었다.

그는 우리를 발견하고 삼문 밑으로 와 큰형의 어깨를 툭 쳤다.

"야이치로 군, 쇼기가 부활하다니 참 경사스러운 일이야."

야사카 헤이타로는 봄부터 은퇴 준비를 착착 진행하며 니세에몬의 업무를 얼렁뚱땅 큰형에게 인계하고 있었다. 큰형은 '잠잘 시간도 없다'고 불평하면서도 싫지만은 않은 듯했다. 신쿄고쿠에서 조달해 온 수상쩍은 드링크제를 보란 듯이 마시며, 물 만난 털북숭이 물고기처럼 온 교토를 참방참방 헤엄쳐 다녔다.

야사카 헤이타로는 내 어깨에 웅크리고 앉은 작은형에게 말했다.

"그나저나 야지로가 예선을 돌파할 줄이야. 네가 이렇게 쇼기를 잘하는 줄 몰랐다."

"아버지께 배웠으니까요. 게다가 우물 속에선 달리 할 일도 없습니다."

"너도 소 씨한테 나쁜 장난을 배웠냐. 나도 그렇다. 어렸을 땐 쓰치노코 찾기, 커서는 쇼기와 술과 하와이. 하여간 죄다 돈 안 되는 쓸데없는 것뿐인데 그보다 더 즐거운 게 없었지. 하여간 소 씨는 못하는 게 없었어."

어머니가 후후 웃었다.

"헤이타로 씨는 잘하는 게 없었고."

"잠깐, 그렇게까지 말할 건 없잖아."

"어머나, 못하든 말든 언제까지고 즐겁게 놀 수 있다는 건 훌륭한 일인걸."

"하여간 너무하는군. 도무지 못 당하겠다니까."

알로하셔츠 차림의 니세에몬은 그렇게 말하며 웃었다.

○

난젠지는 히가시야마산 깊은 곳에 있는 임제종臨濟宗의 고찰이다.

난젠지 일족은 난젠지에서 게아게로 이어지는 숲을 영역으로 삼는다.

지금으로부터 80여 년 전, 난젠지 절의 얼음장 같은 서원에서 사카타 산키치라는 오사카의 쇼기 기사가 도쿄에서 온 쇼기 기사와 대결했다. 이른바 난젠지 대결이다. 오랜 세월 침묵했던 사카타 산키치가 '오른쪽 끝 보步를 공격'하는 괴상망측한 수로 세상 사람들을 놀라게 했다는 것은 쇼기 까막눈인 나도 알고 있다. 이레 동안 이어진 처절한 싸움에, 호기심에 구경하던 난젠지 너구리들도 압도됐다.

난젠지 삼형제가 사카타 산키치에게 가르침을 받았다는 전설은 신빙성이 떨어진다 해도, 그 이레를 계기로 난젠지 일족이 쇼기에 눈뜬 것은 사실인 모양이다. 그 이래로 난젠지가는 쇼기에 정열을 쏟으며 너구리계에 쇼기를 보급하는 활동에 힘을 쏟아왔다. 아버지가 젊어서 쇼기를 두게 된 것은 난젠지 선대에게 처음 배우면서부터라고 한다.

경내의 너구리들은 난젠지 너구리의 안내를 받아 제등을 들고 걸어갔다.

어둠 속에 떠오른 난젠지 수로각 밑을 지나 돌계단을 올라가니 비와호 수로의 물 흐르는 소리가 들려왔다. 히가시야마산 그림자가 드리워져 주위는 숨이 막힐 만큼 습했다. 제등 행렬은 난젠지 정원을 내려다보며 어두운 삼나무 숲을 지났다. 행렬의 선두에서 야사카 헤이타로의 웃음소리가 들리고 누가 나팔을 뿌웅 불었다.

큰형은 주의 깊게 전후좌우를 살피며 걸었다.

"금각과 은각이 보이지 않는군."

지난해 말, 너구리계를 뒤흔든 대소동은 오랫동안 가짜 덴키브랜 공장으로 배를 불려온 에비스가와가 두령 에비스가와 소운의 실각으로 막을 내렸다. 재산을 챙겨 모습을 감춘 소운의 행방은 여태 알려지지 않았다. 어느 온천지에서 떵떵거리며 잘산다는 소문이었다.

소운을 대신해 너구리계에서 으뜸가는 바보 형제 금각과 은각이 공장 경영을 이어받게 됐다. 유서 깊은 밀주 덴키브랜*의 전설이 풍전등화의 위기에 처했다고 모두가 생각했을 때, 막내딸 가이세이라는 민완 경영자가 혜성처럼 나타나 바보 형제의 고삐를 잡았다. '가이세이에게 혼났다'며 밤 항구에서 눈물 짓는 형제가 종종 목격되었다.

"그 녀석들이 쇼기에 관심이 있겠어? 바보인데."

"예선에서 참패해 잔뜩 뿔이 나 있었지만 대회엔 참가한다고 했어. 가이세이가 가짜 덴키브랜을 협찬해줬는데 에비스가를 대회에서 제외할 순 없지."

---

* 일본 최초의 서양식 바 '가미야 바'에서 1893년 탄생시킨 칵테일로, 당시 최신 문물에는 '전기(덴키)'라는 명칭을 붙이는 것이 유행이었다.

"녀석들이 뭔 짓을 꾸민다면 나도 가만있지 않아."

"판 밖 몸싸움은 자중해라."

이윽고 우리는 숲속 광장에 이르렀다. 어마어마하게 많은 횃불이 숲 한 부분을 환하게 밝히고 광장 중앙에 설치한 다다미 수십 장 크기의 거대한 쇼기판을 비추었다. 그곳이 오늘 밤 결전의 무대가 될 것이다. 쇼기판 세 방향으로 계단식 관람석이 있다. 그 앞 긴 테이블에는 어묵이 보글보글 끓는 냄비와 머리가 아찔해질 만큼 많은 주먹밥, 고혹적으로 빛나는 가짜 덴키브랜 큰 병이 빽빽이 늘어서 모여든 너구리들을 연신 유혹했다.

난젠지 두령이자 교쿠란의 오빠인 쇼지로가 기모노 차림으로 앞으로 나왔다.

"오늘 이렇게 난젠지 너구리 쇼기 대회를 찾아주셔서 감사드립니다. 시모가모 소이치로 씨가 세상을 떠나신 뒤로 부득이 중단됐던 대회를, 이번에 여러분의 따뜻한 성원에 힘입어 무사히 개최할 수 있게 됐습니다. 이 대회가 앞으로도 오래도록 계속되기를 기원합니다. 또한 많은 기부를 해주신 에비스가와 가이세이 님께 감사 말씀을 드립니다."

그새 한잔 걸친 너구리들이 요란하게 떠들었다.

"너구리 쇼기 만세! 가짜 덴키브랜 만세!"

환성이 울려 퍼지는 순간을 노린 것처럼 시커먼 영국 신사의 행렬이 제등을 들고 나타났다. 제등에 '에비스가와'라는 글자가 보였다. 천박한 금색 실크해트를 머리에 얹은 금각은 "가짜 덴키브랜 만세!"라는 환성 속에 득의만면한 얼굴로 배를 내밀며 뽐냈다. 그 뒤에서 은색 실크해트를 머리에 얹은 은각도 기분 좋은 듯한 표정을 짓고 있었다.

"자, 여러분, 기다리고 기다리시던 금각이에요."

"기다리고 기다리시던 은각이에요."

내가 "안 기다렸거든!" 하고 야유하자 모여든 너구리들이 와르르 웃으면서 숲이 시끌벅적해졌다. 금각은 포동포동한 볼살을 바들바들 떨며 나를 노려봤다. 그러고는 은각과 함께 혀를 내밀기에 나도 같이 혀를 내밀었다.

난젠지의 너구리 쇼기는 난젠지 선대와 아버지를 비롯한 창설자들이 고안한 것이다. 다만 인간들이 두는 '인간 쇼기'와 규칙은 똑같다. 차이는 너구리들이 거대한 쇼기 말로 둔갑한다는 점이다. 왕장 자리의 대국자들이 작은 쇼기판으로 쇼기를 두면, 말로 둔갑한 너구리들이 그에 맞춰 반상을 되똑되똑 돌아다닌다. 장관이라 하면 장관이고 얼빠졌다고 하면 얼빠졌다.

난젠지 쇼지로는 예선을 돌파한 두 마리를 호명했다.

"서군, 난젠지 교쿠란."

기모노를 입은 난젠지 교쿠란이 나타나 너구리들에게 머리를 숙였다.

"동군, 시모가모 야지로."

쇼지로의 호명에 맞춰 나는 작은형을 두 손으로 높이 쳐들었다.
"여! 미녀와 개구리!"
누가 말하자 너구리들이 또 와르르 웃었다.

어머니와 야시로는 어묵을 듬뿍 떠 관람석으로 올라갔다. 큰형과 나는 작은형을 방석에 올려 쇼기판의 왕장 자리로 운반했다. 나는 "긴장 풀고 편하게 하자"라며 작은형의 어깨 힘을 빼주려 하고, 큰형은 "시모가모가의 명예를 지켜. 기합을 넣어"라며 부담을 주었다. 작은형은 "형하고 야사부로가 하는 말이 다 제각각이라니까"라며 쓴웃음을 지었다.

그런 말을 주고받는데 적진에서 난젠지 교쿠란이 다가왔다.
"야이치로 씨, 안녕하세요."
큰형이 빳빳하게 굳었다.
"안녕하세요, 교쿠란."
"쇼기 대회를 위해 애써주셔서 감사합니다. 야이치로 씨 덕에 이날을 무사히 맞이할 수 있었어요."
"과분한 말씀입니다. 저도 안심했습니다."
교쿠란은 이어서 작은형에게 미소를 지었다. "봐주지 않을 거야, 야지로 군."
적진으로 돌아가는 교쿠란을 보며 작은형이 말했다.
"교쿠란은 형이 출전하지 않아서 아쉬운 거야."
"내 실력은 형편없어. 출전해봤자 예선에서 이기지도 못했을 거다. 도저히 교쿠란의 상대가 못 돼."

큰형과 교쿠란은 아카다마 선생님의 문하생 시절, 감당하기 힘든 악동들을 쫓아다니는 한편 쇼기를 두었다. 큰형과 교쿠란은 함께 쇼기를 연구한 셈인데 세월이 흐를수록 실력 차가 분명해졌다.

교쿠란에게 자부심을 짓밟힌 큰형은 아버지의 쇼기판에 잇자국을 남기게 된다.

○

쇼기에서 쓸모없는 말은 하나도 없다. '보'를 업신여기는 자는 '보'에 운다.

그러나 기왕이면 볼품 있는 말 역으로 선택받고 싶은 것이 너구리의 인지상정인지라, 말 역할로 참가하겠다는 의사를 사전에 표명한 너구리들은 난젠지가에서 역할을 발표할 때마다 일희일비했다. 나는 작은형이 이끄는 동군의 계마 역을 받았고, 큰형은 비차 역을 맡고 으쓱했다. 한편, 적진에서는 분통 터지는 금각과 은각이 서군의 금장과 은장이라는 상당히 중요한 역할을 맡아 득의만면했다.

이윽고 작은형이 선수先手로 정해지면서 너구리 쇼기의 막이 올랐다.

서반은 말들이 찔끔찔끔 움직일 뿐이라 쇼기 까막눈인 내게는 따분했다. 관람석의 너구리들도 눈앞의 시합보다 어묵과 가짜 덴키브랜과 잡담에 열중했다. 나는 빈번히 작은형을 보며 '계마를 활약시켜줘!'라고 염을 보냈지만, 작은형은 날뛰는 계마 따위 안중에 없이 냉정한 표정으로 반면을 읽고 있었다.

그나저나 내게는 쇼기의 재미라는 것이 크나큰 수수께끼였다.

어렸을 때 아버지가 열심히 가르쳐주었는데도 정석이니 왕을 방어한다느니 그런 딱딱한 규칙은 이 귀에서 저 귀로 경쾌하게 빠져나가, 내 왕장은 대개 벌거벗은 채 적에게 포위되어 화려하게 전사하곤 했다. 이윽고 나는 '바보 신선', '연분홍 너구리', '아메리카 대신' 등 엉터리 말을 독자적으로 개발해 쇼기라는 게임을 근본부터 파괴하기 시작했다. 그쯤 되면 아버지도 포기할 수밖에 없어져 나는 쇼기에서 멀어졌다. 반상의 승부를 단념하고 쇼기판 밖에서 활로를 찾았다.

그런 기억을 돌이키는 사이에 너구리 쇼기는 중반에 접어들어 드디어 말들이 반상에서 접전을 벌이기 시작했다. 작은형이 비로소 계마를 앞으로 전진시켜 주어 나는 깡총 뛰어 쇼기판 중앙께로 나갔다.

교쿠란이 은장을 전진시켜 나는 은각과 마주 보게 됐다.

가짜 신사 차림의 은각은 바이올린을 끼익끼익 서툴게 연주하고 있었다.

"시끄러워, 은각."

"넌 예술을 모르는군." 은각이 빙긋 웃으며 말했다. "우리는 영국 신사가 갖춰야 할 소양을 공부하는 중이거든. 바이올린은 신사의 소양이지."

"네놈들이 영국 신사가 될 수 있으면 단무지 무도 영국 신사가 되겠다."

"뭐야? 이 건방진 녀석이."

적진 안쪽에서 금각이 "그냥 무시해!"라고 소리쳤다. "영광스러운 고립이야!"

"그래, 맞아, 영광스러운 고립. 형이랑 난 옛 대영제국처럼 '영광스러운 고립'을 관철하기로 했거든. 바보 너구리는 상대해 주지 않아."

평소 자신들이 얼마나 바보인지 만천하에 드러내고 있는 금각과 은각은 이미 너구리계에서 고립되어 있다. 본인들의 고매한 이상과 너구리계 일반의 인식이 기적적으로 일치하는 순간을 나는 목격했다.

"영광이 없는 고립은 그냥 고립일 것 같은데."

나는 말했다.

"입 다물어."

"자꾸 그러다간 또 가이세이한테 혼난다."

"흥, 가이세이 따위 누가 겁낸다고."

"거짓말 마. 야단맞으면 질질 짜면서."

"운 적 없어! 운 적 없다고!"

은각은 바이올린 활을 휘두르며 격노했다.

"형, 뭐라고 대꾸하지? 엄청 화나는데!"

"기다려, 은각. 형이 금방 도와주러 갈게!"

금각이 부르짖었다.

○

금각은 '영광스러운 고립'을 간단히 버리고 금장에게는 있을 수 없는 자유자재한 움직임으로 내 눈앞에 육박했다. 금각에게 밀려난 말들이 픽픽 쓰러졌다. 교쿠란이 "맘대로 움직이면 안 돼!" 하고 소리쳤지만 남의 말을 듣는 녀석들이 아니다.

"어이, 야사부로. 하여간 너란 너구리는 정말이지 언제까지고 비신사적이지."

"이 녀석은 진보할 줄 모르는 거야, 형."

"그 점에서 우리는 다르지. 우리는 항상 진보하고 발전해."

"진보에 발전을 더하는 거야. 조심해!

금각과 은각은 호흡을 맞춰 한층 더 큰 말로 둔갑했다. '취상醉象'과 '용록踊鹿'이라고 크게 쓰여 있었다. 내가 "그런 괴상망측한 말이 어디 있어!"라고 하자, 금각은 "하여간 여전히 교양이

없구나"라며 비웃었다.

"이건 아주 오래전 쇼기에 실제로 쓰였던 말이라고. 비범한 우리에게 흔해빠진 평범한 말은 어울리지 않으니까."

"어때, 형은 유식하지? 쇼기는 못해도 머리는 아주 근사하게 좋거든!"

"너무 칭찬하지 마, 은각. 비신사적이잖아."

"어이쿠, 이거 실례. 진짜 신사답지 않네."

눈앞에 우뚝 선 어처구니없는 말을 보다 보니, 어렸을 때 마구 남발해 아버지를 탄식하게 했던 74종의 말이 뇌리를 스쳤다. 큰형이 판 밖 몸싸움은 삼가라고 했지만, 여기는 어디까지나 쇼기판 안쪽이고 시작은 금각 은각이 먼저 했다. 이 장면에서는 나도 크고 근사한 말로 다시 둔갑해 대항해야 할 것이다. 그리하여 내가 둔갑한 것은 어렸을 때 지혜를 쥐어짜 고안한 최강 사천왕 중 하나, '바보 신선'이었다.

금각과 은각은 입을 모아 소리쳤다.

"그런 말이 어디 있어!"

너구리 쇼기 본래의 목적은 온데간데없어지고, 다른 말들은 어이없어하며 바라볼 뿐이었다. 관람석의 너구리들은 판 밖 몸싸움으로 발전할 낌새를 채고 "이거 어째 재미있어졌는데"라며 몸을 내밀었다. 금각과 은각은 이어서 '자재천왕' '우두천왕'으로 둔갑하고 나는 '아메리카 대신'이 되어, 급기야 쇼기판 중앙에 '천상천하' '유아독존'과 무지갯빛으로 빛나는 '우주 대왕'이라는 거대한 말이 늘어섰다.

한없이 이어지는 억지 겨루기를 보다 못해 큰형이 다가왔다.

"그쯤 해라, 야사부로."

"판 밖 몸싸움은 삼가고 있잖아."

"이건 난젠지가의 중요한 행사야. 바보와 경쟁하고 있을 때가 아니라고."

"이제 와서 물러날 순 없지."

"교쿠란에게 수치를 줄 생각이냐?"

그때 금각이 "아항" 하고 징그러운 목소리로 말했다. "역시 그렇군. 난 전부터 야이치로는 수상하다고 생각했지."

"수상하다니, 뭐가?"

큰형이 말했다.

"야이치로는 유난스레 난젠지가한테 친절하네, 그런데 우리한테는 친절하지 않네! 싶더라 이 말이지. 니세에몬이 되고 싶은 주제에 난젠지 편만 드는 건 불공평하지 않아? 이번 너구리 쇼기만 해도 야이치로는 열심히 도왔지. 우리 에비스가와는 가짜 덴키브랜을 드럼통 가득 제공했는데도 야이치로는 고맙다는 말 한마디 없어. 이런 식으로 취급해도 되는 거야? 우리는 어쩌면 이렇게 가여운지. 순수한 마음을 가진 우리가 비뚤어지는 것도 도리가 없지 않겠어?"

"그럼, 지극히 당연한 일이야. 비뚤어질 만도 해, 형!"

"내가 보기에 야이치로가 난젠지만 싸고 도는 건 교쿠란이 있어서지. 너구리 쇼기를 부활시켜 교쿠란 앞에서 폼 잡고 싶은 거야. 야이치로 씨, 멋져, 라는 말을 듣고 싶은 거야. 여러분, 이 녀석 좀 문제 있어요. 이런 건 공사혼동 아닐까요? 다음번 니세에몬으로 어울리지 않는 불순한 태도가 아닐까 싶네요."

쇼기판 위와 밖이 물을 끼얹은 듯 조용해지고 관람객들이 마른침을 삼켰다.

고지식한 큰형이 설마 그럴 리 있나, 되지도 않는 트집 잡지 말라고 생각하며 돌아보니, 큰형은 눈을 희번덕거리며 발성 연습이라도 하는 것처럼 "아아아아" 했다. 정곡을 찔린 모양이다. 공사혼동이 괜찮은지 아닌지는 일단 제쳐놓고 이렇게 많은 너구리 앞에서, 그것도 하필이면 금각 은각에게 연정을 들키다니. 큰형이 맛본 굴욕은 동정받을 만하다.

우쭐해진 금각과 은각은 기모노 차림의 교쿠란으로 둔갑해 반상에서 몸을 비비 꼬았다.

"아잉, 쇼기만 두다가 시집을 못 갔네."

"야이치로 씨, 나 좀 데려가주면 안 돼요?"

화가 머리끝까지 난 교쿠란이 반상을 달려온 것은 그때다.

거대한 호랑이로 둔갑한 교쿠란의 무시무시한 포효에 금각 은각의 아담한 배짱은 가루가 됐다.

털 뭉치로 돌아와 굴러가는 은각의 꼬리를 그녀가 덥석 물었다. 비단을 찢는 듯한 너구리의 비명이 반상에 울려 퍼졌다. 그녀가 꼬리를 크게 휘두르자, 털 뭉치는 가느다란 목소리로 "깨앵" 하고 울면서 어두운 삼나무 숲 너머로 달려가버렸다.

덤터기를 썼다간 큰일이라고 반상 위의 너구리들은 털 뭉치로 돌아와 달아나려고 밀치락달치락하기 시작했다. 털북숭이 혼돈에 섞여 도망치려던 금각을 내가 뻥 걷어찼다. 데굴데굴 굴러가는 금각을 교쿠란이 꾸욱 짓밟았다.

금각은 끽끽 비명을 지르며 뒤늦게 교쿠란에게 사과했다.

"미안해, 교쿠란. 말이 좀 지나쳤을지도."

이미 반상은 엉망진창이 되어 너구리 쇼기를 계속할 상황이 아니었다.

노여움에 날뛰는 교쿠란의 포효는 술판을 벌이던 너구리들의 취기도 단숨에 날려버렸다. 관람석에서 구경만 하던 야사카 헤이타로가 마지못해 일어나 사태 수습에 나서려 했을 때, 흐린 하늘에 구멍이 난 것처럼 폭우가 쏟아지기 시작했다.

너구리들은 꺅꺅 비명을 지르며 흩어졌다.

난젠지가에서 주최하는 너구리 쇼기 대회는 파란 속에 막을 내렸다.

○

 난젠지 쇼기 대회가 있은 밤부터 비가 계속 내려 교토시가지를 회색으로 바꾸었다. 가모가와강에 놓인 많은 다리와 양옆 거리는 비를 맞아 환영 속 도시처럼 부옇게 흐렸다.

 너구리 쇼기는 교토 너구리들에게 의외로 호평을 받아 야사하 헤이타로는 내년에도 하자고 말한 모양이다. 에비스가와가, 시모가모가, 난젠지가가 얽히고설킨 판 위 몸싸움도 행사의 일환으로 즐긴 너구리가 많았던 것이다. 금각과 은각만은 뿔이 나 '교쿠란에게 물린 궁둥이가 아파 일을 못 하겠다'며 난젠지가에 항의했다는데, 보나 마나 과장해서 떠들고 다니는 것뿐이다. 에비스가와 가이세이도 '배려할 필요 일절 없음'이라고 한 터라, 난젠지가는 얼렁뚱땅 넘기고 있었다.

 포근포근한 털에 싸서 두루 원만하게 수습하는 것이 너구리 스타일이다.

 그런 풍조에 정면으로 반항하는 것이 큰형과 난젠지 교쿠란이었다. 교쿠란은 가족이 말리는 것도 듣지 않고 난젠지 바깥문의 누상에서 자발적 근신 중이었고, 큰형 또한 다다스숲에서 자발적 근신을 하며 아침부터 밤까지 음울한 얼굴로 지냈다. 장마철 하늘처럼 축축한 표정으로 끝없이 설교를 늘어놓으니 아주 죽겠다.

"도발에 넘어가지 말라고 했지. 결국 난젠지에 누를 끼쳤잖냐."

"잘못한 건 녀석들인데."

"장소를 가려서 한판 붙으라는 소리야."

큰형 말에도 일리가 있다 보니 더더욱 오기가 생겨 뒤로 물러나려야 물러날 수 없었다.

"형도 그래, 왜 금각하고 은각한테 딱 부러지게 대꾸하지 못한 건데? 난젠지가에 누를 끼쳤다면 그 자리에서 형이 수습했어야지. 교쿠란이 수치를 당한 건 형 때문인 줄 알라고."

큰형도 반론할 수 없으니 한층 화가 났다.

"……넌 날 곤란하게 하려고 태어난 거냐?"

큰형의 머리가 유연성이 없는 것으로 말하자면 지옥의 솥으로 사흘 밤낮 공들여 삶은 달걀처럼 딴딴하다. 그런 하드보일드 에그 같은 성질도, 시모가모가의 젊은 두령으로서 일족의 장래를 생각해 개구리와 바보와 철부지인 동생 세 마리를 질타 격려해서 올바른 길로 인도하려는 형 마음 때문일 것이다. 하지만 마치 내가 큰형의 발목을 잡기 위해 세상에 태어났다는 식으로 말하는 것은 너무하다.

나는 푸조나무 위에서 항의 농성을 했다.

"난 단연코 상처받았어. 형이 엎드려 사과하지 않으면 안 내려갈 거야."

"마음대로 해라. 바보와 연기는 높은 곳을 좋아한다고 하니 말이지."

"덴구한테 그렇게 말해보지?"

이튿날도 나무 위에서 농성하자 큰형은 기가 막혀 입을 다물어버렸다.

괜한 오기를 부려 나무 위로 올라왔는데, 습기로 인해 궁둥이가 축축해지기 십상인 계절이라는 생각을 하면 나무 위는 의외로 쾌적했다.

땅바닥에서 멀리 떨어져 가지에서 가지로 건너다니고 빗방울이 숲의 천개를 때리는 사락사락 소리를 들으며 눈 아래에서 꿈실거리는 가족들과 시모가모 신사 참배길을 오가는 참배객들을 바라보고 있으려니, 덴구에 가까워진 것 같은 웅대한 기분이 들었다. 어렸을 때 아카다마 선생님에게 크게 혼나 구모가하타의 삼나무 거목 꼭대기에 묶였던 게 생각났다.

가끔 동생이 보온병과 찐빵을 배낭에 담아 올라와 "형, 아직 안 내려올 거야?" 하고 걱정스레 말했다. "죽을 때까지 나무 위에서 살려고?"

"그럴 리 없잖아."

나는 찐빵을 베어 물며 말했다.

"아아, 다행이다. '야사부로가 저러다 덴구가 되는 거 아니니?' 하고 어머니가 걱정하셨어. 어머니께 너무 걱정 끼치지 마."

○

밤늦게 하도 심심해서 나무 위를 탐험하다가 큰 구멍을 발견했다. 안을 들여다보니 의외로 깨끗했고 정리함 같은 것도 놓여 있었다.

보아하니 큰형의 비밀 장인 듯했다.

뭐 재미있는 거 없나, 싶어 손을 넣어 더듬어봤다.

하지만 고지식한 큰형의 비밀 장이니 뭐 하나 재미있는 게 없다. 너구리의 역사와 마음가짐을 논하는 『모자母子』라는 재래식으로 철한 책, 먹다가 잊어버려 딱딱하게 말라붙은 곶감, 자동 인력거의 부품 등 멋대가리 없는 물건들뿐이었다. "재미없게"라고 중얼거리며 계속 뒤지자 고급 보자기에 싼 커다란 오동나무 함이 나왔다.

아버지가 애용하던 쇼기판이 들어 있었다. 네 귀퉁이에 다리가 달린 두껍고 훌륭한 쇼기판은 그 앞에 정좌하기만 해도 쇼기를 잘하게 될 것 같은 장엄함이 감돌았다. 그 장엄함을 반면에 찍힌 큰형의 잇자국이 망쳐놨다.

'이건 너무하네. 형도 참 어른스럽지 못하게.' 나는 생각했다. '하지만 뭐, 그때는 형도 아직 어렸으니까.'

나도 큰형이 쇼기판을 망쳐놓은 날을 기억했다.

늘 바쁜 아버지가 그날은 다다스숲에서 느긋하게 지냈다. 저물녘에 난젠지 교쿠란이 찾아왔다. 그 무렵 그녀는 아버지나 큰형과 쇼기를 두려고 종종 다다스숲에 놀러 왔다. 인간으로 둔갑해 여기저기 쇼기 동호회에 얼굴을 내밀던 교쿠란은 쇼기 상대가 있는 곳을 자유롭게 전전했다.

아버지가 아끼는 쇼기판을 꺼내주어 큰형과 교쿠란은 쇼기를 두었다.

큰형은 아버지가 관전하고 있으니 여느 때보다 더 기합이 들어갔을 것이다. 그렇게 쓸데없이 힘이 들어가면 원래 실패하기 마련이라 큰형은 점차 열세에 놓이게 됐다. 그런데 종반에 들어 교쿠란이 예기치 못한 악수를 잇따라 두는 바람에 형세가 역전되어 큰형이 기적적으로 승리를 거두었다. 그러나 형은 기뻐할 계제가 아니었다. 승패가 가려져 얼굴을 든 순간, 미처 날뛰는 호랑이로 둔갑해 쇼기판을 사납게 물었다.

큰형은 아버지의 면전에서 교쿠란이 일부러 져준 것을 용서할 수 없었을 것이다. 자부심 강한 큰형 입장에서는 무참하게 패배하는 편이 그나마 나았다.

이 일이 있은 뒤로 큰형은 스스로에게 쇼기 두기를 금지했다.

아버지가 아무리 권해도 두려 하지 않았다.

○

내가 큰형에게 항의해 나무 위 생활을 시작한 지 사흘 뒤였다.

어머니가 나를 설득하러 되똑되똑 올라왔다.

"맛있는 양갱이 있길래 가져왔단다."

어머니는 나뭇가지에 양갱을 늘어놓고 목에 건 보온병에서 녹차를 따랐다. 어머니와 나는 가지에 걸터앉아 새까만 양갱을 야금야금 먹었다.

쏟아지는 비가 숲을 악기처럼 연주했다.

이윽고 어머니는 느닷없이 선언했다.

"이 어미는 교쿠란이 마음에 들었습니다."

"그야 교쿠란 선생님은 좋은 너구리예요."

나는 동의했다.

"야이치로의 색시로 맞이하죠. 어미는 마음을 정했습니다."

"……갑작스러운 이야기네요, 어머니."

"네 생각엔 어떠니?" 어머니는 소곤거렸다. "가망 없진 않을 것 같은데."

"운명의 붉은 실이라는 그거요?"

"그렇지만 쉽지 않네. 야이치로는 연애의 밀당 같은 건 모르는 애고, 교쿠란도 부끄럼쟁이라……."

어머니는 녹차를 맛있게 마시며 혼잣말처럼 중얼거렸다.

"하지만 야이치로한테는 마음씨 착한 동생이 있으니까 분명 뭔가 수를 써줄 것 같단 말이지. 워낙 마음씨 착한 동생이라 쇼기 대회에서 소동을 일으켜 폐 끼친 걸 미안하게 생각하는 게 아닐까. 분명 발 벗고 나서서 도와줄 거야, 틀림없어. 응, 그렇고말고. 어미는 다 알아요."

어머니는 혼자 납득하고는 다시 양갱을 먹으며 생글거렸다.

"양갱 맛있지? 이거 고급이야."

○

어머니에게 고급 양갱을 얻어먹은 이상 모른 척하고 털북숭이 덴구 행세를 하고 있을 수는 없는 노릇이다.

그날 오후, 나는 나무 위 생활에 마침표를 찍고 난젠지로 갔다.

오카자키에서 게아게를 향해 비와호 수로를 따라 걸어가니, 비에 젖은 교토시 동물원의 관람차가 건너편에 보이고 이국의 새가 쓸쓸하게 지저귀는 소리가 들려왔다. 비와호 수로 기념관 너머로 펼쳐지는 난젠지의 숲은 가랑비를 맞아 빗물을 듬뿍 빨아들여 부푼 것처럼 보였다. 나는 으리으리한 요정을 지나 난젠지 경내로 들어갔다.

젖은 소나무 숲을 빠져나오니 누상이 비에 부옇게 흐린 난젠지 삼문이 우뚝 솟아 있었다.

오래되어 검게 변색된 기둥 밑에서 쏟아지는 비를 피하며 기모노 차림의 난젠지 쇼지로가 혼자 쇼기판 앞에 앉아 있었다. 그는 나를 보고 기쁘게 웃었다.

나는 쇼지로 맞은편에 책상다리를 하고 앉았다. 궁둥이가 싸했다.

"교쿠란 선생님은 어떻게 지내십니까?"

"여전히 천계의 석굴에서 나오지 않는군요. 한번 마음먹으면 오빠 말 같은 건 듣지 않는 애예요. 바보 춤이라도 추면 내려와 주려나."

"여러모로 죄송했습니다."

"신경 쓸 거 없어요. 비 온 뒤에 땅이 굳는다는 말도 있고 말이죠."

비가 솨와솨아 삼문 지붕을 때렸다.

"저희 형이 하여간 여러모로 둔해서 말입니다."

"……뭐, 우리는 너구리니까요."

쇼지로는 웃으며 쇼기 말을 빙빙 돌렸다.

"난 야이치로를 이해합니다. 자기 아버지가 그렇게 온 교토에 이름이 널리 알려진 너구리였다면, 내내 아버지에게 감시당하는 것 같아서 실수하지 않아도 될 것까지 실수하는 법이에요. 마음 편하게 흐름에 몸을 맡기고 대충 굴러가면 크게 잘못된 일은 하지 않는데, 긴장하고 뭘 하려고 들면 우리는 꼭 일을 그르치죠. 너구리란 게 원래 그렇지 않을까요."

"그럴지도 모르죠. 몰랑한 게 너구리의 장점이니까요."

"그래도 난 야이치로가 좋아요."

난젠지 쇼지로는 언제나 시모가모가에게 친절했다. 고지식한 반면 호랑이가 되어 날뛰기도 하는 큰형과 달리 쇼지로는 늘 예의 바르고 온후한 너구리다. 다른 너구리가 꼬리를 어디에 두는지 확인하고 자기 꼬리 둘 곳을 정하는 너구리가 많은 가운데, 쇼지로는 항상 형 편을 들어주었다. 큰형은 쇼지로를 신뢰하고 쇼지로도 큰형을 신뢰한다.

쇼지로는 쇼기판을 보며 중얼거렸다.

"이렇게 동생이 농성하니까 말이죠, 난 자꾸 쇼기의 신 생각이 나는군요."

"쇼기의 신이라고요?"

"예전에 교쿠란은 쇼기 특훈을 한다면서 곧잘 누상에 틀어박혔거든요. 그때 쇼기의 신을 봤다는 거예요."

교쿠란이 쇼지로에게 한 이야기에 따르면, 연일 일심불란하게 쇼기판 앞에 앉아 숨도 멈춘 채 생각하고 있으려니 어느 날 갑자기 81칸 쇼기판이 무한히 확대되는 것처럼 느껴졌다. 그곳에 늘어선 말들과 말의 움직임이 모두 자기 마음과 직접 이어져, 작은 쇼기판이 생각했던 것보다 훨씬 크다는 것, 자신이 생활하는 교토는 물론 일본보다도, 세계보다도 더 크다는 것을 생생히 알 수 있었다. 등골이 오싹해질 듯한 기쁨과 두려움에 순간 정신이 까마득해졌다.

그 순간, 그녀는 털북숭이 쇼기의 신이 반상을 가로지르는 모습을 똑똑히 봤다고 한다.

그 이야기를 들었을 때 쇼지로는 불길한 느낌이 들었다.

사카타 산키치의 난젠지 대결로 인해 난젠지가가 쇼기에 눈 뜬 이래로, 쇼기에 지나치게 빠져든 너구리들 중 불행한 말로를 맞이한 이가 여러 마리 있었다. 쇼기 생각을 너무 많이 한 끝에 너구리전골이 된 자, 차에 치이는 자, 쇼기 무사 수행의 길을 떠나 두 번 다시 돌아오지 못한 자도 있었다. 쇼기에 홀려 이 세상에서 모습을 감춘 이들을, 난젠지가에서는 '쇼기의 신이 데려갔다'고 했다.

"교쿠란도 데려가는 게 아닐까 아주 걱정되거든요." 난젠지 쇼지로는 반면을 응시하며 말했다. "붙들어줄 사람이 누구 없을까 늘 생각했죠. 야사부로 군, 난 그게 야이치로가 아닐까 생각한답니다."

"형이라도 괜찮으십니까?"

"⋯⋯괜찮고 뭐고, 동생이 정한 상대인데요."

나는 쇼지로에게 머리를 숙이고 음울한 형광등이 비추는 가파른 계단을 올라갔다.

난젠지 삼문의 누상은 부처님을 모신 널따란 마루방을 둘러싸고 난간이 있는 복도가 이어진다. 난간은 촉촉하게 젖어 있었다.

비 내리는 경내 저편으로 교토 시가지가 보였다. 왼편에는 솜으로 싼 것처럼 보이는 푸른 산에 미야코 호텔이 솟아 있고, 정면에는 너구리와 덴구와 인간이 오늘도 꿈질거리는, 사랑해 마지않는 시가지가 있다. 멀리 아타고야마 다로보의 구역인 아타고산과 그에 이어지는 산들이 암록색 병풍처럼 가로막고 있었다.

나는 쇠못을 박은 튼튼한 나무 문을 열었다.

"말 걸면 안 돼, 야사부로." 어둠 속에서 교쿠란이 말했다. "나 지금 반성 중이야."

○

난젠지 교쿠란은 어두운 마루방에 오도카니 앉아 있었다.

"슬슬 엉덩이 아프지 않아?" 나는 말했다.

"숙녀에게 엉덩이 이야기는 하는 게 아니에요."

"엉덩이가 차면 만병의 근원이야. 이제 그만 내려와, 교쿠란 선생님."

"……선생님은 빼줘."

원피스 차림의 교쿠란은 몸을 똑바로 펴고 앉아 눈앞에 놓인 쇼기판을 응시하는 것 같았다. 습하고 차가운 마루방에 향 냄새와 너구리 같지 않은 장엄한 분위기가 가득했다. 굵은 기둥은 홀륭한 그림으로 장식됐고, 안쪽 불단에 늘어선 부처님은 마치 우리를 노려보는 듯하고, 천장의 공작 그림도 매서운 눈초리로 우리를 내려다봤다.

나는 교쿠란의 맞은편에 책상다리를 하고 앉았다.

반면을 보니 질서 정연하게 늘어선 말들은 아직 한 칸도 움직이지 않은 상태였다. 나는 교쿠란의 안색을 살피며 손을 뻗어 오른쪽 끝의 보를 집어 전진시켰다. 말없이 반면을 보던 교쿠란이 이윽고 손을 들어 말을 움직였다.

쏴쏴 비 쏟아지는 소리를 들으며 우리는 쇼기를 두었다. 내가 자꾸 무모하기 그지없는 쇼기를 두자 교쿠란은 점차 웃음을 참지 못하게 된 듯했다.

"아무리 그래도 그건 너무해, 야사부로. 이런 쇼기가 어디 있어?"

"그렇게 심해?"

"네 말은 모두 까르르까르르 웃는 느낌이야."

"두는 사람이 바보면 말도 바보가 되나."

난젠지 교쿠란이 아카다마 선생님의 조수 노릇을 하던 시절, 나는 참 다루기 어려운 학생이었을 것이다. 그런데도 교쿠란은 친절했다. 번번이 아카다마 선생님의 철퇴로부터 나를 지켜주었고, 궁둥이에 버섯이 나 어쩔 줄 몰라 했을 때는 너구리 전문 항문과 의원으로 데려가주었다. '엉덩이가 차면 만병의 근원'이라는 신념을 내 뇌리에 심어준 것은 애초에 난젠지 교쿠란이었다.

"교쿠란이 그만 내려가겠다고 할 때까지 바보 쇼기를 두겠어."

"제발 봐줘. 웃다가 숨넘어가겠어."

"그럼 내려가자. 다들 걱정해."

"……입장이 반대가 됐네." 교쿠란은 얼굴을 들고 미소 지었다. "구모가하타의 삼나무 거목에 매달렸을 때 기억나?"

"아카다마 선생님이 나를 묶어놓고 잊어버리셨을 때 말이지?"

"그때 너 안 내려간다고 우겼어."

"그랬나?"

"응, 지금도 똑똑히 기억해. 해가 졌는데도 네가 안 보이니까 야이치로 씨가 얼마나 걱정하던지. 그래서 나도 같이 구모가하타로 찾으러 간 거야."

그날 밤, 큰형과 교쿠란은 나를 찾아 어두운 들판을 가로질렀다.

구모가하타의 덴구 수행장은 원래부터도 너구리에게 생소한 곳인데 밤이기까지 하니 더욱 섬뜩했다. 시내에서는 볼 수 없을 만큼 별이 총총한 밤하늘은 무서울 지경이고, 바다처럼 너른 들판에는 미적지근한 바람이 불었다.

들판 한복판에 이르렀을 때, 교쿠란은 문득 숨이 쉬어지지 않을 만큼 겁이 났다. 까닭도 없이 이곳에서 두 번 다시 빠져나가지 못할 것 같은 느낌이 들었다. 당장이라도 천지가 뒤집혀 무한한 밤하늘로 추락할 것 같았다. 저도 모르게 멈춰 섰을 때, 큰형이 곁으로 다가와 교쿠란의 손을 꼭 쥐었다. 그러자 우주에 빠질 것 같은 숨 막히는 느낌이 멀어지고 발을 단단히 디딜 수 있는 지면이 돌아왔다. 교쿠란은 형의 손을 꼭 잡고 놓지 않았다.

이윽고 그들은 검게 솟은 삼나무 거목 밑에 이르렀다.

"야사부로!" 하고 부르자 "어엉" 하고 태평한 목소리가 위에서 들려왔다.

삼나무 거목을 올라온 큰형과 교쿠란은 꼭대기에 묶인 채 잊힌 털북숭이 나를 발견했다. 큰형도 교쿠란도 안도한 나머지 울음을 터뜨렸을 정도라는데, 어렸던 나는 털북숭이 지장보살처럼 잔뜩 골이 나 있었다. 뿐만 아니라 내려가지 않겠다고 고집을 부려 큰형과 교쿠란을 기겁하게 만들었다. 나는 '삼나무 거목 꼭대기에 남아 수행해 덴구가 되겠다', '그래서 아카다마 선생님을 뇨이가타케산에서 뺑 차내겠다' 하고 너구리로서 가당찮은 결의를 늘어놓기 시작했다. 선생님에게 어지간히 뿔이 났나 보다.

교쿠란은 쇼기 말을 늘어놓으며 그날 밤 일을 떠올리고 웃었다.

"그날 결국 억지로 데려가야 했지 뭐야. 하여간 고집쟁이라니까."

"바보였으니까 말이지."

"지금도 별로 다를 거 없잖아?"

"그래서 교쿠란은 어쩔 거야? 아직도 고집부릴 거야?"

내가 말하자 교쿠란은 웃었다. "바보 쇼기는 이만 됐어."

우리가 어두운 계단을 내려오는데 어느새 비가 잠시 그친 듯했다. 난젠지 쇼지로는 여전히 쇼기판 앞에 앉아 있었다. 교쿠란이 "오빠, 저 왔어요"라며 머리를 숙이자, 쇼지로는 얼굴을 들고 빙긋 웃었다. "그래, 왔구나."

"지금부터 다다스숲에 갔다 올게요. 그래도 될까요?"

"……그럼, 잘 다녀오렴."

○

나는 다다스숲 시냇가에 책상다리를 하고 앉아 있었다. 숲은 땅거미가 깔려 시커먼 나무들 저편으로 보이는 시모가모 신사의 불빛이 눈부셨다.

눈앞에는 푸조나무 구멍에서 들고 온 아버지의 쇼기판이 있었다. 말을 찬찬히 늘어놓고 시냇물 소리에 귀를 기울이는데, 한들한들 날아온 반딧불이가 쇼기판에 앉아 반면에 새겨진 큰형의 잇자국을 흐릿하게 비추었다.

이윽고 풀을 헤치고 형이 고개를 쑥 내밀었다.

"야사부로, 아버지 쇼기판은 어떻게 했냐."

"여기 있어. 돌려받고 싶으면 나한테 사과해."

"뭘 사과하라는 거지?"

"사과할 생각이 없으면 쇼기로 대결하자. 내가 지면 돌려줄게."

"난 쇼기는 안 해."

"어라, 나한테 질까 봐 겁나?"

큰형은 얼마 동안 나를 노려봤다. 그러나 나 따위에게 질 리 없다고 판단했는지, 마지못해 시냇가로 나와 쇼기판 반대편에 책상다리를 하고 앉았다.

생각해보면 큰형과 처음으로 진지하게 쇼기를 두는 것이었다.

큰형은 돌다리를 두들기듯 신중하게 말을 움직이고, 나는 엄선에 엄선을 거듭한 괴상망측한 수를 두었다. 큰형이 "제대로 해라"라고 하기에 나는 "새로운 전법이야"라고 대꾸했다. 이윽고 반면의 혼돈이 심화되면서 큰형의 얼굴에 떠오른 불안의 빛이 짙어졌다. 나는 그저 바보 쇼기로 일관하는 것뿐이건만, 큰형의 하드보일드 에그 같은 두뇌는 내 전법에 대해 억측에 억측을 거듭한 끝에 혼란에 빠진 듯했다.

이윽고 큰형은 눈을 감고 장고하기 시작했다.

이때를 기다렸던 나는 숨죽이고 쇼기판 앞을 벗어나 덤불 뒤에 숨어 있던 교쿠란과 자리를 바꾸었다. 그녀는 각오를 다지고 앉아 혼돈에 찬 반면을 노려봤다.

눈을 뜬 큰형이 교쿠란을 발견하고 기겁한 것은 말하나 마나다.

"왜 교쿠란이 있죠? 야사부로는 어디 갔습니까?"

"야사부로는 전략적 후퇴를 했어요."

"그 녀석, 대체 무슨 생각인지. 소란을 피워 죄송합니다."

"그건 됐으니까 우리 쇼기나 둬요."

교쿠란은 조용히 말했다.

"제발 봐주세요."

"왜 나랑 쇼기를 안 두려는 거야?"

"……또 흉한 모습을 보이고 싶지 않아."

"이제 두 번 다시 일부러 져주지 않을게. 야이치로 씨랑 쇼기를 두고 싶어."

교쿠란은 쇼기판 안쪽 깊은 곳을 응시하며 말했다.

마침내 큰형은 결심하고 쇼기판을 향해 자세를 바로 했다.

난젠지 교쿠란은 쇼기의 신을 본 너구리답게, 내가 애써 뒤죽박죽으로 만든 반면에서 한 줄기 광명의 빛을 찾아낸 듯했다. 그녀는 쇼기판 위로 몸을 내밀어 말을 움직이고, 큰형도 진지한 표정으로 그에 응했다.

어스름 속에 쇼기 말들이 하얗게 반짝였다.

한 수 한 수 쓰는 사이에 큰형도 교쿠란도 쇼기판 외에는 아무것도 보이지 않게 된 듯했다. 내가 덤불에서 나와 쇼기판 옆에 앉아도 아무 말도 하지 않았다.

반딧불이가 연푸른빛으로 반면을 비추더니 날아가버렸다.

시냇가에서 쇼기를 두는 그들 모습을 보다 보니, 과거 교쿠란이 다다스숲으로 놀러 오곤 하던 시절이 생각났다. 나무들이 어스름에 잠겨 반면이 보이지 않게 돼도 교쿠란은 아버지며 큰형과 쇼기 두기를 그만두려 하지 않았다. 그 모습을 보며 어린 시절의 나는 '대체 쇼기가 어디가 그렇게 재미있는 거지?'라고 생각했다. 아버지가 "졌습니다"라며 교쿠란에게 머리를 숙일 때면 무척 부조리한 장면을 보는 기분이 들었다.

쇼기가 종반에 접어들면서 궁지에 몰린 큰형의 호흡이 거칠어졌다. 구부정한 자세로 쇼기판을 노려보는 큰형의 모습이 어스름 속에서 부쩍부쩍 부풀었다. 쇼기에 열중한 나머지 정신을 다잡지 못하게 됐을 것이다. 커다란 호랑이로 변한 큰형은 당장이라도 쇼기판을 물어뜯을 듯한 기세였다. 큰형을 궁지로 몰아가고 있는 교쿠란도 털 뭉치가 퐁 터지듯 호랑이로 변신했다. 교쿠란 입장에서도 여기서 긴장을 늦출 수 없다.

털이 수북하게 난 팔로 난젠지 교쿠란이 재주 좋게 말을 움직였을 때, 달카닥 하고 잠금쇠가 풀린 듯한 기묘한 소리가 들렸다. "뭐지?" 형이 고개를 갸웃했다.

"어머나, 이런 곳에……."

교쿠란이 반상을 가리킨 순간, 강풍이 휙 불더니 그녀의 모습이 사라졌다.

기겁한 큰형은 털 뭉치로 돌아와 "교쿠란!" 하고 소리치며 쇼기판 주위를 얼쩡거렸다. 나는 "진정해, 형" 하고는 교쿠란이 조금 전 말을 옮긴 부분을 유심히 살펴봤다. 반면에 난 작은 구멍에서 바람이 솔솔 새어 나왔다.

큰형이 너구리 모습으로 쇼기판에 앞발을 올려놨다.

"어이, 설마 교쿠란이 여기로 빨려 든 건 아니겠지."

"교쿠란의 엉덩이가 이렇게 조그만 구멍을 지날 수 있겠어?"

쇼기판의 칸이 함몰되어 생긴 구멍은 너구리의 앞발 하나도 못 지날 것 같았다. 바로 위에서 들여다보니 시커먼 구멍 속에 어렴풋한 빛이 흔들리고 있었다.

"묘한 구멍인데."

나는 손을 뻗어 구멍 속을 더듬어봤다.

그 순간, 빨간 도깨비에게 붙들린 것처럼 무시무시한 힘으로 몸이 쇼기판 쪽으로 끌어당겨졌다. 쇼기판이 눈앞을 가득 메웠다. '내가 작아지고 있구나'라고 깨달았을 때는 이미 가짜 거죽이 벗겨져 반면에 생긴 구멍 속을 추락하고 있었다.

큰형의 외침 소리가 눈 깜짝할 새에 멀어졌다.

○

털북숭이 난젠지 교쿠란이 깊은 구멍 속에서 기다리고 있었다.

"아휴, 놀라라." 그녀는 말했다. "무슨 일이 벌어진 거야?"

"여긴 쇼기 방이야."

"들어본 적 있어! 소이치로 씨의 비밀 기지지?"

"쇼기 방은 쇼기판 속에 감춰져 있었던 거야. 형이 쇼기판을 소중히 보관해뒀으니 지금까지 발견 못 했을 만도 하네."

나는 눈앞에서 반짝이는 하얀 장지문을 열었다.

과거 아버지에게 쇼기를 배웠을 때처럼 커다란 천창으로 비쳐 드는 밝은 빛이 다다미 넉 장 반을 비추고 있었다. 이상하게도 천창 너머에 그날과 똑같이 파란 하늘이 보이고, 내가 아버지에게 따달라고 졸랐던 감도 시간이 멈춘 것처럼 그곳에 있었다.

그러나 달라지지 않은 것은 그뿐이었다.

아버지가 사랑했던 쇼기 방은 어느새 확 바뀌어 쇼기 방이라기보다 쓰레기장이라고 부르는 편이 어울릴 것 같았다. 아버지가 돌아가신 뒤로 청소하는 이도 없었으니 먼지가 쌓이는 것은 당연하지만, 그것만으로는 설명할 수 없을 만큼 황량했다. 세밀하게 분류해 꽂았던 책들은 밧줄로 묶여 쌓여 있고, 곰팡이 핀 상자에는 빈 아카다마 포트와인 병이 가득 들어 있었다.

"너무하네. 소이치로 씨답지 않아."

"어렸을 땐 이렇게 지저분하지 않았는데."

그때 우리 뒤를 쫓아온 큰형이 나타났다. 그는 방에 발을 들여놓자마자 놀란 나머지 입을 딱 벌렸다. "그래, 이런 곳에 있었나!"

"그렇지만 형, 왜 이렇게 지저분한 거지?"

"……내가 어떻게 알겠냐."

쓰레기로 뒤덮인 방 중앙에 쇼기판이 있고, 얇은 방석에는 아버지의 궁둥이 자국이 남아 있을 듯했다. 그 곁 도기 접시에 흠집투성이 파이프가 놓여 있었다. 아버지는 그 파이프에 아카다마 선생님에게 얻은 덴구 담배 꽁초를 채우고 뽀끔뽀끔 피우곤 했다. 피어오르는 담배 연기가 천창 너머 푸른 가을 하늘로 사라지던 것이 지금도 똑똑히 기억났다.

큰형과 교쿠란은 털북숭이 모습 그대로 다다미 넉 장 반을 어정버정 돌아다녔다. 교쿠란이 발견한 거대한 육각형 쇼기판은 '덴구 쇼기'에 쓰는 것이었다. 먼 옛날, 승패를 둘러싸고 덴구 대전이 벌어진 탓에 봉인되어 현재는 덴구계에서도 사용하지 않았다. 어째서 이런 물건이 여기에 있는지 몰라 우리는 고개를 갸웃거렸다.

교쿠란이 코를 킁킁거렸다.

"아까부터 이상했는데 왜 이렇게 카레 냄새가 나는 거야?"

"아버지는 카레를 좋아하셨거든."

나는 말했다.

"그랬지. 하지만 몇 년 지나도록 냄새가 남아 있다는 건 이상하지 않냐?"

"인도의 저력을 얕보면 안 돼, 형."

"여기서 나는 냄새 같아."

교쿠란이 벽 근처에 산더미처럼 쌓인 쓰레기봉투를 가리켰다.

우리는 카레 냄새가 어디서 나는지 확인하려고 쓰레기봉투를 파헤쳤다. 그런데 뭔가 무거운 것이 데굴데굴 굴렀다. 집어 보니 하늘을 나는 차솥 엔진이었다. 작년 다이몬지 납량선 전투 중에 불행히도 잃어버린 하늘을 나는 다실 '야쿠시보의 안방'의 비행 시스템으로, 아카다마 선생님이 벤텐에게 준 것을 연말의 혼잡을 틈타 선생님에게 돌려드렸는데.

"왜 차솥 엔진이 쇼기 방에 있지?"

쓰레기봉투 더미 너머에서 또 다른 장지문이 나타났다. 우리가 드나들던 장지문과 달리 곳곳이 무참하게 찢어졌고 검붉은 얼룩투성이였다. 달짝지근한 아카다마 포트와인 냄새가 났다. 우리는 인간으로 둔갑해 얼굴을 마주 봤다.

"이 장지문은 어디로 이어지는 걸까?"

교쿠란이 말했다.

"대충 알겠는데."

큰형이 말했다.

"나도 알겠어."

나도 말했다.

○

그 무렵, 데마치 상점가 뒤편의 연립 '코포 마스가타'에서는 동생 야시로가 아카다마 선생님의 지시에 따라 저녁 식사로 덴구 카레를 만들고 있었다.

덴구 카레는 덴구 카레라도, 비결은 덴구 전골과 똑같다. 맛을 결정하는 것은 선생님 비장의 돌멩이고, 나머지는 산과 바다의 재료를 냄비에 되는 대로 넣고 시판 카레 가루를 넣어 끓이면 끝이다. 선생님은 반년에 한 번쯤 카레를 먹고 싶다고 떼쓰는데, 너무 매우면 뺏성 구슬을 던져 저녁 식사를 망친다. 그렇지만 카레가 순한 맛이라는 것을 선생님에게 들키면 안 된다. 선생님은 순한 맛 카레를 먹는 것은 덴구로서 체면 깎이는 일이라고 생각해서다.

앞치마를 두른 야시로는 부엌에서 바지런히 커다란 냄비를 젓고 있었다.

"아주 근사한 냄새가 나는데요, 선생님."

"흥, 라이스 카레 따위, 그래봤자 어린애 음식이야. 그렇지만 이렇게 습해서 식욕이 없을 때는 기분 전환을 하는 것도 좋을 테지."

"돌멩이에 카레 냄새가 배지 않아요?"

"씻어서 말리면 된다."

"전 카레가 좋아요. 야이치로 형도 카레를 좋아하고요. 야지로 형도, 야사부로 형도요. 그러고 보니까 어머니도 아주 좋아하세요. 다시 말해서 너구리는 다들 카레를 좋아해요."

동생은 냄비를 저으며 노래를 불렀다.

"맛~있~는~ 카레야~ 룰랄라~"

"쯧쯧, 노래는 그만하고 어여 준비하지 못할까."

선생님은 라이스 카레에 대한 기대에 가슴을 부풀리며 은색 숟가락으로 밥상을 탁탁 쳤다. 야시로는 "네, 지금 가요" 하고 대답하며 갓 지어 김이 모락모락 나는 밥을 접시에 폈다. "듬뿍 끼얹어라, 그런 연후에 섞어라"라는 선생님의 엄명에 따라, 야시로는 카레와 밥을 잘 섞고 날계란을 깨서 떨어뜨린 뒤 다다미 넉 장 반으로 날라 밥상에 놓았다.

"이것이 바로 덴구 카레다."

선생님이 으스댔다.

그들이 라이스 카레에 반짝거리는 숟가락을 꽂았을 때, 반침 안에서 뭐가 폭발한 것 같은 소리가 들렸다.

비명과 욕설이 뒤섞인 목소리에 이어 큰형과 교쿠란과 내가 반침문을 찢고 굴러 나왔다. 큰형이 밥상을 밟아 벌렁 나자빠지고, 공중으로 튀어 오른 라이스 카레를 교쿠란이 "앗, 뜨거!" 하며 뿌리쳐, 선생님의 다다미 넉 장 반이 카레로 뒤범벅되는 참상이 벌어졌다.

위대한 선생님은 수염에서 순한 맛 카레를 뚝뚝 떨어뜨리고 뺨에 들러붙은 당근과 감자 조각을 떨어내며 호통쳤다.

"이 털 뭉치 녀석들, 뭣들 하는 짓이냐!"

우리는 황급히 넙죽 엎드렸다.

○

과거 비와호 지쿠부섬에 쇼기를 좋아하는 덴구가 살았다.

아카다마 선생님은 종종 지쿠부섬으로 가 그와 쇼기를 두었다. 이윽고 상대방이 아카다마 선생님에게 증정한 것이 '쇼기방'을 내장한 쇼기판이다.

원래 두 개가 한 쌍인 쇼기판 중 하나는 지쿠부섬의 덴구가 갖고 다른 하나를 아카다마 선생님이 갖게 됐다. 지쿠부섬과 뇨이가타케산에 서로 멀리 떨어져 사는 두 덴구는 신기한 쇼기판 덕에 언제든 간단히 함께 쇼기를 둘 수 있었다.

그러나 덴구 대전의 사례에서도 알 수 있듯, 덴구들의 쇼기는 판 밖 몸싸움으로 발전하기 일쑤다. 지쿠부섬의 덴구와 아카다마 선생님도 쇼기로 인해 관계가 악화되어 일시적인 단교 상태에 이르렀다. 지쿠부섬의 덴구는 절교의 증표로 또 하나의 쇼기판을 보냈다. 후에 그들은 화해했지만 쇼기를 두면 또 다툴 것은 알고 있었던 터라, 쇼기판은 두 개 다 그대로 뇨이가타케산 속에 방치되었다.

거기에 다다스숲의 시모가모 소이치로가 나타났다. 우리 아버지가 쇼기에 푹 빠진 것을 안 아카다마 선생님은 어차피 쓰지도 않는다며 결혼 선물로 쇼기판 중 하나를 아버지에게 빌려주기로 했다. 다시 말해 아버지의 '쇼기 방'은 원래 아카다마 선생 소유였다는 이야기다.

이런 경위를 아카다마 선생님이 가르쳐준 것은, 우리가 흩어진 카레를 다 닦고 선생님이 냄비에 남아 있던 라이스 카레를 배에 담은 다음이었다. 교쿠란이 아카다마 포트와인을 찻종에 쪼르르 따르자 그제야 선생님은 화를 풀었다.

"그렇지만 선생님, 쇼기 방을 쓰레기장으로 쓰시는 건 좋지 않은데요."

나는 말했다.

"치우고 싶다면 말리지 않는다."

"결국 저희한테 떠넘기시는군요."

"털 뭉치가 어디서 건방지게. 애초에 그 방이 없었다면 소이치로는 결혼하지 못했으니 너희는 터럭 한 올도 존재하지 않았을 것이야."

"그게 무슨 말씀이신지요?"

"……소이치로에게 듣지 못했느냐?"

"결혼할 때 선생님께 신세 졌다는 이야기는 들었는데요."

"이런 몹쓸 일이 있나. 위대한 나에게 입은 은혜를 자자손손 길이 전해야 하거늘 어찌하여 유야무야로 얼버무리는 것이냐."

시모가모가에는 아버지와 어머니가 결혼한 경위에 관해 두 가지 설이 있었다.

다누키다니 후도에서 '계단 타기의 도센'으로 용명을 떨치던 어머니가 쓰치노코 탐험대를 이끄는 아버지를 만났다는 것은 앞서 이야기한 바와 같다. 땅따먹기 전쟁을 거듭하는 한편 친목을 다지다가 이윽고 적령기에 이르러 소원해졌다. 수줍음이 싹튼 것이다.

어머니의 주장에 따르면, 어머니를 잊지 못한 아버지의 부탁으로 아카다마 선생님이 시모가모와 다누키다니 양가에 다리를 놓아 맞선을 주선했다. 한편, 아버지의 주장으로는 아버지를 잊지 못한 어머니가 아카다마 선생님에게 똑같은 부탁을 한 것으로 되어 있다.

아버지와 어머니의 의견이 정면으로 대립하는 탓에, 자식들 입장에서는 '좌우지간 아카다마 선생님 덕분'이라고 대략적으로 이해하는 수밖에 없었다.

"소이치로도 도센도 엉터리 같은 소리를."

아카다마 선생님은 그렇게 말하고는 진상을 이야기했다.

당시 선생님은 아버지와 어머니의 돌다리를 두들기기만 하고 건너지 않는 연애의 밀당에 넌더리가 나 있었다. 곁에서 보는 것만으로도 짜증이 났다. 선생님은 비와호 호숫가에서 마음에 든 소녀를 납치하는 덴구인지라 저돌적인 연애를 신조로 삼고 있었다. '털 뭉치 주제에 건방지게 무슨 연애의 밀당'이라 판단한 선생님은 아버지와 어머니를 쇼기 방에 감금하고 '사귀느냐 마느냐 결판을 낼 때까지 못 나온다'라고 했다. 이 정도로 부조리하기 그지없는 오지랖도 또 없겠으나, 아버지와 어머니는 사귀기로 했으므로 우리 형제에게는 고마운 일이었다.

"털 뭉치는 참으로 손이 가는군."

이야기를 마친 아카다마 선생님은 큰형과 교쿠란을 노려봤다. 교쿠란이 허둥지둥 부엌으로 나가자 형도 얼른 도우러 갔다.

"무얼 그리 빼느냐. 털 뭉치와 털 뭉치가 뒤엉키는 것은 자연의 섭리가 아니냐."

선생님은 면봉을 귀에 넣으며 한숨을 쉬었다.

"하여간 쓸데없는 것만 소이치로를 닮았구나."

○

덴구의 저돌적 연애론을 논하던 은사는 술기운과 잠기운에 말이 흐늘흐늘해지더니 이윽고 꾸벅꾸벅 졸기 시작했다. 옳거니 하고 야시로와 내가 이부자리에 밀어 넣자 선생님은 달마 오뚝이를 꼭 끌어안았다.

우리는 밖으로 나와 데마치 상점가를 걸었다.

야시로가 어머니에게 갖다드린다며 남은 덴구 카레를 밀폐 용기에 담아 온 탓에 고요한 상점가에 부드러운 순한 맛 카레 냄새가 풍겼다. 그 냄새가 간간이 지나가는 사람들의 가슴속에 뭐라 말할 수 없는 향수를 불러일으켰을 것이 틀림없다.

"여기서부터는 혼자 갈게요." 데마치 다리 서쪽 어귀에서 교쿠란은 머리를 숙였다. "야이지로 씨, 또 쇼기를 같이 둬줄래요?"

"언제든 두겠습니다."

큰형이 말했다.

교쿠란은 내게도 머리를 숙였다. "고마워, 야사부로."

"뭘 그런 걸 가지고, 교쿠란 선생님."

그녀는 "선생님은 빼줘"라며 노려본 뒤 데마치야나기역의 불빛을 향해 다리를 건너갔다. 다리 중간께에서 돌아보고 손을 흔들었을 때, 샴페인을 따는 것 같은 퐁 소리와 함께 큰형의 꼬리가 쑥 나왔다. 큰형은 자신도 교쿠란에게 손을 흔들고는 진지한 표정으로 꼬리를 집어넣었다.

다다스숲으로 돌아가려는데 큰형이 불현듯 중얼거렸다.

"너희, 한잔할 시간은 있냐?"

"아직 초저녁이라고, 형. 한잔은 너무 쩨쩨하지."

"오늘은 내가 사마."

"진짜로 정말 잘 마실게!"

나는 말했다.

"잘 마실게!"

동생도 말했다.

제3장

환술사 덴마야

어느 천황의 치세였을까, 만요의 땅에 살고 있던 너구리들이 체모를 활용해 인간으로 둔갑하는 수법을 획득했다. 그로부터 수백 년의 세월에 걸쳐 너구리들은 둔갑술의 극치에 도달했다. 드디어 기회가 찾아와 그들이 인간의 역사에 파고든 것이 통칭 '겐페이 전쟁'이다.

너구리계의 고문서 『모자』에 그렇게 기록되어 있다.

그러나 후세로 내려오면서 너구리들은 조상으로부터 물려받은 기술에 안주했다. '소리는 한가하면 악한 짓을 한다'는 말이 과연 옳아, 얄팍한 둔갑술로 하잘것없는 장난만 치는 너구리들이 늘면서 둔갑술의 극치에 도달하려 한 개척자들의 기상은 안개처럼 사라지고 천하의 너구리 기개는 꺾이고 말았다. 이윽고 등장한 유랑의 환술사들에게 너구리들이 전의를 상실하고 장기를 빼앗기면서 수많은 너구리들이 펄펄 끓는 철제 냄비에 굴러떨어졌다.

인간들이 메이지 유신을 거쳐 문명개화의 실력을 과시하기 시작했을 때, 너구리들은 끽해야 '가짜 기차'를 운행하는 형편이었다. 결국 '풍파를 일으키지 않고 문명에 무임승차하는 편이 득이다'라는 너구리 전체의 합의 아래, 둔갑술의 남용을 금하게 된다. 말똥을 팥떡이라고 속여 먹이거나 털 뭉치를 지폐로 바꿔 자본주의에 항의하는 너구리는 찾아볼 수 없게 됐다.

인간은 추잡하고 무섭다. 눈 뜨고 코 베어 가는 세상에서 서로 속고 속이며 밤낮을 가리지 않고 실력을 갈고닦아 '세상만사 속느냐 속이느냐'라고 어중간하게 깨달음을 얻은 인간만큼 위험한 것이 없다. 덴구들이 험준한 오만의 산에서 침을 뱉고 너구리들이 바보의 평야를 때굴때굴 굴러다니는 동안, 묵묵히 사기 기술을 연마해온 인간들을 얕보면 안 된다.

바야흐로 우리는 너구리가 인간에게 속는 시대를 맞이했다.

이리하여 괴인 '덴마야'가 등장한다.

○

7월 중순 어느 날, 나는 데라마치 거리에 있는 골동품 상점에서 가게를 보고 있었다.

주인인 기요미즈 주지로는 '침 맞고 오겠다'는 말을 남기고 나가더니 염천의 더위에 녹아버린 것처럼 돌아오지 않았다. 너구리 취향으로 꾸며진 골동품 상점을 찾는 손님은 많지 않아, 말상대라곤 계산대에 놓인 달마 오뚝이뿐이었다. 나는 하품과 더불어 유리문 밖 거리를 내다보며 지루함을 참았다.

"달마여, 이것도 어머니를 위해서다. 다카라즈카는 돈이 들거든."

여기서 너구리의 경제학에 관해 이야기하자.

말할 것도 없이 우리 같은 너구리에게 의식주 걱정은 없다. 우리는 북슬북슬한 털을 몸에 둘렀고, 다다스숲의 잠자리에서 지내며, 뭐든 먹는 잡식성이다. 금전이 문제가 되는 것은 '쇠고기 덮밥', '가짜 덴키브랜', '다카라즈카 관람' 같은 자본주의적 욕망을 충족시키려 할 때뿐이다.

큰형인 야이치로는 너구리계에서 다양한 직무를 이어받은 터라 말하자면 이 집안의 가장이라 할 수 있지만, 정치적 책략은 접대니 모임이니 선물이니 좌우지간 돈이 많이 드는 탓에 버는 족족 증발한다. 어머니는 간혹 큰돈을 벌기는 해도 운과 배짱에 맡기고 일확천금을 노린다. 비록 내 어머니이기는 해도 눈이 휘둥그레질 만큼 계획성이 없어 이 또한 의지가 되지 않는다. 작은형은 우물 안 개구리이니 애초에 의지하는 쪽이 바보다.

그렇기에 시모가모가에 안정적인 수입을 제공하는 것은 가짜 덴키브랜 공장에서 고용살이를 하는 야시로와 골동품 상점에서 아르바이트를 하는 나였다.

"짤랑짤랑 동전을 모으자, 룰랄라—"

애수에 찬 가락을 붙여 콧노래를 부르면서 크고 작은 시가라키 도기 너구리들을 아방가르드하게 늘어놓으며 놀고 있으려니, 가짜 덴키브랜 공장에서 근무를 마친 야시로가 놀러 왔다. 소년으로 둔갑한 동생은 커다란 똑딱이 지갑 모양의 배낭을 짊어지고 있었다. 보나 마나 난해한 철학 책이 속에 가득 들었을 것이다. 정말이지 니노미야 손토쿠가 따로 없다. 이토록 근면한 너구리는 듣도 보도 못했다.

"어라, 오늘은 웬일로 일찍 나왔네?"

나는 말했다.

"가이세이 누나가 오늘은 그만 가래. 형은 일 언제 끝나?"

"주지로 씨한테 달렸는데, 나가선 도통 돌아오질 않네."

"그럼 나도 여기서 기다려야지."

야시로는 배낭을 멘 채 의자에 걸터앉아 생글생글 웃었다. 그러더니 "형, 너구리도 영국 신사가 될 수 있어?"라고 묘한 소리를 했다.

"그럴 리 있냐."

"금각이랑 은각이 2세가 지내는 호텔로 놀러 가거든. 2세한테 영국 신사가 되는 법을 배운다고. 진짜일까?"

"상대하지 마, 야시로. 그러다 바보 옮는다."

내가 그렇게 말한 순간, 동생의 배낭에서 "오빠들을 바보 취급하지 마!" 하고 격분한 목소리가 들려와 한산한 골동품 상점의 공기를 진동시켰다. 동생은 놀란 나머지 꼬리가 튀어나와 배낭을 보려고 꼬리를 쫓는 개처럼 빙글빙글 돌았다. 동생을 진정시키고 배낭을 열려 하자, 속에서 "그만둬, 손대지 마, 이 얼간이야"라고 불분명한 목소리가 들려왔다.

"가이세이로군. 그런 데서 뭘 하는 거야?"

에비스가와 가이세이는 가짜 덴키브랜 공장의 딸이자 과거 내 약혼자였다.

이 털북숭이 약혼자는 대체 뭐가 부끄러운지 모르겠으나 절대로 모습을 보이려 들지 않고, 성격은 복잡기괴하게 비꼬였으며 입도 험하다. 약혼은 이미 파기됐는데도 그녀는 여태껏 이렇게 신출귀몰하게 내 주변에 나타나 온갖 욕설을 던져댄다. 그러면서 결코 모습을 드러내려 하지 않으니 참으로 화가 난다. 나는 전 약혼자를 배낭에서 쫓아내려 했으나, 그녀는 "색골", "풋내기 털 뭉치", "죽어" 하고 욕설을 쏟아내더니 결국은 "그럼 토해!"라며 자폭을 시사했다.

"가이세이 누나, 그런 데 있으면 덥지 않아?"

동생이 말했다.

"아이스팩을 들고 와서 안은 서늘한 게 근사해."
"어쩐 등이 시원하다 했네!"
동생이 감탄했다.

○

나는 시원한 보리차를 준비하고 주지로가 감춰둔 만주를 냈다.
요새 가이세이는 눈코 뜰 새 없이 바빠 스트레스가 쌓인 듯했다. 바보를 뭉근히 끓여낸 것 같은 금각과 은각의 고삐를 잡고 가짜 덴키브랜 공장을 운영하고 있으니 당연할 것이다. 화풀이를 당하는 나만 불쌍하다.

2세를 졸졸 쫓아다니는 금각과 은각에 관해 내가 쓴소리를 하자, 가이세이는 넌더리 난 어조로 대꾸했다. "왜 내가 그런 것까지 신경 써야 하는데? 2세도 싫으면 알아서 따끔한 맛을 보여주면 좋겠네."

"2세한테 떠넘기는 녀석이 어디 있어."
"어차피 2세도 한가하잖아."
"쯧, 어쨌거나 대덴구*의 아들이라고."
"그래서? 그럼 왜 호텔에 틀어박혀서 꾸물꾸물하는 건데? 미

---

* 大天狗. 가장 강력한 신통력을 가진 덴구. 다양한 설이 있지만 선악의 양면을 가진 요괴, 또는 신의 경지에 오른 승려 등이 사후에 대덴구가 된다고 전해진다.

나미좌의 결투도 결국 싱겁게 끝났고, 뭘 하고 싶은 건지 모르겠어."

"……덴구의 의중을 우리가 어떻게 알겠냐. 심원한 생각이 있겠지."

5월에 미나미좌 대지붕의 결투가 흐지부지하게 끝난 뒤, 아카다마 선생님은 데마치 상점가 뒤에서의 은거 생활로 돌아왔고 2세도 호텔 오쿠라의 최고급 객실에서 유유히 지내고 있었다.

나는 2세 주변에 출몰해 다방면으로 보살피고 아카다마 선생님 댁에 드나들며 보살피면서, 대립하는 아버지와 아들 각각의 명을 받드는 털북숭이 이중 첩자처럼 암약하고 있었다. 그러나 소덴구도 대덴구도 상대방이 급습하지 않을까 신경을 곤두세우며 으르렁거리기만 할 뿐, 무의미한 싸움에 마침표를 찍으려 하지 않았다.

"덴구 대전이라도 벌어지려나 했는데." 가이세이는 위험한 소리를 했다. "말은 그렇게 해도 너도 기대했잖아."

"아직 모르는 일이야. 조만간 벤텐 님도 돌아오실 테고."

"하여간 어이가 없다니까. 언제까지 그렇게 분수를 모르는 털뭉치로 있을 거야? 어중이 덴구가 돌아온다고 왜 네가 히죽거리는데?"

이 말에는 화가 치밀어 나는 배낭을 붙잡고 마구 흔들었다. "말조심 좀 하시지, 이 얼뜨기!" 나는 소리쳤다. "하지 마, 하지 말라니까, 토하겠어!" 가이세이가 꽥꽥거렸다. 그때 야시로가 만주를 먹으며 놀랄 말을 했다.

"형이랑 가이세이 누나는 언제 결혼해?"

나는 어안이 벙벙하고 가이세이는 섬뜩하게 침묵했다.

"갑자기 무슨 소리야? 결혼을 왜 해?"

"……야이치로 형이랑 교쿠란 누나는 곧 결혼할 거잖아?"

아닌 게 아니라 모두가 그것을 바랐다.

난젠지의 쇼기 대회 이래로 큰형과 교쿠란은 서로 오가며 쇼기판을 사이에 두고 친목을 다지고 있었다. 다만 여기서도 다음 수를 고민하는 것 같은 대치 상황이 이어졌다. 양가 너구리들이 모두 나서 그들을 엮으려고 하건만, 큰형과 교쿠란은 반면만 노려보고 있었다. 당장이라도 외통수에 몰릴 것 같은데 전혀 그렇게 되지 않았다.

"야이치로 형이랑 교쿠란 누나는 결혼할 거야." 야시로가 단정했다. "그럼 형이랑 가이세이 누나도 결혼하는 거 아냐? 난 늘 그런 줄 알았는데."

"왜 그렇게 되는데? 그렇게 간단하게 엮일까 보냐."

내 말에 가이세이도 "응, 그렇고말고"라며 동의했다.

동생은 어리둥절한 표정을 지었다. "왜 결혼 안 해? 친한데."

"친하지 않아."

나는 말했다.

"응, 친하지 않아."

가이세이도 말했다.

"게다가 만에 하나 친하다 쳐도 우리 약혼은 이미 깨졌어."

"응, 맞아. 그런 약속은 이제 상관없어."

"그렇지만 결혼 약속을 그만두자고 한 건 소운 작은아버지잖아. 작은아버지는 어디로 가버렸잖아. 그리고 어머니는 가이세이 누나를 많이 좋아하잖아. 반대할 사람 없잖아?" 야시로는 어린 나이로 뒷받침된 대담한 논리를 폈다. "형이랑 누나가 결혼하고 싶으면 하면 될 것 같은데."

"너한테는 다소 복잡한 문제인 것 같다, 야시로." 나는 형의 위엄을 보이며 말했다. "조만간 설명해줄 테니까 오늘은 가만있어."

"넹."

동생은 말했다.

그때 유리문이 열리고 골동품 상점 주인 주지로가 돌아왔다. 그러나 왜 그런지 허둥대는 모습으로, "야시로 왔구나"라며 동생의 머리를 쓰다듬어 주는 둥 마는 둥 진지한 표정으로 나를 봤다.

"야사부로, 급한 일이 생겼는데 부탁해도 되겠냐?"

○

 우리는 기요미즈 주지로를 따라 데라마치 거리 상점가를 걸어갔다. 아케이드에 쇼기짝 제등이 걸렸고 스피커에서는 기온바야시*가 흘러나왔다.

 주지로가 우리를 데려간 곳은 고풍스러운 양복점이었다. 물속에 잠긴 듯 어두침침한 가게 안에는 칙칙한 색의 양복이 잔뜩 걸려 있었다. 안쪽에서 우리를 맞이한 음침한 주인은 너구리다움이라곤 눈곱만큼도 없이 양복의 색에 물든 것처럼 얼굴이 짙은 회색이었다.

 "어이, 왜 하필 야사부로야." 내게 맡기는 게 불만인 듯 그는 음울한 목소리로 투덜거렸다. "소동이 커지면 곤란한데."

 좁은 계단을 올라가니 건물 3층이 사무실이었다.

 2대 전부터 쌓여온 것으로 보이는 옷감과 상자 무더기 사이를 지나 우리는 데라마치 거리가 내다보이는 창으로 다가갔다. 창 밑으로 데라마치 거리 아케이드의 지붕이 보였다. 남북으로 작업 통로가 지나고, 여름 땡볕 아래 아케이드에서 숨 막히는 열기가 피어올랐다. 작년 가을 금요클럽 회원들과 처음 전골을 먹은 날 밤, 벤텐, 요도가와 교수와 밤거리의 지붕 밑을 산책했던 것이 생각났다.

---

* 교토 기온 축제 때 수레 위에서 피리, 북, 징으로 연주하는 음악.

"저길 봐."

주인이 창을 열고 오른쪽을 가리켰다.

시조 거리 쪽으로 작업 통로가 나아간 곳에 통로를 불법으로 점거해 지은 묘한 오두막이 보였다. 라면 가게 포장마차를 기름하게 늘인 것처럼 생긴 건물 앞에서 '덴마야'라고 쓴 짙은 노란색 깃발이 열풍을 품어 흔들리고 있었다. 나팔꽃 화분과 연두색 물뿌리개까지 있다.

"저걸 철거하고 싶은데 안 되지 뭐야."

이것이 상점가의 골치를 썩이고 있는 '덴마야 문제'였다.

7월에 들어서부터 데라마치 거리의 아케이드 위로 기묘한 것이 다닌다는 소문이 돌기 시작했다. 자동차만 한 크기의 아이즈 지방 붉은 소 인형이 고개를 흔들흔들하며 지나갔다는 이가 있는가 하면, 참근교대** 도중의 무사들 같은 행렬이었다고 하는 이도 있었다.

처음에는 다들 너구리나 덴구의 장난일 것이라 생각했다.

그러나 상점가의 인간들이 아케이드 위에서 이 괴상망측한 불법 건축물을 발견하면서 사태는 뜻밖의 전개를 보였다.

상점가 진흥 조합 대표자들이 퇴거를 요구하러 가자, 불타오르는 것처럼 빨간 셔츠를 입은 남자가 오두막에서 얼굴을 내밀

** 에도 시대 때 지방영주인 각 번의 다이묘를 정기적으로 에도를 오가게 함으로써 재정적 부담을 가하고 그 가족들을 볼모를 잡아두기 위해 시행한 제도.

었다. 무슨 말을 해도 남자는 히죽거리며 턱을 쓰다듬기만 했다. 그러다 누가 "어?" 하고 괴상하게 소리쳤다. 남자가 쓰다듬는 턱이 아까보다 길어져 있었다. 남자가 더욱 크게 히죽거리면서 턱이 한층 길어졌다. 이윽고 부풀어 오른 남자는 바게트처럼 변한 턱을 붕붕 휘두르며 퇴거를 요구하러 온 사람들을 쫓아냈다.

"그때까지 목격된 괴현상도 그자 소행인 모양이야."

"경찰에 신고는 했고?"

"경찰이 오면 그 순간 모조리 흔적도 없이 사라지는 거야. 그 탓에 신고한 사람만 거짓말쟁이 취급을 받아. 그러다 경찰이 가면 또 훌쩍 나타나고. 무슨 수를 쓰는 건지."

"참 터무니없군. 이거 재미있는데!"

나는 웃었다.

"재미는 무슨."

주인은 불쾌한 듯 말했다.

나는 남자를 만나보려고 창틀을 넘어 작업 통로로 나갔다.

"형, 조심해야 해."

야시로가 걱정스레 말했다.

○

나는 불법 건축물을 향해 작업 통로를 걸어갔다. 발밑에서 데라마치 거리의 소음과 스피커에서 흘러나오는 기온바야시가 들려왔다. 오두막에 가까이 다가갈수록, '덴마야'라고 하얗게 글씨를 남기고 노란색으로 염색한 깃발이 열풍을 받아 펄럭거리는 소리가 났다. 식욕을 자극하는 카레누들 냄새가 건물 사이로 흘러왔다. "여기요, 여기요." 나는 불러봤다.

빨간 셔츠를 입은 남자가 오두막에서 나왔다.

몸집이 작은 중년 남자인데, 순살 햄 덩어리처럼 딴딴하고 다부진 체구가 옷 밖으로 드러나 보이고 전체적인 안정감이 여간 아니었다. 덤프트럭이 밟고 지나가도 말짱할 듯했다. 햇빛을 받아 붉어진 얼굴이 기름을 칠한 것처럼 번들거리고, 똑바로 쏘아보는 눈알은 비단잉어처럼 땡그랬다. 왼손에 누들 용기를, 오른손에는 먹던 주먹밥과 나무젓가락을 들었다.

남자는 깨끗이 닦은 변기처럼 새하얀 이를 드러내며 씩 웃었다.

"뭐야, 젊은 친구. 유쾌해 보이는군."

"아저씨도 유쾌해 보이네."

"거럼. 난 언제 어느 때나 유쾌하지." 남자는 누들을 맛있게 후루룩 먹었다. "나한테는 삼라만상이 엔터테인먼트거든."

"그렇지만 그거라면 내가 더 대단할 거란 자신이 있는데."

"호오! 그런 자신감은 어디서 오지?"

"내 자신감에 근거란 건 없어, 아저씨."

내가 그렇게 말하자 남자의 얼굴에 문득 부드러운 표정이 떠

제3장 환술사 덴마야

올랐다. 질게 피어오르는 수상쩍음 가운데 일말의 애교가 있었다. "제법 뭘 좀 아는 녀석이군."

"아저씨가 누군지는 모르지만 이런 데에 오두막을 지으면 안 돼."

"세상에서 제일 재미없는 일이 뭔가 하면 타인의 지시를 받는 거란 말이지. 내가 퇴거하고 싶을 때까지 기다리라고." 남자는 당당하게 말했다. "꼭 한판 붙어야겠다면 도전은 받아주마."

"아저씨, 그럼 나랑 놀까."

"호오?"

남자는 재미있다는 듯 웃었다.

"눈 감고 열까지 세면 아주 재미있는 걸 보여줄게."

"그거 기대되는군."

남자는 그렇게 말하고 선뜻 눈을 감았다. 불안한 기색이 전혀 없었다.

식인 불곰에 얽힌 무시무시한 이야기를 요도가와 교수에게 들은 이래로 한번은 불곰으로 둔갑해 있는 힘껏 포효해보고 싶다는 은밀한 바람이 생겨, 나는 남몰래 연습하고 있었다. 하지만 나도 길 가는 선남선녀의 간담을 산산조각 내놓고 기뻐하는 변태는 아니다. 굳이 따지자면 대의명분 아래 둔갑하고 싶은 정의의 너구리다. 수상한 남자의 도발은 말하자면 절호의 기회를 부여해준 셈이었다. 나는 남자에게 느릿느릿 다가가 두 팔을 들고 당장이라도 덮칠 것 같은 자세를 취했다.

"됐어?"

남자가 눈을 떴다.

나는 즉각 배 속 깊은 곳에서부터 울부짖었다. 데라마치 거리 아케이드가 부르르 떨리고 상점가를 걷던 사람들이 일제히 멈춰 설 정도의 포효였다.

그런데 어처구니없게도 빨간 셔츠를 입은 남자는 꿈쩍도 하지 않았다. 그는 들고 있던 젓가락으로 내 배를 꾹꾹 찌르며 "너 바보냐"라고 말했다. "이런 데에 불곰이 있겠어?"

남자는 먹던 주먹밥을 누들 국물에 담그고 젓가락으로 휘휘 젓더니 단숨에 후루룩 마셨다.

"그럼 답례로 나도 재미있는 걸 보여줄까."

남자는 빈 누들 용기를 등 뒤로 던지고 품에서 수건 한 장을 꺼냈다. 여러 번 빨아 물이 빠진 흰 수건에 아이즈 지방의 붉은 소 인형이 잔뜩 그려져 있었다.

남자는 수건을 늘어뜨리고 팔랑팔랑 흔들었다.

그것을 보다 보니 눈이 묘하게 아물거리면서 초점이 맞지 않게 됐다.

지금 생각하면 그때 이미 나는 남자의 술수에 빠져든 것이었다.

이윽고 수건에 그려진 붉은 소 인형들이 고개를 흔들흔들하기 시작하더니 바닥에 퐁퐁 떨어졌다. 삶은 달걀 크기의 붉은 소

인형들은 작업 통로를 졸랑졸랑 돌아다녔다. 남자가 "짠짠" 하며 수건을 흔들 때마다 나무 열매가 떨어지듯 붉은 소 인형들이 똑똑 소리 내며 떨어졌다. 좁은 통로가 순식간에 붉은 소 인형들로 가득 들어찼다. 이루 셀 수 없이 많은 붉은 소 인형이 몸을 타고 올라와 아무리 떨쳐내도 끝이 없었다.

위를 올려다보니 빨간 셔츠를 입은 괴인이 허공에 떠 수건에서 무수한 붉은 소 인형을 흩뿌리며 푸른 하늘로 올라갔다. "삼라만상이 엔터테인먼트야"라고 하는 목소리가 울려 퍼졌다.

"아저씨, 혹시 덴구야?"

내가 소리치자 남자는 씩 웃었다. 가짜처럼 새하얀 이가 빛났다.

"무슨 소리. 난 덴구보다 더 위대한 사내다."

그때 푸른 하늘이 깜박거리나 싶더니 문득 어두워졌다. 얼마 동안 어둠 속에 남자의 악마처럼 아름다운 흰 치아만 떠 있었다.

내 기억은 여기서 끊겼다.

○

한동안 내가 어디 있는지도 알 수 없었다. 모든 것이 몽롱해 두개골 속에 행인두부라도 들이부은 느낌이었다.

이윽고 멀리서 "형, 형" 하고 야시로가 울며 부르는 소리가 들려왔다. 그 목소리에 의지해 어둠 속을 더듬거리는 기분으로 있으려니 귓가에서 가이세이가 "정신 차려!" 하고 날카롭게 외쳤다.

문득 물 위로 떠오르듯 현실이 돌아왔다.

주위가 어둑어둑한 것은 다리 밑이라서 그런 것 같다. 나는 너구리 모습으로 돌아와 털이 푹 젖어서는 부들부들 떨고 있었다. 내가 "여기가 어디야?"라고 묻자, 동생이 "형이 정신이 들었어!" 하고 소리치며 달려들었다. 멀리서 쉴 새 없이 사이렌 소리가 들리고 소란한 거리 분위기가 다리 밑 어둠에까지 전해졌다.

기요미즈 주지로가 가까이에서 내 얼굴을 살폈다.

"이제야 정신이 들었나. 하여간 이제 어쩔 거야."

"뭔데, 뭐가 어떻게 된 건데?"

그때 어둠 속에서 가이세이의 급박한 목소리가 들렸다.

"얼른 도망쳐야 해! 사람이 올지도 몰라!"

"대체 뭐야? 무슨 일이 있었던 건데?"

"기억이 전혀 안 나? 넌 술수에 넘어간 거야."

기요미즈 주지로는 쫄딱 젖은 나를 안고 달리기 시작했다.

도망치며 그가 가르쳐준 바에 따르면, 불곰으로 둔갑한 나는 덴마야의 술수에 빠져 정신이 몽롱해져서 돌아왔다. 그리고 불곰의 모습인 채로 그들이 제지하는 것도 뿌리치고 계단을 내려가 느릿느릿 데라마치 거리로 나갔다. 도망치는 사람들의 비명과 기온바야시가 뒤섞이고 이른 오후의 거리는 대혼란에 빠졌다. 하여간 마음까지 불곰이 되어 행인을 습격하지 않아 불행 중 다행이었다.

"아무리 불러도 반응이 없지, 가짜 거죽은 벗겨지지 않지, 해서 애먹었다고. 가모가와강에 빠뜨리자는 건 가이세이의 아이디어였어."

"고맙다, 가이세이."

내 감사 인사에 가이세이는 엄한 목소리로 답했다.

"너구리가 인간의 술수에 넘어가다니 한심하긴!"

대꾸할 말이 없었다.

○

그주 주말이었다.

나는 기온 축제 전야제로 떠들썩한 거리를 지나 오사카 관문을 통과해 비와호로 갔다.

하마오쓰역 개표구를 빠져나와 녹지 공원을 지나 걸으니 사방이 물이었다. 안벽에 걸터앉아 발을 흔들흔들하는 나는 학문의 길에 방황하는 학생으로 보였을지 모른다.

실제로 나는 다소 의기소침해 있었다.

덴마야 사건으로 나는 큰형에게 호되게 야단맞고 다다스숲에서 근신하라는 처분을 받았다. 불곰으로 변해 백주의 거리를 어정거렸으니 큰형이 펄펄 뛰는 것도 당연했다. 잘못은 내게 있다는 것은 안다. 그렇기에 더더욱 화가 났다.

다만 내가 덴마야에게 도전한 것은 어디까지나 부탁을 받아서이니 정상참작의 여지가 있었다. 주지로 등이 일부러 다다스숲으로 찾아와 큰형에게 그 점을 설명해준 덕에 간신히 근신이 풀렸다.

내가 불곰 모습으로 어슬렁어슬렁 돌아다녀 거리를 혼란에 빠뜨린 것은 신문이며 텔레비전에까지 보도되었다. 덴마야에게 패배했다고 만천하에 광고한 것이나 다름없었다. 금각과 은각이 "인간의 술수에 넘어가다니 너구리의 수치가 따로 없군!", "따로 없고말고!" 하고 신나서 떠들고 다닌다 했다. 그런데도 이 몸이 덴마야에게 한 방 먹여주겠다 하는 기골 있는 너구리는 너구리계에 단 한 마리도 없었다.

"하여간 한심하긴. 이제 어쩔 거야."

나는 발을 흔들흔들하며 중얼거렸다.

웅대한 비와호는 발밑에서 찰싹찰싹 물소리를 냈다.

저물어가는 여름 하늘 아래 호수는 석양빛을 받아 흐릿하게 빛나고 물결 너머는 신기루처럼 부옇게 보였다. 왼편으로 보이는 항구에는 밤의 눈부신 조명을 밝힌 유람선이 출항을 기다리고 있었다. 호수 위로 부는 바람을 맞고 있으려니 마치 고향에서 멀리 떨어진 곳에 있는 것처럼 여수가 느껴졌다.

그렇게 웅대한 경치를 바라보는데 문득 벤텐 생각이 났다.

벤텐은 비와호 호숫가 출신이다. 아카다마 선생님에게 납치된 당시에는 눈 쌓인 호숫가를 타박타박 걷는 인간 소녀였다. 그러나 지금은 덴구로 가는 사다리를 착실하게 올라 비와호조차 가볍게 건너뛸 수 있는 반덴구가 됐다.

그녀가 일시적인 기분으로 외국에 나가고 교토에 없어 아쉬웠다. 덴마야 사건 이야기를 들었다면 그녀는 무릎을 치며 재미있어했을 것이다. 그녀의 특기인 덴구 웃음으로 내 근심과 번민을 날려버렸을 것이다. 그녀가 웃어주기라도 하면 나도 조금은 통쾌한 기분이었을 것이다.

위대한 존재 앞에서 너구리는 까르륵까르륵 웃는 법이다.

"삼라만상이 엔터테인먼트야."

나는 중얼거리며 일어섰다.

○

아야메이케 화백이 반세기 전부터 살고 있는 자택은, 고찰 온조지園城寺를 품은 나가라산이 뒤쪽에 자리하는 한산한 주택가에 있었다.

비와호 수로가 나가라산의 굴길로 숨어드는 언저리, 쪽빛 저녁 하늘에 푸른 잎이 무성한 벚나무 가로수길을 걸었다. 여름풀이 우거진 둑 아래로 어두운 수로 물이 소리 없이 흘렀다. 고요한 주택가에 초목 가운데 파묻힌 기이한 집 한 채가 있었다. 돌대문에는 '아야메이케'라고 붓글씨로 쓴 얄팍한 목판이 붙어 있다. 대문에서 안을 들여다보니, 무성한 여름풀을 밟아 헤치고 나아가는 짐승 길 같은 것 끝에 전구 불빛에 귤색으로 빛나는 미닫이문이 보였다.

딱 너구리와 마음이 통하는 인간이 살 법한 집이었다.

미닫이문을 열고 "계십니까" 하고 불러봤지만 대답이 없었다.

안으로 들어가 마루를 깐 복도를 따라가니, 오른쪽에 식당이 있고 그 안쪽 부엌에서 요리복 차림의 여자가 물을 쓰고 있었다. 복도 왼쪽, 장롱과 밥상으로 북적거리는 6첩방 한복판에 요도가와 교수가 탈싹 앉아 있었다.

그가 일심불란하게 바라보는 것은 여러 장의 '너구리 그림'이었다.

지난달 욘토미 회관의 술집에서 화백의 그림을 발견한 뒤로 요도가와 교수는 그의 너구리 그림에 홀딱 반해버렸다. 오쓰 시청에 근무하는 화백의 딸 부부에게 연락을 취해 화백의 자택에 뻔질나게 드나든 끝에 이제는 아야메이케 화백의 신뢰를 얻고 있다 한다.

"안녕하세요, 요도가와 교수님."

"오, 자네로군. 어때, 훌륭한 그림이지?"

나도 요도가와 교수 곁에 앉아 너구리 그림을 봤다.

쫄랑쫄랑 늘어선 너구리와 달마 오뚝이와 돌멩이를 단순하고 소박한 필치로 그린 그림이었다. 너구리와 달마 오뚝이와 돌멩이의 경계도 모호한 것이 흡사 어린애 그림 같다. 너구리 입장에서는 '암만 너구리라도 저보다는 좀 더 섬세하게 생겼거든?'이라 하고 싶어진다.

"너구리들이 참으로 훌륭하지 않나? 아야메이케 화백의 천재성이 남김없이 표출되어 있어. 이런 게 바로 보는 힘이란 거네. 깊이 본다는 건 깊이 사랑한다는 거거든. 너구리에 대한 깊은 애정이 있기에 이렇게 거침없는 선을 그릴 수 있어. 너구리의 북슬북슬함, 귀여움, 보드라움, 자유로움, 그런 것들이 이 선 한 줄에 모두 들어 있을 테지."

"어째 털북숭이 돌멩이 같은데요."

"털북숭이 돌멩이라고? 다시 잘 보게."

교수가 가리킨 것은 역시 털북숭이 돌멩이로만 보였다.

"여기에 너구리의 풍성한 털이 표현되어 있어. 영양 상태가 좋아서 털도 반지르르한 너구리일 테지. 변도 분명 질 좋은 것을 볼 거야. 하지만 정말로 대단한 건 이 풍만함, 보드라움 속에 팽팽한 긴장이 느껴지는 점이란 말이지. 그게 너구리의 야성 아니겠나. 너구리도 귀엽기만 해서는 살 수 없어. 여차하면 뭐든 다 먹어주겠다, 하는 잡식가의 식탐이 드러나 보이지 않나. 암, 이래야지. 이게 바로 진짜, 이게 바로 너구리의 참모습, 너구리의 이데아다! 화백의 그림은 현실의 이면에 감추어진 진실의 너구리 세계를 비추는 것이다. 할렐루야!"

"그런가요?"

나는 어이가 없었다.

요도가와 교수가 문득 툇마루에 시선을 주며 일어섰다.

"이런, 그새 캄캄해졌군."

아닌 게 아니라 툇마루 너머에 있는 정원은 한밤중처럼 어두웠다. 바깥에는 아직 어스름이 남아 있는데 울창한 나무들이 빛을 차단하는 것이다. 나는 툇마루에 서서 모기향 냄새를 맡으며 깊은 숲 같은 나무들을 바라봤다.

"이 정원은 화백에게 온 우주지. 지난 사반세기 동안 화백은 이 집과 정원에서 한 발짝도 나가지 않았거든. 위대한 집돌이, 정원의 임금님이야."

교수는 그렇게 말하며 감탄 어린 한숨을 쉬었다.

부엌에서 들리던 채소 써는 소리가 그치더니 요리복 차림의 여자가 손을 닦으며 6첩방에 얼굴을 내밀었다. 그녀는 나를 보고 "어머나, 나도 참, 손님이 오신 것도 모르다니!"라고 말했다. 규중처자의 면모를 기적적으로 80년 지나도록 잃지 않았다 싶은 기품이, 단정하게 묶은 백발에서 청결한 요리복에 이르기까지 도처에 감돌았다. 화백의 부인이었다. 나는 머리를 숙이며

"야사부로라 합니다"라고 인사했다.

"이 시간이면 젊은 분은 배고프시겠네요. 전골 준비는 거의 다 됐는데요. 그이는 아직 안 돌아왔나요?"

"네, 아까 정원에 나가 안 돌아오시는군요."

"너구리와 함께 있을 거예요. 열중하면 어두워질 때까지 논답니다."

○

송년회에서 너구리전골을 먹는 비밀결사 '금요클럽'은 온 교토에 모르는 이가 없는데, 이 악식 집단에 대항하기 위해 요도가와 교수가 설립한 것이 '목요클럽'이었다.

금요클럽의 모임에 '너구리전골 결사반대!'라고 인쇄한 전단을 던져 넣기도 했지만, 현시점에서는 코웃음만 칠 뿐 상대도 해주지 않는다. 굳이 따지자면 비밀결사라기보다 '술친구'가 그 실태에 가깝다.

요도가와 교수와 나는 종종 밤에 모여 맛있는 음식을 먹으며 이야기했다.

영양학이 전문 분야라는 요도가와 교수는, '미식 찾아 삼만리'라는 좌우명 아래 정력적으로 세계 각지를 찾아간다. 의외로 글로벌한 활약이다. 식욕을 원동력으로 돌진하는 교수의 기상천외한 모험담은 경청할 가치가 있었고, 식욕으로 뒷받침된 기골을 여실히 보여주었다. 아니면 천하의 금요클럽을 상대로 '먹고 싶어도 먹지 못하는 것 또한 사랑'이라고 궤변을 늘어놓으며 화려하게 전향해 즉각 제명되는 일은 있을 수 없다.

요도가와 교수의 미련은 오로지 하나, 벤텐에 대한 것뿐이었다.

"벤텐 씨와 즐기던 밤의 산책이 그립군. 자네, 벤텐 씨가 귀국하면 중간에서 다리를 놔주지 않겠나? 내가 남미에서 발견한 '미녀의코털'이라는 과일을 증정할 생각이네. 이름은 그래도 이게 꽤 맛있단 말이지."

"글쎄요, 벤텐 님은 워낙 변덕쟁이니까요."

"역시 안 되려나."

"그림의 떡이죠."

"그러게, 그림의 떡이지."

교수는 과거를 돌이키듯 눈을 가늘게 떴다.

그리고 교수는 취하면 너구리들 생각을 하며 눈물을 흘렸다.

"먹었지, 제군. 참으로 먹었어."

요도가와 교수는 눈에 보이지 않는 청중을 향해 중얼거렸다.

"그러나 제군, 이미 먹은 건 어쩔 수 없어."

금요클럽은 인간 사회에도 은연한 세력을 가지고 있는지라, 작년 말 제명 처분을 받은 뒤로 요도가와 교수는 갖은 고초를 겪고 있는 모양이다. 그러나 그는 푸념하기는 고사하고 목요클럽을 창설해 금요클럽의 역린을 건드리는 일도 불사했다.

참으로 존경할 만한 마음가짐이요, 목숨을 건 너구리 사랑이라 할 것이다.

○

정원으로 나온 교수와 나는 둘로 나뉘어 화백을 찾기로 했다.

"아야메이케 씨, 아야메이케 씨."

나는 여름풀을 헤치고 어두운 나무들 사이로 들어갔다.

정원의 개념을 초월한 경이로운 공간이 펼쳐져 있었다. 자랄 대로 자란 여름풀은 베어낸 흔적조차 없었고, 늙은 나무들은 자유자재로 가지를 뻗고 잎이 우거져 숨 막히는 열기가 들어차 있었다. 저녁 하늘도 보이지 않고 숲이 끝나는 곳도 보이지 않았다. 깊이 들어갈수록 툇마루에서 흘러나오던 전구 불빛이 멀어지고 여름의 냄새를 냄비에 팔팔 끓인 듯한 어둠이 나를 감쌌다.

문득 풀숲에서 북슬북슬한 것이 움직였다. 축축한 코가 어렴풋이 빛났다.

"넌 어디 너구리냐?"

털북숭이가 물었다.

"시모가모 소이치로의 셋째 아들 야사부로다."

"난 온조지 곤자부로다. 그 댁 야이치로 군에게 일전 게이지 너구리 대회에서 신세를 졌어. 자네 이름도 알지. 화백은 이쪽에 계신다. 안내할 테니 따라오도록."

곤자부로의 꽁무니에 딱 붙어 나무들 사이를 지나자 하늘이 빠끔히 트였다. 그곳은 울창한 나무들에 둘러싸인 작은 우묵땅이었다. 석양빛을 받아 잡초가 푸릇푸릇하게 보였다. 낡은 작업복 차림의 깡마른 노인이 나무 의자에 걸터앉아 나무뿌리처럼 보이는 울툭불툭한 파이프를 피우고 있었다.

"아무쪼록 화백에게 누를 끼치는 일이 없도록."

온조지 곤자부로가 뒤에서 속삭였다. 그는 풀숲에 몸을 숨기고 있었다. 나무들 안쪽에서 그 밖에도 다수의 털북숭이의 기척이 느껴졌다. 화백에게 접근하려는 발칙한 자, 다시 말해 나를 온조지 일족이 단체로 감시하는 모양이다.

나는 연못 바닥처럼 깊은 우묵땅을 내려갔다.

"안녕하세요, 아야메이케 선생님. 모시러 왔습니다."

화백은 나를 의심하는 기색도 없이 자랄 대로 자란 백발 틈으로 연기를 뿜었다.

"이 우묵땅은 연못이었답니다." 화백은 느긋하게 이야기했다. "50년 전에 내가 팠죠. 그때는 나도 팔팔해서 웬만한 일은 스스로 할 수 있었거든요. 오랫동안 연못 덕에 즐거웠습니다만, 아쉽게도 지하수가 새는 바람에……. 그렇지만 덕분에 근사한 우묵땅이 생겼어요. 이렇게 앉아 있으면 우물 안 개구리처럼 참으로 기분이 좋군요."

화백은 맑은 눈빛으로 나를 봤다. 메뚜기가 뛰는 것을 지켜보는 어린애 같은 시선이 간지러웠다. 어쩐지 둔갑한 가짜 거죽을 벗어던지고 싶어지는 눈길이었다.

"곧 저녁때라고 합니다. 가시죠."

"그럼 오늘은 이만 마치기로 할까요. 수고했어요."

화백은 누구에게랄 것 없이 중얼거리며 일어섰다. 지팡이를 짚고 비슬비슬 우묵땅에서 기어 올라왔나 싶더니 주저 없이 덤불로 뛰어들었다. 괜히 사반세기의 연륜을 쌓은 정원의 임금님이 아니다 싶게 바람처럼 빠른 속도로 나무들 사이를 빠져나갔다.

문득 화백이 멈춰 서서 귀를 기울였다.

"저런, 축제 소리가 들리는군요. 어디 축제죠?"

아닌 게 아니라 어딘가 멀리서 기온바야시 같은 것이 들려왔다.

"아하, 그 남자가 온 모양이군요."

화백이 중얼거렸다.

"그 남자?"

"손님이에요. 그 남자라면 축제를 데려오는 정도는 충분히 하죠."

화백의 뒤를 따라 금세 툇마루로 돌아왔는데 요도가와 교수가 보이지 않았다. 귀를 기울여보니 나무들 안쪽에서 도움을 청하는 목소리가 들렸다. 화백을 찾으러 갔다가 이 경이의 정원에서 조난당한 듯했다.

"그럼 내가 데리러 가죠." 화백이 말했다. "미안하지만 현관에 나가주겠어요?"

현관 앞으로 나가니 기온바야시가 들리고 불투명 유리 너머가 밤 축제 같은 불빛으로 찬연히 빛났다.

미닫이문 밖 사람 그림자가 머리를 깊이 숙이는 것이 보였다.

"실례합니다. 덴마야가 왔습니다."

들어본 적 있는 목소리와 이름에 설마 그럴 리가, 하고 생각하며 미닫이문을 열었다. 붉은빛을 발하는 제등이 들어오고, 삼라만상을 와작와작 씹어버릴 듯한 순백의 치아를 반짝이며 빨간 셔츠 차림의 남자가 이어서 들어왔다. 어찌나 섬뜩한지 '오늘 저녁 전골 재료는 너다'라고 최후통첩을 하러 온 지옥의 도깨비처럼 보였다.

남자는 나를 보고 입을 딱 벌리더니 이어서 씩 웃었다.

"뭐야, 너도 오늘 저녁 손님이냐? 또 만나서 반갑군."

"야사부로라고 합니다."

"제법 고풍스럽고 멋진 이름인데. 야사부로, 모쪼록 잘 부탁해. 오늘은 내가 진기한 걸 먹여주지."

그는 곁에 놓여 있던 헐렁한 자루에 손을 넣더니 축축하고 시커먼 것을 쑤욱 꺼냈다. 붉은 제등 불빛에 미끈미끈하게 빛났다.

그가 자랑스럽게 들어 보인 것은 커다란 장수도롱뇽이었다.

제3장 환술사 덴마야

○

요도가와 교수의 강의에 따르면, 장수도롱뇽은 세계 최대의 양서류다. 맑은 물을 네발로 돌아다니며 민물게나 개구리를 잡아먹고 산다. 몸뚱이를 반으로 갈라 냇물에 떠내려 보내도 부활한다는데("암만 그래도 거짓말이지, 무슨 플라나리아도 아니고"라고 교수가 덧붙였다), 그런 와일드한 전설에서 '반 가르기'라는 별명이 붙었다. 그런 전설이 생길 만도 한 것이, 연갈색 몸뚱이는 검은 반점으로 뒤덮여 있고 머리 근처에 괴상망측한 돌기까지 있다. 잡식가인 너구리조차 도저히 '식욕이 돋는다'라고 할 수 없는 뻔뻔한 상판이었다.

덴마야는 장수도롱뇽을 들고 아야메이케가의 부엌으로 쳐들어갔다.

"오늘 저녁은 장수도롱뇽전골로 가죠."

그의 선언에 화백의 집은 갑자기 소란스러워졌다.

부인은 "그렇게 징그러운 걸 먹다니 싫은데요"라며 슬그머니 꽁무니를 빼고, 요도가와 교수는 "일본장수도롱뇽은 특별천연기념물이야. 워싱턴 조약으로도 거래가 금지돼 있어"라며 난처한 표정을 지었다. 아야메이케 화백은 장수도롱뇽의 돌기를 잠자코 쓸었다.

"이건 일본장수도롱뇽이 아니거든요, 요도가와 교수님."

"이건 일본장수도롱뇽이야."

"에이, 이건 어디까지나 커다란 장수도롱뇽이라고요."

"그러니까 커다란 장수도롱뇽이 바로 일본장수도롱뇽인 거야."

"그렇게 단순한 이야기가 어디 있습니까. 선생님도 참 뭘 모르는 분이시네."

"자네야말로 참 뭘 모르는 사람이군, 덴마야 씨."

여기서 깨달았다. 덴마야와 요도가와 교수는 초면이 아닌 모양인데, 그렇다고 특별히 친한 사이는 아닌 것 같았다.

"이거 보세요, 선생님. 백 보 양보해서 이게 특별천연기념물이라 칩시다." 덴마야는 수상쩍은 웃음을 띠며 말했다. "워싱턴 군인지 루스벨트 군인지가 먹으면 안 된다 해요. 그건 알았습니다. 하지만 말이죠, 이 사랑스러운 장수도롱뇽은 이미 불행한 사고로 인해 눈을 감았다고요. 여기 남아 있는 건 이를테면 '좋은 국물이 우러나는 뼈'란 말이죠. 사랑스러운 장수도롱뇽을 그냥 썩히는 편이 생명을 함부로 여기는 소행 아닙니까? 워싱턴 군이나 루스벨트 군이라고 '먹지 마!'라고 할 권리가 있을까요?"

이 엄청난 궤변에 교수조차 대꾸할 말을 찾지 못했다.

"선생님도 먹고 싶잖아요?"

덴마야가 재차 부추기자 교수는 "그러게"라고 중얼거렸다. "소문은 들었네만, 맛있겠지?"

"안심하라고요. 장수도롱뇽 요리법은 오카야마산 속에서 확실하게 배워 왔으니까. 장수도롱뇽은 척 보면 맛없을 것 같지만, 먹어보면 얘가 얼마나 맛있는지 알 겁니다!"

덴마야는 붉은 도깨비처럼 우악스러운 손으로 부엌칼을 들더니 현란한 솜씨로 장수도롱뇽을 손질했다. 내장을 제거하고 껍질과 살을 토막 내 물에 씻자, 산초 같은 향이 부엌에서 6첩방으로, 그리고 정원에까지 넘쳐흘렀다. 장수도롱뇽의 살과 채소를 큰 냄비에 넣은 뒤, 덴마야는 자루에서 수상쩍은 병을 꺼내 거뭇한 가루를 냄비에 뿌렸다. "이 덴마야 특제 분말이 장수도롱뇽 고기를 연하게 해준단 말이지"라고 자랑스레 중얼거렸다.

이리하여 우리는 6첩방에서 장수도롱뇽전골을 먹었는데, 이게 얼마나 맛있는지 나는 경탄하느라 바빠 7월 밤의 무더위도 잊었다. 장수도롱뇽의 괴물 같은 외견과는 달리, 전골은 잡티 하나 없이 깨끗한 맛이었다. 살이 붙은 껍질은 쫄깃쫄깃한 게 씹으면 씹을수록 맛있었다. 나는 여러 그릇 먹었다. 전골냄비를 둘러싸고 앉은 모두가 땀이 뚝뚝 떨어지는 것도 아랑곳하지 않고 말없이 젓가락만 놀렸다. 그렇게 꺼리던 부인까지 어느새 행복한 표정으로 전골을 먹고 있었다. 장수도롱뇽, 무시할 게 아니다.

맛있게 먹는 우리를 덴마야는 만족스레 둘러봤다.

"어때, 맛있죠? 맛있잖아요"라고 연신 말했다.

"이게 참 진짜 까다로웠단 말이죠. 내가 이래 봬도 넓은 견문을 가졌고 세상 진미에 대한 지식도 풍부하지만, 신세를 진 아야메이케 선생님께 하찮은 걸 진상해서 얼버무리는 건 덴마야의 이름에 먹칠하는 짓이거든. 고민에 고민을 거듭하면서 가모가와강 변을 걸었더니 어느새 구모가하타까지 갔더군요. 날 저문 강가를 따라 걷는데 비가 세차게 쏟아지면서 뭔가 검고 미끌미끌한 게 확 떨어지는 겁니다. 놀라는 것도 당연하잖아요? 나도 모르게 지팡이로 딱 때렸더니 어둠 속에서 '끽!' 하고 섬뜩한 소리가 나는 바람에 진짜 오싹했다니까요. 그래서 발밑을 보니까 장수도롱뇽이 죽어 뒹굴고 있더라, 이렇게 된 거죠. 참으로 불행한 사고였는데, 그래도 덕분에 좋은 선물을 손에 넣을 수 있었습니다."

덴마야는 냄비를 향해 합장했다.

"구천을 떠돌지 말고 얼른 성불하거라. 나무나무."

그때 장수도롱뇽은 우리 배 속에 남김없이 들어가 있었다.

부엌에서 냄비와 그릇을 설거지하며 요도가와 교수와 나는 물소리를 틈타 밀담했다. 덴마야와 화백 부부는 6첩방에서 시원한 보리차를 마시며 화백의 너구리 그림을 감상하는 중이었다.

"덴마야란 저자는 어떤 인물입니까?"

"금요클럽에서 본 적 있어. 주로진의 앞잡이 같은 일을 했는데."

"수상쩍을 만도 하네요. 스파이일지도 모르죠."

"그나저나 묘하단 말이지." 요도가와 교수는 고개를 갸웃했다. "덴마야는 뭔가 실수를 저질러서 주로진의 역린을 건드렸다 하거든. 그래서 교토에서 모습을 감췄네. 그게 벌써 몇 년 전 이야기인데 어째서 돌아온 거지?"

○

밤이 깊어가면서 경이의 정원은 한층 어두워졌는데, 금수가 활개 치는 괴이한 소리가 여기저기서 들려와 도리어 시끌시끌해졌다. 화백은 툇마루에서 몸을 내밀어 풀을 베어낸 곳에 돌멩이 몇 개가 놓여 있는 장소를 가리켰다. 그곳에 너구리가 종종 나타난다고 했다.

"내가 그림을 그리는 동안 영리하게도 꼼짝 않고 있답니다. 참 귀여운 아이들이에요."

"그렇기에 훌륭한 그림이 탄생하는 셈이군요."

요도가와 교수는 너구리 그림을 보며 벙글벙글 웃었다.

이야기를 통해 요도가와 교수가 욘토미 회관에서 봤다는 너구리 그림은 아야메이케 화백에게 받은 너구리 그림을 덴마야가 판 것이라는 사실이 드러났다. 화백이 "그런 건 곤란해요"라며 항의했지만, 덴마야는 빡빡머리를 서걱서걱 쓸며 장난꾸러기처럼 웃기만 했다.

"악의가 있어서 그런 게 아닙니다. 그걸 알아주지 않으면 안 돼요. 난 태어나서 지금까지 악의가 있었던 적이 한 번도 없단 말이죠. 하는 짓은 대개 야바위지만 선의의 야바위거든요. 뭐, 그래서 무섭다는 소리도 들어봤습니다만. 왜, 그런 말 있잖습니까? 지옥으로 가는 길은 선의로 메워져 있다는……. 아니, 그런 건 됐고."

참으로 나불나불 잘도 떠드는 사내였다.

"나라면 선생님 그림을 비싼 값에 얼마든지 팔아드릴 수 있습니다. 마음 턱 놓고 맡기만 주세요. 시조하고 기온 화랑 몇 곳에 다리도 놔놨거든. 홍보도 나한테 맡기시고. 텔레비전도 간단해요. 홍보란 게 결국 협잡이니까요. 요는 속임수를 쓰면 되는 겁니다. 그림이 팔리면 이 집도 좀 더 근대적으로 고칠 수 있다고요. 뒤쪽 땅을 사서 정원을 넓힐 수도 있고, 펌프로 물을 끌어오면 저 마른 연못에 물을 가득 채울 수도 있죠. 선생님은 내 은인이니까 편안히 생활하시게 해드리고 싶은 거야."

그러나 화백은 조용히 말했다. "난 지금 생활에 만족합니다."

"이렇게 욕심 없는 분이 상대면 덴마야도 방도가 없네." 덴마야는 과장되게 한숨을 쉬었다. "너구리랑 돌맹이를 갖고 놀면 그걸로 만족한다는 분이시니 말이지."

"난 신선이 아니에요. 그렇게 대단한 게 아닙니다."

"맞아요. 이이는 그렇게 훌륭한 사람이 아니에요." 부인이 말했다. "이이 때문에 제가 얼마나 고생하고 울었는데요. 신선은 무슨."

"오, 그럼 선생님도 속물이십니까?"

"아주 속물이죠."

"훌륭합니다. 암, 그러셔야지. 나도 속물이거든요. 속물 만세인데요."

덴마야는 재미있어하며 무릎을 치고 철판을 휘듯 웃음을 지었다.

"그럼 이 자리에 계신 속물 여러분을 위해 여흥을 하나 보여 드리죠."

덴마야는 자신이 가져온 제등에 불을 밝히더니 우리 눈앞에서 살랑살랑 흔들었다. 서서히 눈이 아물거리기 시작했다. 전에도 맛본 느낌이었다.

"어머나!"

부인이 소리치며 정원을 가리켰다.

캄캄한 나무들 뒤로 제등 불빛이 보였다. 처음에는 하나였는데 눈 깜짝할 새에 둘, 셋으로 늘어났다. 이윽고 어둠에서 스며 나오듯 수많은 제등이 늘어서 '덴마야'라는 글자를 찬연히 빛내며 나무들을 헤치고 다가왔다. 이윽고 그것은 제등이 빽빽이 들어찬 반짝이는 벽이 되어 마치 쓰나미처럼 툇마루를 넘어 방으로 쏟아져 들어왔다. 기온 축제의 장식 수레 같은 불빛이 주위를 메우고 기온바야시가 들려왔다. 나는 화백이 정원에서 중얼거렸던 말이 생각났다. '그 남자라면 축제를 데려오는 정도는 충분히 하죠.'

덴마야가 "이제 끝!"이라고 한 순간, 모든 게 꿈결처럼 사라졌다.

아무렇지도 않은 얼굴로 방에 앉아 있던 사람은 화백과 덴마야뿐이고, 부인과 요도가와 교수와 나는 부엌으로 도망가 있었다.

"이게 환술이란 것이다."

덴마야는 씨익 웃었다.

○

요도가와 교수와 나는 아야메이케 화백의 집에서 나와 고요한 밤거리를 걸었다.

아야메이케 화백의 경이의 정원, 기온바야시와 더불어 나타난 덴마야, 장수도롱뇽전골 그리고 환술. 밤늦게까지 연회가 계속된 것 같았는데 시간은 아직 9시를 좀 넘었을 뿐이었다. 연회의 여운이 머리 주위에 감돌아 우리가 아직 덴마야의 환술에 걸려 있는 게 아닐까 싶기까지 했다.

"환술이란 거 대단한데요."

"자네 내 빰 좀 때려봐. 불안해 미치겠어."

내가 교수의 뺨을 때리자 고요한 주택가에 짝 소리가 울려 퍼졌다. 교수는 뺨에 손을 대며 "현실인 것 같군" 하고 중얼거렸다. "그나저나 손이 참 매운데."

"선생님이 괜찮으시면 저도 괜찮은 거죠."

"아니, 자네, 그 논리는 이상해. 방금 실험으로 난 환술에 걸리지 않았다는 걸 알았지만, 그건 어디까지나 내 주관이란 말이지. 자네가 환술에 걸리지 않았다는 증거는 못 되지 않을까."

"그렇지만 전 선생님이 아파하시는 걸 봤는데요."

"그 또한 환술이 아니라고 어떻게 장담할 수 있지?"

"……그 말씀은 선생님 뺨을 한 번 더 때리라는 뜻입니까?"

"아니, 그게 아니야. 때리는 건 자네 뺨이지."

"왜 그렇게 되는 거죠? 그건 싫은데요. 아픈 건 사양하겠습니다."

우리가 가로등 밑에서 철학적인 실랑이를 벌이는데 앞쪽 어둠 속에 붉은 제등을 든 덴마야가 슥 나타났다. 딱 요괴 같았다.

덴마야는 흰 이를 드러내며 웃었다.

"요도가와 교수님, 들었습니다. 클럽에서 추방되셨다죠?"

"……뭔가, 덴마야 씨. 자네하곤 상관없는 일이야."

그렇게 말하고 걸음을 뗀 교수에게 덴마야는 섬뜩하게 다가섰다.

"분풀이로 반대 운동을 하신다고요. 무모한 일을 하시는군요."

"……누구한테 들었나?"

"덴마야는 눈 밝고 귀 밝아서 온 교토에 내 조그만 눈이랑 귀가 뒹굴고 있거든. 작고 귀여운 귀가 똑똑히 들었습니다. 요도가와 교수는 저 위대한 주로진에게 맞서고 있다고. 참 대단한 반골 정신이셔. 좋은 말 할 때 그만두세요. 대학교수씩이나 되는 분이."

"덴마야 씨는 스파이지?"

내가 확인하자 덴마야는 당치도 않다는 듯한 표정을 지었다.

"어이구야, 아야메이케 화백 댁에서 마주친 건 순전히 우연이라고."

"믿을 수 없군." 교수가 단정했다. "도대체가 자네는 여행 간 거 아니었나?"

"그런 일도 있긴 했죠. 사실대로 말하자면 내 순수한 호기심의 발로가 주로진 어르신의 역린을 건드려서 말이에요. 지금은 바람에 떠도는 흰 구름처럼 유랑하는 신세, 다시 말해 금요클럽의 심부름을 하러 다닐 이유도 없는 셈이거든. 난 지금 당신한테 반골 동지로서 연대감마저 느낀다고요."

덴마야는 친한 척 교수의 어깨를 두들겼다.

"쫓겨난 사람끼리 어디 친하게 지내보자고요. 상담도 들어드릴게."

"사양하겠네. 상담료가 비쌀 것 같군."

"⋯⋯이봐요, 선생님. 주로진은 무서운 사람입니다. 꼭 조심하는 게 좋을 거예요."

이윽고 비와호 수로에 이르자 덴마야는 "그럼 난 이만" 하며 담을 훌쩍 넘었다. 붉은 공처럼 통통 튀며 둑을 달려 내려갔다. 여름풀이 무성한 둑 밑, 어두운 수로에 초라한 조각배 한 척이 떠 있었다. 덴마야는 뱃머리에 제등을 달랑 올려놓고 자신도 배에 올라탔다. 이윽고 제등을 밝힌 조각배는 어둠 속을 미끄러지듯 나아가 나가라산 굴길로 사라졌다.

"하여간 어처구니없는 인물이군. 방심해선 안 되겠어."

"선생님은 먼저 가십시오. 전 들를 데가 있어서요."

"저런, 그런가? 그럼 난 소화시킬 겸 산책하고 가도록 하지."

요도가와 교수를 배웅한 뒤 나는 아야메이케 화백의 집으로 돌아갔다.

덴마야는 헤어질 때 데라마치 거리의 대결에 관해 한마디도 언급하지 않은 채 내게 장난스럽게 윙크했다. 요도가와 교수는 당연히 알아차리지 못했지만, 그건 '술수를 쓸 수 있으면 어디 써보시든지'라는, 나만이 알 수 있는 명백한 도전이었다. 그의 윙크를 본 순간, 바보의 피를 잇는 털 뭉치로서 '타도 덴마야'의 결의를 굳혔다.

장수도롱뇽은 바보의 피를 들끓게 하는 음식인 모양이다.

○

아야메이케 화백은 6첩방에서 흘러나오는 전구 불빛을 등에 받으며 툇마루에 느긋하게 앉아 있었다. 주위를 맴도는 담배 연기와 자랄 대로 자란 백발이 뒤엉켜 어디까지가 연기고 어디서부터가 머리인지 분명하지 않았다.

나는 너구리 모습으로 돌아와 툇마루로 다가갔다.

화백은 파이프를 입에서 떼며 기쁜 표정을 지었다.

"이런, 이제 둔갑은 안 하나요, 야사부로 씨?"

예리한 눈을 가진 아야메이케 화백 앞에서 우리 둔갑술이 통하지 않는다는 것은 어렴풋이 눈치채고 있었다. 내가 툇마루 밑까지 가서 머리를 숙이자, 화백은 "기쁘군요"라며 손을 내밀어 내 손을 잡았다.

나는 툇마루로 기어올라 화백 곁에 딸랑 앉았다.

"부인은 주무십니까?"

"목욕하는 중이에요."

그러고 보니 어디서 목욕하는 듯한 소리가 들려왔다.

"난 목욕을 좋아하지 않는데 아내는 아주 좋아하거든요. 참 오래 한답니다."

"너구리도 목욕은 좋아하죠. 근사한 발명입니다."

"욕실에서 저렇게 오래 대체 뭘 하는 건지."

"털을 세는 겁니다. 아버지가 100올까지 세라고 하신 적이 있습니다."

"그렇군요. 너구리도 인간도 털이 있죠." 화백이 웃었다. "하지만 털 셈이라니 귀찮은데요. 학교도 아닌데 그런 걸 시키면 곤란해요."

화백 곁에 놓은 거친 도기 접시에서 나선형 모기향이 가느다란 연기를 피우고 있었다. 화백은 접시를 들여다봤다.

"아무리 봐도 물리지 않는군요."

나는 화백과 함께 멍하니 모기향을 바라봤다.

이윽고 화백은 부드러운 목소리로 "뭐 두고 간 물건이라도 있나요?"라고 물었다.

"덴마야 씨에 관해 알고 싶습니다." 나는 솔직하게 말했다. "전에 덴마야 씨의 술수에 넘어간 적이 있어서 최소한 반격이라도 하고 싶거든요."

"덴마야 씨는 너구리한테 술수를 씁니까?"

"네, 몹쓸 꼴을 당했습니다."

"덴마야 씨도 참 난감한 사람이군요."

"……덴마야 씨는 왜 이 댁에 드나드는 건지요?"

화백은 말없이 맑은 눈으로 나를 바라봤다. 털북숭이 배 속까지 들여다보는 듯한 시선에 내장이 어루만져지는 느낌이 들었다. 나는 자세를 바로 하고 덴마야와의 사이에 있었던 일을 설명했다. 화백은 연기를 폴폴 뱉으며 듣고 있었다.

이야기를 마치자 화백은 "그렇군요" 하고 중얼거리며 일어섰다.

"따라와요. 덴마야 씨가 어디서 왔는지 가르쳐주죠."

화백은 정원으로 내려가 나무들 사이로 들어갔다.

짙은 어둠에 싸인 나무들 사이로 빠져나간 곳에 작은 오두막이 있었다. 손전등과 풀 베는 낫, 낡은 고리짝 등을 넣어두었다. 화백은 잡동사니 속에서 두꺼운 천으로 싼 커다란 판자 같은 것을 꺼냈다.

"덴마야 씨가 올 때는 여기 숨겨둔답니다. 그 사람은 이걸 태우려고 하거든요. 남의 물건을 태우는 건 옳지 않아요."

천 속에서 모습을 드러낸 것은 지옥도 병풍 한 짝이었다.

손전등으로 비추자 기이한 풍경이 떠올랐다.

시커먼 바위 땅 곳곳에 섬뜩한 붉은색이 찍혀 있다. 화염의 색이요, 또 피의 색이기도 했다. 털이 텁수룩하고 우람한 도깨비들이 가엾은 망자들을 쫓아다니며 피의 못에 빠뜨리고 쇠몽둥이로 때렸다. 얼굴을 가까이 대고 뚫어지게 바라보다 보니 피비린내가 나고 비명 소리가 들릴 것 같았다. 이런 곳에 떨어졌다간 순식간에 체모가 불타 알몸뚱이가 될 것이다. 아이고, 무서워라. 궁둥이 털이 근질거리고 숨이 막혔으나, 이윽고 그림 오른쪽 위에 부드러운 빛이 비치는 것을 발견했다. 화백이 소박한 필치로 그려 넣은 것이 명백했다. 너구리 같은 부처님이 극락의 연못가에서 거미줄을 늘어뜨리고 있었다.

"이 지옥도는 어떤 사람이 성가신 그림이라면서 맡긴 거예요. 여기에 부처님을 그려달라고 하더군요. 난 '일'로 그림을 그리는 건 싫어하는데 이 그림을 봤더니 그려주고 싶었어요. 망자들이 가여워서."

"말 그대로 지옥에서 부처님을 만난 셈인데요."

화백은 부처님이 지옥에 늘어뜨린 거미줄을 가리켰다. 하얗게 반짝이는 거미줄의 끝은 암흑과 피와 불길로 뒤덮인 지옥 한 구석에 있고, 거미줄을 발견하고 모여든 망자들이 줄에 들러붙거나 극락에서 내려다보는 부처님에게 합장하고 있었다.

"덴마야 씨는 이 거미줄을 타고 올라왔어요." 화백은 말했다. "그 사람은 지옥도 속에 있었던 겁니다."

○

지하철 도자이선을 타고 시내로 돌아온 것은 심야가 되어서였다.

화백에게 지옥도의 가필을 의뢰한 사람은 나카교구에 있는 어느 절의 주지였다는데, 그림의 진짜 소유주가 누군지 화백은 알지 못했다. 나는 "주로진 어르신의 역린을 건드려서 말이에요"라는 덴마야의 말이 생각났다. 무시무시한 지옥도는 금요클럽의 수령 주로진의 소장품이 아닐까 싶었다.

나는 산조 대교를 건너 밤 깊은 데라마치 거리 아케이드를 걸어갔다.

나 때문에 자다 깬 양복점 주인은 언짢은 듯 "관둬"라고 했지만, 나는 장수도롱뇽전골을 먹고 원기가 뻗치는 데다 덴마야의 간담을 확실하게 쪼그라뜨릴 간계를 가슴속에 감추고 있었다. 내가 고집을 꺾지 않으니 주인도 결국 단념하고 "그럼 마음대로 하라고. 그렇지만 난 잘 거다"라고 말했다. 내가 데라마치 거리 아케이드 위로 나가자, 잠옷 차림의 주인은 창문을 탁 닫고 커튼을 쳤다.

나는 쥐 죽은 듯 고요한 밤거리의 지붕 밑을 걸어갔다.

밤하늘을 둥글게 잘라낸 것 같은 달이 떠 있었다. 건물 사이를 싸늘한 달빛이 메우고 있었다. 작년 가을, 내 앞을 걷던 벤텐의 모습이 눈앞에 떠올랐다. 그때는 "저 달을 따 와" 같은 터무니없는 소리를 하는 미녀가 불가사의한 밤 산책의 상대였지만, 오늘 밤은 피둥피둥하게 살찐 환술사 아저씨다.

덴마야는 불법 건축물의 평평한 지붕 위에 책상다리를 하고 앉아 있었다.

달을 구경하며 술을 마시는 듯했다.

"웬일로 이런 시간에 손님이 다 오시나?"

덴마야는 나를 등지고 앉은 채 쾌활하게 말하며 손에 든 잔을 달빛에 비추었다. 기분 나쁜 짙은 갈색 액체는 달빛 아래 봐도 맛없을 듯했다. 덴마야가 고안한 논알코올 칵테일 '나마하게'는 일본된장과 콜라를 섞어 단무지를 곁들인 것이라 했다.

"달이 참 훌륭하지 않나? 오늘 밤의 달에 건배!"

덴마야의 말에 나는 대답하지 않았다.

숨을 크게 들이마셔 모습을 바꾸었다.

내 둔갑술의 정수를 보라!

의아한 표정으로 돌아본 덴마야의 얼굴에서 단숨에 핏기가 가셨다.

그때 그가 본 것은 술통만 한 크기의 거대한 얼굴이었다. 무로토곶에서 가져온 기암에 붉은 페인트를 끼얹은 것 같은 울퉁불퉁한 얼굴에 수박만 한 눈알이 형형히 빛나고, 이빨이 늘어선 입은 귀까지 찢어졌으며, 부스스한 머리에 뿔 두 개가 솟았다.

올해 세쓰분* 축제 때 '귀신을 콩으로 맞히고 싶다'는 벤텐의 바람을 들어주기 위해 도깨비로 둔갑한 적이 있는데, 그때 경험이 도움이 됐다. 내가 최대한 실력을 발휘해 재현한 지옥의 도깨비는 지옥에서 수백 년 썩었을 것 같은 관록이 있었다고 자부한다.

갑작스러운 도깨비의 출현은 덴마야의 간담을 단번에 박살냈다.

나는 이빨을 드러내며 배 속에서부터 큰 소리를 냈다.

* 입춘 전날. 콩을 뿌려 귀신을 쫓는다.

"네 이놈! 덴마야!"

덴마야는 소름 끼치는 칵테일을 쏟아뜨리며 지붕을 기어 반대편으로 굴러떨어졌다.

나는 오두막에 기어올라 버티고 서서 "지옥에서 네놈을 데리러 왔다!"라고 외쳤다. 달빛 아래 선 근육질의 붉은 도깨비는 그야말로 지옥에서 온 추격자로 보였을 것이다. 덴마야는 소녀처럼 비명을 지르며 공전하는 차바퀴처럼 팔다리를 버둥거렸다.

"잠깐! 잠깐만!"

그가 부르짖었다.

겁이 나서 숨넘어갈 것처럼 보였다.

○

추적하는 붉은 도깨비, 넘어졌다 굴렀다 하며 도망치는 덴마야.

이토록 완벽하게 계획대로 되면 너구리가 아니라도 기쁠 것이다.

고양이가 쥐를 갖고 장난치듯 나는 잡을락 말락 하는 거리로 "거기 서라, 거기 서!" 하며 느긋하게 쫓아갔다. 그렇게 덴마야의 간담을 철저히 싸늘하게 식힌 다음, 환술의 남용을 야단칠 생각이었다. 그러나 반격에 성공하고 기고만장한 탓에 방심한 것도 사실이다. 예로부터 너구리는 끝마무리가 허술한 것으로 정평이 나 있다.

갑자기 덴마야가 일어서 몸을 돌려 덤벼들었다.

다음 순간, 달빛에 신비스럽게 빛나는 금속 통이 코끝에 들이밀어졌다. 아슬아슬하게 멈춰 서서 미간을 좁혀 코끝을 응시하니, 통 끝의 검은 구멍에서 싸늘한 살기가 피어오르고 있었다. 덴마야가 투지만만하게 들이댄 것은 총이었다.

"쏘지 마! 쏘지 마!" 나는 두 손을 들고 학생 모습으로 돌아와 즉각 항복했다. "사격 무기는 비겁하잖아!"

덴마야는 어이없다는 듯 말했다.

"뭐야, 야사부로냐? 너 제법인데."

덴마야의 총은 매우 아름다웠다. 금관악기처럼 황금색으로 빛나는 총신과 윤이 흐르는 목제 개머리판은 미술관 진열품 같은 고귀함을 지니고 있었다. 이토록 아름다운 총이 아무 데나 뒹굴고 있을 리 없다. 뇨이가타케 야쿠시보 2세가 유럽 방랑에서 가지고 돌아와 여태 행방을 알지 못하는 환상의 독일제 공기총이 틀림없었다.

"아저씨, 그거 주운 거지?"

"네가 그걸 어떻게 알지?"

"아는 사람이 잃어버린 거야. 전부터 내내 찾고 있었어. 돌려줘."

"그러셔? 그렇지만 지금은 내 애용품이란 말이지. 돌려달라고 한들 돌려줄 수 있겠냐?"

덴마야는 겁 없는 소리를 했다.

그는 화를 내는 것도 같고 재미있어하는 것도 같았다.

덴마야는 갑자기 "너 나랑 손 안 잡을래?"라고 말했다. "마음에 든다."

"거절한다. 보나 마나 환술로 현혹시킬 생각이지?"

"널 보면 꼭 나 자신을 보는 것 같단 말이지. 네가 어디서 환술을 배웠는지 모르지만, 지금은 좌우지간 재미있어 죽지? 겁나는 거 하나 없지? 젊다는 건 그런 거야. 하지만 세상은 넓어. 언젠가 너보다 훨씬 대단한 환술사를 만나서 죽도록 따끔한 맛을 보게 될 거다. 나도 다 겪은 일이라고. 인간의 값어치가 드러나는 게 그때거든. 똑똑한 녀석은 겸양의 미덕을 배워. 어리석은 녀석은 아까운 목숨을 헛되이 버려."

"아무리 그래도 총은 치사하다고."

"난 치사하니까. 사기꾼이야."

"헐, 완전 배짱이네."

"이봐, 난 관대한 사람이라 귀중한 교훈을 주는 거야. 난 환술만으로 붙어보자고 한 적 없어. 인생은 올림픽이 아니라고. 무슨 수단을 쓰든 이겨야 해. 진짜 사기꾼이란 건, 사기가 아닌 비장의 수단을 확실하게 감추고 일을 시작하는 거야. 나처럼 정체를 알 수 없는 사내한테 싸움을 걸려면 그 정도는 각오해야지. 야사부로, 이래 봬도 난 크고 높은 포부를 가진 사람이야. 세계를 정복하느냐, 우주의 비밀을 파헤치느냐, 그 정도라고. 나하고 손잡으면 재미있을걸."

덴마야는 즐겁게 이야기하며 총구를 흔들흔들했다.

그것을 보는 사이에 머리가 저려오더니 아차 했을 때는 밤하늘의 달이 푸딩처럼 탱글탱글 떨리고 있었다. 나는 이미 덴마야의 환술에 빠져 있었던 것이다.

"이쯤이면 됐겠지."

덴마야는 밤하늘에 손을 뻗어 내 달을 아무렇게나 빼앗았다. 손바닥에 올려놓고 굴렸다. 여름귤 크기의 달은 그의 손 안에서 환하게 빛나며 만면에 웃음을 띤 얼굴을 비추었다.

"긍정적인 대답을 얻을 때까지 네 달은 내가 갖고 있으마."

○

조금 전까지 눈부시게 밤거리를 비추던 달이 이제 덴마야의 수중에 있었다.

보름달을 빼앗긴다는 것은 참으로 가슴 아픈 일이라 주위 풍경이 갑자기 황량해졌다. 앞으로 내내 달과 연이 없는 세계에서 사는 것은 사양하고 싶다. 하지만 방도가 없다.

"그나저나 훌륭한 도깨비였어. 기절초풍했다고."

"덴마야 씨는 지옥의 도깨비를 무서워한다고 들었거든."

"화백한테 들었군?"

"그래."

"……그 지옥도를 봤냐?"

내가 봤다고 하자 덴마야는 혀를 찼다.

"젠장, 역시 아직 그 집에 있었나. 그 영감도 얼간이인 척하면서 빈틈이 없군. 좋은 말 할 때 들어. 그런 악취미 같은 그림은 태워버리는 게 좋아."

"덴마야 씨는 지옥에 있었지?"

"난 주로진의 환술에 당한 거야."

"덴마야 씨는 어째서 주로진을 화나게 한 건데?"

"하여간 너도 참 정체를 알 수 없는 녀석이군. 주로진하고는 어떤 관계지?"

덴마야는 그렇게 말하며 주의 깊게 공기총을 고쳐 들었다.

아무리 그래도 아버지가 금요클럽의 전골이 됐다는 말은 할 수 없다.

"……벤텐이란 인물한테 소개를 받았어."

그녀의 이름을 말한 순간 덴마야는 "벤텐이라고!"라며 격노했다. 원래부터 혈색이 좋은 불그레한 얼굴을 더욱 시뻘겋게 붉히고 당장이라도 정수리에서 김을 뿜을 듯했다. 노여움이 치솟는 대로 내게 들이댄 총구를 빙글빙글 돌리니 불안해 죽겠다.

"전부 그 여자 탓이라고!"

덴마야는 침을 튀기며 말했다.

"그 여자 때문에 내가 어떤 꼴을 당했는지 아냐? 말 그대로 지옥에 다녀왔다고. 미인계를 써서 주로진한테 접근해서는 있는 일 없는 일 다 속닥거려서……. 아닌 게 아니라 미인이야. 매력적이지. 나 따위는 감히 넘볼 수 없는 여자겠지. 그렇다고 아무렇지도 않게 지옥에 휙 던져버리냐? 나도 천하의 덴마야인데 순순히 당하고만 있진 않아. 지옥에 뼈를 묻을까 봐? 그래서 이렇게 돌아온 거다. 그 여자, 다음에 만나면 가만 안 둔다."

그때였다.

천공에서 날아온 하얀 것을 얼굴에 맞고 덴마야가 벌렁 나자빠졌다. 덴마야를 쓰러뜨린 것을 보니 고급스러워 보이는 순백색 여행 가방이었다. 불쌍한 덴마야는 코피를 흘리며 몸을 뒤틀고 있었고, 경계를 늦추지 않은 채 겨누고 있던 공기총도 통로에 나뒹굴고 있었다.

내가 총을 집으려 하자, 덴마야가 허둥지둥 몸을 일으켜 네발로 달려들었다. 코에서 피를 내뿜으며 제 자식이라도 되는 양 공기총을 끌어안고 "이건 내 거야, 아무한테도 못 줘!"라며 떼를 썼다. 정말이지 대단한 근성이다. 지옥에 떨어져도 살아남을 만하다.

문득 하늘에서 여자가 내려오나 싶더니 그녀는 엎드려 있는 덴마야의 정수리를 하이힐의 굽으로 짓밟았다. "아야야!" 덴마야가 비명을 질렀다.

"오랜만이야, 덴마야 씨." 벤텐이 말했다. "잘 지내는 것 같아서 다행이네."

○

"당신, 연설가라도 되지그래?"

벤텐이 말하자 덴마야는 발밑에서 조심조심 물었다.

"……벤텐 님 아니십니까. 어디서부터 들으셨는지요?"

"'나 따위는 감히 넘볼 수 없는 여자겠지'라고 한 데서부터. 명강의 아주 잘 들었어."

"그다음 부분은 잊어주세요."

나는 즉각 벤텐에게 귀띔했다.

"다음에 만나면 가만 안 둔다고 하던데요."

덴마야는 허둥대며 벤텐의 발밑에서 "무슨 소리야, 야사부로"라고 비통하게 소리쳤다. "그건 그냥 하는 말이지. 관심 가는 이성한테 그렇게 말하기도 하잖아?"

벤텐이 더욱 세게 밟자, 덴마야는 "으쌰" 하고 소리치며 얼굴을 찡그렸다. "머리통이 깨지기 일보직전!"

"덴마야 씨, 지옥에 다시 가고 싶어?"

"당치도 않습니다, 헤헤헤. 이거 참, 벤텐 님 발밑은 극락이군요."

덴마야는 코피로 얼룩진 얼굴에 알랑거리는 웃음을 처절하게 띠었다.

"그나저나 벤텐 님은 언제 귀국하셨는지요?"

"방금 왔어. 설마 귀국하자마자 당신 얼굴을 보게 될 줄은 몰랐네."

"왕년의 갈등은 지옥에 흘려보내고 사이좋게 지내자고요."

"글쎄, 어쩔까. 난 당신이 송충이만큼 싫은데."

"그런 말씀 마시고. 한 치 송충이에도 닷푼의 혼인데요."

대략 넉 달 만에 보는 벤텐은 변함없이 천의무봉했다. 반바지 위에 '미인장명美人長命'이라고 쓴 취향 고약한 티셔츠를 입었다. 보나 마나 여행 떠날 때 에비스가와가의 금각, 은각이 선물했을 것이다. 금각과 은각은 가짜 덴키브랜 공장의 일부분을 이용해 기상천외한 사자성어를 넣은 티셔츠를 제작했는데, 전혀 팔리지 않는 탓에 공장에 드나드는 너구리들에게 억지로 떠넘겨 너구리들이 싫어한다.

벤텐이 느닷없이 "어머나!"라고 말했다. "근사한 게 있네."

그녀는 몸을 굽혀 덴마야 곁에 반짝반짝 뒹구는 달을 집었다. 그녀는 빛나는 달을 두 손으로 들고 흡사 특대 사이즈의 보석을 감상하듯 황홀하게 바라봤다.

"아름다운 달이네, 야사부로."

"그야 물론 아름답죠. 제 달인데요."

"어머, 그래?" 벤텐은 미소 지었다. "집에 장식하고 싶네. 전부터 이런 게 갖고 싶었거든."

"제발 봐주세요. 달밤이 없는 너구리는 배도 못 두드린다고요."

"……그런 거 들려준 적도 없으면서."

그때 벤텐의 발밑에서 머리통이 깨지기 일보직전이던 덴마야가 호랑이처럼 울부짖으며 머리를 쑥 처들었다. 그는 벤텐이 균형을 잃은 틈을 타 용수철처럼 펄쩍 뒤로 물러나 거리를 두었다. 코피로 물든 덴마야의 표정은 한층 흉악해 그야말로 피의 못 지옥에서 기어 올라온 피둥피둥하게 살찐 옥졸 같았다.

독일제 공기총의 총구는 똑바로 벤텐을 향하고 있었다.

덴마야는 서슴없이 방아쇠를 당겼다.

벤텐이 파리를 쫓는 듯한 동작을 하자, 하얀 손등에 튕겨져 나간 총알은 밤하늘로 허무하게 사라졌다. 덴구에게 공기총의 총알 따위 세쓰분에 뿌리는 콩 같은 것이다.

그녀는 덴마야가 들이댄 총신을 두 손으로 거머쥐었다. 덴마야는 총을 빼앗기지 않으려고 죽을힘을 다해 매달렸다. 다음 순간, 그녀는 공기총과 더불어 덴마야를 들어 해머던지기를 하듯 호쾌하게 휘둘렀다. 덴마야는 어안이 벙벙해서 저항도 못 하고 비단잉어 같은 눈알을 더욱 둥그렇게 떴다.

벤텐은 덴마야를 시조 거리 쪽으로 투척했다.

독일제 공기총을 안고 날아가는 덴마야가 나를 향해 윙크한 듯 보이기에 대단하다고 생각했다. 죽느냐 사느냐 하는 순간에 어디서 그런 여유가 생기는 걸까. 너구리를 술수에 빠뜨리고 반덴구에게 맞서는 덴마야라는 자는 참으로 예측이 불가능한 괴인이었다.

날아가는 덴마야를 배웅하며 나는 말했다.

"덴마야 씨 저러다 죽겠어요."

"저까짓 것으로 안 죽어. 고무공처럼 튼튼한 사내인데."

벤텐은 손수건으로 손을 닦으며 말했다.

○

"정말 아름다운 달이네."

벤텐의 손바닥에 있는 작은 달이 요염한 미소를 비추었다.

그녀의 모습을 지켜보며 나는 오랫동안 가슴에 뚫려 있던 구멍이 막힌 듯한 안도감을 느꼈다. 은사를 몰락시킨 배신자, 내 첫사랑의 상대이자 아버지의 원수 그리고 나를 전골로 만들어 먹으려고 하는 천적. 그런 이의 귀국을 축복하는 것 또한 바보의 피가 그리하게 시키는 것이리라. 그녀의 웃음이 일으키는 풍파를 나는 고대하고 있었다. 벤텐은 이 도시에 혼돈을 가져오기 위해 귀국한 것이다.

벤텐은 통로에 뒹구는 여행 가방을 턱짓으로 가리켰다.

"가방은 네가 들렴, 야사부로. 지금부터 스승님께 인사드리러 갈 거야."

"그거 좋은데요. 분명히 기뻐하실 겁니다."

아카다마 선생님은 기뻐하다 못해 울음을 터뜨릴지도 모른다. 제자 입장에서 그런 장면에 있고 싶지 않다고 생각하면서도 나는 그녀의 여행 가방을 들었다. 금괴라도 가득 든 것처럼 무거웠다.

벤텐을 보니 그녀는 검지 끝으로 내 달을 회전시키며 놀고 있었다.

"벤텐 님, 잠깐 드릴 말씀이 있습니다."

"뭔데, 야사부로."

"선생님께 가기 전에 제 달을 돌려주실 수 있을까요?"

"어머, 역시 돌려줘야 하는 거야?"

"간절히 부탁드립니다. 달 없이 캄캄한 밤 속에서 평생을 사는 건 괴롭습니다."

"글쎄, 어쩔까. 모처럼 달님을 손에 넣었는데······."

얼마 동안 주저하던 그녀는 이윽고 야구 선수처럼 팔을 휘둘러 밤하늘을 향해 달을 던졌다. 내 사랑하는 달은 하늘에 빠끔히 난

구멍에 쏙 들어가 다시 눈부시게 거리를 비추기 시작했다. 이로써 나도 다시 달맞이 경단을 즐길 수 있는 신분을 되찾은 셈이다.

끝이 좋으면 모두 좋다.

나는 정중히 머리를 숙였다.

"감사합니다, 벤텐 님."

그런데 벤텐에게는 부족한 듯했다. 싸늘한 눈빛으로 나를 쏘아봤다.

"할 말이 그게 다야? 진짜 모지리 너구리네."

"뭔데요?"

"……쓸쓸했다고 해봐, 야사부로."

"쓸쓸했습니다. 돌아오셔서 기쁩니다, 벤텐 님."

벤텐은 만족스레 고개를 끄덕였다.

"응, 다녀왔어. 재미있어지겠네, 야사부로."

제4장

다이몬지 납량선 전투

과거 덴구 대전이라는 것이 있었다고 한다.

나는 그 이야기를 햐쿠만벤 지온지百万遍智恩寺 경내에서 들었다. 저승에서 보낸 초대장을 배달 사고로 인해 받지 못하고 있다는 대장로에게서였다.

아미타도 뒤에 뒹구는 커다란 솜먼지를 똑닮은 노너구리는 넘치는 계몽 의욕을 주체하지 못했다. 그래서 어쩌다 경내에 발을 들여놓은 가엾은 어린 너구리를 붙들어다 『모자』를 낭독하도록 강요한다든지 너구리 사관史觀이라 할 역사 지식을 늘어놓았다. 그는 너구리에게 공헌한답시고 하는 일이었겠지만 우리들 새끼 너구리에게는 대단히 민폐였다.

그가 "그 전쟁에서……"라고 할 때, 그건 태평양 전쟁도 오닌의 난*도 아니고 덴구 대전을 말하는 것이었다.

야외 수업의 내용은 대개 잊어버렸지만, 그가 과도하게 너구리 중심적인 역사관 아래 흡사 일본의 역사가 너구리의 털북숭이 엉덩이만으로 개척된 양 이야기했던 것만은 기억난다. 어린 너구리였던 나는 '수상한데'라고 생각했다. 당시 나는 이미 인간과 덴구와 너구리, 이렇게 세 개 세력이 세상을 움직인다는 것을 알고 있었다.

어느 날, 노너구리가 이런 말을 했다.

"너구리 싸움에 덴구가 나서는 것은 아니 된다."

"덴구 싸움에 너구리가 나서는 것도 아니 된다."

나는 이 말이 마음에 들지 않았다. 마침 아버지가 '가짜 뇨이가타케 산 사건'을 일으켰을 때라, 아카다마 선생님의 명예를 지키기 위해 구라마 덴구에게 맞선 아버지가 나는 자랑스러웠다. 덴구들 싸움에 나서지 말라는 게 무슨 말인가. 뇨이가타케 야쿠시보 대선생조차 아버지의 노고를 치하하러 다다스숲에 와주시지 않았나. 고급 과자 선물 세트도 들고 오셨는데. 나는 건방지게 뻑뻑거려 가엾은 노너구리를 난처하게 했다. 어쨌거나 지금보다도 더 바보여서 롯카쿠도의 배꼽돌님을 솔잎으로 그슬리는 최상급 바보 시절이었으니 어쩔 수 없다.

---

* 15세기 오닌 원년(1467년)에 일어난 일본의 내란으로 전국시대의 시작을 알리는 사건이 되었다.

그로부터 세월이 흘렀다.

아버지도, 아미타도 뒤의 노너구리도, 이미 저승으로 이사했다.

고잔 오쿠리비**가 다가오면 갖은 기억이 되살아난다.

○

어머니가 다누키다니 후도에 사는 할머니를 찾아간다고 하기에 나도 같이 가기로 했다.

에이잔 전철의 이치조지역에서 내려 만슈인 길을 동쪽으로 걸어갔다.

한여름 땡볕이 거리를 달구어 다다스숲에서 적셔 온 수건은 건조 다시마처럼 바짝 말랐다. 시라카와 거리를 지나 검호 미야모토 무사시가 칼싸움을 했다는 이치조지 사가리마쓰를 지나서도 할머니가 틀어박혀 지내는 숲은 아직 더 가야 했다. 다누키다니 후도인은 고요한 민가와 마른 밭이 펼쳐지는 동네를 지나 삼나무 숲을 가르는 어둑어둑한 골짜기 같은 참배길을 한참 올라간 곳에 있다.

오늘도 다카라즈카풍 미청년 모습인 어머니는 언뜻 보면 시원할 것 같은데 "아휴, 더워!"라며 나보다 먼저 손들었다. "비 좀

** 五山送り火. 매년 8월 16일, 교토 시내 다섯 개 산에 불을 붙여 죽은 이의 영혼을 저승으로 보내는 행사.

오면 안 될까."

"비로 끝나면 좋지만 번개까지 치면 어쩌시려고요?"

"물론 엄마의 가짜 거죽이 벗겨지지. 당연하잖니."

"그럼 이따가 안고 가야 하는데……."

"그건 싫어. 상상만 해도 더워."

다누키다니 후도의 할머니는 오랜만에 만나는 것이었다.

지온지 아미타도 뒤에 뒹굴고 있던 장로처럼 이미 오래전에 너구리라는 생래의 굴레를 벗어던진 할머니는 더없이 아름다운 순백색 털 뭉치의 모습이었다. 다누키다니 후도의 숲에서 폭신폭신 굴러다니며 보드라움의 극한을 지향하는 것이 할머니의 장수법이다. 원래 다누키다니 후도의 너구리들은 조상으로부터 전래받은 건강법과 한방 지식이 있어서, 많은 신도들이 할머니를 '교조'로 숭앙했다.

"할머니라면 야지로에게 딱 맞는 약을 찾아주실 거야."

"작은형 말로는 자율신경 문제라던데요."

"엄마는 어려운 건 모르지만 아무튼 간담을 단단히 해주면 되는 거잖니? 둔갑력을 되찾는 데엔 간담이 중요해."

"그렇지만 형이 먹어주려나? 의외로 고집이 세잖아요."

우물 속 작은형은 할머니를 별로 좋아하지 않는다.

너구리계에서 으뜸가는 장수 연구가인 할머니는 오랜 세월에 걸쳐 삼라만상을 '장수에 도움이 되는 것', '도움이 안 되는 것'으로 분류해왔다. 어떤 의미에서 냉철한 목록은 나날이 갱신 중인데, 친손자인 우리 형제도 언제부터인가 검토 대상이 됐다. 유한한 생명력을 집중, 배분하기 위해 할머니는 손주에 대한 애정도 정리했다. 할머니에게는 큰형 야이치로만 손주고 나머지는 안중에 없다. 불쌍한 것은 처음에는 귀여움 받다가 서서히 할머니의 시야에서 퇴장당한 작은형으로, 철저하게 비애를 맛보고 완전히 위축되고 말았다. 나나 야시로는 처음부터 애정을 기대하지 않은 만큼 마음이 편했다.

이윽고 어머니와 나는 참배길 입구에 다다랐다.

이끼 낀 석비에 '다누키다니 후도인'이라고 새겨져 있고, 시가라키 도기 너구리들이 안벽에 들러붙은 조개껍데기처럼 주위를 둘러싸고 있었다. 비바람에 바랜 너구리들은 갸륵하게 하늘을 올려다보며 '아하하' 웃는 것처럼 보였다.

거기서부터 서늘한 삼나무 숲을 지나는 총 250단에 이르는 계단을 올라가야 한다. 할머니는 매일 아침 신도들을 데리고 털북숭이 융단처럼 계단을 오르내리며 건강 증진에 힘쓴다고 한다. 그 계단은 과거 '계단 타기의 도센'으로 이름을 떨쳤던 어머니가 '쓰치노코 탐험대'를 이끄는 아버지를 요격한 전설의 땅이기도 했다.

"여기, 약간 깎였잖니? 엄마가 뛰어서 그래."

"거짓말."

"거짓말 아냐. 몇천 번 오르내렸는데 깎이는 게 당연하잖아. 그러고 노는데 소 씨가 올라온 거야, 다케노코 탐험대라면서……."

"다케노코가 아니라 쓰치노코."

"응, 쓰치노코. 그런 땅딸막한 뱀을 뒤쫓는 게 뭐가 즐거운 건지."

"아버지는 쓰치노코를 잡으려다가 어머니를 잡은 거네요."

"엄마는 쓰치노코 따위랑 같은 취급 받기 싫구나. 뭣보다도 엄마가 훨씬 아름답다던데."

어머니는 불만스레 말하더니 "아아!" 하고 한숨을 쉬며 계단을 올려다봤다.

"이렇게 길었나? 천국까지 이어질 것 같네."

○

간신히 계단을 다 올라 광장으로 나오니, 왼편에 푸른 숲을 등지고 기요미즈데라의 무대 같은 비계가 우뚝 솟아 있었다. 그 위에 다누키다니 후도인 본전이 있다.

8월의 염천 더위 속에 여기까지 올라오는 참배객은 많지 않은 듯 한산한 경내에 매미 소리만 들렸다.

어머니는 광장 오른쪽에 있는 작은 사당으로 다가갔다.

사당 주변도 도기 너구리들이 둘러싸고 있었다. 이끼 낀 것, 이가 빠진 것, 새것, 너구리조차 아닌 것 등이 밀치락달치락하고 있다. 어머니는 몸을 굽혀 "안녕하세요" 하고 작은 목소리로 인사하며 사당 뒤로 돌아갔다. 그곳은 숲의 나무들이 가까워 습하고 어둑어둑했다. 문득 사당 마루 밑에서 "저런!" 하는 목소리가 들려왔다. 들여다보니 작은 다이코쿠 님 장식물이 망치를 휘두르며 웃고 있었다.

"누군가 했더니 도센이군."

큰외삼촌 도이치로는 바야흐로 큰 종교 단체가 된 할머니의 신자들을 보살피는 너구리다. 건강 상담을 하러 찾아오는 너구리들이 끊이지 않으니 삼촌이 관리하지 않으면 순식간에 혼란에 빠진다. 삼촌은 나를 보고 "야사부로는 오랜만에 보는구나"라며 기뻐했다.

"오랜만이에요, 오빠. 어머니께 부탁드릴 게 있어서 왔는데요."

"그래, 그러냐. 그럼 가볼까."

다이코쿠 님은 눈 깜짝할 새에 너구리 모습으로 변해 경내를 달리기 시작했다. 어머니와 나도 그 뒤를 따랐다. 본전 옆 계단을 올라가 붉은 도리이를 지나면 우류산으로 이어지는 하이킹 코스가 시작된다. 삼촌은 산길을 조금 올라가다가 어둑어둑한 삼나무 숲속으로 들어갔다. 할머니가 놀라지 않도록 나와 어머니는 너구리 모습으로 돌아왔다.

이윽고 너구리들이 모여 있는 큰 삼나무 밑으로 나왔다.

삼나무 가지에는 '곡신불사谷神不死'라고 쓴 커다란 붉은 제등이 걸려 있고, 그 밑에 털 뭉치 수십 마리가 밀치락달치락하고 있었다. 사과만 한 구슬을 꿴 염주를 들고 빙글빙글 돌리는 너구리들이 있는가 하면, 대반야경을 접어 들고 아코디언처럼 펼치며 바람을 일으키는 너구리도 있었다. 우리 위대한 할머니는 대반야경의 신통한 바람에 순백의 털을 나부끼며 푹신푹신한 주홍색 방석에 몸을 둥글게 말고 있었다. 크기는 여름귤만 하고, 눈코가 어디에 붙었는지도 알 수 없고, 자는지 깨어 있는지조차 확실치 않았다.

우리는 신도들 사이를 지나 할머니 앞으로 나아갔다.

"어머니, 저 왔어요. 도센이에요."

찰떡처럼 하얀 털 뭉치가 폭신하게 부풀더니 "어머나, 도센이니?"라고 방울 굴리는 듯한 목소리가 들렸다. 할머니는 나이가 들수록 목소리도 말투도 젊어져, 이제는 완전히 소녀 같은 투로 말했다.

"어머니 딸 도센이에요. 주무시는데 깨운 거면 죄송해요."

"어머, 사과할 거 없어. 자고 있지 않았거든."

"다행이에요. 안 주무셨군요."

"응, 즐거운 생각을 하고 있었어."

"즐거운 생각요?"

"맑은 물이라든지, 그 물에 잎사귀가 비친 모습이라든지. 햇빛에 잎사귀가 투명하게 비쳐 보이는 것도. 그리고 모든 게 시원한 바람에 흔들리는 거야."

"멋진 생각을 하고 계셨군요, 어머니."

"우후후. 맞아, 난 엄마야."

할머니는 기쁜 듯 웃더니 "어머나, 네가 결혼했다는 생각이 드네"라고 중얼거렸다.

"결혼했고말고요."

"역시 그랬구나. 그럴 줄 알았어. 행복하게 살고 있지?"

"네, 행복하게 살아요."

"너한테서 좋은 냄새가 나네."

그러더니 할머니는 갑자기 걱정스레 중얼거렸다.

"……애, 내 냄새 좀 맡아볼래?"

어머니는 축축한 코를 할머니의 흰 털에 가져가 킁킁 냄새를 맡았다. 할머니는 "이상한 냄새 안 나니?" 하고 불안스레 물었다. 어머니가 "이상한 냄새 안 나요. 아주 좋은 냄새예요"라고 대답하자, 할머니는 안심한 듯 "역시 그렇지?"라고 했다.

"이상한 냄새는 안 날 줄 알았어. 그렇지만 가끔 걱정되거든."

○

　어머니가 큰형 야이치로의 근황을 이야기하자 할머니는 기뻐하며 들었다.

　이윽고 어머니는 "좀 의논드릴 게 있는데요"라며 개구리 모습이 과하게 자리가 잡혀 둔갑하지 못하게 된 너구리 이야기를 꺼냈다. 귀 기울여 듣던 할머니는 귀여운 목소리로 "흥" 하고 중얼거렸다. "배 속 물이 말라서 둔갑하지 못하게 된 거야."

　"그렇지만 그 애는 우물에 사는데요. 물은 얼마든지 있는데."

　"우물물이랑 배 속 물은 좀 다르거든."

　"어쩌면 좋을까요?"

　"좋은 약을 가르쳐줄게. 둔갑 연습을 하면서 먹는 거야."

　할머니는 도이치로 삼촌에게 환약을 준비하라고 일렀다.

　만물의 근원은 물이라는 게 할머니의 지론이다. 너구리 궁둥이의 폭신폭신함에서 산조차 움직이는 덴구의 염력에 이르기까지 온갖 힘의 근원이 물이다. 우리는 세상에 태어났을 때 맑은 물을 듬뿍 몸에 머금고 있는데, 속세의 바람이 건조한 탓에 나이를 먹을수록 수분을 잃는다. 할머니가 나이가 들수록 몸도 마음도 아담하게 하는 것은 그 물을 유지하기 위해서라고 한다.

　약이 완성되기를 기다리는데 할머니가 "거기 있는 건 누구니?"라고 했다.

"지나가던 너구리입니다. 야사부로라고 합니다."

나는 대답했다.

"어머나, 청년. 나랑 처음 만나는 거야?"

"전에 몇 번 뵌 적이 있는 것 같은데요."

"역시 그렇구나. ……좀 더 가까이 올래?"

어머니가 의아한 표정으로 나를 재촉했다. 나는 할머니 곁으로 다가갔다.

할머니는 내 냄새를 맡고 만족스레 흰 털을 떨었다.

"나, 지금은 앞이 안 보이거든. 어느새 그렇게 됐어."

할머니는 그렇게 말했지만 그리 슬퍼 보이지는 않았다.

"그렇지만 물이 흐르는 것만은 보여. 이 세상은 모두 함께 흘러가는 커다란 강이야. 그 강물의 흐름이 지금은 나빠진 것 같아."

"말하자면 변비 같은 걸까요?"

"응, 그런 느낌."

"아하, 그건 싫겠네요."

"남 일처럼 말하지 마. 지금은 청년이 노력할 장면이니까. 눈 똑바로 뜨고 털을 반듯하게 해두렴. 그리고 풍파를 일으켜, 아주 잔뜩."

할머니는 즐겁게 웃었다.

"내가 하고 싶은 말은 그게 다야, 끝."

나는 어안이 벙벙해서 할머니를 쳐다봤다. 할머니는 그 이상은 아무 말도 없었다. 귀를 가져가보니 갓난아기처럼 색색 자는 소리가 들렸다.

이윽고 작은형의 약이 완성되어 어머니와 나는 삼촌의 배웅을 받으며 다누키다니 후도인으로 돌아왔다.

어머니와 함께 긴 돌계단을 내려올 때도 후텁지근한 숲의 기운을 떠는 매미 소리에 섞여 할머니의 말이 귓전에 되살아났다. '지금은 청년이 노력할 장면이니까.' 우리 위대한 할머니는 무엇을 노력하라는 걸까. 그 말이 의도하는 바는 전혀 알 수 없었지만, 순백의 털을 떨며 이승과 저승의 경계를 동실동실 떠다니는 할머니의 말에는 부드러운 위엄이 있었다.

"할머니가 이상한 말씀을 하셨지?"

어머니가 말했다.

"무슨 말인지 하나도 모르겠지만 좌우지간 노력할게요."

그때 어머니가 "어머!" 하고 큰 소리로 말하더니 계단 중간에 멈춰 섰다.

양산을 든 원피스 차림의 여자가 계단을 올라오고 있었다. 어머니 목소리를 듣고 우리를 올려다본 여자가 나뭇가지 사이로 비쳐 드는 햇빛 속에 생긋 웃었다.

"안녕하세요. 계단이 기네요."

난젠지 교쿠란은 산뜻한 목소리로 말했다.

○

그날 저물녘, 나는 할머니에게 받은 선물을 들고 로쿠도 진노지의 우물 속에 있는 작은형을 찾아갔다.

작은형은 우물 밑바닥의 작은 섬에서 생활한다. 울퉁불퉁한 바위들에 풀고사리와 이끼가 자라는 곳인데, 장난감 같은 사당에 '쇼기 대신大神'이라고 쓴 신등神燈이 걸려 있다. 작은형은 신등 불빛 아래 콩알 같은 말을 뿌린 쇼기판을 노려보고 있었다.

여름에도 시원한 우물 속에 오늘은 웬일로 먼저 온 손님이 있었다. 짙은 갈색 두꺼비가 바위에 투실투실한 궁둥이를 붙이고 작은형과 쇼기판을 사이에 두고 앉아 있었다. 두꺼비는 "뭐야, 야사부로냐"라고 꼴꼴 말했다. 뜻밖에 큰형이었다.

개구리로 둔갑한 나도 섬으로 기어 올라가 쇼기판 옆에 달랑 앉았다.

"큰형이 왜 여기 있어?"

"왜, 내가 있는 게 마음에 안 드냐?"

"천객만래군." 작은형은 기쁜 듯 말했다. "오늘 밤은 우물이 붐비는데."

"형은 나라에 간 거 아니었어?"

"갔지. 갔다 왔으니까 여기 있는 거 아니냐."

"그게 말이지." 작은형이 말했다. "실은 내가 형한테 쇼기를 가르치는 중이야."

작은형 말에 따르면 큰형은 교쿠란과의 실력 차를 조금이라도 메우기 위해 작은형에게 머리 숙여 지도를 부탁했다고 한다. "적어도 수치스럽게 지지는 않도록"이라는 것은 자부심을 중시하는 큰형다운 말이었다.

그때 처음 들은 이야기인데, 큰형과 작은형은 아버지가 남긴 쇼기 방도 조사 중이라고 한다. 무더기로 쌓인 쇼기 책의 먼지를 털고 아버지의 유산을 정리하며 쇼기에 관해 배우고 있었다. 난젠지 교쿠란도 조사를 거들면서 '에도 시대에 출판된 무지무지 난해한 쇼기 문제집'을 빌려 갔다고 한다.

"뭐야, 재미있겠네. 왜 난 안 끼워주는 건데?"

"넌 쇼기에 관심 없잖아."

"쇼기엔 관심 없지만 아버지의 유산엔 있어."

"애초에 이건 교쿠란의 쇼기 연구를 위한 거야. 널 끼워주면 보나 마나 교쿠란과 관련해서 형을 놀릴 거 아냐. 형이 부끄러워한다고."

작은형이 웃자 큰형은 얼굴이 납빛이 되어 쇼기판을 응시했다.

큰형과 교쿠란은 쇼기판을 사이에 두고 마주 앉게는 됐지만, 그것은 흡사 수줍음과 수줍음의 맞대결 같았다. 이대로 건전하게 쇼기만 두며 만년을 맞이할 생각인가. 너구리계 모두가 '그래봤자 어차피 영원히 행복하게 살 거면서'라며 연애의 행방을 지켜보는 것도 이제 지루해하는 마당에, 그들 자신은 지금도 다리 동편과 서편으로 갈라져 튼튼하기 그지없는 돌다리를 구석구석 신중하게 두들기고 있었다.

"이제 그만 장군을 불러, 형."

"야사부로 말이 맞아. 너무 오래 기다리게 하는 것도 실례라고. 교쿠란은 언제든지 투료할 준비가 돼 있을걸."

"무슨 그런 무책임한 말을 하냐. 그렇다는 보장이 어디 있어?"

"형, 털 뭉치끼리 서로 이끌리고 엉키는 건 자연의 섭리야."

"입 다물어, 이 파렴치한 털 뭉치 같으니."

"뭐? 자연의 섭리가 어디가 파렴치하다는 거야."

"나한테는 책임이 있어. 계획성 없이 사는 망나니랑 세상을 등지고 우물에 틀어박힌 녀석하곤 다르다고. 난 내 방식대로 할 거다."

작은형이 "형, 진정하고"라며 달랬다. "야사부로도 형을 생각해서 하는 말이야."

"옳소, 옳소."

"거짓말 마라. 보나 마나 절반은 장난이면서. 난 다 안다."

큰형은 시무룩하게 입을 다물어버렸다.

○

"다누키다니 후도에서 받아 온 환약이야."

내가 어머니와 함께 다누키다니 후도에 다녀온 전말을 설명하자, 작은형은 떨떠름한 표정으로 입을 다물었다. 할머니에게 홀대당한 여러 짜디짠 기억을 되새기고 있을 것이다. 작은형은 할머니와의 관계를 너무 복잡하게 생각하는 경향이 있다. 작은형을 밀어내고 할머니의 사랑을 독점해온 큰형도 마음이 불편한지 나라의 대불처럼 반눈을 뜨고 잠잠해졌다.

얼마 동안 침묵이 흐른 뒤, 작은형은 비로소 "그러게"라고 나지막이 말했다. "언제까지고 오기를 부려봤자 소용없겠지."

"약 먹을 거지? 둔갑력을 얼른 되찾는 게 제일이야."

"감사히 먹을게. 둔갑력이 돌아오면 인사를 드리러 가야겠네."

"다누키다니 후도의 약은 평판이 좋아." 큰형이 안도한 듯 입을 열었다. "교쿠란도 다닌다고 하더군. 난젠지의 선대가 병이 났거든."

"맞다, 교쿠란을 만났는데." 나는 말했다. "어머니가 납량선*에 초대했어."

어머니는 오쿠리비 구경을 구실로 큰형과 교쿠란을 붙여주

---

* 여름에 더위를 피하기 위해 강이나 해변 등지에 띄우는 배.

겠다고 결심했다.

연분을 맺는 것에 관한 어머니의 지론은 대범하고 명쾌하다.

"좌우지간 좁은 곳에 같이 밀어 넣으면 붙게 마련이야. 너구리는 보들보들한 게 매력이니까"라는 게 어머니의 말이다.

고잔 오쿠리비 날 저녁, 밤하늘에 납량선을 띄워 털북숭이 조상을 배웅하는 것은 시모가모가의 중요한 연중행사다. 아버지 생전에 활약했던 납량선 '만푸쿠호'는 아쉽게도 재작년에 불탔다. 작년에는 하늘을 나는 다실, 일명 '야쿠시보의 안방'을 벤텐에게 빌려 얼버무렸다. 그러나 에비스가와가와 격렬한 공중전을 벌인 끝에 하늘을 나는 다실은 추락해 산산조각 났다. 큰형이 전날 나라에 갔던 것은 오쿠리비 날 띄울 납량선을 나라 너구리들에게 빌리기 위해서였다.

"올해 오쿠리비는 큰형도 있고 교쿠란도 있으니 떠들썩하겠어."

그런데 큰형과 작은형은 어두운 얼굴로 서로 마주 봤다.

"어? 무슨 문제라도 있어?"

"띄울 배가 없어, 야사부로."

작은형이 말했다.

"나라 너구리들한테 빌린다면서?"

큰형은 쓸쓸한 표정으로 "그건 어렵게 됐다"라고 말했다.

○

어젯밤 큰형은 어두운 시내를 지나 나라 호텔로 찾아갔다.

돌다리를 두들겨 건너는 큰형은 올해 들어 이미 여러 번 나라를 방문해 난토연합 너구리들에게서 '견당선'을 빌릴 준비를 신중하게 갖춰왔다.

큰형과 연합의 사무 담당자 너구리는 호텔 정원을 내다보는 찻집에서 면회했다.

연합의 너구리는 술내 나는 숨을 뱉으며 루프 타이만 만지작거릴 뿐, 언제 배를 인도해줄 수 있는지 명확하게 말하려 하지 않았다. 분위기가 영 이상했다. 큰형이 끈질기게 추궁하자, 상대방은 "9월경이면 그럭저럭"이라고 미안한 듯 대답했다. 너구리가 아무리 태평해도 고잔 오쿠리비가 끝난 다음 납량선을 띄우는 바보는 없다.

연합의 너구리는 "그 배는 작년 기즈강에서 추락했잖습니까"라고 변명했다. "그때 고장 났던 게 아직 수리가 끝나지 않은 모양입니다."

"그 뒤로 벌써 1년이나 지났는데요. 뭣보다도 지금까지 그런 말씀은 한 번도 없으셨잖습니까."

상대방의 난처한 표정을 보는 사이에 큰형은 알아차렸다.

어디서 강렬하게 훼방을 놓은 놈이 있군.

형은 성이 난 나머지 호랑이가 될 뻔했으나, 유서 깊은 나라 호텔 찻집에서 날뛸 수는 없는 노릇이었다. 벌레를 아득아득 씹어 삼키고 얼마 동안 어두운 창밖 정원을 바라보며 마음을 가라앉힌 뒤 시선을 돌리자, 연합의 너구리는 이미 도망치고 없었다.

너무나도 무례한 행동에 큰형이 어이없어한 것은 말할 것도 없다.

다음 날, 큰형은 나라 공원의 사슴과 관광객을 뺑뺑 차낼 듯한 기세로 동분서주해 난토연합의 장로들과 직담판하려 했다. 그러나 나라의 중진들은 연일 벌어진 연회로 인해 털북숭이 취객이 되어 있었다. 큰형이 어디의 누구인지도 관심을 보이지 않고 가스가숲에 마련된 연회석에서 낄낄 웃으며 가짜 덴키브랜을 들이대는 형국이었다. 교토 에비스가와가에서 증정한 막대한 가짜 덴키브랜이 난토연합 수뇌부를 술독에 빠뜨린 것이다. 결국 큰형은 빈손으로 교토에 돌아와야 했다.

"금각과 은각이 나라를 매수해 배를 가로챈 거다."

큰형이 말했다.

"에비스가와도 참 거하게 심술을 부리는군."

작은형이 중얼거렸다.

그때 내 머릿속에는 에비스가와의 바보 형제가 소리 높여 웃으며 "용의주도!"라고 외치는 모습이 떠올랐다. 지금쯤 "작전 성공!"이라며 축배를 들고 있을 것이다.

가증스러운 바보 형제 놈들. 사슴에게 걷어차여 똥범벅이나 돼라.

나는 에비스가와가에서 은닉하고 있는 배를 강탈하자고 주장했다.

그러나 큰형은 씁쓸한 얼굴로 고개를 가로저었다. "강탈에 성공한다 해도 에비스가와 놈들이 가만히 보고만 있을 것 같냐. 고잔 오쿠리비 때까지 빼앗았다 빼앗겼다 반복하게 될 거다."

"바라는 바야."

"난 작년처럼 배 전쟁을 벌일 생각은 없다. 교쿠란을 초대한다면 더 말할 것도 없지. 시모가모와 에비스가와의 반목에 난젠지를 끌어들일 순 없어."

"바보들한테 잔꾀를 가르친 녀석이 있군. 난토를 포섭하는 건 금각, 은각만으로는 짐이 너무 무겁고, 그렇다고 가이세이가 가담했을 것 같진 않지."

"소운이 배후에서 조종하는 게 틀림없어."

두꺼비는 노여움에 부들부들 떨었다. 호랑이 털이 수북이 돋았다.

"녀석이 모습을 감춘 지 반년이 넘었지. 슬슬 온천 유람에도 싫증 나서 깔짝여보고 싶어질 때가 됐어. 소운, 이놈, 계속 도망칠 수 있을 줄 알고. 우리 형제가 반드시 철퇴를 내려주마. 아버지 영전에 무릎 꿇고 엉덩이 털을 쥐어뜯어 가모가와강에 뿌려주겠어."

"……그건 좋은데, 오쿠리비는 어쩔 거야?"

나는 말했다.

우물 속에서 이마를 맞대도 묘안은 떠오르지 않고 밤만 깊어 갔다. 큰형은 중병에 걸린 돌멩이처럼 입을 다물고, 작은형은 혀로 날름날름 쇼기 말을 만지작거렸다. 개구리가 세 마리 모여도 문수보살은 미소 지어주지 않는다. 여기서는 내가 머리 쓰는 일을 담당하는 게 좋을 듯했다.

"일단 나한테 맡겨줘."

나는 말했다.

○

생각하다가 막히면 논다. 이것이 너구리의 해결법이다.

그리하여 이튿날 나는 동생 야시로를 데리고 산조 가라스마로 갔다.

이른 오후의 산조 가라스마는 뙤약볕 아래 방황하는 사람들로 북적였다. 한여름의 태양은 시내 구석구석까지 내리쬐어 마치 철제 냄비 바닥에서 지글지글 구워지는 기분이었다. 상가 저택 처마 밑에서 노려보는 종규^{鍾馗} 님 장식도 시커멓게 탔다. 숲의 나무 그늘이 그리워지는 폭염이었다.

"덥네."

"덥군."

"……형, 2세의 콩떡이 녹아버리겠어."

"그럼 안 되지. 어서 가자."

뇨이가타케 야쿠시보 2세는 지난주 가와라마치 오이케의 호텔에서 나왔다. 그가 거처로 정한 곳은 롯카쿠 거리에서 신마치 거리를 올라가 왼편에 있는 7층 건물이었다. 쑥색 타일을 바른 건물 정면에 알파벳으로 쓴 직물 회사 간판이 걸려 있다. 옆면과 뒷면은 속임수 그림처럼 알쏭달쏭한 계단과 가시 달린 철책이 복잡기괴하게 얽혀 흡사 극동의 군사 요새 같은 분위기였다. 그곳 옥상에 덴구의 저택이 있으리라고 누가 상상이나 하겠나.

긴 계단을 올라가 옥상으로 나오니 푸른 하늘이 펼쳐져 있었다. 옥상은 에이잔 전철을 다섯 대쯤 굴릴 수 있을 만큼 넓었다. 불어닥치는 열풍에 동생이 어후, 하고 힘들어했다.

나는 동생을 붙들었다. "잠깐."

2세는 널따란 옥상 한복판에 서서 정신을 통일하는 중이었다.

흰 와이셔츠 소매를 걷고 꼿꼿한 자세로 서 있었다. 앞에는 다리미대가 있고, 그 곁 빨래건조대에는 눈부시게 빛나는 와이셔츠 여러 장이 옷걸이에 걸려 있었다. 2세는 혼돈에 빠진 세계의 운명을 어깨에 진 양 엄숙한 표정으로 왼손을 다리미대에 올려놓고 있었다. 들리는 것은 뜨거운 바람 소리뿐, 눈부신 창공 아래 팽팽한 긴장감이 우리를 압도했다.

  2세가 문득 눈을 뜨고 다림질을 시작했다.

  그는 쇳덩이처럼 멋없는 다리미를 화려하게 다루어 와이셔츠를 잇따라 다려냈다. 분무기가 쉭쉭 소리를 낼 때마다 다리미대 위에 아름다운 무지개가 나타났다 사라졌다. 어느새 나와 동생은 다리미대로 다가가 홀린 듯이 작업을 바라봤다. 2세의 다림질은 일말의 망설임도 없고 어찌나 솜씨가 좋은지 황홀하게 구경하는 사이에 잠이 올 정도였다. 2세가 와이셔츠 깃을 정돈하고 탁 털 때마다 뜨거운 셔츠에서 피어오르는 청결한 냄새가 코끝을 스쳤다.

  마지막 한 장에 이르기까지 철저하게 질서를 부여하고 나자 2세의 입가에 미소가 떠올랐다. 엄숙한 표정으로 억누르고 있던 기쁨이 무심코 새어 나온 느낌이었다.

  2세가 얼굴을 들어 우리를 봤다.

  "오, 제군. 기다리게 해서 미안하네. 다림질에 집중하고 싶었거든."

  "용케 이런 더위에 다림질을 하시는군요. 덥지 않으세요?"

  "실은 나도 덥네만 '덥다'는 동물적 감각을 의식에서 분리하고 있어. 그렇지만 털 뭉치 제군은 이렇게 더우면 힘들 텐데. 털을 깎으면 안 되는 건가?"

  "그럼 볼품이 나지 않고, 뭣보다도 둔갑을 못 하게 되거든요."

"그렇군. 동정을 금할 수 없는데." 2세는 웃었다. "……그런데 같이 있는 건 누굴까?"

내가 등을 밀자 동생은 보자기에 싼 선물을 내밀며 머리를 숙였다.

"시모가모 소이치로의 넷째 아들, 시모가모 야시로입니다. 이사 선물을 헌상하고자 찾아뵈었습니다."

"저런, 고마워."

2세는 그렇게 말하며 동생과 악수했다. 동생은 어쩔 줄 몰라 했다.

"그런데 털 뭉치 제군은 지금 잠깐 시간 있나?"

"너무너무 할 일이 없어서 죽겠습니다."

"좋아. 나도 마침 세계에 작은 질서를 부여하는 일을 마치고 잠시 쉴까 했거든. 선물에 대한 답례로 털 뭉치 제군을 오후의 다과회에 초대하지."

○

2세의 저택은 옥상 동쪽으로 3분의 1 정도를 차지하고 있었다.

세련된 별장풍 건물은 흰 벽에 연녹색 뾰족지붕이었다. 하얀 울타리로 둘러싸인 앞마당에는 나무가 푸르게 우거졌고, 정원으로 드나드는 쪽문 옆에는 유럽에서 가지고 돌아온 가스등이 있었다. 데크체어를 놓은 베란다는 널찍하고, 유리문 너머 거실은 그보다 더 넓었다. 2세가 가져온 물건을 모조리 들여놔도 아직 여유가 있다. 냉방을 시원하게 튼 실내는 쾌적하고, 덴구답지 않은 하이칼라 느낌이 구석구석까지 가득하며, 골동품 가구와 고서, 파이프 담배의 냄새가 났다.

우리는 순백 테이블보를 덮은 큰 테이블을 둘러싸고 앉았다. 2세는 언뜻 봐도 고급스러운 광택이 흐르는 다기를 꺼내 우리를 대접했다. 동생이 뜨거운 홍차를 마시고 놀라 꼬리를 드러내는 옆에서 2세는 손가락에 척척 들러붙는 콩떡을 주체하지 못했다.

"입에 맞지 않으세요?"

동생이 말했다.

"그렇지 않아. 맛있다. 다만 나는 손에 묻히지 않고 먹을 수 있는 음식을 선호하거든."

2세는 그렇게 말하고는 콩떡을 조금 베어 물어 우물우물 먹었다.

"그나저나 댁이 참 하이칼라인데요."

"원래는 너구리계 실력자의 별택이었다더군. 처음 발견했을 때는 너구리 냄새가 났네만, 철저하게 공사했으니까 이제는 신경 쓰이지 않아."

너구리계의 실력자라는 말에 불길한 예감이 들었다.

"혹시 금각과 은각이 마련한 곳입니까?"

"그래, 그 친구들 아버지가 교토를 떠나서 쏠 사람이 없어졌다던데."

"성가신 녀석들한테 빚을 지셨군요."

"빚이라니 당치도 않아. 나폴레옹 금화를 한 사발 가져갔다고. 참으로 욕망에 충실하고 딱 부러지는 계산이지. 따라서 채무 관계는 존재하지 않아. 반면 야사부로 군은 단호히 금화를 받지 않으니 내게는 그 편이 더 성가시군."

금각과 은각이 2세에게 드나든다는 것은 알고 있었지만, 그들 나름대로 덴구계의 미래를 내다보고 선수를 친 것이라면 방심할 수 없는 바보들이다. 금각, 은각이 난토연합을 매수하는 데 쓴 자금은 2세의 주머니에서 나온 나폴레옹 금화가 아니었을까.

"그 녀석들과 어울리는 건 추천드리고 싶지 않은데요."

"그 친구들도 똑같은 소리를 하더군. 시모가와 야사부로라는 너구리는 악질이라고. 에비스가와가를 자꾸 괴롭히는 깡패고, 주제넘게 덴구를 함정에 빠뜨릴 기회를 호시탐탐 엿본다고."

"그 녀석들 말을 곧이곧대로 받아들이시면 안 됩니다. 하여간 바보들이거든요."

"너구리는 모두 바보잖나?"

2세는 미소 지었다.

2세는 풍파 하나 일으키려 하지 않고 덴구답지 않은 고요한 생활을 했다.

'덴구의 신시대'가 올 것이라는 교토 너구리들의 기대는 점점 힘을 잃고 있었다. 너구리는 바보라서 아카다마 선생님이나 구라마 덴구처럼 거들먹거리는 편이 '덴구답다'고 납득한다. "2세 따위 조만간 벤텐 님께 질 거야"라고 득의양양하게 예언하는 너구리조차 나타나는 형편이었다. 너구리라는 종족은 적절하게 간담을 서늘하게 해주지 않으면 기고만장한다.

2세는 일과인 산책을 나가 시대착오적인 신귀국자의 면모를 만천하에 과시할 때를 제외하면, 유럽 시절의 모험 기록을 정리한다든지 가구 배치를 바꾼다든지 벨벳 소파에 누워 추리소설을 탐독했다. 그렇게 덴구적 재능을 허비하는 모습에 나는 다소 애가 탔다.

"가끔은 날뛰는 것도 나쁘지 않은데요."

"위험한 소리를 하는군, 자네." 2세는 말했다. "하지만 난 덴구도 아니니까."

"또 그렇게 억지를 쓰시네."

"게다가 난 대단히 바쁘다고. 이 집 정리도 아직 끝나지 않았어."

하지만 2세의 저택에서 정리되지 않은 곳을 찾는 편이 더 어려웠다. 온갖 물건이 형태와 용도에 적합한 곳에 놓인 것처럼 보였다. 책상에 쌓아놓은 읽다 만 책들조차 정확하게 분류하고 책

등을 딱 맞출 정도로 철저했다. 아카다마 선생님의 혼돈스러운 연립과는 천양지차다.

아버지는 혼돈의 극치에 안주하고 아들은 질서의 극치에 안주하고 있었다.

내가 아카다마 선생님의 집이 얼마나 지저분한지 매우 세세하게 설명하자, 2세는 눈살을 찌푸리며 냉랭하게 말했다.

"그런 것은 태워버리라고. 개운해지니까."

○

2세는 동생이 전자학에 관심이 있다는 것을 알고 크게 기뻐했다. 젊은 시절, 한동안 푹 빠져 연구한 적이 있는 모양이다.

"그래, 야시로 군에게 눈을 보호할 도구를 증정해야겠군."

2세가 그렇게 말하며 방구석에 놓인 철제 상자에서 꺼낸 것은 낡은 비행 고글이었다. 원래 비행기를 사랑하고 모험심 넘치는 영국 소년이 애용하던 것이라 한다. 동생은 무척 좋아하며 즉각 장착해 소년 비행사인 척했다.

2세의 가재도구는 죄 유럽 시대의 추억이 얽힌 것들뿐이었다.

애용하는 파이프는 체코의 고서점 주인에게 넘겨받은 것이고, 독서할 때 눕는 벨벳 소파는 비엔나의 어느 귀부인에게 선물받은 것이다. 산더미 같은 추리소설은 원래 케임브리지 대학교의 철학자 것이었다. 철학에 과도하게 몰두한 나머지 늘 약하고 생기가 없던 그는 추리소설 읽기와 영화 보러 가기가 몇 안 되는 휴식이었다고 한다.

그런 추억을 우아하게 이야기하는 2세가 결코 언급하지 않는 화제가 두 가지 있었다. 하나는 어째서 외국으로 여행을 떠났나, 다른 하나는 어째서 일본으로 돌아왔나 하는 것이었다. 이야기가 그쪽으로 흘러갈 것 같으면 2세는 바로 화제를 돌렸다.

이윽고 2세는 괘종시계를 올려다봤다. 오후 2시였다.

"그럼 털 뭉치 제군, 이만 가주겠나?"

"저희가 너무 오래 있었군요."

"산책 가기 전에 소파에서 낮잠을 자려고 말이지."

그때 유리문 밖 베란다에 누가 슥 내려섰다.

2세가 의아한 표정으로 그쪽을 돌아보는데, 유리문이 열리고 열풍과 함께 시원해 보이는 흰 원피스를 입은 벤텐이 스르르 들어왔다. 그녀는 나와 동생에게 생긋 웃더니 2세는 거들떠보지도 않고 방을 가로질러 벨벳 소파에 서슴없이 누웠다. 마치 자신의 집인 것처럼 편안하게 행동했다.

나는 2세에게 귀띔했다. "벤텐 님입니다."

"그래, 그런가."

2세는 냉랭하게 말했다.

7월에 귀국한 뒤로 벤텐은 2세의 존재가 마음에 걸리는 듯했다.

천하무적인 벤텐은 교토의 온갖 존재가 자신 앞에 엎드리는 게 당연하다고 생각하는 경향이 있다. 그녀가 세계 유람 여행에서 돌아왔을 때 덴구와 너구리와 인간이 벌인 대소동을 생각하면 실제로 그랬다. 구라마 덴구들은 장대한 환영식을 거행하고, 너구리계 중진들은 헌상물을 들고 문안 인사를 드리러 갔고, 금요클럽은 임시 모임을 소집해 그녀의 귀국을 거하게 축하했다. 아카다마 선생님은 그녀의 발에 입이라도 맞출 기세였다.

그런 대소동을 거들떠도 보지 않은 유일한 인물이 2세였다.

2세는 잠자코 일어나 벤텐이 누운 소파로 다가갔다. 그리고 조각상처럼 차가운 표정으로 벤텐을 내려다봤다.

벤텐은 2세의 시선을 맞받아쳤지만 일어나 앉으려는 눈치는 보이지 않았다.

"뭐죠?"

그녀는 미소 지었다.

"아가씨, 쉬시는데 죄송합니다만 소파를 돌려주시죠. 지금부터 일과인 낮잠을 자야 합니다."

"어머, 그렇지만 나도 사용하는 중인데요."

"그건 내 소중한 소파입니다, 아가씨."

"……그렇겠죠. 누우니까 아주 편한데요. 잠이 올 것 같아."

신사적 협상이 결렬됐다는 것을 알고 2세는 말없이 발길을 돌려 조금 전 우리가 홍차를 마시던 테이블로 다가갔다. 그리고 흰 테이블보를 두 손으로 휙 잡아 뺐다. 테이블 위의 다기는 미동도 하지 않았다. 2세는 성난 소에 맞서는 투우사처럼 흰 테이블보를 팔랑거리며 벤텐에게 다가가더니, 소파 앞에 펴고 네 귀퉁이를 꼼꼼히 정돈했다. 벤텐도 호기심이 동해 가볍게 몸을 일으켰다.

"괜찮습니다, 아가씨." 2세는 부드럽게 말했다. "그대로 계시죠."

2세는 소파 등받이 뒤로 돌아가 몸을 기댔다. 소파가 기울면서 벤텐은 "꺅" 하고 작게 비명을 지르며 굴러떨어졌다.

2세는 만족스레 두 손을 탁탁 털고 테이블보 위에 엉덩방아를 찧은 벤텐에게 미소 지었다.

"소란을 피워 죄송합니다, 아가씨. 그렇지만 당신이 아무리 쾌적해도 지금 여기서 우리가 문제 삼아야 할 것은 '내가 쾌적하지 않다'는 점이거든요."

2세는 훌쩍 소파에 누웠다.

"그럼 이만. 안녕히 주무십시오."

벤텐은 평정을 가장했지만 팽창하는 노여움을 더 큰 노여움으로 억누르고 있다는 것은 명백했다. 그녀의 창자가 끼익끼익 뒤틀리는 소리가 들릴 것 같았다. 그녀는 일어서 노여움 어린 눈빛으로 2세를 노려봤다.

"특이한 덴구네, 야사부로."

그녀가 말했다.

"벤텐 님, 일단 화를 가라앉히시고……."

"이깟 일로 화내지 않아."

그러고는 베란다로 나가는가 싶더니 도저히 못 참겠는지 다시 돌아왔다. 2세의 옷장을 열고 정성 들여 다린 막대한 양의 와이셔츠를 끌어내 모조리 구겨버렸다. 그리고 바닥을 뒤덮은 와이셔츠를 짓밟으며 나갔다.

그동안 2세는 꼼짝도 하지 않고 쿨쿨 잤다.

○

2세의 저택에서 날아오른 벤텐은 징검다리를 건너듯 건물 옥상에서 옥상으로 날아 북쪽으로 갔다. 그녀가 뺏성 구슬을 흩뿌린 탓에 교토시청 청사, 교토신문사, 교토부립의과대학 등에서 유리창이 깨지고 안테나가 부러지고 급수 탱크에 구멍이 났다.

벤텐은 아카다마 선생님의 연립으로 찾아갔다.

"오오, 벤텐이냐. 잘 왔다."

그녀는 벙글벙글 웃는 아카다마 선생님 곁에 탈싹 앉았다.

"아휴, 놀라라."

"무얼 그리 놀랐느냐?"

"몹쓸 꼴을 당했다니까요. 스승님, 보세요."

벤텐은 무구한 소녀처럼 가녀려 보이는 왼쪽 팔꿈치를 드러내 소파에서 떨어졌음을 의미하는 희미한 멍을 내보였다. 어쩌면 그녀가 교토신문사의 급수 탱크를 팔꿈치로 가격해 화풀이했을 때 생긴 멍일지도 모른다. 벤텐의 논리로는 어쨌거나 자신의 매력을 개의치 않는 2세가 제약의 근원이었다. 그녀가 2세의 무례함을 주장하는 한편 은근슬쩍 정조의 위기까지 암시한 탓에, 아카다마 선생님은 자신의 호색은 무시하고 "내 제자에게 손을 대다니 용납할 수 없다"며 분개했다.

이러니 덴구계에 싸움의 불씨가 꺼질 날 없다.

너구리계에서도 벤텐과 2세의 접촉은 크게 화제가 됐다. 그녀가 시내에 흩뿌린 뱃성 구슬의 숫자로 볼 때, 둘의 만남이 온건하지 않았다는 것은 누가 봐도 명백했다. '드디어 덴구 대전이 벌어지나' 하고 가슴 설렌 너구리도 있었지만, 대개는 '벤텐이 2세의 가짜 거죽을 벗길 것'이라고 예측했다. 2세는 아닌 게 아니라 신사이지만 덴구치고는 얼간이라는 것이 무책임한 너구리계의 중론이었다.

밤에 데라마치 거리의 바 '아케가라스'로 가니 주인이 또 내기를 거는 중이었다.

"야사부로, 넌 어느 쪽이 이길 것 같냐?"

"또 그거야? 그런 데에만 정신 팔지 말고 건설적인 일에 지혜를 쓰라고. 덴구계의 다툼을 재미있어하다니 발칙한 일이로고."

"잘난 척하긴. 자기가 제일 재미있어하는 주제에."

"응, 재미있어. 대체 어떻게 될지. ……그렇지만 난 나대로 고민이 있어서 덴구의 싸움에 신경 쓸 여력이 없다고."

"왜? 납량선이 아직 해결 안 됐어?"

"응, 어쩌면 좋을지."

"한심하군. 조상님이 우시겠다."

그로부터 며칠 뒤, 나라에서 하늘을 나는 배가 도착해 가짜 덴키브랜 공장으로 떠들썩하게 운반됐다.

동생 야시로에게 소식을 들은 큰형은 분노한 나머지 졸도할 뻔했다. 큰형의 계획은 완전히 물거품이 되고 만 것이다. 그 뒤로 자나 깨나 "에비스가와 이놈들"이라며 이를 가는 큰형 탓에 시모가모가 전원이 수면 부족에 시달렸다.

"저러다 야이치로의 이가 다 닳겠구나." 어머니가 수척해진 얼굴로 말했다. "이대로 가면 교쿠란을 초대하기 힘들겠어."

○

그런 가운데 아카다마 선생님의 호출을 받고 내 우울은 최고조에 달했다.

내키지 않는 발걸음으로 데마치 상점가 뒤편 연립에 가니, 선생님은 2세의 습격에 대비해 창문을 막고 한증막 같은 방에 틀어박혀 덴구 담배를 뻐끔거리고 있었다.

잡동사니를 쌓아 만든 허술한 바리케이드 틈으로 여름 햇빛이 레이저 광선처럼 비쳐 들었다. 그 빛 속을 자욱한 먼지와 담배 연기가 춤추고 갈 곳을 잃은 한여름의 노인네 냄새가 소용돌이치니 불쾌하다 못해 현기증이 날 지경이었다. 게다가 선생님이 사방에 마름쇠를 뿌려둔 탓에 발바닥이 보드라운 너구리 입장에서는 위험하기 그지없었다.

"시모가모 야사부로, 대령했습니다." 나는 마름쇠를 피하며 넙죽 엎드렸다. "지저분한 곳에서 뭘 그렇게 꽁해 계시는지요?"

"녀석이 벤텐에게 행패를 부렸다지?"

"아, 예. 그렇지만 행패라고 할 정도는 아니었는데요."

"게다가 네가 그 자리에 있었다 하지 않느냐. 살금살금 녀석에게 드나들면서 대체 무얼 한 것이냐. 이실직고해봐라."

"2세께 약소하나마 이사 선물을 드리려고요."

"⋯⋯내 몇 번을 말해야 알겠느냐!"

아카다마 선생님이 호통치며 담배 연기를 내뱉자, 연기는 용의 모습이 되어 다다미 넉 장 반에 꿈틀꿈틀 움직였다.

"녀석은 내 아들이 아니고, 덴구도 아니고, 2세도 아니다. 덴구도가 무엇인지도 모르는 겁쟁이가 위대한 내 뒤를 이을 수 있을 리 없어. 뇨이가타케 야쿠시보는 벤텐이 이을 것이다. 난 정했다, 이미 정했어."

"선생님, 그렇게 서두르실 필요는 없지 않을까요?" 나는 흥분한 은사를 달랬다. "오늘내일 은퇴하실 것도 아닌데요."

"시끄럽다. 앞으로 녀석을 2세라고 부르는 것은 결코 용납하지 않겠다."

"아, 이거 곤란하네. 그럼 어떻게 부르는데요?"

"'외설 신사'라 부르면 되겠군."

양갱처럼 걸쭉한 어스름 속에 덴구 담배가 바직바직 탔다.

그때 나는 놀라운 사실을 깨달았다. 아카다마 선생님이 덴구 담배의 재를 떠는 것은 지금은 없어진 하늘을 나는 다실 '야쿠시보의 안방'의 비행 시스템인 차솥 엔진이었다. 작년 오쿠리비는 물론, 연말의 너구리 선거와 얽힌 대소동에서도 차솥 엔진의 활약으로 에비스가와가에 반격할 수 있었다. 아카다마 포트와인에 의해 만물을 부유시키는 신비의 도구를 재떨이로 쓰다니, 아무리 영락한 덴구라지만 너무 무심하다.

"선생님, 거기에 재를 떠는 것만은 안 됩니다!"

나는 황급히 부엌에서 이 빠진 사발을 찾아다 선생님 손 근처에 놓인 차솥 엔진과 바꿔놓았다. 차솥의 재를 버리고 젖은 행주로 잘 닦았다.

그때 뇌리에 훌륭한 천계가 찾아들었다.

"선생님, 이 차솥을 잠깐 빌려도 되겠습니까?"

"그런 것을 어디에 쓰게? 아카다마를 마시고 동실동실 뜨는 것뿐인 물건인데."

"저희가 밤하늘에서 고잔 오쿠리비를 구경하는 건 아시죠?"

"······아하, 벌써 그런 계절이 됐느냐." 선생님은 허공을 바라보더니 위엄을 꾹 담아 나를 노려봤다. "야사부로야, 뭔가 시시한 것을 띄울 생각이냐?"

"저희 시모가모가의 명예와 관련된 일입니다. 엎드려 간청드립니다."

아카다마 선생님은 덴구 담배를 피우며 한참 지루하게 뜸을 들였다. 덴구의 위엄을 과시하기 위해서는 빠뜨릴 수 없는 의식 같은 대기 시간이다. 여기서 괜한 발언을 해서 뿔나게 하면 곤란한지라 나는 잠자코 납작 엎드렸다. 이윽고 선생님은 입을 열었다.

"그래라. 단 조건이 하나 있다."

"뭐든 말씀만 하십시오."

"오쿠리비 구경에 나를 초대하지 마라. 절대 안 가."

"아니, 왜 그런 서운한 말씀을 하십니까." 나는 과장되게 소리쳤다. "선생님이 안 오시면 의미가 없는데요."

"난 너구리들 연회에 갈 만큼 한가하지 않아. 뭣보다 아카다마가 너무 맛없다. 너구리의 지라시스시는 털이 목에 걸려. 차솥은 빌려줄 테니 마음대로 써라."

본래 덴구는 다루기가 까다롭다. 애초에 다루기 까다로운 것에 넌더리 난 인간들이 인간계 밖으로 추방한 존재가 덴구요, 그들 스스로도 자신들의 다루기 까다로움에 진저리를 낸다. 여기서 '아, 그러세요?' 하고 물러나면 볼 장 다 본다는 것은 오랜 경험으로 알고 있었다. 나는 "제발 와주십시오"라고 애원하고 선생님은 "내가 갈까 보냐" 하고 우겼다. 선생님은 쌍방이 녹초가 된 다음에서야 비로소 만족했다.

"갈 수 있으면 가마. 하여간 너구리는 말이 많구나."

차솥 엔진을 안고 떠나려는 나를 "털북숭이 지라시스시는 필요 없다", "그런 것은 없어도 된다"라는 선생님의 목소리가 쫓아왔다.

오쿠리비 날 밤에 지라시스시를 잊지 말지어다, 라고 나는 생각했다.

○

먼 옛날부터 너구리들은 고잔 오쿠리비 날 밤에 납량선을 띄워왔다.

전설에 따르면 하늘을 날기를 꿈꾼 어린 비행기 마니아 너구리가 작정하고 아타고야마 다로보에게 직소한 것에서 시작됐다고 한다.

원래 천공은 덴구의 영역이라 너구리가 멋대로 나는 것은 허락되지 않는다. 모험심 풍부한 너구리의 호소를 들은 덴구들은 아타고산에 모여 대교토 덴구 회의를 열고 기탄없는 논쟁을 벌인 끝에 마침내 1년에 딱 한 번 너구리가 천공을 나는 것을 허가했다. 그게 고잔 오쿠리비 날 밤이었다는 것 같다.

너구리들은 몹시 기뻐하며 일족의 총력을 집결해 납량선 건조에 착수했는데, 문제는 비행 시스템이었다. 누구는 덴구에게 조공을 바쳐 빌리고, 누구는 경력이 확실치 않은 발명가의 수상쩍은 기술에 의지했다. 이리하여 너구리적 미의식을 구현한 납량선이 잇따라 떠올라 고잔 오쿠리비의 밤하늘을 백화난만하게 수놓게 됐다고 한다.

그런 긴 납량선 역사에서 단 한 번도 뜬 적이 없는 것이 있다.

가짜 에이잔 전철.

내가 생각해낸 묘책은 이것이었다.

○

고잔 오쿠리비 날 밤, 작은형이 둔갑한 가짜 에이잔 전철이 시모가모 신사 참배길을 나아왔다.

차창으로 흘러나온 빛이 참배길의 건조한 자갈을 비추자 가짜 덴키브랜 향이 풍겼다. 술기운을 빌려 둔갑한 작은형은 이미 알딸딸하게 취해, 참배길에서 "오라이, 오라이" 하던 큰형을 하마터면 깔아뭉갤 뻔했다.

"설마 가짜 에이잔 전철일 줄은 몰랐다."

큰형은 중얼거렸다.

"참신하지?"

나는 으스댔다.

"시모가모가의 행사에 기여할 수 있어서 정말 기뻐." 작은형이 말했다. "오랜만에 맞이한 오쿠리비인데, 형제들하고 술잔을 나누지 못하는 건 아쉽지만."

"지금 확실하게 마셔둬라. 상공에서 가짜 거죽이 벗겨지기라도 했다간 일가 전멸이다."

"괜찮아, 큰형. 마음 턱 놓고 있으라니까."

나는 말했다.

"우물 속에서 이미지 트레이닝을 수백 번 했어."

"하여간 내 동생들은 유능하기도 하지."

이윽고 숲에서 어머니와 동생이 기어 나왔다. 검은 옷을 입은 어머니는 작은형이 둔갑한 모습을 보더니 "장하다, 야지로, 훌륭해!"라며 기쁜 듯이 차량을 부둥켜안았다.

오늘 밤의 주빈인 난젠지 교쿠란이 올 때까지 우리는 납량전철 준비에 힘썼다. 비행 고글을 쓴 동생은 차솥 엔진을 서둘러 가짜 에이잔에 실어 설치 점검에 여념이 없었다. 큰형은 아카다마 포트와인 상자를 싣고, 어머니는 지라시스시와 나무 도시락에 담은 조림 등을 실었다. 나는 반짝반짝 빛나는 기다란 깃발을 작은형의 꽁무니에 잘 붙였다.

"형하고 교쿠란의 맞선은 잘될 것 같아?"

작은형이 물었다.

"그러게."

나는 고개를 갸웃했다.

"철저하게 연습했잖아?"

"……연습 상대를 해야 하는 내 처지도 생각해줘."

어머니는 여전히 쇼기판을 사이에 두고 꼼지락거리고 있는 큰형과 교쿠란을 고잔 오쿠리비 날 밤 단숨에 붙여놓을 계획이었다. 그러기 위해서는 사랑의 말을 명확히 속삭이는 연습을 큰형에게 시킬 필요가 있었다.

그 때문에 내가 교쿠란으로 둔갑해서 큰형의 연습을 거들었으나, 고지식한 큰형이 달콤한 말을 속삭이게 하는 훈련은 난항을 겪었다. "정신 차려, 형!", "과감하게 목소리를 내!", "손을 잡아!" 하고 질타와 격려를 거듭한 끝에 이럭저럭 큰형에게서 사랑의 말을 이끌어내는 데에는 성공했다. 하지만 형과 동생이 사랑을 속삭인다는 징그러운 상황에 온몸의 털이 곤두섰고 큰형도 나도 앓아눕고 말았다.

준비가 대략 끝났을 무렵, 참배길을 걸어온 난젠지 교쿠란을 큰형이 황급히 가짜 에이잔 전철에서 내려 마중했다. 둘은 어색하게 머리를 숙여 인사를 주고받았다.

"초대해주셔서 감사합니다."

"아닙니다. 다다스숲까지 걸음해주셔서 영광입니다."

"오랜만이야, 야지로 군." 교쿠란은 작은형에게 말했다. "둔갑이 아주 근사한데. 가짜 에이잔 전철이 납량선이라니 보나 마나 야사부로 생각이지?"

"교쿠란이라면 알 줄 알았어." 나는 말했다. "바보 형제지?"

"멋진 바보 형제야."

우리는 은사의 도착을 기다렸다.

이윽고 쪽빛 어스름에 잠긴 다다스숲에 허옇게 떠오른 참배길을, 아카다마 선생님이 서양식 지팡이를 짚고 느릿느릿 걸어왔다.

아카다마 선생님은 참배길 한가운데에 서서 어두운 숲에 찬연히 빛나는 가짜 에이잔 전철을 노려봤다.

"예끼, 이 털 뭉치들. 이게 대체 무슨 소란이냐."

○

비행 고글을 쓰고 운전석에 앉은 야시로가 안내 방송을 했다.

"우리 비행기는 곧 이륙합니다. 자리에 착석해주십시오."

납량 가짜 에이잔 전철은 다다스숲을 당당하게 나아가기 시작했다.

돌아가신 아버지는 작은형이 둔갑한 가짜 에이잔 전철을 몰고 다니는 것을 몹시 좋아했다. 주정뱅이들을 간 떨어지게 한 영광스러운 추억이 되살아났는지, 가짜 에이잔 전철은 무시무시한 속도로 참배길을 내달리다가 하마터면 시모가모 신사를 들이받을 뻔했다.

"안전 운전!"

큰형이 외친 순간, 주홍색 문을 스치며 가까스로 이륙에 성공했다.

가슴을 쓸어내린 것도 잠깐뿐, 우주 로켓처럼 급상승하는 가짜 에이잔 전철이 크게 기울면서 우리는 한 덩어리로 엉켜 차량 뒤쪽으로 굴러갔다. 쏟아진 국을 뒤집어써 승객 전원이 맛국물 냄새를 풍기게 됐고, 아카다마 선생님은 "너구리는 비행이 무엇인지 모르느냐"라며 불평했다. "위대한 나를 태우고서 어찌 이런 난폭한 운전을."

작은형과 동생이 조종에 익숙해지기까지 우리는 죽을 뻔했다. 이윽고 기체가 천천히 수평을 이루었다.

"땅. 우리 비행기는 무사히 이륙했습니다."

"야시로, 안전 운전이라고 했잖냐."

"야지로 형이 무시무시한 속도로 달리는걸."

"미안." 작은형이 미안해하는 목소리로 말했다. "너무 신났나 봐."

"괜찮아, 형. 오늘은 자유롭게 즐기는 자리니까."

"내가 탔다는 것을 잊지 마라, 이 털 뭉치 놈들아."

"어머나, 국이 다 쏟아졌네." 어머니가 아쉽다는 듯 말했다. "그렇지만 지라시스시는 원래 흩어져 있으니까 괜찮아. 살짝 손대면 어떻게든 될 거야."

정신을 차리고 연회를 준비하는데 열린 차창으로 시원한 밤바람이 불어 들었다. 나는 좌석으로 기어올라 창으로 밖을 내다봤다.

눈 아래 빛 알갱이를 가득 뿌린 야경이 펼쳐져 있었다. 가까이에 뜬 소달구지의 집합체 같은 것은 고쇼 너구리들의 납량선일 것이다. 창 너머로 몸을 내밀고 손을 흔들자 그들도 발을 걸고 같이 손을 흔들었다. 고쇼의 너구리들이 가짜 에이잔 전철의 이륙을 축하해 나팔을 불기에 작은형도 경적을 울려 답했다. 우리 납량전철은 무지갯빛 깃발을 반짝이며 밤하늘을 나아갔다.

이윽고 다섯 산에 잇따라 오쿠리비가 떠올랐다.

"선생님, 오쿠리비입니다."

"안다, 나도 알아."

"선생님도 보시면 좋을 텐데요."

"새삼스레 무얼 보라는 것이냐. 나더러 한낱 인간의 놀이에 어울려주라는 말이냐."

아카다마 선생님은 차창으로 밖을 내다보려 하지도 않았다.

큰대자가 떠오른 뇨이가타케산 일대는 원래 아카다마 선생님, 즉 뇨이가타케 야쿠시보의 구역이었다. 우리 아버지가 일생일대의 둔갑술을 구사해 가짜 뇨이가타케 산 사건을 일으킨 것도, 선생님의 구역을 침범한 구라마 덴구들에게 보복하기 위해서였다. 아버지의 그런 노력도 헛되이 아카다마 선생님은 뇨이가타케산에서 쫓겨나 영락하고 말았다.

선생님이 몰락한 원인이 된 '마왕 삼나무 사건'에는 나도 관여했다. 위대한 아버지가 목숨까지 걸고 지키려 했던 것을 바보 아들이 망치는 일은 지겹도록 반복되어온 평범한 이야기다. 그렇지만 나도 분통한 마음이 없지는 않았다.

그러나 아카다마 선생님은 뇨이가타케산을 그리워하는 기색은 눈곱만큼도 없이 지라시스시를 배불리 먹고 교쿠란이 따라 주는 아카다마 포트와인을 마시며 흐뭇해했다.

이윽고 선생님은 의아한 표정으로 큰형에게 말했다.

"야이치로야, 호테이*로 둔갑하지 않는 거냐."

"오늘 밤은 됐습니다."

큰형은 젊은 주인풍 모습으로 대답했다.

"묘하게 점잔 빼고 있구나. 오늘 밤은 격식을 따지지 않는 자리일 텐데?"

---

* 중국의 당대 말부터 오대십국 시대까지 명주 지방에 실재했다는 전설적인 승려. 큰 포대(호테이)를 멘 배불뚝이 모습으로 그려지며 일본에서는 일곱 복신 중 하나로 추앙받고 있다.

"오늘은 교쿠란이 있어서 형이 폼 잡는 겁니다."

내가 귓가에 대고 소곤거리자 아카다마 선생님은 "아하" 하고 다 이해했다는 표정을 지었다.

"털 뭉치의 맞선이냐. 걱정 말고 얼마든지 마주 봐라, 마주 봐!"

"선생님, 스모 경기도 아닌데요." 교쿠란은 의연하게 말했다. "야이치로 씨가 난처해하잖아요."

"맞습니다, 선생님. 교쿠란이 난처해합니다."

큰형도 말했다.

선생님은 차를 마시다 말고 큰형과 교쿠란을 노려봤다.

"털 뭉치 주제에 무얼 그리 젠체하느냐. 백전노장인 내게 연정을 속일 수 있을 것 같으냐."

선생님이 연애의 밀당에 능한지 아닌지는 차치하고, 선생님은 부조리한 훈계를 할 때 가장 덴구적 위엄이 넘친다. "하여간 털 뭉치는 제 주제도 모르고……"라며 길게 훈계를 늘어놓는 사이에 선생님의 눈이 형형히 빛나고 백발이 전기를 띤 것처럼 곤두섰다. 이제 와서 벤텐이 곁에 없는 것에 대한 노여움이 되살아났나 보다. 늘그막의 연정을 주체하지 못하고 번민하는 중에 큰형과 교쿠란의 지나치게 섬세한 연애의 밀당을 목격했으니 화가 날 만도 하다.

이윽고 아카다마 선생님은 찻종을 으득으득 씹어 부수고 아카다마 포트와인을 흩뿌리며 "좋아하면 좋아한다고 말해!"라고 대갈했다. 가짜 에이잔 전철이 요동쳤다.

큰형과 교쿠란은 서로 응시했다.

"좋아해요."

"좋아해요."

큰형과 교쿠란은 꼬리를 드러내고 선선히 속마음을 털어놨다.

"흥, 알아서 행복해지든지."

선생님이 말했다.

어머니는 신이 나 찻종에 아카다마 포트와인을 가득 따라 선생님에게 내밀었다.

"선생님 말씀은 역시 다르네요."

"당연하지. 나는 위대하다."

○

나는 즐거운 연회 중간에 일어나 흔들리는 손잡이 밑을 지나 앞쪽 운전석으로 갔다. 정면 창으로 웅대한 야경이 한눈에 보였다. 고잔 오쿠리비가 끝나가고 있었다.

작은형의 만족한 듯한 목소리가 귓가에 들렸다.

"좋은 밤이었어. 재미있는 것은 좋은 것이다."

"형은 안됐네. 내내 둔갑만 하고 있었으니."

"그렇게 쓸쓸하진 않아. 다들 떠들썩하게 즐기는 덕에 배 속이 따뜻해. 우물 안 개구리 생활은 배가 아주 싸늘하거든."

"재미있는 것은 좋은 것이다."

나는 가족들의 즐거운 목소리를 들으며 야경을 바라봤다. 과거 이런 떠들썩한 모임의 중심에 앉아 있던 아버지가 생각났다. 머릿속에 떠오르는 아버지는 대개 웃고 있었다. 그렇게 기분 좋게 웃는 너구리는 또 없었다. 눈물이 날 때까지 웃곤 했다. 나는 아버지가 우는 모습을 본 적 있었지만, 잘 생각해보면 아버지는 언제나 웃으면서 눈물을 흘렸다. 그것도 바보의 피가 그리하게 시키는 걸까.

문득 작은형이 "어라?"라고 했다. "등에 뭐가 올라탄 것 같은데."

"보고 올게."

"떨어지지 않게 조심해."

나는 운전석 창문으로 나가 가짜 에이잔 전철의 지붕으로 올라갔다. 밤바람이 윙윙 불어닥쳤다. 미끄러운 지붕에 엎드려 살펴보니, 거인의 해골처럼 시커멓게 우뚝 솟은 팬터그래프 너머에 호화로운 소파가 보였다. 유카타 차림의 벤텐이 밤바람을 맞으며 유유히 앉아 있었다. 야경을 내려다보는 나른한 표정을 희미한 불빛이 창백하게 비추었다.

"바람이 시원하네, 야사부로. 너도 이리 오렴."

내가 지붕을 타고 가까이 가니 그녀는 들고 있던 잔을 내밀었다. 발치에 가짜 덴키브랜 큰 병이 놓여 있었다. 나는 가짜 덴키브랜을 한 모금 마셨다.

"왜 2세의 소파가 이런 곳에 있습니까?"

"이 멋진 소파에 누워서 야경을 보고 싶었거든. 아까 그 사람을 찾아갔더니 없길래 멋대로 가져왔지."

"무단으로 2세의 물건을 가지고 나오면 문제가 되지 않을까요?"

"어머, 겁쟁이네."

"그야 겁도 나죠."

"지금 여기서 우리가 문제 삼아야 할 건 뭘까? 내가 쾌적한지 아닌지 아냐?"

벤텐은 2세를 흉내 내 말하고는 술병을 입에 대고 가짜 덴키브랜을 마셨다. 목이 꿀꺽꿀꺽 움직이면서 가짜 덴키브랜이 그녀의 위로 내려가 푸르스름하게 타오르는 것이 보이는 듯했다. 마시면 마실수록 그녀의 얼굴이 창백해지는 것처럼 보였다.

"얘, 야사부로, 나랑 2세랑 둘 중에 누가 좋아?"

"두 분 다 덴구로서 존경합니다." 나는 경계하며 말했다. "너구리는 덴구를 존경하는 법이죠."

"그런 두루뭉술한 대답은 진짜 싫어. 한 번만 더 하면 전골이 될 줄 알아."

"……벤텐 님, 2세께 많이 화가 나셨군요?"

"어머, 난 재미있어하는 거야. 모든 게 다 기대돼."

벤텐은 진지하게 중얼거리고는 눈 아래 거리를 바라봤다.

그때 갑자기 눈앞의 지붕 끄트머리를 주름투성이 손이 붙들더니 마른 억새처럼 밤바람에 흩날리는 허연 머리통이 불쑥 튀어나왔다. 아카다마 선생님이 죽음을 불사하고 하늘을 나는 전철 지붕 위로 기어오르려 하고 있었다. 선생님은 "거기 벤텐이 있는 것 아니냐?"라며 환희에 찬 목소리인데, 올라오고 싶어도 올라오지 못하고 버둥대고 있었다. "잠깐만 기다려라, 바로 가마."

나는 허둥지둥 달려가 선생님을 끌어 올리려 했다.

그때 벤텐이 일어나 앉아 유쾌하게 말했다.

"저기 보렴, 야사부로. 친구가 왔네."

뒤에서 에비스가와가의 배가 접근해 왔다.

○

난토 너구리들을 술독에 빠뜨려 가로챈 배는 에비스가와가류의 천박하기 그지없는 전구 장식을 번쩍이며 교토 밤하늘을 돌진해 왔다.

나는 전철 지붕에서 몸을 내밀고 차 안에 있는 가족들에게 말했다.

"에비스가와가 왔어."

가족들이 창밖으로 얼굴을 내밀고 저마다 "심하다", "천박하긴", "바보의 극치"라고 했다.

주홍색으로 칠한 선체는 크리스마스풍 장식 조명으로 번쩍번쩍 빛나고, 비어가든 같은 붉은 제등을 닥치는 대로 걸고, 돛대의 전광 게시판에는 '영국 신사', '만사태평', '만원사례', '대호평' 등 분홍색 글자가 번갈아 점등됐다. 나라 시대, 현해탄의 파도를 넘어 대륙으로 향했다는 역사적 위엄은 그림자도 없다. 유서 깊은 난토의 배를 원형도 남아 있지 않을 만큼 장식하다니, 수치스러운 줄도 모르고 자신들의 바보스러움을 광고하고 있었다.

파렴치한 배는 이윽고 우리 가짜 에이잔 전철 옆에 나란히 섰다.

'에비스가와가'라고 염색한 분홍색 반저고리 차림의 에비스가와 친위대가 우현으로 몰려와 술에 취해 불쾌한 욕설을 퍼부었다. 싸움이라면 얼마든지 받아준다. 나는 가짜 에이잔 전철의 지붕에 서서 "나가 뒈져라, 나가 뒈져라" 하고 욕했다. 무의미한 대결 끝에 천하무쌍 바보 형제가 에비스가와 친위대를 헤치고 의기양양하게 나타났다.

금각과 은각은 신사복을 입고 실크해트를 쓴 호테이 같은 모습이었다.

"시모가모가의 제군, 영국 신사로서 한마디 하지." 금각이 배를 내밀며 말했다. "그건 납량선이 아니라 전철 아닌가?"

"보나 마나 야지로가 둔갑했을 거야, 형."

은각이 말했다.

"아하, 그럼 심지어 전철도 아니네."

"우리 같으면 창피해서 하늘도 못 날았을걸."

"애들은 원래 수치를 모르잖아." 금각이 비웃었다. "오쿠리비 날 밤에 납량선을 준비하지 못해서 가짜 전철로 얼버무리다니, 제대로 된 너구리라면 창피해서 궁둥이 털이 죄 빠질 게 틀림없어. 그에 비해 우리 배는 얼마나 훌륭해? 어때, 이 천재적인 센스! 준비 철저! 만사태평! 유능한 너구리는 이런 게 다르다!"

"어때? 분하면 대꾸해보든지."

"닥쳐, 금각." 나는 지붕 위에서 소리쳤다. "그 배는 우리 시모가모가에서 빌릴 예정이었어. 더러운 수를 쓰다니."

"우리가 옆에서 가로챘다는 거야?" 금각이 어깨를 으쓱하며 시치미 뗐다. "이거 봐, 야사부로. 그런 당치도 않은 트집은 잡지 말라고."

"당치도 않지, 당치도 않아."

은각이 말했다.

금각은 거들먹거들먹 손가락을 쳐들고 우현을 왔다 갔다 했다.

"위대한 아버지가 없는 지금, 교토 너구리계의 미래는 위대한 너구리의 햇병아리인 내게 맡겨졌어. 이건 교토의 모든 너구리가 인정하는 바야. 이렇게 막중한 책임을 진 내 입장에서 난토의 장로들한테 '얏호, 난 금각이야. 앞으로도 잘 부탁해' 하고 인사해두는 게 당연한 예의 아니겠어?"

"형은 예의 바른 너구리라고. 너처럼 야만스러운 너구리하곤 달라."

"거럼, 난 영국 신사거든."

금각은 그렇게 말하며 장난감처럼 반짝이는 금색 실크해트를 과시했다.

"인사하는데 선물 정도는 가져가야 하는 법이잖아? 그럼 우리가 정성 들여 만든 가짜 덴키브랜보다 더 좋은 선물이 있겠어? 없잖아? 그럼 그 멋진 선물에 대해 난토의 장로들이 답례하고 싶어지는 것도 당연하지. 유서 깊은 견당선을 빌려주다니 미안하네 싶었지만, '에비스가와가의 금각 님께서 활용해주시면 그 이상의 영광이 있겠습니까'라는데 어떻게 거절하겠어?"

"그렇고말고, 형. 게다가 우리 납량선은 작년에 부서졌다고."

"맞아. 그런데 그 배를 누가 추락시켰느냐 하면 너거든, 야사부로."

금각은 노여움 어린 표정으로 내게 손가락을 들이댔다.

"네 비신사적인 거동 때문에 우리가 얼마나 힘든지 알아? 가이세이도 '야사부로가 난폭하게 구니까 납량선에 타기 싫다'면서 가짜 덴키브랜 공장에 틀어박혔다고. '차라리 일하는 게 낫다'고 살벌한 소리를 한단 말이야. 아아, 웬 여동생이 그렇게 비뚤어지고 불쌍한지!"

그때 에비스가와 친위대가 술렁거렸다.

주홍색으로 칠한 선실에서 번쩍번쩍 광나는 영국 신사가 나타났다 했더니 글쎄, 2세였다. 나는 거의 경악했다. 금각과 은각이 2세에게 멋대로 사사한다는 것은 알고 있었지만 2세가 에비스가와가의 납량선에 탔을 줄은 몰랐다.

2세는 뱃전에 서서 우리 가짜 에이잔 전철에 눈길을 주었다.

팬터그래프 옆에 책상다리를 하고 앉은 아카다마 선생님과 소파에 앉은 벤텐을 보자마자 2세의 얼굴은 얼음장처럼 싸늘해졌다. 아카다마 선생님과 벤텐을 한데 묶어 '경멸'이라는 항목으로 분류하고 폐기물을 모으는 쓰레기통에 버렸다는 것이 일목요연했다.

"부처님 얼굴도 세 번이라지만……." 벤텐이 소파에서 일어나 내 뒤에서 중얼거렸다. "얘, 야사부로, 저런 배는 태워버리면 되잖아?"

○

그때 큰형은 가짜 에이잔 전철 안에서 돌부처럼 꼼짝 않고 서 있었다.

큰형은 원래 고잔 오쿠리비 같은 공적인 행사에서 다툼을 벌이는 것을 혐오한다. 특히 오늘은 교쿠란을 초대한 만큼 난젠지가에 대한 책임도 있는지라 인내심 주머니의 끈을 평소보다 단단히 죄었다. 그러나 한편 큰형은 가문의 명예를 매우 중시하는 너구리이기도 했다. 그렇기에 하필이면 조상님을 저승으로 다시 모시는 오쿠리비 날 밤에 바보 동생들이 가문의 이름에 먹칠하는 것을 태연하게 그냥 넘길 수 있을 리 없었다. 바꿔 말해, 큰형은 멍하니 있는 게 아니라 인내심 주머니의 끈이 한 줄 한 줄 뚝뚝 끊기는 것을 귀 기울여 듣고 있었던 것이다.

큰형보다 교쿠란이 먼저 화가 머리끝까지 뻗쳐 차창 밖으로 몸을 내밀었다.

"금각도 은각도 작작 좀 해."

"어라?" 금각이 눈을 둥그렇게 떴다. "왜 교쿠란이 타고 있어?"

"아까부터 듣자 듣자 하니까, 너희는 진짜 무례한 소리만 하는구나. 당장 사과해. 작은 털 뭉치였을 땐 귀여운 구석도 있었는데 대체 뭘 먹고 그렇게 밉살스러운 바보로 자란 건지. 귀염성 없는 바보가 무슨 의미가 있어?"

"말 참 심하다."

"우리는 단연코 상처받았어."

"어머, 상처받았어? 상처받는 게 가능하면 훌륭하네. 자, 얼른 사과해. 아니면 가이세이한테 이른다."

내 전 약혼자 가이세이도 입이 험한 것으로 정평이 났지만, 교쿠란의 말에는 가이세이와는 다른 무게가 있었다. 금각과 은각은 흡사 몰랑한 쇠공으로 얻어맞은 양 배를 쥐고 신음하며 검푸른 찹쌀떡처럼 부풀었다. 맞받아치고 싶다, 맞받아치지 못하겠다, 맞받아치고 싶은데 못 하겠다. 그들은 실크해트로 뱃전을 연타하며 번민한 끝에 폭언을 내뱉었다.

"뭐야, 이 쇼기 바보가."

"평생 난젠지에서 쇼기나 두라지."

큰형이 주의 깊게 세고 있던 인내심 주머니의 끈 마지막 한 줄이 그 말로 뚝 끊겼다.

"지금 뭐라고 했냐." 차창 밖으로 몸을 내밀고 고함치는 큰형은 벌써 호랑이 털이 돋아나기 시작했다. "교쿠란까지 모욕할 셈이냐. 더는 용서 못 한다."

누런 털이 차창 밖으로 뭉게뭉게 쏟아지더니 거대한 호랑이가 납량선으로 펄쩍 뛰어 옮겨 탔다. 교쿠란을 위해서라지만 큰형도 참 대담한 행동을 한다.

'가모 호랑이'의 포효에 겁먹은 에비스가와 친위대 너구리들이 갈팡질팡 도망쳐 다니는 가운데, 금각과 은각은 금은 사자로 변신해 큰형의 공격에 맞섰다. 서로 털을 잡아 뜯는 육탄전은 격렬함의 극치를 달려, 호랑이와 두 마리 사자는 반짝이는 큼직한 털 뭉치가 되어 선상을 데굴데굴 굴러다녔다.

동생 된 입장에서 거들어야 한다. 지금 날뛰지 않으면 손해다.

나는 가짜 에이잔 전철에서 건너뛰려고 자세를 취했다.

그때 "포격 개시!"라는 호령과 함께 에비스가와 친위대가 우현에 늘어서 일제히 폭죽을 쐈다. 불똥이 획획 날아와 작은형이 "앗 뜨거, 앗 뜨거" 하고 몸을 비틀었다.

"헐! 안 되겠다."

나는 차내로 피난했지만 그곳도 선명한 색의 연기가 가득해 숨이 쉬어지지 않았다. 창으로 날아드는 노끈 폭죽에 쫓겨 어머니와 교쿠란이 손잡이를 붙들고 매달린 채 비명을 질렀다. 야시로는 차솥 엔진에 아카다마 포트와인을 부으려 했다.

작은형이 갑자기 비명을 질렀다.

"앗 뜨거! 꽁무니가 타나 본데."

날아드는 폭죽에서 불이 붙어 작은형의 꽁무니에 단 반짝이는 깃발이 불타고 있었다. 가짜 에이잔 전철은 곤약처럼 꾸불꾸불 몸을 비틀었지만, 깃발은 내가 단단하게 잘 붙인 탓에 떨어지지 않았다. 오쿠비리 날 밤을 화려하게 장식하려 한 선의의 행동이 화를 불렀다.

"형, 착륙해!"

"어디에 착륙하란 거야?"

"에비스가와네 배 말고 또 있어?"

자욱한 연막 가운데 가짜 에이잔 전철은 방향을 크게 틀어 전조등을 배 쪽으로 향했다. 불타는 깃발이 차량 후미에 금붕어 똥처럼 붙어 있다. 불길이 작은형의 궁둥이에 도달했다간 시모가모가는 밤하늘에 던져져 전멸할 것이다. 이 같은 절체절명의 위기에서 에비스가와 친위대가 얼마만큼 폭죽을 던지든 우리를 제지할 수 있을 리 없었다.

가짜 에이잔 전철은 에비스가와의 배로 돌진했다. 진수성찬을 얹은 테이블을 밀어내고 에비스가와 친위대를 몰며 나아가 돛대를 들이받고 간신히 멈춰 섰다. 그 순간, 세계가 거꾸로 뒤집히는 느낌이 들면서 우리는 갑판 위로 떨어졌다. 겨우 일어나 주위를 둘러보니 불타는 깃발에 파묻혀 작은 개구리가 옴찔거리고 있었다.

"저걸 어째! 야지로가 불타겠어!"

어머니가 소리쳤다.

나는 황급히 깃발을 헤치고 작은형을 구해냈다.

"어이구야, 다들 무사해서 다행이야." 작은형은 느긋하게 말했다. "궁둥이가 딱 알맞게 덥혀졌군. 뜸을 뜨면 자율신경에 좋다던데."

그때 기울어진 돛대에서 전광 게시판이 떨어져 갑판이 부서졌다.

선상은 쥐 죽은 듯 고요해졌다. 들리는 것이라곤 전광 게시판에서 불꽃이 튀는 소리뿐이었다. 폭풍우가 지나간 뒤 같은 참상이 선상에 벌어져 있었다. 음식의 잔해와 깨진 술병이 갑판 가득 흩어져 있고 화약 냄새가 진동했다. 에비스가와 친위대는 전의를 상실해 뱃전에 모여 있고 큰형과 금각, 은각도 넋이 나간 듯했다.

"너구리는 정말이지 방법이 없는 바보구나."

차분한 목소리가 들리더니 벤텐이 하늘에서 내려왔다.

오른손에는 소파가, 왼손에는 아카다마 선생님이 들려 있었다.

내 은사 아카다마 선생님은 서양식 지팡이와 아카다마 포트 와인병을 끌어안은 채 장난꾸러기 고양이처럼 벤텐에게 목덜미를 잡혀 있었다. 하늘을 날지 못한다는, 텐구에게 있을 수 없는 약점을 만천하에 드러내면서도 아카다마 선생님은 텐구적 위엄에 가득 차 선상의 너구리들을 노려봤다.

○

그때 나는 2세가 뱃머리에 홀로 서 있는 것을 깨달았다.

2세는 너구리들의 대혼란을 등진 채 실크해트를 쓰고 뒷짐 지고 있었다. 이 털북숭이 혼돈으로 가득한 납량선에 대단히 염증이 났을 것이다.

2세는 뒤를 돌아보지도 않고 날아오르려 했다.

"또 도망치는 것이냐." 선생님은 당당한 목소리로 말했다. "하여간 너는 늘 도망만 치는구나."

2세가 돌아보고 더러운 송충이라도 보듯 눈살을 찌푸렸다.

그나저나 부자의 대면에 이보다 더 어울리지 않는 순간은 없었다. 선상은 너구리 털로 가득하고, 2세와 선생님은 더없이 기분이 언짢은 데다, 벤텐은 언제든지 폭탄을 던질 준비가 되어 있었다. 뿐만 아니라 벤텐은 2세를 도발하듯 그의 저택에서 무단으로 들고 나온 소파에 보란 듯이 앉아 있었다.

"너무하는군." 2세는 말했다. "하여튼 너구리란 진보를 몰라."

"털 뭉치가 진보하겠느냐."

"너구리를 교육하는 게 덴구의 일 아닙니까?"

2세는 뚜벅뚜벅 고지식한 발소리를 내며 뱃머리에서 걸어왔다. 그가 흰 손을 들어 어루만지듯 하자, 마치 다리미로 와이셔츠의 주름을 펴듯 선상에서 웅성거리던 너구리들이 조용해졌다. 2세는 소파에 앉은 벤텐을 노려보며 물었다.

"저 여자는 누굽니까."

"내 유능한 제자다." 선생님은 말했다. "기골이 흐물흐물한 너와는 달라."

"도둑이라니 참 훌륭한 제자를 두셨군요. 남의 힘을 빌려서 하늘을 날고 퍽 기쁘기도 하시겠습니다. 당신이 늙고 추한 모습을 보이는 건 자유입니다만, 그 여자를 잘 교육해서 최소한 내 시야에 들어오지 않게 해주십시오."

그런 말을 듣고 벤텐이 가만있을 리 없다. 그 자리에 있던 너구리들은 겁을 먹고 전전긍긍하며 벤텐의 안색을 살폈다. 그러나 그녀는 미소를 띤 채 섬뜩하게 침묵을 지켰다.

"할 말은 그게 다냐."

아카다마 선생님은 품에서 풍신뇌신의 부채를 꺼내 전투 태세를 취했다.

이 작은 배에서 아카다마 선생님이 부채를 부치면 어떻게 될 것인가. 고잔 오쿠리비를 보고 집에 가는 사람들로 북적이는 밤의 시가지에 털 뭉치 비가 쏟아질 것이다. 어머니는 "이걸 어째"라고 중얼거리며 야시로를 끌어안았다. 에비스가와 친위대는 갑판에 주저앉아 일단 가까이 있는 것을 붙잡고 경계하고 있었다. 나는 아카다마 선생님에게 달려가 팔을 붙들었다.

"선생님! 이런 데서 부채를 쓰시면 저희는 그냥 날아갑니다."

"이건 덴구의 문제다. 덴구 싸움에 너구리가 나서지 마라."

"그렇지만 오늘 밤 오쿠리비 구경은 너구리의 축제고, 이건 원래 너구리들 싸움입니다. 잊으시면 곤란합니다. 너구리 싸움에 덴구가 나서는 건 이상하잖습니까."

그때 벤텐이 소파에서 일어섰다.

"괜찮아, 야사부로." 그녀는 말했다. 그리고 몸을 굽혀 아카다마 선생님에게 귓속말했다. "스승님, 이 자리는 제게 맡겨주시겠어요?"

아카다마 선생님은 고개를 끄덕이고 부채를 내렸다. "……그래, 네가 해치워라."

하얀 유카타 차림의 벤텐과 검정 일색의 2세는 너구리들이 마른침을 삼키며 지켜보는 가운데 기울어진 돛대 바로 밑에 마주 섰다. 돛대로부터 떨어져 갑판에 박힌 전광 게시판에서 바직바직 푸른 불꽃이 튀었다. 벤텐은 노여움을 속에 감추고, 2세는 경멸을 속에 감추고 서로 노려보고 있었다. 벤텐은 냉랭하게 미소 지었다.

"런던에서 뵈었을 때는 날씨가 몹시 거칠었죠." 그녀가 수수께끼처럼 말했다. "괜히 싫더라고요, 그날부터."

그녀의 옆얼굴에 2세에 대한 노여움이 창백하게 타올랐다.

그러나 그 얼굴을 본 순간, 이루 형언할 수 없는 슬픔이 내 가슴을 메웠다. 그때 선상에 있던 너구리들 중 어느 누구도 내 기분을 이해하지 못했을 것이다.

오로지 나만이 확신했다.

벤텐은 2세에게 진다고.

○

2세는 쉽사리 벤텐을 격추하고 다시 배에 내려섰다.

선상의 너구리들은 침묵한 채 존경의 눈빛으로 2세를 지켜보고 있었다.

그날 밤을 경계로 너구리들은 2세가 아카다마 선생님의 정통 후계자요, 신시대의 덴구라고 생각하게 됐다. 삼라만상이 두려워하며 멀찍이 거리를 두는 벤텐을 격추한 것이다. 덴구의 증명으로 이보다 더 설득력 있는 것은 없다.

그런데도 2세는 득의양양한 기색은 눈곱만큼도 없이, 선상에 가득한 털북숭이 경외심조차 성가시게 느끼는 듯 보였다.

2세는 애용하는 소파를 들고 선상의 너구리들을 둘러봤다.

"그럼 털 뭉치 제군, 난 이만 실례하지."

실크해트 챙에 손을 얹고 인사한 뒤, 2세는 고요하고 질서 정연한 저택으로 돌아가기 위해 갑판을 차고 날아올랐다. 아카다마 선생님은 거들떠보지도 않았고, 선생님도 2세에게 아무 말도 하지 않았다.

2세가 보이지 않게 되기까지 너구리들은 망연자실했다.

이윽고 정신을 차린 금각과 은각은 울상이 되어 선상을 둘러보고 "어쩔 거야", "올해도 배가 산산조각 났네", "시모가모가, 이 망할 놈들, 책임져" 하고 깩깩거렸다. 그러나 풍신뇌신의 부채를 쳐든 아카다마 선생님이 "이 어리석은 놈들!"이라고 호통치자, 새끼 너구리처럼 비명을 지르며 털북숭이 정체를 드러냈다.

"털 뭉치 주제에 책임은 무슨. 싸움은 양쪽 다 잘못이다."

"선생님, 아무리 그래도 그건 너무하십니다."

금각이 울먹이며 말했다.

"시끄럽다. 어서 배나 지상으로 돌려놔라. 아니면 이런 초라한 배는 흔적도 남지 않게 날려주마."

배가 날아가면 선생님도 분명히 곤란할 텐데, 그 말을 듣고 겁먹은 에비스가와 너구리들은 즉각 갑판을 뛰어다니며 착륙을 준비했다.

대텐구의 말 한마디로 다이몬지 납량선 전투는 막을 내렸다.

그동안 나는 혼자 뱃전에서 몸을 내밀고 있었다. 눈 아래로 야경이 펼쳐지고 북쪽으로 시선을 옮길수록 거리의 불빛이 드문드문해졌다. 벤텐이 추락한 곳은 가모가와강 상류, 시커멓게 펼쳐진 가미가모 신사의 숲에서 강을 따라 북쪽으로 올라간 언저리겠다고 어림했다.

납량선이 하강하기 시작하자 선생님은 내 곁에 서서 눈 아래 거리를 노려봤다.

"벤텐이 어디에 떨어졌는지 알지, 야사부로."

"네, 봤습니다."

"데리러 가줘야지. 너도 따라와라."

"알겠습니다."

○

과거 아미타도 뒤에 뒹굴고 있던 장로는 어린 너구리들에게 이렇게 일렀다.

"덴구 싸움에 너구리가 나서는 것은 아니 된다."

"너구리 싸움에 덴구가 나서는 것도 아니 된다."

지금 생각하면 장로는 덴구의 싸움에 너구리가 나서고 싶어 하고 너구리의 싸움에 덴구가 나서고 싶어 하는 것을, 오랜 경험으로 지겹도록 알고 있었을 것이다. 그렇기에 어린 너구리들에게 입이 닳도록 이른 것이다. 그러나 장로의 바람도 헛되이 지금도 너구리는 덴구의 싸움에 나서고 싶어 하고 덴구는 너구리의 싸움에 나서고 싶어 한다.

나와 아카다마 선생님은 택시를 타고 가모가와강 상류로 향했다.

처음으로 패배한 벤텐을 데리러 가는 것이라 나는 몹시 슬펐다.

미끄러지듯 달려가는 택시의 어두운 차창을 바라보고 있으려니, 밤하늘로 날아올라 대치하는 벤텐과 2세의 모습이 뇌리에 되살아났다. 벤텐은 그때 설마 2세에게 가차 없이 져 추락할 줄은 꿈에도 몰랐을 것이다.

나는 아카다마 선생님의 옆얼굴을 슬그머니 훔쳐봤다.

아카다마 선생님은 분한 기색도, 슬퍼하는 기색도 없었다. 강변의 어두운 거리를 노려보는 시선은 날카로웠지만 그 속에 부드러운 빛을 담고 있었다. 아주 오래전에 선생님의 그런 눈빛을 봤다는 생각이 들었다.

이윽고 택시 기사가 차내의 침묵을 깼다.

"이제 곧 가미가모 신사인데요. 어떻게 하시겠습니까?"

"이 부근이냐?"

"좀 더 가야 할 겁니다."

나는 차창에 이마를 갖다 대고 말했다.

"그럼 다음 다리에서 내리자. 거기서부터는 도보로 찾지."

우리는 니시가모 다리 어귀에서 내려 강 왼편을 걸어갔다.

하도 조용해 방금 전까지 벌였던 납량선 전투가 먼 옛날 일처럼 느껴졌다.

가모가와강은 고요한 주택과 밭이 펼쳐지는 동네를 지나 거대한 짐승처럼 웅크린 북쪽 산으로 향했다. 강 건너편에는 자동차 정비소와 시멘트 공장 등이 폐허처럼 시커멓게 서 있었다. 주위에 인기척이 없고 차도 이따금 지나갈 뿐이었다. 도로변에 띄엄띄엄 선 어두운 가로등은 세상 끝까지 이어져 있을 듯했다.

내가 먼저 벤텐을 발견했다.

벤텐은 여름풀이 우거진 가모가와강 가운데의 모래톱에 혼자 앉아 있었다. 격추됐을 때 강물에 빠졌는지, 긴 검은 머리는 헝클어졌고 유카타도 젖어 진흙투성이였다. 창백한 뺨에도 진흙 자국이 한 줄기 들러붙어 있었다.

나와 아카다마 선생님이 강변으로 내려가도 그녀는 우리를 보려 하지 않았다. 마치 길 잃은 어린애처럼 멍하니 수면을 바라보고 있었다.

아카다마 선생님은 강을 건너 그녀 곁에 섰다.

"분하냐."

선생님이 묻는 목소리가 들렸다.

벤텐은 살짝 웃은 것 같았다.

"……분하네요."

"그래, 그렇겠지."

선생님은 부드러운 목소리로 말했다.

그때 벤텐이 처음으로 하늘을 난 날의 기억이 선명하게 되살아났다.

당시 비와호 호숫가에서 납치되어 온 지 얼마 안 되는 벤텐은, 아카다마 선생님의 지도 아래 자신의 내면에 숨은 덴구적 능력을 조심조심 건드려보기 시작했을 때였다. 아카다마 포트와인을 들고 찾아간 내 앞에서 선생님은 그녀에게 "가르쳐준 대로 해보려무나"라고 했다. 그 목소리에 힘입어 벤텐은 꽃잎이 흩날리는 가운데 처음으로 날았다. "날았어요"라며 기쁜 표정으로 나뭇가지 사이로 얼굴을 내민 그녀의 모습을 지금도 잊지 못하겠다.

아카다마 선생님은 우거진 여름풀 위에 앉았다.

"하지만 덴구도 때로는 추락하는 법이야."

벤텐과 나란히 앉아 수면을 바라보며 선생님은 타이르듯 조용히 말했다.

"분했다면 강해져라."

제5장

아리마 지옥

너구리와 온천의 관계는 태곳적으로 거슬러 올라간다.

내가 어린 털 뭉치였을 때, 아리마 온천 붐이 너구리계를 석권해 많은 너구리가 손에 손을 잡고 아리마로 가곤 했다. 롯코산 기슭에 있는 아리마 온천은 『니혼쇼키』* 시대에서부터 온천수가 나왔다고 전해지며 도요토미 히데요시도 몸을 담갔다는 유명한 곳이다.

단체 여행을 갔던 야사카 헤이타로 등이 아리마의 매력에 빠지는 바람에 숙소에 틀어박혀 돌아오지 않은 사건도 있었다. 그들을 데려오기 위해 아버지가 아리마로 혼자 쳐들어갔다. 이윽고 너구리들이 돌아오자, 롯코산 기슭에서 그들이 묻혀 온 온천

---

* 日本書紀. 일본에서 전존하는 가장 오래된 정사正史로 720년에 완성되었다고 전해진다.

물의 수증기가 교토 시가지를 통째로 집어삼켰다. 이리하여 아리마 온천은 교토에서 한층 이름을 떨치게 됐다.

아리마 온천에서 돌아온 아버지는 유난스레 혈색이 좋았다. 헤이타로 등을 데려온다는 대의명분 아래 아리마의 온천물을 한껏 만끽하고 온 모양이었다.

다다스숲을 지나가던 아카다마 선생님이 아버지의 얼굴을 보고 코웃음을 쳤다.

"……온천에 다녀왔군, 소이치로."

"네, 참으로 멋진 곳이었습니다."

"하여간 발칙한 녀석 같으니."

"저런, 선생님은 온천이 싫으십니까?"

"그런 것에 오래 몸을 담그면 바보가 돼."

아닌 게 아니라 온천은 바보 같다.

털북숭이 거품처럼 동실동실 떠 있다 보면 수증기와 너구리기가 뒤섞여 무아지경에 빠지게 된다. 쓰고 또 써도 온천수는 마르지 않는다. 희유하며 장대한 향연에 우리 너구리는 경의를 표한다.

아아, 극락이 곧 온천이로다.

○

 10월 중순, 내가 아리마 온천에 간 것은 요도가와 교수의 실종이 발단이었다.

 그해 8월말부터 요도가와 교수는 이마데가와 연구실을 떠나 하나세의 산속에 있는 연습림을 연구 거점으로 삼았다.

 그곳 연습림은 인적미답의 산속에 조잡한 컨테이너 하우스가 있을 뿐 전기도 가스도 수도도 쓸 수 없었다. 교수를 보조하는 것은 대학원생인 스즈키 한 명뿐이었다. 내가 찾아갈 때마다 그들은 문명의 옷을 하나둘 벗어던지더니 급기야 멧돼지와 싸우기 위해 죽창을 만들기 시작했다. 미개의 연습림에서 그들은 신대륙에 이주한 개척단처럼 와일드하게 생활하고 있었다.

 내가 찾아가자 요도가와 교수는 조릿대 잎을 가스버너에 덖으며 사정을 설명했다.

 "부교수가 쿠데타를 일으키는 바람에 연구실에서 추방당했지 뭔가."

 8월 하순, 인도네시아 모험 여행을 마치고 수상쩍은 연구 재료를 산더미처럼 들고 귀국한 요도가와 교수는, 자신은 전혀 기억에 없는 성희롱 의혹으로 학부 인권위원회에 소환됐다. 불확실한 사실과 불확실한 추측을 몇 겹으로 쌓아 올린 사상누각이나 다름없는 누명이었지만, 무슨 영문인지 반론이 전혀 허락되지 않은 채 학부장과 부학부장이 당장 연구실로 쳐들어왔다. 노골적으로 눈의 초점이 맞지 않는 부학부장이 "일을 크게 만들고 싶지 않아요. 사태가 진정될 때까지 하나세에서 연구에 전념하시면 어떻겠습니까?"라고 했을 때, 요도가와 교수는 '음모구나' 하고 감 잡았다.

대학원생 스즈키의 증언에 따르면, 요도가와 교수가 인도네시아에 가 있는 동안 '금요클럽의 대리인'이라는 수상쩍음의 화신 같은 빨간 셔츠 차림의 괴인이 학부장, 부학부장과 함께 부교수를 찾아와 한나절 가까이 밀담을 주고받았다고 한다. 빨간 셔츠 차림의 남자가 금요클럽의 밀명을 받은 덴마야라는 것은 명백했다.

"금요클럽의 심술이야. 어른의 세계는 참 무섭군."

"그럼 백기를 드시는 겁니까?"

"무슨 소리야. 너구리들을 전골냄비로부터 보호해야지. 목요클럽은 해산하지 않을 거네."

이름뿐인 연습림에서 유배의 괴로움을 맛보며 도리어 투지가 불타오른 요도가와 교수는, 9월 마루야마 공원의 요정 '갓산'에서 열린 금요클럽 모임에 '너구리전골 폐지'를 주장하는 전단을 던져 넣었다. 뿐만 아니라 금요클럽 멤버들의 집으로 찾아가 너구리 사랑을 설파하려 하기까지 했다. 금요클럽의 음모는 실패한 셈이다.

10월 중순이 지난 어느 날 아침이었다.

내가 오랜만에 하나세의 연습림으로 찾아가니 컨테이너 하우스에 교수가 없었다. 가을 햇빛에 황금색으로 빛나는 참억새 들판을 바라보며 조릿대 차를 마시면서 기다리자, 이윽고 숲속에서 스즈키가 활과 화살, 산새를 메고 홀쩍 나타났다. 그의 이야기로는 오늘 아침 일찍 수상쩍은 빨간 셔츠 남자가 찾아와 요도가와 교수를 데려갔다고 했다.

스즈키는 산새를 대롱대롱 흔들며 말했다.

"선생님이 전갈을 남기셨어. 오늘 밤 금요클럽이 아리마 온천에서 만난다는데."

이리하여 나는 요도가와 교수를 구출하기 위해 아리마 온천으로 쳐들어간 것이다.

○

나는 가와라마치에서 한큐 전철을 타고 산노미야까지 가서 민영 철도를 갈아타 아리마로 향했다.

고베 전철 아리마온천역 개표구에서 나와 아리마강을 따라 걸어가니, 저녁 빛처럼 어스레한 산속에 군함 같은 철근 호텔 건물이 우뚝 솟아 있었다. 왼편 산 위에서 당당한 위용을 자랑하는 것은 과거 야사카 헤이타로 등이 농성했던 료칸 '아리마 효에코

요카쿠'였다.

나뭇잎도 은은히 색이 들어 이제 곧 온천이 더욱 반가워질 계절이다.

기념품 상점과 버스 센터 등이 늘어선 온천가 한쪽에 온천 예약 센터 간판을 건 건물이 있었다. 넝쿨로 덮인 건물 2층에 고색창연한 카페가 있다. 나는 창가 자리에 앉아 유유히 밀크셰이크를 마시며 넝쿨 너머 온천가를 내려다봤다.

금요클럽은 연말에 너구리전골을 먹는다. 올해도 벌써 10월, 슬슬 너구리전골 준비를 본격적으로 시작할 때다. 그들은 후환이 없도록 요도가와 교수를 굴복시키려 한 것인데 도리어 불에 기름을 부은 격이 됐다. 그들이 방침을 전환해 온건 정책을 선택할 가능성도 충분히 있었다. 반골 정신을 무력화하기 위해 교수를 근사한 온천물에 동실동실 띄우고 진수성찬을 듬뿍 대접하며 미녀의 달콤한 속삭임으로 함락시킬 작정인가. 그렇다면 아리마보다 더 좋은 곳은 없을 것이다.

'요도가와 교수님, 정신 똑바로 차려주세요.'

나는 생각했다.

그때 작은 목소리가 내 이름을 부른 듯했다.

얼굴을 들고 가게 안을 둘러봤지만 손님은 나뿐이었다. 카운터 자리 너머에 놓인 브라운관 텔레비전에서 긴키 지방 각지의 강수 확률을 전하는 것을 주인이 곁눈으로 보고 있을 뿐이었다. 별안간 테이블에 놓인 은색 설탕 단지가 옴찔옴찔 움직이며 "야, 이것아"라고 했다. 설탕 단지가 싸움을 거는데 당하고만 있을 이유가 없다. "뭐라고, 이게 진짜"라며 손가락으로 튕기려 하자, "손대지 마, 우쒸"라고 꽥꽥거렸다. 뭔가 했더니 전 약혼자 가이세이가 속에 숨어 있는 모양이었다.

"너 왜 이런 데 있어?"

"어디에 있건 말건 내 맘이지." 가이세이는 여느 때처럼 시비조였다. "왜 너한테 일일이 보고해야 하는데?"

"여기 아리마 온천이거든?"

"말 안 해도 알아!"

에비스가와 소운이 교토 시내에서 모습을 감춘 뒤 가짜 덴키브랜 공장을 꾸리고 있는 가이세이는 더없이 바빠서 자랑거리인 털도 헝클어지기 일쑤였다. 걱정이 된 금각과 은각이 없는 지혜를 짜내 아리마 온천에 숙소를 잡고 그녀에게 함께 휴가를 가자고 했다. 애당초 바보 형제가 미덥지 못한 탓에 가이세이의 업무가 늘어나는 셈이지만, 가이세이는 오빠들의 보기 드문 배려에 감동했다. 그런 까닭에 그녀는 오랜만에 휴가를 내 오빠들과 함께 아리마로 왔다. 금각과 은각이 온천에서 술을 마시고 일찌감치 곯아떨어진 탓에 혼자 온천가를 산책하는 중이라고 했다.

"난 너처럼 매일매일 일요일이 아니거든."

"나도 놀러 온 게 아냐. 금요클럽의 음모를 저지하러 온 거지."

"노는 거 맞잖아, 나 참 어이가 없어서." 가이세이는 심한 소리를 했다. "냄비에 뛰어들러 일부러 아리마까지 왔단 말이야?"

"냄비와 온천을 혼동하겠어?"

"어차피 조만간 냄비에 빠질 거란 뜻이야. 아, 시원하다, 하고 좋아하다 보면 어느새 배추랑 같이 보글보글 끓고 있을 거라고, 넌 바보니까."

"아무리 그래도 말이 너무 심한데."

"보나 마나 그 어중이 덴구의 꽁무니를 졸졸 따라다니고 있지?" 가이세이는 콧방귀를 뀌었다. "너구리전골을 먹는 녀석을 따라다니다니, 너 머리가 이상한 거 아냐? 진짜 열받아. 2세가 그 여자 숨통을 끊어놨으면 뒤탈이 없었을 텐데."

"말조심해. 벤텐 님도 아리마에 와 있어."

벤텐은 고잔 오쿠리비 이래로 2세와의 접촉을 피했다.

벤텐이 2세를 신경 쓰는 것은 분명했지만, 나도 대놓고 그것을 지적할 만큼 대책 없는 바보는 아니다. 벤텐은 건드려도 어떻게든 되는 역린과 건드리면 정말로 위험한 역린이 있다. 너구리 주제에 그녀 주변을 얼쩡거리려면 그 언저리를 섬세하게 판별할 줄 알아야 한다. 아니면 목숨이 위험하다. 2세 문제는 명백히 후자였다.

이윽고 무심코 창 너머 온천가를 내려다본 나는 눈 아래 벤텐이 서성이는 것을 발견했다. 길 건너 있는 고색창연한 기념품 상점 처마 밑에서 아름다운 나비가 이 꽃에서 저 꽃으로 날아다니듯 기념품을 물색하는 중이었다. 목덜미에서 온천 향기가 피어오를 듯한 유카타 차림으로 '아리마의 총포 물'이라고 불리는 사이다를 병나발 부는 모습은 흠 잡을 데 없이 완벽했다. 방약무인하게 발휘되는 요염함은 주위의 금요클럽 회원들뿐 아니라 지나가는 온천객들까지 마구잡이로 찔러대 기념품 상점 언저리에 시체가 즐비했다.

나는 벌떡 일어섰다.

"나 간다. 따라오지 마."

"나한테 명령하지 마."

가이세이가 말했다.

○

나는 계단을 내려가 온천가로 나서 금요클럽을 미행했다.

금요클럽은 선두에 선 벤텐이 기분 내키는 대로 걷는 것을 따라가는지, 별 의미도 없이 민가 뒤를 웃으며 지나가고 했다. 배롱나무가 보이는 긴 토담을 지나, 온센지温泉寺 경내에 뒹구는 험상궂은 귀와를 바라보고, 탕화湯花에 황금색으로 물든 돌계단을 오르내리다 보니 어느새 내가 어디에 있는지도 알 수 없게 됐다.

아리마 온천은 산속에 밀어 넣어진 듯한 온천지라 좁은 비탈

길이 미궁처럼 복잡하게 얽혀 있다. 다닥다닥 붙은 집들 틈을 지나는 좁은 길은 벌써 어스름에 잠겨 작은 온천가 한구석에서 무한한 깊이가 느껴졌다. 미궁 곳곳에는 금의 물, 은의 물이 솟는 원천源泉이 숨어 있어 저물어가는 가을 하늘에 수증기가 자욱했다.

이윽고 2층 목조 주택이 늘어선 좁은 길에 접어들자 금요클럽은 탄산 센베이와 죽세공품을 구경하기 시작했다. 각종 조림을 파는 가게 뒤에 숨어 그들을 감시하는데, 눈앞에 있는 빨간 우체통 속에서 가이세이가 속삭였다.

"뭐야, 꽤나 태평한 녀석들이네."

"넌 그만 숙소로 돌아가."

"좀만 더 있다가."

탄산 센베이를 고르는 듯한 벤텐 주위에 남자 넷이 있었다.

유목 기마민족처럼 늠름하게 생긴 남자는 호텔 경영자인 비샤몬, 곱상하고 달짝지근하게 생긴 남자는 오사카 모 은행 임원인 에비스, 저물어가는 온천가 풍경을 가게 앞에서 눈을 가늘게 뜨고 바라보는 젊은 남자는 폰토초의 요정 '지토세야' 주인인 다이코쿠, 그리고 벤텐에게 연신 탄산 센베이를 떠안기는 표범 같은 남자는 건강식품 회사 사장 후쿠로쿠주다.

"주로진이 안 보이는데."

"어떤 녀석인데?"

"금요클럽의 두목이고 배신하면 지옥에 떨어져. 벤텐 님이 인정할 정도니까 평범한 인간은 아닐걸."

가이세이는 "질투하는구나"라고 영문을 알 수 없는 소리를 했다.

금요클럽은 탄산 센베이를 잔뜩 사들인 뒤 다시 온천가를 걷기 시작했다. 선물은 모조리 남자들이 들고 벤텐은 혼자 선두에 서서 거침없이 걸어갔다.

그들은 아리마 온천 안쪽에 있는 높은 곳으로 올라갔다. 온천가의 번잡함이 멀어졌다. 빨래건조대와 기와지붕이 뒤섞인 주택가가 눈 밑에 펼쳐지고, 저녁이 되어 불을 밝히기 시작한 아리마 강 주변의 철근 호텔들이 그 너머로 머나먼 도시처럼 보였다.

금요클럽이 도착한 곳은 폐쇄된 연수원인 듯한 장소였다.

큰 문 안에 시청 같은 3층 건물이 보이는데, 부지 내 노면에는 풀이 무성하고 현관 앞 관목 덤불도 관리가 전혀 되어 있지 않았다. 현관 유리문 안은 캄캄하고 철근 콘크리트 건물 어디에도 불빛이 보이지 않았다.

금요클럽은 시끌시끌 떠들며 문을 타넘었다.

"이런 곳에 쳐들어간다고?"

가이세이가 뒤에서 어이없다는 듯 말했다.

"넌 숙소로 돌아가. 궁둥이를 따뜻하게 덥히고 느긋하게 쉬어."

나는 말했다.

○

나는 현관 앞 덤불에 숨어 동정을 살피다가 유리문을 열고 슬쩍 들어갔다.

로비에는 색 바랜 녹색 슬리퍼가 흩어져 있고 어둠 속에 먼지와 곰팡이 냄새가 가득했다. 오른편에 있는 사람 없는 프런트는 황폐하고, 왼편에는 변색된 소파가 브라운관 텔레비전을 보고 늘어서 있었다. 폐허로만 보이는 광경이었다.

로비를 지나 막다른 곳에서 오른쪽으로 꺾어지니 긴 복도가 이어졌다. 복도를 따라가자 '연회장'이라고 쓴 방에서 반쯤 열린 문 사이로 불빛이 새어 나왔다.

나는 작은 쥐로 둔갑해 주의에 주의를 거듭하며 숨어들었다.

그곳은 고래가 돌아누울 수 있을 만큼 널따란 방이었다. 안쪽 창문은 검붉은 커튼으로 가려져 있었다. 반들반들한 넓은 바닥 한복판에 시커먼 병풍이 달랑 서 있고 그 앞에 놓인 촛대에 촛불 하나가 타고 있었다. 몸집이 좋은 유카타 차림의 남자가 문을 등진 채 책상다리를 하고 앉아 호리병에서 술을 따라 마셨다.

그가 갑자기 돌아보더니 내게 말했다.

"야사부로냐. 이리 와라."

남자의 얼굴을 본 순간, 내 간담이 꽉 쪼그라들었다. 인간으로 둔갑한 아버지의 모습이었기 때문이다. 나는 쥐로 둔갑한 것도 잊고 일어서 얼어붙은 듯 그 자리에서 꼼짝하지 못했다. "오랜만이구나." 남자는 호리병을 흔들며 웃었다. 나는 쥐에서 인간으로 모습을 바꿔 촛불 불빛에 비친 남자의 얼굴을 바라봤다.

"……넌 대체 누구지?"

"네 아비 아니냐. 모르겠느냐?"

그나저나 아버지의 냄새가 전혀 나지 않는다는 것이 묘했다.

그때 뇌리에 떠오른 게 있었다. 과거 야사카 헤이타로 등이 오랜 아리마 여행에서 돌아왔을 때 있었던 일화다. 하도 오래 온천에 몸을 담근 탓에 그들은 온몸의 털이 매끌매끌 반짝반짝해지고 너구리다운 냄새가 나지 않았다. 냄새를 잃는다는 것은 너구리에게 신분증명서를 잃는 것이나 다름없다. 그들은 다른 너구리들에게 '유령 같아서 징그럽다'라고 경원당해, 원래 냄새를 되찾을 때까지 기를 못 펴고 지냈다 한다.

너구리 냄새가 지워질 때까지 온천물에 몸을 담근 데다 생전의 아버지가 둔갑한 모습을 숙지하는 너구리는 세상에 한 마리뿐일 터다. 나는 가짜 아버지를 노려보며 말했다.

"이런 데 숨어 있었냐, 소운."

"……간파했군. 잘했다."

가짜 아버지는 더는 못 참겠다는 듯 웃음을 터뜨리며 호리병에서 술을 따라 내밀었다. "너도 한잔 들어라." 나는 다가가 술잔을 받고 거꾸로 들어 술을 쏟아버렸다.

소운은 뻔뻔하게 웃으며 등 뒤의 병풍을 향해 돌아앉았다.

흔들리는 촛불 불빛에 비친 병풍은 아야메이케 화백의 집에서 본 지옥도가 틀림없었다. 멀리서 보면 온통 검정색 같지만 자세히 보면 어둠 속에서 지옥의 붉은 업화業火가 깜박깜박 움직이는 듯 보였다. 귀를 기울이면 무자비하게 난도질당하는 망자들의 아비규환, 옥졸 도깨비들의 번득이는 칼 소리마저 들릴 것 같았다.

"주로진이 소장하는 지옥도는 역시 대단하군." 소운이 말했다. "마치 지옥 바람이 부는 것 같지 않느냐."

지옥도를 바라보는 소운의 등 뒤에 서서 나는 덤벼들 기회를 노리고 있었다.

자신도 너구리이면서 구라마 덴구들 및 벤텐과 결탁해 우리 아버지를 금요클럽의 철제 냄비에 밀어 넣은 흑막이 바로 에비스가와 소운이다. 소문으로는 가짜 덴키브랜 공장에서 빼돌린 재산을 탕진하며 온천지를 돌고 있다더니 마침 잘 만났다. 다짜고짜 교토로 연행해 아버지 영전에 사흘 밤낮 꿇어 앉히고 궁둥이 털을 죄 잡아 뽑아 가모가와강에 뿌려야겠다.

그러나 소운은 내 노여움 따위 개의치 않는 기색이었다.

그는 호리병에서 술을 따라 "미리 축하하는 의미로"라고 중얼거리며 호쾌하게 마셨다.

"배신자 호테이 님이 추방되면서 금요클럽에 공석이 하나 났어. 오늘 밤 금요클럽에 새 회원이 들어올 거다. 그게 누군지 알겠느냐?"

내가 어깨를 으쓱하자 소운은 나를 곁눈으로 보며 의미심장하게 웃었다.

"모르겠느냐. 실은 바로 이 몸, 에비스가와 소운이란 말이지."

여기에는 나도 아연했다.

"너구리가 너구리를 먹겠다고? 농담이라도 취향이 고약한데."

나는 말했다.

"내 알 바 아니다. 난 이제 너구리이기를 그만뒀거든." 소운은 내뱉듯 말했다. "누가 나를 여기까지 몰아넣었는지 설마 모른다고 하진 않겠지."

소운은 느닷없이 손을 뻗어 촛불을 껐다.

넓은 연회장이 순식간에 어둠에 잠기고, 나는 뒤로 펄쩍 뛰어 물러났다. 온몸의 털을 곤두세우고 기색을 찾았으나, 소운은 아리마 온천물로 냄새를 지운 것을 이용해 어둠에 녹아든 양 모습을 감추었다. 숨 막히는 어둠 속에서 소운의 목소리가 들려왔다. 목소리는 멀어지는가 하면 문득 가까이에서 들리기도 하면서 점차 귀기를 띠어갔다.

"위대한 형이 평생에 걸쳐 내 앞길을 모조리 닫아버리고 갖은 트집을 잡아 가엾은 나를 너구리 세계에서 쫓아냈다. 이리된 이상 이방의 땅에서 살아남는 수밖에."

"어디서 그런 터무니없는 소리를. 아버지를 이 세상에서 쫓아낸 건 너잖아."

"언젠가 너도 알게 될 거다, 야사부로." 에비스가와 소운은 어둠 속에서 비웃었다. "너희도 나와 같은 길을 걷게 될 테니까."

목소리가 들리는 쪽으로 달려들었으나 어둠이 손에 잡힐 뿐이었다.

어둠 저편에서 비릿한 바람이 불어닥쳤다. 다음 순간, 내 코앞에 지옥도 병풍이 있다는 것을 알아차렸다. 촛불은 꺼졌건만 시뻘건 지옥의 업화가 깜박거리는 것이 분명히 보이고 땅울림 같은 소리마저 들렸다. 열과 쇠의 세계에서 불어닥치는 비릿한 바람에 숨이 쉬어지지 않았다.

"지옥을 맛보겠느냐."

문득 소운이 귓가에서 속삭이더니 내 등을 있는 힘껏 떠밀었다.

지옥도에 손을 짚으려 했으나 기괴하게도 내 두 손은 어둠 저편으로 쑥 빠졌다. 놀랄 겨를도 없이 그대로 어둠 속에 깜박이는 지옥의 업화를 보며 병풍 너머로 굴러떨어지고 말았다.

○

정신이 들자 나는 비릿한 바람이 부는 황야에 서 있었다.

화성의 대지 같은 적갈색 대지가 지평선까지 이어지고 태양도 달도 별도 없이 칠흑처럼 어두운 하늘이 펼쳐져 있었다. 주위에 녹슨 쇠 파이프 같은 것이 드문드문 돋아 있다. 흐릿한 붉은빛이 어디선가 비치는데 낮인지 밤인지도 알 수 없었다.

"어이, 누구 없어?"

나는 소리쳐봤다.

황야에 대답하는 이는 아무도 없이 먼 땅울림 같은 소리가 들릴 뿐이었다.

하는 수 없이 근처에 보이는 적갈색 바위 언덕까지 걸어가봤다. 거친 거암에 난 돌계단을 올라가니 코가 비뚤어질 듯한 악취가 풍겼다. 죽은 가재 천 마리를 큰 구멍에 던져 넣고 상한 달걀 천 개를 깨 넣어 뒤섞은 듯한 강렬한 냄새에 급기야 눈물이 찔끔찔끔 나는 지경이었다.

바위 언덕을 넘자 석유라도 흐르는 것 같은 검은 강이 나왔다.

강 건너로 녹슨 만리장성 같은 기묘한 거리가 검은 물을 따라 이어져 있었다. 흡사 고철을 마구잡이로 용접해 만든 것 같은 기분 나쁜 거리는 빽빽하게 솟은 굴뚝에서 검은 연기와 업화를 끊임없이 뿜어냈다.

섬뜩한 것은 그 철의 거리가 마치 살아 있는 것처럼 쉴 새 없이 꿈틀거린다는 사실이었다. 자세히 보니 거대한 톱니바퀴와 피스톤이 계속 움직이는 모양이다. 무수한 철이 마찰하는 불쾌한 소리가 검은 강물을 넘어왔다.

'여기는 대체 뭐지?'

나는 고개를 갸웃했다.

얼마 동안 검은 강을 따라 걸어가니 왼편에 작은 목조 역 건물이 보였다.

전구 불빛이 드리워진 쓸쓸한 대합실에는 인적이 없었다. 정면은 플랫폼으로 이어지는 개표구, 오른쪽에는 서서 먹는 라면 가게가 있었다. '덴마야'라고 하얗게 글씨를 남기고 짙은 노란색으로 염색한 포렴이 걸려 있다.

나는 카운터를 타 넘어 안으로 들어가봤다.

영업을 중단한 지 오래인 듯 불 꺼진 주방은 끈적거리는 검은 얼룩으로 뒤덮여 있었다. 구석에 괴수의 뼈 같은 것이 쌓여 있다. 선반의 사발은 크기가 수박 반 통만 했다.

주방 벽에서 빛바랜 벤텐의 사진을 발견했다. 금요클럽에 처음 들어갔을 때 찍은 사진인지 풋풋하고 부드러운 인상이었다. 사진을 보다 보니 '나 따위는 감히 넘볼 수 없는 여자겠지'라던 덴마야의 말이 귓전에 되살아났다.

선반에 쌓인 사발이 덜그럭거리기 시작하더니 이윽고 땅울림이 커졌다. 개표구 너머 플랫폼에 시커먼 증기기관차가 들어왔다. 증기를 내뿜는 요란한 소리에 이어 철컹철컹 객차 문 열리는 소리가 들리더니 주위가 갑자기 떠들썩해졌다. 개표구에서 도깨비가 무수히 쏟아져 나왔다.

그제야 비로소 내가 지옥에 떨어졌다는 것을 깨달았다.

"소운, 네 이놈. 이게 무슨 짓이냐."

나는 카운터에 몸을 숨긴 채 허리에 가죽을 두른 우람한 붉은 도깨비로 둔갑했다. 여기서 옥졸에게 들켜 너구리 지옥에 던져지기라도 했다간 큰일이다.

파란 젊은 여자 도깨비가 와서 카운터를 똑똑 쳤다.

"거기 너, 라면 하나 줘."

나는 조심조심 얼굴을 내밀고 "죄송합니다"라고 했다. "영업 안 하는데요."

"어머나, 아쉽네. 덴마야 아저씨는 어디 가고?"

"어디 가버렸네요."

"아, 거미줄이구나. 에잇, 재주 좋게 빠져나갔군." 귀녀는 혀를 찼다. "아저씨 라면 맛있었는데."

귀녀는 탄 자국과 얼룩으로 뒤덮인 작업복을 입고 부스스한 금발을 뒤로 묶었다. 나른하게 카운터에 팔꿈치를 얹고 금발에서 삐져나온 작은 뿔을 콩콩 건드리는 몸짓은 귀여웠다. 허리에 묶은 미늘 갑옷 같은 벨트에 해머와 스패너 같은 큼직한 공구를 달았다. "……그래서 넌 여기서 뭐 하는데?" 귀녀가 물었다.

"여기서 가게라도 할까 싶어 사전 답사 중입니다."

"그럼 라면 가게로 해줘. 라면 먹는 게 낙이었단 말이야."

열차에서 내린 도깨비의 행렬은 길게 이어졌다. 그중에서 아는 얼굴을 발견하면 그녀는 "여!" 하고 손을 들었다. 상대방 도깨비는 "슬슬 시간 됐어"라며 지나갔다. 귀녀는 "예이" 하고 명랑하게 대답했다.

"무슨 일 있습니까?"

나는 물었다.

"어라, 몰라?"

"죄송합니다. 멀리서 와서요."

"혹시 초열? 아니면 무간?"

영문을 모른 채 "네, 뭐, 그렇죠"라고 얼버무리자, 귀녀는 "아이고, 그럼 고생 많았겠네"라며 갑자기 다 안다는 투로 말했다. "나도 냄비 바닥에서 기어 나와 기사技師가 됐거든. 이쪽에 와서 많이 놀랐겠네?"

"그러게요."

"이게 그 유명한 산업혁명이야. 힘든 시대라니까."

귀녀는 나를 물끄러미 쳐다봤다.

"그나저나 요즘 세상에 찾아보기 힘들 만큼 우람하네. 역시 대단한데."

뭐가 '역시'인지 잘 모르겠지만 나는 "고맙습니다"라며 머리를 숙였다. 실상은 온몸이 너구리 털, 가짜 근육이다.

"너라면 괜찮을지도."

귀녀는 털이 텁수룩한 내 가슴을 쿡 지르며 휘파람을 불었다.
"이름을 떨칠 기회야. 안내해줄 테니까 따라와."

○

귀녀와 나는 역 건물에서 나와 도깨비들 행렬을 따라갔다.

땅울림 같은 소리가 시커먼 하늘에 울려 퍼졌다.

귀녀는 대단히 친절했다. 도깨비와 망자가 한데 섞여 부글부글 끓는 것 같은 오지는 비문명적이라느니, 너도 지옥 밑바닥에서 나왔으면 증기기관을 배워 지옥의 산업혁명에 뒤처지지 않도록 해야 한다느니, 모피 팬티는 이미 유행이 지났지만 시대를 맹목적으로 따르지 않는 것은 그건 그것대로 남자답다느니, 온갖 이야기를 열심히 가르쳐주었다. 정말이지 세상에 못된 도깨비란 없다.

귀녀는 문득 멈춰 서서 오른쪽 전방 저편을 가리켰다.

칠흑 같은 하늘에 난 작고 환한 구멍에서 반짝이는 줄 하나가 지상으로 늘어뜨려져 있었다.

"저게 거미줄이래. 부처님도 재미로 연민을 내리지 말아주면 좋겠어."

황야를 나아갈수록 움막이며 자재 적치장이 늘었다. 땅에서 뿜어져 나오는 증기가 주위 풍경을 흐렸다. "이 근방도 곧 개발

될 거야. 온천도 판다나." 귀녀는 감개 어린 목소리로 말했다.

지옥의 신천지를 개발하기 위한 기지를 지나자 다시 아무것도 없는 살풍경한 황야가 펼쳐졌다. 그곳에 수많은 도깨비가 모여 환성을 지르고 있었다. 귀녀에 따르면 이따금 천녀가 하늘에서 내려와 도깨비들과 스모를 겨룬다고 한다. 도깨비들의 인파를 헤치고 앞으로 가니, 황야 한복판에 흙을 쌓아 만든 씨름판에서 바야흐로 도깨비들과 천녀가 대결하는 중이었다.

기골이 장대한 파란 도깨비와 대등한 싸움을 벌이는 것은 유카타 차림의 벤텐이었다.

그녀는 씨름판으로 잇따라 올라오는 도깨비들을 올라오는 족족 집어 던져 도깨비들이 딱지처럼 발랑 뒤집혔다. 그때마다 씨름판을 둘러싼 도깨비들이 와 하고 함성을 질렀다. 패배한 도깨비들은 쑥스럽게 웃으며 덥수룩한 머리를 얌전히 벤텐에게 내밀었다. 그녀는 뿔을 똑 꺾어 품에 넣고 도토리를 주운 어린애처럼 기쁘게 웃었다.

"금세 도로 자라니까 괜찮지만, 저거 엄청 창피하지 않아?"

귀녀는 내 팔을 쿡 질렀다.

"너도 도전해봐. 밑져야 본전이잖아?"

그리하여 나는 씨름판으로 올라가 벤텐과 마주 서서 절했다. 벤텐은 가볍게 상기된 얼굴에 재미있다는 표정을 띠고 나를 바라봤다.

씨름판을 둘러싼 도깨비들에게서 어마어마한 성원이 터져나왔다.

"야사부로 도깨비입니다. 오랜만에 뵙습니다, 벤텐 님."

내가 헝클어진 머리칼을 헤치고 윙크하자 벤텐은 의표를 찔린 듯했다. 눈앞에 있는 팬티 바람의 붉은 도깨비가 가짜라는 것, 울룩불룩한 근육 뒤에 털북숭이 너구리가 숨어 있다는 것을 그제야 비로소 깨달은 것이다.

나는 있는 힘껏 포효하며 벤텐에게 덤벼들었다.

그녀는 내 목에 들러붙어 속삭였다.

"이런 곳까지 따라오다니. 지옥에 털이라도 묻을 셈이야?"

"실은 작은아버지한테 걷어차여서 지옥도에 떨어졌지 뭡니까."

"어이없어서. 너무 멍청하네."

벤텐은 쿡쿡 웃으며 두 팔로 나를 들어 빙빙 휘둘렀다.

씨름판을 에워싼 도깨비들이 발을 구르며 웃어 붉은 지면이 북처럼 둥둥 울렸다. 와아 하고 환성이 터져 나왔을 때 벤텐은 나를 공중으로 휙 던졌다.

붉은 지면이 멀어지고 시커먼 하늘이 다가왔다.

나는 몸을 빙그르르 돌려 증기 안개 속에서 꿈틀거리는 도깨비들을 내려다봤다. 그중에는 나를 이곳까지 안내해준 귀녀의 모습도 있었다. 친절하게 이것저것 가르쳐주었는데 고맙다는 인사도 하지 않고 가면 미안하다. 내가 손을 흔들며 퐁 하고 털북숭이 정체를 드러내자, 귀녀는 황당하다는 듯 눈을 동그랗게 떴다.

벤텐이 씨름판에서 날아올라 허공을 떠다니는 나를 받았다. 그리고 도깨비들에게 손을 흔든 다음 지옥 하늘을 날아갔다.

"도깨비 뿔을 모으러 가끔 와. 운동도 되고."

"덕분에 현세로 돌아갈 수 있게 됐습니다."

"너라면 지옥에서도 유쾌하게 살 수 있지 않았을까?"

"당치도 않습니다. 아아, 현세가 그립구나."

벤텐은 시커먼 하늘을 날아 석유처럼 검게 윤이 흐르는 강을 건넜다.

그제야 나는 비로소 지옥의 전모를 봤다.

그곳은 이를테면 망자들을 꼼꼼하게 으깨는 절구였다.

교토분지만 한 크기의 절구는 검은 강이 주변을 둥글게 둘러쌌다. 그 안은 열과 쇠가 지배하는 세계로, 흡사 무한히 펼쳐지는 공업 지대처럼 보였다. 사방에서 업화와 검은 연기가 솟고, 증기가 검은 구름이 되어 음울한 비를 내렸다.

쏟아지는 검은 빗속에 증기기관이 생명을 불어넣은 무수한 기계가 소름 끼치는 소리를 내며 쉴 새 없이 움직였다. 거대한 고슴도치가 몸서리를 치듯 바늘 산이 꿈틀거리고, 거인의 팔 같은 해머들이 줄지어 거듭 내려쳐지고, 무수한 톱니를 가진 복잡기괴한 톱니바퀴가 벌레 떼처럼 우글거렸다.

왜 모든 게 연적색인가 했더니 이렇게 검은 비가 쏟아져도 망자에게서 튀는 피를 완전히 씻어내지 못해서였다. 망자들은 깨알처럼 작게 보였다.

"지옥 밑바닥을 지날 거야."

업화를 반사하는 벤텐의 얼굴은 생기로 반짝였다.

"얼마 동안 숨을 멈추고 있어. 냄새가 아주 지독하거든."

그녀는 절구 바닥에 있는 검은 수혈竪穴을 향해 하강했다.

그곳은 귀녀의 말처럼 지옥의 산업혁명이 여태 시작되지 않은 어둠의 깊은 곳이었다. 망자와 나졸이 분간도 되지 않을 만큼 마구잡이로 뒤엉켜, 응고시킨 악취와 어둠 속을 통과하는 기분이었다. 나는 숨을 멈추고 눈을 질끈 감고 있었지만 쉴 새 없이 귀에 들어오는 무시무시한 소리는 막을 길이 없었다. 난도질당하는 망자들의 아비규환이 여기 지옥이라는 절구 바닥의 사방팔방에서 흘러드는 것이다. 외침과 외침이 녹아 하나의 외침으로 합해지고, 세계는 일체의 시작부터 끝까지 울려 퍼지는 하나의 거대한 절규였다.

그때 나는 이 세계에 계속 들리는 섬뜩한 땅울림의 정체를 알았다.

문득 정적이 찾아들었다.

○

벤텐 덕에 지옥도에서 탈출할 수 있었던 것은 기쁘지만, 궁둥이 털에 지옥의 업화가 붙어 있기에 혼비백산했다. 나는 어두운 연회장을 "앗 뜨거" 하며 굴러다닌 끝에 간신히 불을 끌 수 있었다. 그동안 벤텐은 불타는 털 뭉치를 구경만 하고 있었다. 너무한다.

"너구리 주제에 지옥에 숨어든 벌이야. 반성하렴."

"좋아서 간 게 아니거든요"라고 말하고 나서 나는 어둠에 싸인 연회장의 기척을 살폈다. "어라? 소운은 어디 갔지?"

"연회가 시작됐나?"

"연회는 어디서 열리는데요?"

"주로진의 전철에서."

벤텐은 어둠 속을 걸어가 창을 가린 커튼을 단숨에 걷었다.

눈부신 빛이 연회장에 비쳐 들었다.

가을 해가 저문 황폐한 정원 한복판에 벤텐이 말하는 '주로진의 전철'이 우뚝 솟아 찬연히 빛나고 있었다. 1량짜리 에이잔 전철을 셋 쌓은 것처럼 생겨서는 어처구니없을 만큼 크다. 어떤 마술적 방법으로 이곳 정원으로 운반됐는지 짐작도 가지 않았다. 다홍색으로 칠한 차체는 상자에서 갓 꺼낸 장난감처럼 반짝거렸다. 얼룩 하나 없는 유리창으로 주황색 빛이 흘러나와 마치 붉은 등롱처럼 땅거미 속을 환히 비추었다. 게다가 전철의 옥상에 대나무 덤불과 노천 욕탕까지 있는 듯, 자욱하게 낀 김이 감색 저녁 하늘로 흩어졌다. 이토록 장대하고 바보 같은 탈것은 듣도 보도 못했다.

인간으로 둔갑한 내게 벤텐은 지옥도 병풍을 접어 짊어지게 했다.

우리는 유리문을 열고 정원으로 나가 주로진의 전철 쪽으로 걸어갔다. 관리하는 사람이 없이 자랄 대로 자란 나무들이 정원을 둘러싸, 전철 불빛에 비친 단풍이 붉었다.

전철 옥상에서 피어오르는 수증기 속에서 금요클럽 회원들이 얼굴을 내밀었다.

"어이쿠, 벤텐 씨가 드디어 도착하셨나."

"목욕부터 하고 연회를 시작할 겁니다."

"참 멋진 노천 욕탕이랍니다."

벤텐은 그들에게 손을 흔든 다음, 앞쪽 승강구를 통해 전철에 올라탔다.

1층은 일본과 중국, 서양 서화 및 골동품이 가득한 서재 같은 공간이었다. 중앙에 놓인 서양풍 책상 앞에서 기모노 차림의 체격 좋은 노인이 책을 읽고 있었다.

금요클럽의 수령 주로진이다.

온 교토에서 두려워하던 고리대금업자답게 관록 있는 수집품이었다. 검게 윤이 흐르는 자단 장식장에는 네쓰케*와 도자기가 진열되어 있고, 천장에는 험준한 산들과 대숲을 그린 산수화 족자가 걸려 있다. 대충 갖다 놓은 작은 항아리 하나만 해도 너구리 골동품상이 보면 안색이 변할 것이다.

"다녀왔어요."

주로진의 책상으로 다가간 벤텐은, 품에서 수건에 싼 도깨비 뿔을 꺼내 책상 위에 놓인 도기 향로에 좌르르 쏟았다. 주로진은 "어이쿠, 이런" 하고 미소를 지으며 도깨비 뿔 하나를 집어 바라봤다. 차내등 불빛 속에서 도깨비의 뿔은 흡사 투명한 사탕처럼 보였다.

내가 지옥도 병풍을 창가에 기대 세우자, 주로진은 의아한 표정으로 나를 쳐다봤다.

나는 "야사부로라고 합니다" 하고 머리를 숙였다.

벤텐이 "기억나세요? 연말에 폰토초 지토세야에서"라고 했다. "아주 재미있는 애랍니다."

"재미있는 것은 좋은 것이지."

주로진은 미소를 지었다.

"지옥에서 딱 마주쳤지 뭐예요. 에비스가와가 떨어뜨렸대요."

"저런"이라며 놀란 투로 말하면서도 주로진의 얼굴은 유쾌해

---

* 에도 시대에 남자들이 담배함이나 지갑의 끈 끝에 매달고 다녔던 장식물.

보였다. "그자도 참 악귀 같은 짓을 하는군."

"지옥에서 만난 것도 인연인데 이 애도 연회에 동석시켜도 될까요?"

"벤텐 씨가 그러자면 이의 있는 사람은 아무도 없을 거야."

주로진은 서양식 책상에서 일어나 내 곁으로 다가왔다. "꽤나 무서웠을 테지"라며 지옥도를 들여다봤다. 나는 조심조심 지옥도에 손을 대봤지만 지금은 그저 종이 느낌만 났다. 빨려드는 사태는 벌어질 성싶지 않았다.

"지옥이 내내 열려 있는 일은 없네." 주로진은 말했다. "하지만 이 그림 속에 들어갔다가 돌아오는 이는 어지간해선 없어. 아무렇지도 않게 오가는 사람은 벤텐 씨 정도지. 벤텐 씨는 참으로 지옥도보다 무서운 사람이야."

"다 들리거든요."

벤텐이 웃었다.

주로진은 아야메이케 화백이 가필한 부처님을 향해 합장했다.

"이 그림은 너무 무서워서 부처님을 그려 넣어달라고 어느 화백에게 맡겼던 것이 얼마 전에 돌아왔네. 부처님 덕에 이 지옥도도 이제 차분하게 바라볼 수 있을 테지."

"당신 같은 분도 지옥이 무서우십니까?"

나는 물었다.

"……무섭고말고. 마치 자기 내장을 보는 것 같거든."

주로진의 백발이 지옥의 바람을 맞는 것처럼 흔들렸다. 옆얼굴에서 덴구처럼 장대한 연륜이 느껴졌다. 오랜 세월 금요클럽에 군림하며 수십 마리에 달하는 너구리를 먹었으니 꼬리 한둘쯤은 나 있어도 이상할 것 없다.

"두 사람 다 연회 전에 노천 욕탕에 다녀오시면 어떻겠나."

주로진은 몸을 곧게 펴고 코를 쿵쿵거리며 말했다.

"지옥 냄새는 술맛을 망쳐."

○

주로진의 책상 곁을 지나 차량 뒷부분으로 가니 나선계단이 옥상으로 이어졌다.

2층은 심홍색 양탄자를 깐 서양식 방인데 테이블에 연회 준비가 되어 있다. 3층은 어째선지 목욕탕이었다. 하여간 종잡을 수 없는 탈것이다.

3층 열차 옥상으로 나오니, 어슴푸레한 어스름 속에 수증기가 자욱해 가을바람에 흔들리는 대숲이 저승 풍경처럼 부옇게 흐렸다. 대숲을 지나는 오솔길 끝에는 대를 엮어 만든 작은 탈의실이 있고, 그 너머에 황금색 물이 가득한 노천 욕탕이 보였다. 어느 원천에서 아리마의 온천수를 끌어오는 모양이다.

금요클럽 회원들은 부연 물에 몸을 담그고 저물어가는 감색 가을하늘을 올려다보며 "극락이 따로 없군"이라 중얼거리고 있었다. 나는 지옥의 냄새를 씻어내고자 짭짤한 물에 풍덩 들어가 "실례합니다, 야사부로입니다"라고 말했다.

수건으로 머리를 싼 비샤몬이 나를 보더니 "목요클럽의 야사부로 군 아닌가"라고 했다. 그리고 수증기 저편을 향해 말했다. "어이, 요도가와 씨, 친구가 오셨어. 목요클럽과 금요클럽이 한자리에서 만나게 됐군."

요도가와 교수는 황홀한 표정으로 바위에 몸을 기대고 있었다. 납치된 것치고는 말짱해 보였다. 노천 욕탕에 어울리는 후끈후끈 달아오른 얼굴에 커피우유병까지 들고 아주 만끽하고 있다. 나는 요도가와 교수에게 다가가 불투명한 황금 물 밑에서 굳은 악수를 나누었다.

"이런 온건 정책으로 날 매수할 수 있다고 생각한다면 그건 큰 착각이지. 하지만 노천 욕탕이란 건 참 근사한데. 커피우유는 바로 여기서 진가를 발휘하는군."

"이제 어쩌실 겁니까?"

"연회에서 일장 연설을 늘어놓을까 하는데."

"이제 와서 그런 게 효과가 있을까요?"

"좌우지간 부딪치고 볼 일이야."

나와 교수가 숙덕거리고 있으려니 다이코쿠가 "여기서 음모를 꾸미지 말아주시겠습니까?"라고 했다. "오늘 밤은 화해를 위한 자리라는 걸 잊지 마시죠."

"난 아직 화해하겠다고 한 적 없어."

"이 사람도 참, 괜한 오기를 부린다니까." 다이코쿠는 한숨을 쉬었다. "즐겁게 지내보자고요, 요도가와 씨."

에비스가 삶은 문어 같은 얼굴로 씩 웃었다.

"새 호테이 씨도 맞이할 테고 말이죠."

가을바람이 수증기를 걷어내니, 흐린 물속에 턱까지 잠겨 있던 에비스가와 소운이 부스스 몸을 일으켰다. 그는 "거참, 물이 아주 좋군요"라며 잡아먹을 듯한 시선으로 나를 노려봤다. 지옥에 떨어뜨린 조카가 이렇게 일찌감치 생환해 노천 욕탕까지 밀고 들어올 줄은 상상도 못 했을 것이다. 나는 보란 듯이 만면에 웃음을 지으며 시치미 떼고 "처음 뵙겠습니다"라며 손을 내밀었다. 인간들 앞에서 가짜 거죽을 벗기고 벗겨지고 할 수도 없는 노릇이니, 소운은 한층 상을 찌푸리며 마지못해 내 손을 잡았다.

"표정이 왜 그러신지?"

나는 놀렸다.

"아니, 짠물이 좀 눈에 들어가서 말입니다."

소운은 무뚝뚝하게 대답했다.

"그렇지만 이 짠물이 효험이 있거든요. 시커먼 뱃속도 하얘진다나요."

나는 그렇게 말하며 물을 첨벙거렸다. 그리고 이 가증스러운 작은아버지가 싫어하는 일은 뭐든 해주겠노라고 단단히 결심했다.

"어이쿠, 날이 완전히 저물었군요."

다이코쿠가 바위 땅으로 몸을 내밀고 말했다.

빠른 속도로 떨어지는 가을 해는 이미 지고 검푸른 하늘에 별이 반짝이기 시작했다. 아리마 온천에서도 가장 깊은 곳에 자리한 이곳에서 들리는 것이라곤 가을바람에 흔들리는 대숲의 술렁임과 참방참방하는 물소리뿐이었다. 모두가 날려 가는 수증기 사이로 드높은 하늘을 우러러보며 하나둘 별을 세기 시작했다. 누가 "참 좋은 물이로고" 하고 곱씹듯 말했다.

지옥의 풍경 앞에서 쪼그라들었던 심장이 다시 말랑해진 듯했다.

온천은 신기하다. 자욱하게 피어오르는 수증기를 바라보며 뜨듯한 물에 몸을 담그고 있으면 몸도 마음도 부드럽게 풀린다. 이런저런 대립은 잠시 잊고 일단 동실동실 뜨고 보자고 모두가 생각하고 있을 게 틀림없었다. 가이세이가 "어느새 배추랑 같이 보글보글 끓고 있을 거라고"라고 했던 것이 생각났다. 온천은 적과 아군을 가리지 않고 우리 모두를 뭉근하게 끓여주는 전골이다.

그때 뒤에서 목소리가 들려왔다.

"여러분, 물이 어때요?"

돌아보니 벤텐이 알몸을 온천물에 담그는 참이었다.

흡사 비너스의 탄생을 목격하는 기분이었다. 그녀가 잘 빠진 다리를 뻗자 황금색 물에서 보글보글 거품이 일고 천상의 음악이라도 들려올 듯했다. 미녀와 온천은 천하무적의 조합, 극락이 곧 온천이로다. 벤텐은 "물이 참 좋네요"라고 기쁜 듯 말하며 하얀 팔을 허공에 뻗어 이리저리 꼬는데, 황금 물에 젖은 하얀 피부는 매끌매끌하게 빛나 마치 뼈까지 황금으로 된 것처럼 보였다.

너무나도 숭고한 모습에 나는 입을 딱 벌린 채 눈을 떼지 못했다.

"이거야 원, 욕망을 너무 노골적으로 드러내는군."

비샤몬의 성난 목소리가 뒤에서 들려왔다.

"심정은 이해하네만 지금은 참아야 할 장면 아닌가!"

내가 돌아보니 다른 남자들은 모두 사이좋게 벤텐에게 등을 돌리고 있었다.

○

우리는 따끈따끈하게 덥혀진 몸에 유카타를 입고 암적색 단젠*을 걸친 다음, 단체 온천객처럼 나선계단을 내려왔다.

2층 연회장에서 식사 시중꾼의 순백색 덧옷을 입고 공손하게 우리를 맞이한 것은, 지옥에서 돌아온 불사신의 환술사 덴마야

* 소매가 넓고 솜을 넣은 겉옷.

였다. 덴마야는 하얀 이를 반짝이며 내게 윙크했다. "여, 야사부로. 또 만났군."

"덴마야 씨, 용케 살아 있었군."

"난 세상이 끝나기 전엔 안 죽어."

"다시 주로진 밑으로 들어온 건가?"

"도로 기르는 개 신세가 됐군. 이 몸이 유능해서 그런 건지, 어르신의 변덕인지. 없는 지혜를 쥐어짜봤자 괜한 고생이야."

심홍색 양탄자를 깐 서양식 방에는 장식용 난로와 고색창연한 괘종시계가 있었다. 방 중앙에 놓인 거뭇하게 윤이 흐르는 긴 테이블에는 반짝거리는 은색 식기들이 놓여 있다. 어두운 차창에 샹들리에 불빛이 비쳐 한층 휘황찬란해 보였다.

우리가 자리에 앉아 기다리자, 주로진이 서재에서 올라와 테이블 끝에 임금님처럼 앉았다.

주로진은 포도주를 따른 술잔을 들어 금요클럽의 개회를 선언했다.

"오늘 이 자리에 새로운 호테이와 목요클럽분들을 맞이했네. 유쾌한 하룻밤이 되기를 기원하며 건배."

만찬회는 술을 연료로 삼아 두둥실 떠올라 긴긴 가을밤을 떠내려갔다.

윤이 흐르는 테이블을 둘러싸고 담소하는 회원들은 같은 테이블에 너구리 두 마리가 끼어 있는 줄 모른다. 에비스가와 소운은 가짜 덴키브랜을 물 쓰듯 풀어 호평을 받았다.

테이블 건너편에서 웃는 에비스가와 소운을 보다 보니 노여움이 불끈불끈 치밀었다.

우리 아버지 시모가모 소이치로를 아버지의 친동생인 에비스가와 소운이 밀어 철제 냄비에 빠뜨렸을 때, 우리 형제는 아직 털도 다 자라지 않은 어린애였다. 하지만 위대한 아버지의 피를 이어받지 못한 자식들에게도 털이 다 자라는 날은 찾아온다. 같은 너구리로서 상종 못 할 늙은 너구리에게 철퇴를 가할 준비는 되어 있다.

"에비스가와 씨는 기쁘신 모양이군요."

나는 말했다.

"금요클럽에 들어오게 됐으니까요." 소운은 말했다. "참으로 영광스러운 일인데 기쁘지 않을 리 있겠습니까."

"너구리를 배불리 먹을 수 있겠군요. 그러다 꼬리가 자랄지도 모르겠습니다."

내가 그렇게 말하자 소운은 강철을 비트는 듯한 웃음을 지었다.

한편, 요도가와 교수는 눈앞의 산해진미를 먹어치우느라 바빠 말이 없었다. 하지만 이 침묵은 이제 곧 너구리 사랑에 관해 일장 연설을 하기 위한 위대한 침묵이었다.

"요도가와 교수님의 식욕은 참 거인 같군요."

덴마야가 그릇을 물리며 말하자 테이블을 둘러싼 사람들이

와르르 웃었다.

덴마야가 부지런히 움직이며 충실하게 식사 시중을 드는 것이 섬뜩했다. 과거 주로진의 역린을 건드려 지옥으로 추방당하고도 태연하게 돌아와 요도가와 교수를 실각시키기 위해 암약했다. 참으로 정체를 알 수 없는 괴인이다. 이 괴인을 벤텐이 혐오한다는 것은 그녀의 싸늘한 눈초리만 봐도 명백했다.

"덴마야 씨, 다음엔 또 언제 배신할 생각이야?"

"당치도 않습니다." 덴마야는 쩔쩔매며 몸을 움츠렸다. "이젠 학을 뗐습니다, 암요."

"조만간 배신한다고 얼굴에 쓰여 있는데."

"제발 봐주세요, 벤텐 님."

벤텐은 주로진에게 포도주를 따라주고, 비샤몬과 다른 회원들을 매혹하고, 요도가와 교수에게 마음 써주는 한편으로 덴마야를 종처럼 부렸다. 그러면서 틈틈이 나와 에비스가와 소운을 번갈아 보며 쿡쿡 웃었다. 얼굴에 '너구리 주제에 이런 데서 뭘 하니?'라고 쓰여 있었다.

연회가 절정에 이르렀을 때 에비스가와 소운이 "오늘 밤의 여흥을 보여드리겠습니다"라며 나섰다.

그가 꺼낸 것은 파란 유리병이었다. 물이 든 병 바닥에 바둑돌만 한 작은 돌이 가라앉아 있었다. 그는 유카타 소매를 걷고 돌을 꺼내 냅킨으로 꼼꼼히 닦았다. 벤텐이 보더니 "어머나, 귀여운 돌이네"라고 했다. 덴마야가 청자 접시를 가져와 테이블 한가운데에 놓자, 소운은 물기를 잘 닦아낸 돌멩이를 접시에 올려놓았다.

"여러분, 이 돌을 잘 보십시오."

우리는 몸을 내밀고 얼굴을 가까이 가져가 접시를 들여다봤다.

언뜻 보면 강가에 떨어져 있을 법한 평범한 회색 돌멩이였다. 얼마 동안 바라봐도 변화가 전혀 없었다. 비샤몬이 "딱히 별게……"라고 중얼거렸을 때, 다이코쿠가 "잠깐!" 하고 날카롭게 소리쳤다. "물입니다. 돌멩이에서 물이 나오는데요."

아닌 게 아니라 돌멩이 옆 부분에 작은 물방울이 묻어 있었다. 물방울은 차츰 커지더니 돌 표면을 또르르 굴렀다. 맑은 물이 잇따라 솟아났다.

손을 뻗어 만져보려 하자 소운이 손바닥을 찰싹 때렸다.

"가모가와강 수원지에서 찾아낸 이 용석은 1년 365일 24시간 영검한 물이 솟아나는 돌입니다. 듣기로 돌 속에 작은 용이 산다죠. 천룡이 날뛰는 시기에는 돌의 힘도 강해져 온갖 불가사의한 현상을 보여준다고 합니다. 오늘 밤 주로진께 헌상하고자 합니다."

"고맙군."

"아닙니다. 약소하나마 인사차 드리는 겁니다. 부디 받아주십시오."

소운은 그렇게 말하며 교활한 웃음을 지었다. 금요클럽 입회를 확실하게 하기 위해 주로진에게 정정당당하게 뇌물을 바치다니 악당 소운다운 짓이다.

주로진은 기뻐하며 돌멩이를 받아 드나 싶더니 벤텐의 손 위에 선뜻 얹었다.

"용석은 벤텐 씨에게 증정하도록 하지."

"어머, 그래도 괜찮으세요?"

벤텐이 고개를 갸웃했다.

"내게 헌상된 것을 누구에게 증정하든 내 마음이지." 그렇게 말하며 주로진은 소운을 쏘아봤다. "안 그런가?"

에비스가와 소운은 어안이 벙벙해서 "아무렴요"라고 중얼거리기만 했다.

○

아리마 온천의 밤이 깊어 가짜 덴키브랜의 취기가 돌았다.

이윽고 비샤몬이 일어서 "제군, 이번에 새로이 금요클럽 회원이 될 에비스가와 씨를 위해 건배하도록 하지"라고 명랑한 목소리로 제안했다. 금요클럽 회원들이 저마다 "찬성, 찬성"이라며 술잔을 들고 일어섰다.

그때, 너구리 사랑의 거수 요도가와 교수가 마침내 반격에 나섰다. 교수는 테이블 끄트머리에서 접시를 크게 땡땡 두들겼다.
"이의 있습니다!"

반대편 끄트머리에 앉은 주로진이 "무슨 일인가?"라며 교수를 날카롭게 노려봤다.

"에비스가와 씨에게 할 말이 있습니다. 지금이라도 늦지 않았습니다. 금요클럽에 들어가는 건 그만둬요. 너구리전골을 먹다니 그런 건 야만스러운 짓입니다."

에비스가와 소운은 허를 찔린 듯했으나 곧 비꼬는 투로 대꾸했다.

"그렇지만 요도가와 선생, 선생도 많이 먹지 않았습니까?"

실제로 그러하니 반론의 여지가 없다.

비샤몬을 비롯한 금요클럽 회원들은 저마다 찬동의 뜻을 표했다.

"맞아요, 요도가와 씨. 당신이 오히려 나보다 많이 먹었는데."

"당신은 추방당한 몸 아닙니까. 애초에 이의를 제기할 권리가 있나요?"

"걸핏하면 이의를 제기하고 싶어 하는 게 궤변론부 출신의 나쁜 버릇이라니까."

"도대체가 말이지, 아리마 온천을 실컷 만끽하고 커피우유까지 마시고 진수성찬도 먹을 만큼 먹어놓고, 우리더러 야만스럽다고 하는 건 너무 뻔뻔한 거 아닌가? 이만큼 접대를 받았으면 좀 더 고분고분하게 다가와도 되잖아."

비난이 쏟아져도 요도가와 교수는 주눅 드는 눈치가 전혀 없었다.

"아닌 게 아니라 난 노천 욕탕에 들어갔습니다. 커피우유도 마셨습니다. 진수성찬도 배불리 먹었어요. 하지만 그것과 이건 이야기가 다르거든요. 왜냐하면 온천도 커피우유도 진수성찬도 모두 욕망의 문제이지만 너구리전골은 사랑의 문제이기 때문입니다."

금요클럽 회원들은 노여움 같기도 하고 체념 같기도 한 한숨을 쉬었다.

"요도가와 선생이 또 시작했군."

"토론은 이제 지긋지긋하다니까."

"그리고 괴문서를 뿌리는 것도 좀 그만하세요. 창피하잖습니까."

"요도가와 씨가 너구리전골을 안 먹는 건 요도가와 씨 자유야. 하지만 우리가 너구리전골을 먹는 것도 우리 자유 아닌가? 왜 그렇게 사랑을 강요하는 거냐고."

요도가와 교수는 용맹하게 일어서 오른손을 쳐들고 열변을 토했다.

"사랑은 강요하는 것이기 때문입니다. 논리 정연하게 설명할 수 있는 사랑이 어디 있습니까? 음식은 만 리를 넘고* 사랑은 논리를 넘어요. 난 내 너구리 사랑을 제군에게 강요함으로써 제군의 내면에 잠자는 너구리 사랑을 일깨우려고 하는 겁니다. 아닌 게 아니라 난 너구리를 먹었습니다. 그때는 그게 내 사랑이었기 때문입니다. 하지만 그건 내가 잘못 생각한 것이었으니 사과하겠습니다. 지금 내가 할 수 있는 일은 너구리 사랑의 전도사로서 금요클럽의 나쁜 전통에 반기를 드는 겁니다. 너구리전골을 먹은 나는 제군을 설득할 권리가 없다고요? 그럼 난 이렇게 말하렵니다. 난 제군을 설득하려는 게 아닙니다, 그저 감화할 뿐!"

당당한 일장 연설에 너구리인 나도 압도됐지만, 사랑이 과하게 무거운 탓에 감화된 사람은 아무도 없었다. 테이블을 둘러싼 금요클럽 회원들은 입을 딱 벌리고 있었다. 에비스가 "위험 사상이야, 도저히 못 따라가겠어"라며 신음했다. "좀 진정하라고, 요도가와 씨. 당신 벌써 여러모로 위험해!"

테이블에 턱을 괴고 듣고 있던 벤텐만이 감탄한 듯 미소 지었다. "사랑은 부조리…… 그런 말씀이죠, 선생님?"

"그래요, 벤텐 씨. 당신만이라도 알아주면 좋겠는데."

그때 주로진이 조용히 손을 들었다. 심상치 않은 기백이 전류처럼 긴 테이블을 타고 흘러 연회장은 물을 끼얹은 듯 조용해졌다. 주로진은 미소를 띠며 테이블 반대편에 있는 요도가와 교수

---

* 본사를 교토에 둔 대형 중화요리 체인점 '교자노오쇼'의 캐치프레이즈. 1980-90년대 간사이 로컬 CM의 대표격으로 전해진다.

에게 말했다.

"끝까지 포기하지 않으시겠다, 이 말씀인가."

"포기하지 않을 겁니다."

요도가와 교수는 너구리 사랑에 가득 찬 잘생긴 얼굴로 고개를 끄덕였다.

"요도가와가 3대에 걸쳐 함께 전골을 먹었건만 유감이로군."

주로진은 그렇게 중얼거리고는 교수를 노려본 채 "덴마야!" 하고 날카롭게 소리쳤다.

덴마야가 소리도 없이 요도가와 교수 뒤로 다가가 재빨리 교수를 의자에 묶었다. 이어서 그는 아리마 바구니**에서 붉은 달마 오뚝이를 꺼내 요도가와 교수의 머리에 달랑 올려놓았다.

'뭘 하는 거지?'라고 생각했을 때, 뒤에서 끼익끼익 태엽 감는 것 같은 기계음이 들려왔다. 돌아보고 소름이 오싹 끼쳤다. 주로진이 냉엄한 표정으로 레버를 돌려 독일제 공기총을 쏠 준비를 하고 있었다. 번득이는 총신에 우리가 눈을 둥그렇게 뜨고 있으려니, 주로진은 테이블에 팔꿈치를 얹어 조준하고는 예고도 없이 발포했다. 탕 하고 메마른 소리가 차내에 울려 퍼지면서 요도가와 교수 머리 위의 달마 오뚝이가 날아갔다.

경악한 사람들이 일제히 벌렁 나자빠졌다.

"잠깐. 주로진, 잠깐만요."

** 아리마 온천의 전통 공예품.

제5장 아리마 지옥

"아무리 그래도 총은 곤란합니다."

"피! 피를 흘리게 된다고요!"

주로진은 "목숨을 바칠 가치가 있는 너구리는 있는가"*라고 조소하며 재빨리 다시 장전하고, 덴마야는 말 안 해도 안다는 듯 두 번째 달마 오뚝이를 준비했다. 설에 찧는 떡방아처럼 신속한 손놀림이었다. 요도가와 교수는 창백한 얼굴로 독일제 공기총의 총구를 노려보고 있었다.

주로진은 다시 달마 오뚝이를 조준하며 말했다.

"납탄은 얼마든지 있네. 적을 어찌 무찌르지 않으랴!"

○

요도가와 교수가 빌헬름 텔 놀이를 강요당하는데 목요클럽 동지로서 그냥 보고만 있을 수는 없다. 나도 모르게 테이블 위로 기어올라 주로진과 요도가와 교수 사이에 끼어들었다. 두 팔을 벌리고 "잠깐만요!"라고 외치자, 주로진은 독일제 공기총의 총구를 천장을 향해 들고 눈을 가늘게 떴다. "뭐 할 말 있나, 야사부로 군."

"요도가와 교수님께 드릴 말씀이 있습니다."

---

* 시인 데라야마 슈지의 시구 "목숨을 바칠 가치가 있는 나라는 있는가"에서 가져온 표현이다.

나는 테이블 위에 올라서서 요도가와 교수를 봤다. 의자에 묶인 교수는 머리에 달마 오뚝이를 얹은 채 나를 멍하니 올려다봤다.

"아닌 게 아니라 전 목요클럽 회원으로서 당신과 가까이 지냈습니다."

나는 요도가와 교수에게 말했다.

"하지만 솔직히 말씀드려서 당신의 너구리 사랑에는 아주 넌더리가 납니다. 지금까지 당신에게 맞춰준 건 맛있는 음식을 많이 먹을 수 있어서 그런 것뿐입니다. 라면에 스키야키, 프랑스 음식, 이탈리아 음식, 닭고기전골에 자라와 복어전골……. 이것도 저것도 맛있었습니다. 하지만 아무리 맛있는 걸 먹여줘도 당신의 비뚤어진 사상엔 못 따라가겠습니다. 이제 한계라는 걸 오늘 확실하게 알았습니다."

"……맙소사." 요도가와 교수는 중얼거렸다. "섭섭하게 왜 그런 말을 하나."

"전 이 자리에서 목요클럽 탈퇴를 선언하고 요도가와 교수와 결별해 앞으로는 금요클럽 여러분을 지지하기로 결심했습니다. 요도가와 교수가 부조리한 사랑으로 계속해서 여러분께 민폐를 끼친다면 제가 그걸 저지하겠습니다. 그게 지금까지 금요클럽 분들께 민폐를 끼친 데 대한 제 나름의 속죄입니다. 아아, 종잡을 수 없는 궤변적 사랑의 강요는 이제 충분합니다! 저도 제 나름의 사랑의 형태가 있어요!"

내가 단숨에 끝까지 말하자, 자빠져 있던 사람들이 일어나 환성을 지르며 박수갈채를 보냈다. 주로진이 독일제 공기총을 휘두르게 두느니 일단 최대한 분위기를 띄워 얼버무리자고 생각한 것이다.

"도리를 아는 청년이군요."

"옳소, 옳소."

"잘한다, 21세기 청년!"

금요클럽 회원들이 자포자기해서 왁자지껄 떠드는 동안, 요도가와 교수는 가슴이 아플 만큼 서글픈 표정이었다. "그게 무슨 소리인가!" 교수는 부르짖었다. "우리 사이에 그런 말이 어디 있어. 너구리의 귀여움에 관해 그렇게 많은 이야기를 나눴으면서."

"……실은 전 너구리전골에 관심이 아주 많거든요."

"뭐라고!"

요도가와 교수가 소리쳤다.

"먹는 것은 곧 사랑이라고 당신이 역설하지 않았습니까. 저도 그렇게 생각합니다. 돌이켜보면 작년 가을 벤텐 님의 후의로 금요클럽의 연회에 초대받은 뒤로 너구리전골 생각이 한시도 머리를 떠나지 않았습니다. 금요클럽의 신비적인 전통, 세상 사람들의 비난을 두려워하지 않고 너구리전골이라는 악식에 도전하는 반현대적 낭만에 대해 동경의 염을 금할 수 없어……."

대체 이 터무니없는 연설은 어디로 가는 건가 염려하기 시작했을 때, 침착하게 지켜보던 벤텐이 놀라운 제안을 했다.

"그럼 금요클럽에 들어오면 되겠네."

벤텐은 천진하게 미소 지으며 말문이 막힌 우리를 둘러봤다.

누구보다도 경악한 이는 에비스가와 소운이었다. 그는 테이블에서 떨어져 선 채 뜻하지 않게 벌어진 악몽 같은 사태에 아연실색하고 있었다. 금요클럽 회원들은 수군수군하며 테이블 끄트머리에서 생각에 잠긴 주로진의 기색을 살폈다. 주로진은 천장을 향해 공기총을 든 채 눈을 뜨지 않았다.

벤텐이 갑자기 팔을 쳐들어 손가락을 딱 튕겼다.

"덴마야!"

"예이, 분부대로 따릅죠."

덴마야는 오동나무 함과 아카다마 포트와인을 엄숙하게 내왔다.

벤텐은 내게 테이블에서 내려오라고 이른 뒤, 오동나무 함에서 사발을 꺼내 테이블에 놓았다. 샹들리에 불빛 아래 갈색으로 반들반들 빛나는 그것은 아카다마 선생님의 하늘을 나는 차솥 엔진이 틀림없었다.

"벤텐 님, 그건……."

나도 모르게 입을 열자, 그녀는 조용히 하라는 듯 나를 노려봤다.

금요클럽 회원들이 의아하게 지켜보는 가운데, 그녀는 아카다마 포트와인의 마개를 열어 차솥에 콸콸 부었다.

　지금까지 눈을 감고 침사묵고하던 주로진이 일어섰다. 그는 공기총을 곁에 놓고 몸을 내밀어 눈을 형형히 빛내며 벤텐의 손을 노려봤다.

　이윽고 부우웅 하고 큰 소리가 온 차량 안에 울려 퍼지며 3층 전철이 공중으로 떠올랐다.

　아리마의 원천에서 옥상 노천 욕탕으로 물을 끌어대는 호스가 벗겨져 황금색으로 빛나는 물을 뿌리며 창밖을 스쳐 갔다. 놀라 차창으로 다가간 비샤몬이 "어이, 이거 나는데!"라고 비명을 지르듯 소리쳤다. 금요클럽 회원들은 일제히 창에 들러붙었.

　3층 전철은 연수원 뒷마당에서 상공으로 떠올랐다. 산속에 박혀 있는 아리마 온천의 야경이 차창 너머로 보이기 시작했다. 더욱 높이 올라갈수록 롯코산을 비롯한 산들의 그림자, 멀리 해변에 펼쳐지는 고베 시가지의 불빛까지 보였다. 주로진도 창가로 다가가 "호오" 하고 감탄 어린 한숨을 쉬었다.

　벤텐 혼자 의자에 앉은 채 기절초풍하는 사람들을 지켜봤다.

　"이게 저와 야사부로가 주로진께 드리는 헌상품이에요."

　"……두 번째 환갑을 맞이하는 데 더없이 좋은 소도구로군."

　주로진이 말하며 나를 봤다.

　"귀군을 호테이의 자리에 맞이하지. 금요클럽에 온 것을 환영하네."

벤텐을 보니 그녀는 검지를 입술에 살짝 갖다 댔다.

아무 말 하지 말라는 금지 같기도 하고 할 말이 있으면 해보라는 도발 같기도 했다.

○

이윽고 연료가 떨어지자 3층 전철은 고도를 낮춰 다시 연수원 뒷마당에 착륙했다. 얼마 동안 모두가 경이감에 사로잡혀 침묵했다.

이윽고 금요클럽 회원들은 내게 다가와 악수를 청했다.

에비스가와 소운은 그제야 이 예기치 못한 사태를 파악한 듯했다. 당장이라도 숨넘어갈 것처럼 파랗게 질려 잡아먹을 듯한 시선으로 나를 노려보고 있었다. 주먹을 부르쥔 두 손은 노여움에 부들부들 떨고 이마에는 푸른 힘줄이 돋아 그러다 꼬리를 드러낼 것 같았다.

"이 시시한 촌극은 대체 뭐냐!"

에비스가와 소운의 고함이 울려 퍼지자 차 안은 조용해졌다.

미처 날뛰는 소운에게서 모두가 멀찍이 떨어져 있었다.

"왜 그러지, 에비스가와." 주로진이 말했다. "이의라도 있나?"

"아무리 그래도 이건 너무합니다. 오늘 밤 제가 금요클럽에 들어가는 게 아니었습니까?"

"예정이란 바뀌기 마련이지."

"그래도! 그래도! 왜 하필 저놈입니까?" 그는 노여움에 떨리는 손가락을 내게 들이대고 입에 거품을 물며 강하게 말했다. "벤텐 님의 편애도 너무 지나칩니다. 지금 속고 있는 겁니다. 다들 속고 있는 거예요. 저놈은 엄청난 악당이란 말입니다!"

그러나 주로진은 꿈쩍도 하지 않았다.

"상관없네. 악당을 기르는 게 내 낙이거든."

소운은 아무 말도 못 하고 뒷걸음치더니 노여움 어린 시선으로 테이블을 둘러싼 사람들을 노려봤다. 다이코쿠는 미안한 듯 눈을 내리깔고, 비샤몬은 "이번엔 연이 없었다는 뜻이야"라고 했다. 덴마야가 어깨를 치며 "기운 내셔. 문제가 있으면 같이 의논하고"라고 속삭이자, 소운은 그의 손을 분연히 뿌리쳤다.

"그럼 용석을 돌려받겠습니다." 소운은 말했다. "이런 취급을 받으면서 헌상품을 드리는 것도 바보 같군요."

"……그건 벤텐 씨에게 주었을 텐데."

주로진이 말했다.

"내 물건은 내 물건이야."

벤텐은 용석을 손에 얹고 말했다.

"알겠나, 에비스가와."

주로진이 말했다.

그토록 터무니없는 소리를 용케 저렇게 태연하게 말한다.

에비스가와 소운은 분연한 표정으로 "이런 요괴들 같으니!"라며 발을 굴렀다.

"내가 지금까지 당신들의 터무니없는 요구를 수도 없이 들어줬어. 이 연수원을 당신이 매수할 수 있었던 게 누구 덕이지? 내 덕 아닌가? 오늘 밤 가짜 덴키브랜을 준비한 건 누구지? 나야. 헌상품을 준비하려고 일부러 이와야산까지 가서 용석을 파내 온 건 누구고? 그것도 나야. 지금까지 내가 얼마나 고생했는지 아나? 거기서 실실 쪼개고 있는 야사부로보다 수천 배는 노력했는데!"

소운은 눈을 번득이며 나를 노려봤다.

주로진이 찬물을 끼얹듯 물었다.

"왜 그렇게까지 금요클럽에 들어오고 싶은 건가?"

소운은 갑자기 숨을 삼켰다. 눈에서 빛이 사라지고, 입은 딱 벌린 채, 얼굴에서 핏기가 가셨다. "……난 그저…… 지긋지긋한 너구리들에게 철퇴를……."

"넌 악귀가 되겠다는 건가?"

"철퇴를…… 철퇴를……."

소운의 변모가 무섭기까지 했다.

타오르는 지옥의 업화가 소운의 털북숭이 영혼을 송두리째 태워 재만 남은 듯했다. 이제 더 탈 것이 없다. 그곳에 있는 것은 업화에 보드라운 털을 모조리 잃은 알몸뚱이 너구리였다.

소운은 별안간 "아악" 하고 소리 지르며 테이블을 뒤엎어 남은 음식을 쏟아버렸다.

"야사부로, 네놈은 대체 어디까지 방해하는 거냐!"

소운이 내게 달려들어 목덜미를 잡고 쓰러뜨렸다. 주위 인간들이 떼어놓으려 해도 노여움에 미쳐 날뛰는 소운은 무시무시한 형상으로 나를 힘주어 내리눌렀다. 코가 맞닿을 만큼 얼굴을 가까이 들이대고 소운은 침을 튀기며 노여움을 쏟아냈다.

"꼭 누가 방해하는군." 그는 소리쳤다. "형이 죽었나 했더니 이번엔 네놈들이."

노여움에 일그러진 소운의 얼굴이 시뻘겋게 변해 부풀고 이마에서 뿔이 돋쳤다.

나는 "둔갑하지 마!" 하고 소리쳤지만 소운은 들은 척도 하지 않았다.

소운은 천장에 닿을 만큼 거대한 붉은 도깨비로 변해 나를 마구 휘둘렀다. 흩어진 음식과 식기를 짓밟으며 고함쳤다. 샹들리에가 깨져 유리 파편이 쏟아지고, 차 안은 어둠에 싸였다. 금요클럽 회원들은 얼굴이 창백해져 우왕좌왕 도망 다녔다.

차창에 부딪쳐 숨이 막히려 했을 때, 주로진이 "덴마야!" 하고 날카롭게 부르는 것이 들렸다. 독일제 공기총의 끼익끼익 소리가 이어졌다.

"쏘지 마! 쏘면 안 돼!"

나는 신음하듯 울부짖었다.

탕, 하고 건조한 총성이 울린 순간, 무시무시한 포효가 3층 전철을 뒤흔들었다.

나를 잡고 있던 도깨비의 손이 사라져 나는 유리와 부서진 식기가 흩어진 양탄자로 떨어졌다. 휘청휘청 몸을 일으켜보니 소운의 모습은 사라지고 없었다. 주로진이 작은 램프를 켜 거센 회오리바람이라도 지나간 양 폐허가 된 차내를 비추었다. 금요클럽 회원들은 혼비백산해 창가에 들러붙어 있었다.

"설마 요괴였을 줄이야." 다이코쿠가 말했다.

주로진은 어두운 차창 밖을 보며 "도깨비가 나오기도 하겠지"라고 중얼거렸다. 얼굴의 절반은 미소 짓고 있었지만 나머지 절반은 싸늘한 노여움에 경직되어 있었다.

"온천 지하에 지옥이 묻혀 있거든."

○

나는 에비스가와 소운을 찾아 3층 열차에서 뒷마당으로 나왔다.

차창으로 흘러나오는 불빛을 의지해 잔디밭을 더듬다가 생긴 지 얼마 되지 않는 핏자국을 발견했다. 어둡고 황폐한 숲속으로 이어지고 있었다. 핏자국을 따라가며 돌아보니, 소리도 없이 고요하게 선 주로진의 3층 전철에서 밝은 빛만 새어 나왔다. 내가 그 안에 있었다는 것이 꿈만 같았다.

"소운, 어디 있어?"

나는 숲속을 향해 속삭였다.

여기 아리마 땅이 교토에서 터무니없이 먼 곳처럼 느껴졌다.

소운이 한 말이 가슴속에 되살아났다.

'이리된 이상 이방의 땅에서 살아남는 수밖에.'

내가 철이 들었을 때, 아버지는 이미 너구리계의 두령 니세에몬이었고 에비스가와 소운은 가짜 덴키브랜 공장을 관리하고 있었다. 아버지와 소운의 사이가 좋지 않다는 것은 어린 너구리 마음에도 알 수 있었다. 그러나 시간을 더 거슬러 올라가면, 소운에게도 다다스숲 나무 그늘에서 뒹굴던 작은 털 뭉치 시절이 있었으며 당시에는 아버지와 함께 사이좋게 놀았을 것이다. 쓰치노코를 찾아 산과 들을 달리고, 같이 쇼기를 두고, 아카다마 선생님에게 드나들던 나날에 그들도 우리처럼 의좋은 형제였을 게 틀림없다. 어찌하여 너구리 세계에서 멀리 떨어져 이런 곳까지 오고 말았나.

이윽고 나는 숲속 깊은 곳에 이르렀다.

3층 전철의 불빛이 미치지 않는 차가운 어둠 속이었다. 어느새 이렇게 추워졌나 싶을 정도라 노천 욕탕에서 덥힌 몸이 싸늘하게 식어갔다.

가짜 거죽이 벗겨진 에비스가와 소운은 털북숭이 모습으로 쓰러져 있었다.

내가 다가가는 발소리를 듣고 소운은 고통스럽게 숨을 내뱉었다.

"내 이 말로를 봐라. 악귀가 될 재능조차 없었구나."

내가 손을 대려 하자 그는 맹견처럼 으르렁거리며 위협했다. 옆구리가 피로 흠뻑 젖어 있었다. 독일제 공기총의 총탄이 늙은 너구리의 배를 관통한 모양이다.

나는 아랑곳없이 소운의 상처를 눌렀다. 순식간에 두 손이 피로 물들었다.

"영웅도 악당도 마지막엔 털 뭉치야."

소운이 신음했다.

"이런 데에서 죽지 마. 난 널 데리고 갈 거야."

"……넌 아비의 원수를 갚은 거다. 더 기뻐하라고."

뜻밖에도 에비스가와 소운의 너구리 모습에는 관록이 조금도 없었다.

빼돌린 재산을 온천지에서 탕진한 듯한 흔적은 전혀 없이, 뻣뻣한 털이 곤두서서 앙상한 엉덩이가 강조됐다. 그곳에 쓰러져 있는 것은 궁상스러운 너구리 한 마리일 뿐, 도무지 과거 교토의 수괴라 일컬어지던 에비스가와 소운 같지 않았다. 털이 북슬북슬한 옆얼굴에서 내 아버지의 모습마저 어렴풋이 느껴졌다.

"뭐 하는 거예요, 작은아버지. 이건 너무 비참하잖아요."

생각지도 못하게 내 눈에 눈물이 맺혔다.

그때까지 쌓이고 쌓여온 에비스가와 소운에 대한 노여움이, 마치 털 뭉치가 바람에 흩날리듯 사라져갔다. 그게 무척 화가 났다. 전에는 손에 잡힐 듯 뚜렷이 그곳에 있던 것이 속수무책으로 사라지는 것이다.

곧 소운은 크게 신음했다. 피에 젖은 코가 어둠 속에 번들거렸다.

크게 벌어진 눈은 어둠 속에서 무슨 경이라도 본 것처럼 형형하게 빛났다. 그의 눈에는 이미 3층 전철의 불빛도, 고향에서 멀리 떨어진 아리마 땅의 싸늘한 어둠도, 매번 자신의 야망을 방해해온 가증스러운 조카의 모습도 보이지 않았다. 소운은 번잡한 현세 저편에서 비치는 새로운 빛을 보는 모양이었다.

영웅도 악당도 마지막에는 털 뭉치요, 모든 털은 하늘로 돌아간다.

"에비스가와 소운, 이제 황천으로 떠나노라."

그는 길게 숨을 내뱉고 눈을 감았다.

○

움직이지 않게 된 에비스가와 소운 곁에 나는 고개를 떨군 채 무릎을 꿇고 있었다.

깊어가는 가을밤이 소운의 몸을 싸늘하게 식히고 내 몸을 싸늘하게 식혔다.

소운을 궁지에 몰아넣어 주겠다고 생각했어도 이런 결말을 바란 것은 아니었다. 그렇지만 내가 어떻게 하고 싶었는지는 솔직히 알지 못했다. 그저 내가 몹시 슬퍼한다는 것만은 알 수 있었다. 아버지의 원수가 죽었는데도 나는 마치 아버지가 죽은 것처럼 울고 있었다.

문득 숲속 어둠에서 목소리가 들려왔다.

"거기 있는 거 우리 아버지야?"

나는 얼굴을 들며 숨을 훅 들이쉬었다.

얼마 지나 간신히 대답했다.

"가이세이야?"

"야사부로, 너 왜 울어? 거기 우리 아버지 맞지?"

"덴마야의 총에 맞았어."

"많이 다쳤어?"

"그래. ……그렇지만 이젠 고통스럽지 않을 거야."

가이세이가 조용해졌다. 나도 아무 말도 하지 않았다.

그때 나는 가이세이가 휴가를 보내러 아리마에 온 게 아니라는 것을 깨달았다. 그녀는 소운이 아리마에 은신해 있다는 것을 알고 은밀히 아버지를 찾으러 온 것이었다.

"잠깐 아버지랑 둘만 있게 해줄래?" 가이세이는 조용히 말했다. "고마워, 야사부로."

제6장

에비스가와가의 후계자

어머니가 다누키다니 후도에서 다다스숲으로 시집온 지 얼마 안 됐을 때다.

 시모가모가의 선선대, 그러니까 내 할아버지는 병석에 누워 맨손으로 저승에 가기 싫다고 떼쓰고 있었다. 그가 원하는 노잣돈은 시모가모가와 에비스가와가의 화해였다. 먼 옛날부터 대대로 이어져온 양가의 털 북슬북슬하고 무익한 대립에 할아버지는 아주 진력나 있었다.

 "내 생전에 어떻게든 해야지."

 그리하여 할아버지는 에비스가와가와 상의해 화해 회담을 개최했다.

 가모가와강 변의 요정에 할아버지와 아들들, 그리고 에비스가와가의 선대와 외동딸이 모였다. 밤의 매미 소리가 흘러드는 방에서 할아버지가 평화를 바라는 마음을 절절히 토로하자 에비스가와가의 선대도 선뜻 찬동했다.

"실은 전부터 생각하던 게 있네만……."

에비스가와는 그렇게 말하며 아버지의 동생인 시모가모 소지로를 에비스가와가의 데릴사위로 들이겠다고 제안했다. 생각지도 못한 이야기에 할아버지는 망설였지만, 그 자리에 동석한 소지로는 주저없이 '제안을 받아들이겠다'고 했다. 에비스가와가의 선대와 소지로는 할아버지 모르게 이미 밀약을 맺은 듯했다.

할아버지는 고민 끝에 에비스가와가의 제안을 수락하기로 했다.

이렇게 해서 시모가모 소지로는 아버지 및 형에게 이별을 고하고 다다스숲을 떠나 가짜 덴키브랜 공장에 들어갔다.

할아버지는 설마 자신이 더 큰 대립의 씨앗을 뿌린 줄은 꿈에도 모르고 이것으로 오랜 다툼이 끝났다고 안도하며 저승으로 이사했다.

그러나 소지로는 양가 화해를 위해 힘쓸 마음이 터럭만큼도 없었다.

그가 털북숭이 뱃속에 감추고 있던 야망은, 시모가모가를 철두철미하게 꺾어 자신이 형 소이치로보다 위대한 너구리라고 만천하에 알리는 것이었다. 에비스가와가의 오랜 숙원은 데릴

사위 소지로에게 맡겨진 것이다.

그 뒤의 경위는 온 교토에 모르는 이가 없다.

이윽고 소지로는 개명해 에비스가와 소운이 되었다.

○

에비스가와 소운의 시신은 아리마 온천에서 교토로 옮겨져 가을 하늘 아래 조기를 펄럭이는 가짜 덴키브랜 공장으로 운반되었다.

그 전해 말 도주해 10개월 만의 귀환이었다.

소운의 시신을 실은 리무진이 고풍스러운 철문을 통과할 때, 가짜 덴키브랜 공장은 버저를 길게 울려 조의를 표하고 직원 너구리들은 모자를 벗어 묵도했다. 공장은 철문을 닫고 휴업에 들어갔다.

에비스가와 소운이 사망했다는 소식은 순식간에 너구리계를 휩쓸었다.

아리마 온천에서 돌아온 내가 오랜만에 데라마치 거리의 바 '아케가라스'에 얼굴을 내밀자, 어둑어둑한 가게 안에 소문을 수군거리는 너구리들이 가득했다. 그들은 나를 보자 목소리를 낮추고 한층 열심히 속닥거렸다. 호기심 많은 털 뭉치들을 헤치고 카운터로 다가가려니 마치 서부극의 현상 수배범이 된 기분이었다.

성긴 콧수염을 기른 주인이 가짜 덴키브랜 잔을 내밀었다.

잠시 침묵이 흐른 뒤, 그는 씩 웃으며 "……그래서 네 짓이야?"라고 물었다. "그럴 리 있냐." 나는 신음하듯 말했다. 주인은 코웃음을 쳤다.

"뭐, 그런 걸로 해두자고. 진실이 뭐든 간에 난 네 마음의 벗이다. 소운은 나쁜 너구리였으니 말이지."

"난 아무 짓도 안 했다니까."

"괜찮아, 내가 다 알지."

"괜찮긴 뭐가 괜찮아."

"미리 사과해두는데, 난 대외적으론 에비스가와 편을 들 거다. 가짜 덴키브랜을 공급받지 못하면 영업을 못 하거든. 나쁘게 생각하지 말아줘."

"참 좋은 친구군."

주인은 너구리계에 도는 에비스가와 소운 모살설을 이야기해주었다.

작년 말, 에비스가와 소운은 시모가모의 선대를 철제 냄비에 빠뜨렸다는 사실이 발각되어 교토에서 도주했다. 그는 가짜 덴키브랜 공장을 경영해 벌어들인 재산을 탕진하며 온천에서 우아하게 지냈다. 한편 시모가모 형제들은 선친의 원수를 갚을 것을 맹세하고 그의 행방을 혈안이 되어 추적했다. 시모가모가의 두령 야이치로는 소운이 아리마 온천에 잠복하고 있다는 것을 드디어 밝혀내고 동생 야사부로를 자객으로 아리마에 보냈다. 소운과 야사부로가 서로의 털을 잡아 뜯으며 사투를 벌인 끝에 어둠에 불을 뿜는 독일제 공기총이 급기야 소운의 숨통을 끊고 말았다.

하나부터 열까지 거짓말이다.

도대체가 큰형 야이치로가 소운 암살을 지휘했다니, 그 융통성 없는 큰형의 어디에 그런 박력이 있다는 말인가. 그런 박력이 눈곱만큼도 없다는 점이 요령 부릴 줄 모르는 큰형의 몇 안 되는 미덕 중 하나다. 소운의 사망에 누구보다도 당혹한 자가 큰형이었다.

소운의 시신이 아리마에서 돌아온 뒤로 에비스가와가의 금각과 은각은 이리 뛰고 저리 뛰며 소운의 장례를 지휘했다. 에비스가와가의 재력을 동원해 너구리 역사상 유례없는 성대한 장례를 계획 중이라고 했다. 소운의 더러워질 대로 더러워진 만년을 깨끗이 세탁하고 엄선된 업적만을 조문객의 뇌리에 확고하게 새기려는 속셈일 것이다.

"시모가모가에서도 소운의 장례식에 참석해?"

주인이 말했다.

"해야지. 또 묘한 소문이 돌면 그것도 곤란하고."

"고생 많군."

"그나저나 너구리가 성대한 장례식이라니 어이가 없어."

"어이, 무슨 소리야? 너희 아버지가 전골이 됐을 때도 성대하게 치렀잖아."

그렇지만 그것을 장례라 부를 수 있을까.

교토 안팎에서 수많은 너구리가 다다스숲으로 찾아왔지만, 제단도 독경도 흑백 가림막도 상복도 없이 그저 털북숭이들이 여기저기에서 술판을 벌이고 시모가모 소이치로의 추억을 이야기하며 하룻밤을 지새웠다. 어느 술자리에 가도 아버지의 무용담을 들을 수 있었다. 이윽고 날이 밝자 너구리들은 배북을 마구 두드려 다다스숲을 뒤흔들었다. 배 속이 간지러워 우리 형제도 어머니도 대굴대굴 굴러다니며 웃었다. 나는 신나서 배북을 두드리다가 앓아누웠다. 이튿날 아침, 모여들었던 너구리들은 연기처럼 사라지고 나는 텅 빈 숲을 어리둥절하게 둘러보았다.

가짜 덴키브랜을 마시며 그날 밤 숲을 진동시켰던 배북을 생각했다.

○

에비스가와 소운의 장례식 당일은 운동회의 만국기가 어울리는 화창한 가을 날씨였다.

다다스숲 속에 비쳐 드는 햇빛 가운데 우리는 상복 차림으로 둔갑했다. 내 어깨에서 개골거리는 작은형조차 있는지 없는지 애매한 목에 검정 나비넥타이를 맸다. 큰형만큼 장례식 방면에 경험이 풍부한 너구리는 없는지라, 그는 우리를 한 줄로 세워놓고 둔갑이 잘됐는지 꼼꼼하게 점검했다.

"개골거리지 마, 야지로."

큰형이 말했다.

"왜 그런지 딸꾹질이 멎질 않아…… 개골꾹."

작은형이 말했다.

다 함께 다다스숲을 출발해 데마치 다리로 접어들었을 때, 어머니는 "날씨가 정말 좋구나"라며 한숨을 쉬더니 난간에 기대서 가을 하늘 높이 춤추는 소리개를 올려다봤다. 에비스가와 소운이 저승으로 떠났다는 소식을 들은 뒤로 어머니는 숲에 틀어박혀 골똘히 생각하는 일이 잦아졌다.

"소 씨도, 에비스가와 씨도 저세상으로 가버렸네. 어쩐지 엄마, 싫어졌어."

어머니는 쓸쓸한 듯 가모가와강 수면을 바라봤다.

"진짜 신통한 너구리가 없다니까. 하여튼 바보야!"

게이한 전철의 진구마루타마치역에서 지상으로 올라와 비와호 수로 옆 가로수길을 천천히 걷는데, 불꽃을 쏘아 올리는 소리와 취주악 소리가 들려왔다. 가짜 덴키브랜 공장 옥상 위에 흑백 애드벌룬이 떠 있었다.

"너구리는 장례식과 축제를 혼동한단 말이지." 큰형이 말했다. 흑백 가림막을 친 가짜 덴키브랜 공장의 정문 앞은 상복 차림의 너구리들로 혼잡했다.

소문에 따르면 그날 일단 참석하고 보자고 교토 안팎에서 달려온 너구리는 약 1,000마리에 달했다고 하니, 가짜 덴키브랜 공장을 경영하는 에비스가와가의 위광은 건재했다. 검은 털 뭉치 1,000마리가 꿈틀거리는 부지 내에는 조문객을 상대로 한 노점이 늘어서 흡사 검은 기온 축제 같은 분위기였다. 검으면 되는 줄 아는지 연미복이나 덴리교*의 검은 저고리를 입은 너구리도 간간이 보였다.

가짜 덴키브랜 공장과 창고들 틈을 지나니 광장으로 나왔다. 가짜 덴키브랜의 발명자를 모신 이나즈마 신사가 위치한 그곳이 장례식장이었다. 심한 혼잡에도 불구하고 우리가 그런 곳까지 다다를 수 있었던 것은 '에비스가와 소운 모살설' 덕분일 것이다. 조문객들이 우리를 경계하며 접근하려 하지 않는 덕에 쉽사리 통과할 수 있었다.

난젠지 쇼지로와 교쿠란이 우리를 발견하고 다가왔다.

"용케 지나왔군. 무슨 축제처럼 혼잡한데."

쇼지로가 말했다.

"늦지 않았나?"

* 일본의 신흥종교.

큰형이 걱정스레 말했다.

"좀 전에 스님이 도착한 모양이니까 이제 곧 시작할 거야."

"하여간 여기저기 불쾌한 소문뿐이군. 이놈이나 저놈이나 무책임한 소리를……."

"신경 쓰지 말라고. 이렇게 말해봤자 자네 성격상 무리겠지만."

"난젠지에 누를 끼치고 싶지 않아."

"누는 무슨, 서운하게. 당연히 나도 교쿠란도 신경 쓰지 않네."

쇼지로가 말하자 교쿠란도 진지하게 고개를 끄덕이며 "당근이지"라고 했다.

광장 정면에 국화로 장식한 번듯한 제단이 있고, 그 앞에 접는 의자를 늘어놓은 곳이 유족석이었다. 금각이 돌아봤다가 우리를 발견하자 언짢은 듯 은각에게 뭐라 귓속말을 했다. 그 곁에는 먹물에 담근 것처럼 새카만 대바구니 하나가 엎어져 있었다. 가이세이가 그 속에 틀어박혀 있는 모양이다. 이런 때도 그녀는 결코 모습을 드러내지 않았다.

이윽고 라쿠토 게넨지의 너구리 승려가 나타나 나무나무 읊기 시작했다.

떠들썩하던 장례식장이 썰물 빠지듯 조용해졌다.

○

니세에몬 야사카 헤이타로가 엄숙한 표정으로 앞에 나섰다.

"존경하는 벗 소운 군의 갑작스러운 부보에 애석한 마음을 금할 수 없습니다. 모든 털은 하늘로 돌아간다고는 하나, 어린 시절부터 함께 놀던 소운 군의 장례에 참석해 너구리계를 대표해서 추모사를 읽게 될 줄은 꿈에도 몰랐습니다."

헤이타로는 엄숙하게 한숨을 쉬며 하늘을 올려다봤다. 누가 "얼쑤!", "니세에몬!" 하고 분위기에 맞지 않는 추임새를 넣자 또 다른 누가 "예끼!" 하고 나무랐다.

야사카 헤이타로는 더없이 진지한 표정으로 말을 이었다.

"에비스가와가가 온 교토에 이름을 떨친 것은 말할 것도 없이 다이쇼 시대, '가짜 덴키브랜'의 대발명이 계기였습니다. 전자학과 양조학의 기적 같은 컬래버레이션이 합성주의 신시대를 열어 지금도 무수한 신사 숙녀를 술에 젖은 밤의 여로로 초대한다는 것은 다들 아시겠지요. 이 가짜 덴키브랜 공장의 근대화에 힘쓴 중흥조가 바로 다름 아닌 에비스가와 소운 군입니다. 시모가모가에서 에비스가와가에 들어간 뒤, 소운 군은 분골쇄신의 노력을 거듭해 가짜 덴키브랜의 영광스러운 역사에 새로운 전개를 잇따라 불러왔습니다. 더 큰 진보 발전을 위해 장차 할 일이 많았을 터인데, 갑작스레 털북숭이 정토로 길을 떠나게 된 것은 원통하기 그지없는 일이라 하지 않을 수 없습니다. 소운 군의 위업에 대해 너구리계를 대표해 사의를 표하며 삼가 명복을 빕니다."

가짜 덴키브랜을 칭송하며 계교로 점철된 소운의 검은 만년은 일절 언급하지 않는 빈틈없고 무난한 조사는 노너구리의 면목을 여실히 드러내는 것이었다.

아사카 헤이타로의 조사가 끝나자, 그 자리에 열석한 너구리들이 향을 피우러 줄을 섰다. 이렇게 제대로 된 장례는 흔치 않은지라 제단 앞에서 다들 갈팡질팡했다.

이윽고 시모가모가의 차례가 되자, 식장 곳곳에서 수군거리는 소리가 들려왔다.

나는 검은 나비넥타이를 맨 작은형을 어깨에 얹고 제단으로 다가가 소운이 꽃에 파묻혀 누운 작은 관을 들여다봤다. 소운은 가증스러운 늙은 너구리의 관록의 그림자도 없이 실패한 박제처럼 쪼그매 보였다.

에비스가와 소운이 우리 아버지를 함정에 빠뜨려 금요클럽의 철제 냄비에 떠민 것은 절대로 용서할 수 없는 일이다. 그러나 소운은 대가를 치르듯 머나먼 타향 아리마에서 총을 맞고 쓰러져 홀로 비참하게 죽었다. 그가 살아 있다면 궁둥이 털을 잡아뜯는 것도 가능하겠지만, 이미 싸늘하게 식은 털 뭉치를 세심하게 걷어찬들 무슨 의미가 있겠나. 소운이여, 편히 잠들라. 나무

나무.

내가 합장하는데 어깨에 올라탄 작은형이 꼼질거렸다.

"……왜, 형?"

말없이 눈을 희번덕거리던 작은형의 입에서 느닷없이 "개골꾹" 하고 딸꾹질이 새어 나왔다. 그것을 계기로 그때까지 참고 있던 딸꾹질이 봇물 터지듯 쏟아졌다. "개골꾹개골꾹개골꾹개골꾹개골꾹……."

그 소리를 뜨고 금각과 은각이 벌떡 일어섰다.

"이 자식이, 너 왜 웃어."

노여움 어린 목소리로 말했다.

"잠깐." 나는 허둥지둥 말했다. "그건 오해야. 작은형은 웃는 게 아니야."

"웃는 거 맞잖아. 깩깩깩 하고. 뭐 저런 사악한 개구리가 다 있어!"

"잘 들어보라니까. 이건 딸꾹질이야."

"그걸 지금 거짓말이라고 하냐!" 금각은 펄펄 뛰었다. "이건 아버지의 엄숙한 장례식이야. 다들 조의 만만하다고. 아무리 너구리를 그만둔 개구리라지만 아버지의 장례식에서 깩깩깩 웃어 쓰냐."

금각의 목소리를 들은 식장의 너구리들이 술렁거렸다.

작은형은 황급히 사과하려 했으나 사과의 말은 딸꾹질에 파묻혔다.

"아니, 그게 개골꾹 할 의도는 개골끽 없는 개골꾹."

"이 개골끽 자식이, 또 개골개골거리네!"

그 뒤로도 작은형의 딸꾹질은 찬 탄산음료의 거품처럼 개골개골 리드미컬하게 계속 솟았다. '웃으면 안 된다'고 힘을 주면 줄수록 모든 게 속수무책으로 우스꽝스러워지는 법이다. 나도 "개골끽 자식"이라고 무심코 중얼거렸다가 웃음을 참지 못하게 됐다. 나도 엄숙한 장례식장에서 웃고 싶지 않다. 하지만 '개골끽 자식'이라니. 큰형이 달려와 내 입을 틀어막고 나는 작은형의 입을 막았다. 금각과 은각은 "잘도 아버지 영전에서!"라며 침을 튀기고 가이세이는 대바구니 속에서 "작작 좀 해!"라고 소리쳐 장례식이 엉망진창이 되려 했다.

그때 '통통' 하는 느긋한 소리가 들려왔다.

상복 차림의 너구리들 무리가 좌우로 갈라지면서 한 젊은 승려가 배북을 두드리며 침착하게 걸어왔다. 빛바랜 검은 승복은 넝마 같고, 삭발한 머리도 뒷마당에 방치된 화분처럼 지저분했다. 몸 주위에 감도는 악취가 눈에 보이는 듯했다.

그는 제단 앞까지 나와 말없이 계속해서 배북을 두드렸다.

야사카 헤이타로가 퍼뜩 생각난 듯한 표정으로 배북을 통통 두드리기 시작했다. 다른 조문객들도 따라서 배를 때리기 시작했다.

너구리들의 배북은 밀려왔다 밀려가는 파도처럼 커졌다 작아졌다 하면서 이윽고 언덕을 올라가듯 리듬이 빨라지더니 정점에 이르러 뚝 그쳤다. 수수께끼의 승려가 마지막으로 친 북소리가 가을 하늘로 사라지고 나자 주위는 조용해졌다. 그 자리에 있던 너구리들은 기이한 승려를 보며 "누구지?", "누구야?" 하고 소곤거렸다.

승려는 말없이 분향한 뒤 금각과 은각을 똑바로 쳐다봤다.

"구레지로, 구레자부로, 무탈했습니까."

그는 젊은 외모에 어울리지 않는 중후한 목소리로 말했다.

금각과 은각은 어리둥절한 표정이었다. '금각'과 '은각'이라는 별명에 익숙해진 나머지 자기들의 진짜 이름을 깜박한 것이다. "아, 구레지로는 나던가." 금각이 중얼거렸다.

"댁은 누구길래?" 은각이 말했다.

승려는 자기 자신을 내려다보고 더러운 승복을 팔락거렸다.

"못 알아보겠습니까……. 그럴 만도 하죠. 소승도 이곳에 돌아올 날이 올 줄은 몰랐으니까요."

"혹시 오빠야?" 그때 바구니 속에서 가이세이가 말했다. "구레이치로 오빠가 돌아왔구나!"

○

에비스가와 소운의 장례를 치르고 일주일이 지났을 때였다.

그날은 아침부터 차가운 가을비가 뿌렸다 그치기를 반복했다. 다다스숲을 통과하는 참배길에 부옇게 물안개가 껴 시모가모 신사의 누문漏聞은 그림책 속 풍경처럼 몽롱하게 보였다.

나는 마른 잎 잠자리에 몸을 묻고 궁둥이를 덥히고 있었다. 궁둥이에 버섯이 돋아 당황했던 어린 시절의 쓰라린 경험은 '궁둥이 관리가 곧 건강 관리'라고 내게 가르쳐주었다. 조금만 습하거나 차도 감기의 신과 버섯의 신을 불러들이니 긴 가을비만큼 주의해야 할 것이 없다.

어머니는 데마치 상점가로 장을 보러 갔고, 큰형은 야사카 헤이타로를 만나러, 동생 야시로는 가짜 덴키브랜 공장에 일하러 가고 없었다. 이렇게 춥고 비 오는 날 구태여 궁둥이를 적시러 나가다니, 건강에 대한 인식이 부족하다 하지 않을 수 없다.

내가 아자리모치*를 먹는데, "안녕하세요" 하고 덤불 뒤에서 목소리가 들렸다. 덤불에서 나온 것은 너구리 모습의 난젠지 교쿠란이었다.

"어머, 야사부로만 있어?"

가을 초입에 큰형과 약혼한 뒤로 교쿠란은 빈번히 다다스숲

---

* 찹쌀 반죽에 통팥을 넣어 철판에 구운 일본의 과자.

에 드나들었다. 얼른 부부의 연을 맺으면 좋으련만, 큰형이 니세에몬이 된 다음 식을 올리기로 약속한 모양이다. 너구리 주제에 매사에 재는 것이 큰형의 버릇이다.

"게으름뱅이구나. 그런 데서 뒹굴거리기나 하고."

"이렇게 날씨가 나쁠 땐 궁둥이를 잘 지켜야지."

"야사부로는 궁둥이에 신경을 너무 많이 써. 궁둥이 노이로제야, 그거."

교쿠란은 내 곁에 달랑 앉았다.

"역시 버섯이 트라우마가 됐을까. 그때 금각, 은각한테도 바보 취급 당해서 가여웠는데. 네가 막 울상이 돼서……."

"그런 적 없거든!"

"어머, 뭘 그렇게 화를 내고 그래?" 교쿠란은 털을 부풀리며 웃었다. "농담이야. 넌 울지 않는 새끼 너구리였지."

큰형이 돌아오려면 아직 멀었다는 것을 알자, 교쿠란은 마른 잎 밑에서 쇼기판을 꺼내 말을 늘어놓기 시작했다. "비 오는 날 쇼기를 두는 너구리는 참 미남이더라"라는 둥 뻔한 감언으로 나를 꼬드기려 했으나, 공교롭게도 나는 쇼기 까막눈인지라 넘어가지 않았다. 이윽고 교쿠란은 포기하고 콧노래를 흥얼거리며 열심히 말을 움직여 혼자 놀기 시작했다.

"그런 싸구려 말고 아버지 쇼기판을 쓰지?"

"허락도 안 받고 쓸 순 없잖아. 야이치로 씨의 보물인데."

"큰형 게 교쿠란 거잖아." 내가 말하자 교쿠란은 짐짓 욕심 사나운 표정을 지으며 "우헤헤" 하고 웃었다. "그건 그래. 그렇지만 역시 안 돼."

빗줄기는 뜸해졌지만 숲 곳곳에서 똑똑 물방울 떨어지는 소리가 들려왔다.

운명의 붉은 실이 어머니를 다누키다니 후도에서 다다스숲으로 끌어당긴 것처럼, 이제는 교쿠란이 난젠지에서 다다스숲으로 왔다. 아카다마 선생님 밑에서 배우던 시절, 버섯이 돋은 나를 항문과로 데려가준 너구리가 형수가 될 줄은 몰랐다. 운명이란 참 알 수 없는 것이다.

교쿠란이 문득 쇼기판을 보며 중얼거렸다.

"에비스가와가의 구레이치로 씨가 말이지, 내내 아버님 영전에서 독경을 하고 있대."

"스님은 역시 다르네."

"어렸을 땐 그렇게 맨날 질질 짜더니 어엿한 스님이 됐어."

"……교쿠란은 구레이치로를 잘 알아?"

"잠깐 이야기해본 적은 있는데 특이한 애였어. 그런데 아카다마 선생님의 문하생이었을 때 갑자기 교토에서 자취를 감추더니 그 뒤로 소식이 없었거든."

에비스가와 구레이치로는 에비스가와 소운의 맏아들이며 금각, 은각의 형, 가이세이의 오빠다.

교쿠란에 따르면, 당시 구레이치로 소년은 섬세한 새끼 너구리였다. 대체 어디를 쥐어짜면 소운에게서 저런 유전자가 나오나 싶을 만큼 비곗덩어리 아버지와는 비슷도 하지 않았다고 한다. 좌우지간 늘 사색에 잠겨 하늘을 바라보고 숲을 바라보고 비를 바라보고, 아카다마 선생님의 강의를 땡땡이치고 뭘 하나 보면 목각 불상을 조각하거나 불경을 읽고 있었다.

그의 너구리답지 않게 말향 내 풍기는 초연함은 막내인 가이세이가 태어난 직후 어머니를 여의면서 도를 넘었다. 소운은 에비스가와가의 후계자인 그를 스파르타식으로 교육하려 한 모양이지만, 구레이치로의 주름이 깊게 팬 뇌는 실익이 있는 지식을 눈곱만큼도 받아들이지 않았다. 그 때문에 아버지도 아들도 불만만 쌓여갔다. 밤낮으로 쉴 새 없이 제왕학을 강요당해 정신적으로 궁지에 몰린 구레이치로는 끝내 도망치고 말았다.

"너무 비틀린 너구리가 아니면 좋겠네."

나는 말했다.

"……내 생각에 그렇게 나쁜 너구리는 아닐 것 같아." 교쿠란은 그렇게 중얼거리고는 쇼기판에서 얼굴을 들었다. "어머, 어쩐지 우르르 소리가 나지 않아?"

잠자리에서 기어 나와 귀 기울여 들어보니, 단풍이 물든 숲의 천개 저편에서 뇌신님이 하늘을 쿵쿵 구르는 소리가 들렸다. 뇌신님이 하늘을 구르면 어머니의 가짜 거죽이 벗겨지는데.

내가 황급히 참배길로 뛰쳐나가자, 때마침 다카라즈카풍 미청년으로 둔갑한 어머니가 장바구니를 휘두르며 달려왔다. 천둥이 한층 크게 울리니 어머니는 장바구니를 내팽개치고 털북숭이 모습으로 돌아와 내 품에 뛰어들었다.

"아휴, 무서워라!" 어머니는 신음했다. "진짜 아슬아슬했네!"

그 뒤, 우리는 숲속 모기장 속에 틀어박혀 천둥이 지나가는 소리에 귀를 기울였다. 어머니는 바들바들 떨며 교쿠란에게 "미안해"라고 말했다. "천둥님은 내 가짜 거죽을 벗기거든."

"전 두부 장수 나팔 소리가요." 교쿠란이 속삭였다. "그게 들리면 근질근질해요."

"다들 참 연약하네. 난 약점이 하나도 없는데."

"어머, 진짜? 그렇지만 우리에 갇히면 쪽도 못 쓰잖아."

"우리는 당연히 무섭지."

나는 웃었다.

가짜 거죽이 두껍다는 것은 어렸을 때부터 내 자랑거리였다. 너구리전골을 먹는 금요클럽이나 덴구들과 태연하게 맞붙는 데에 이 두꺼운 거죽이 도움이 된다.

난젠지 교쿠란은 코끝으로 모기장을 들어 올려 숲에 들어찬 비 냄새를 맡았다.

"다 같이 모기장에 들어와 있으니까 따뜻해서 좋네."

"여름엔 지옥의 한증막처럼 덥다고. 교쿠란도 각오해두는 게 좋을걸."

 천둥이 치면 어머니에게 달려가는 것이 시모가모가의 관례다.

 이윽고 시모가모가 형제들이 속속 다다스숲으로 돌아왔다. 큰형은 모기장 속에 교쿠란이 있는 것을 보고 "저런!"이라며 기쁘게 웃었다. 다음으로 가짜 덴키브랜 공장 실험실에 틀어박혀 있던 야시로가 돌아왔다. 마지막으로 돌아온 것은 작은형이었다.

 쫄딱 젖은 와이셔츠 차림으로 숲을 걸어온 작은형은 가짜 거죽이 후르르 벗겨져 너구리 모습이 됐다. 한바탕 나무들 사이를 달리는가 싶더니 또 가짜 거죽이 후르르 벗겨져 개구리 모습이 됐다. 작은형이 모기장에 다다르자, 마치 풀코스 마라톤을 완주한 선수를 맞이하는 양 환성이 터져 나왔다. 교쿠란이 모기장 자락을 들어 작은형을 맞아들였다.

 "이런, 오늘은 손님이 많은걸. 교쿠란까지 있군." 작은형이 말했다. "나 원 참, 어머니 모습을 보고 긴장이 풀리니까 안 되겠어."

 "그래도 대단한데." 큰형이 웬일로 칭찬했다. "용케 그 정도로 연습했군."

 "야지로까지 와주다니 엄마가 기쁘구나."

 "어머니, 보세요." 야시로가 모기장 밖으로 고개를 내밀고 기쁘게 말했다. "천둥님은 이제 가셨나 봐요. 이제 안심이네요."

 귀를 기울이니 아닌 게 아니라 천둥이 멀어지고 햇빛이 어렴풋이 비쳐 들기 시작했다.

○

그때, 참배길에서 '딱딱' 소리가 들려왔다. 목탁 소리인 듯했다. 우리는 인간의 모습으로 둔갑해 참배길로 나가봤다.

다다스숲 남쪽에서 검은 승복을 입은 승려 무리가 목탁을 치며 걸어왔다. 위엄이 눈곱만큼도 없는 흐리멍덩한 얼굴로 보건대 에비스가와 친위대가 둔갑했다는 것이 일목요연했다. 선두에 에비스가와 구레이치로가 보이고, 금각, 은각이 잔뜩 뿔이 나 그 뒤를 따랐다. 금각, 은각은 허름한 사무에*를 입고 '공황근언'**이라고 쓴 나무패를 목에 걸었다.

우리 앞까지 오자 에비스가와 구레이치로는 공손히 머리를 숙였다.

"오랜만입니다, 야이치로 씨."

"오랜만이군, 구레이치로." 큰형은 말했다. "교토를 떠난 게 몇 년 전이지?"

"벌써 10년도 더 됐군요."

"지금까지 어디서 뭘 했나?"

---

* 일본 선종의 승려가 입는 작업복.
** 恐惶謹言. 편지 말미에 경의를 표해 쓰는 인사말.

"여행을 계속했습니다. 나무뿌리를 베개 삼아, 바람을 맞고, 비를 맞고……."

구레이치로는 맑은 눈을 가늘게 뜨고 벗은 나뭇가지를 올려 봤다.

"자신로부터 도망쳐 다시 자신을 만나기 위한 여행이었습니다. 저는 제가 너구리였다는 사실을 잊고, 고향을 잊고, 그리운 어머니 얼굴을 잊고, 그렇게 미워했던 아버지 얼굴을 잊었습니다. 그러고 나면 무엇이 남나. 그저 불어가는 바람이 있고, 반짝이는 숲이 있고, 쏟아지는 비가 있을 뿐입니다. 자신을 완전히 버릴 각오가 있어야 본디의 자신이 보이는 법."

구레이치로는 너구리답지 않게 도를 완전히 터득한 것 같은 소리를 하더니 재빨리 참배길에 엎드려 머리를 조아렸다. 금각과 은각 그리고 에비스가와 친위대도 딱딱한 콩을 뿌리는 듯한 소리를 내며 자갈길에 무릎을 꿇었다. 우리 가족은 어이가 없어 지켜볼 뿐이었다.

구레이치로는 머리를 조아린 채 말했다.

"선친 그리고 동생들의 갖은 악행은 참으로 언어도단이고 너구리로서 상종 못 할 짓입니다. 시모가모가 분들께서 노여워하시는 것도 지당합니다. 백만 번 사죄드려도 모자라겠지요. 그러나 부디 이 어리석은 에비스가와 너구리들에게 자비를 베푸셔서, 에비스가와가가 시모가모가의 좋은 친구가 될 수 있도록 지도 편달을 간곡히 부탁드리는 바입니다."

그러더니 구레이치로는 우리를 향해 엉덩이를 돌리고 금각, 은각에게도 그렇게 하도록 시켰다.

"자, 어리석은 저희 궁둥이 털을 잡아 뜯어주십시오. 아무쪼록 마음껏!"

"공황근언!" 금각이 말했다.

"공황근언!" 은각이 말했다.

나도 너구리로서 그런대로 오래 살았지만, 누가 '잡아 뜯어주십시오'라며 궁둥이를 들이댄 적은 한 번도 없다. 너구리 입장에서 그토록 무방비하게 궁둥이를 내놓는 것보다 더한 굴욕은 없는지라, 에비스가와가 형제의 자기 자신을 버릴 각오가 얼마나 단단한지 미루어 짐작할 수 있었다. 잡아 뜯을 것이냐 잡아 뜯지 않을 것이냐 내가 망설이는데, 큰형이 위엄 어린 목소리로 말했다.

"구레이치로, 궁둥이를 집어넣고 얼굴을 들어."

"아닙니다, 그러지 마시고 단숨에!" 구레이치로는 꼼질꼼질했다. "자, 덤벼라."

"구레이치로, 나는 작은아버지가 한 일을 결코 용서하지 못해. 하지만 그렇다고 이제 와서 제군의 궁둥이 털을 잡아 뜯은들 무슨 의미가 있겠나. 우리 아버지의 털은 하늘로 돌아갔고 작은아버지의 털 또한 하늘로 돌아갔어. 중요한 것은 앞으로 우리가 어떻게 사느냐 하는 것이지."

구레이치로는 다시 돌아앉아 몸을 일으키고 큰형을 봤다.

"어떻게 사느냐……?"

"함께 살아갈 것인가, 싸움을 계속할 것인가."

"……두 번 다시 싸우고 싶지 않습니다. 저는 이 무익한 대립에 마침표를 찍기 위해 돌아온 것입니다."

"그럼 싸움은 오늘로 끝이네. 우리는 너구리야. 함께 살아가자고."

큰형은 구레이치로에게 손을 내밀었다.

내가 알기로 그 순간만큼 큰형이 훌륭해 보인 적이 없다.

흠잡을 데 없는 완벽한 모습에 어머니는 눈시울을 훔치고 동생은 감탄 어린 한숨을 쉬었다. 작은형은 내 어깨 위에서 감동한 나머지 몸서리를 치고 있었다. 난젠지 교쿠란은 반하고 반하고 또 반하다 못해 얼마 못 살 것 같은 표정이었다.

에비스가와 구레이치로는 일어나 다시 큰형의 손을 꽉 잡았다.

그 순간을 노린 것처럼 시모가모 신사 누문 쪽에서 한 줄기 바람이 불어와, 낙엽이 춤추는 다다스숲이 물 밑에서 떠오르듯 환해졌다.

구름 사이로 드는 태양이 역사적 화해의 순간을 찬연히 비추었다.

○

 시모가모가와 에비스가와가의 역사적 화해로부터 며칠 지났을 때다.

 나는 배 속부터 쓸쓸해질 것 같은 가을바람에 쫓기듯 아오이다리를 건너 데마치 상점가를 지났다. 가을이 깊어 날이 짧아진 터라 멍하니 있다간 해가 질 것이다.

 아카다마 선생님이 사는 연립으로 찾아가니 반쯤 열린 문으로 환한 불빛과 화사한 목소리가 흘러나오고 있기에 놀랐다. 음산한 선생님의 거처답지 않다.

 "시모가모 야사부로, 대령했습니다."

 나는 장바구니를 부엌에 놓고 안쪽 다다미 넉 장 반을 들여다봤다.

 아카다마 선생님이 맑음 인형 같은 모습으로 고타쓰 탁자에 앉아 있었다. 선생님의 머리 위로 벤텐이 커다란 가위를 휘두르고 있다. 그녀는 낫으로 풀을 베듯 석석 소리를 내며 자랄 대로 자란 선생님의 백발을 자르고 있었다. 이발사도 울고 가는 강철 모발로 유명한 선생님의 머리를 너구리들이 깎으려면 꼬박 하루가 걸린다.

 내 얼굴을 보고 벤텐은 밭일을 하는 시골 아가씨처럼 웃었다.

 "어머, 야사부로가 왔네."

"안녕하세요, 벤텐 님. 고생 많으십니다."

"우후후, 훌륭한 제자지? 네 털도 깎아줄까?"

벤텐은 악마처럼 웃으며 머리 위로 가위를 찰캉거렸다. 그러나 그녀에게 털을 맡겼다간 자기 취향대로 꼬리털까지 모조리 깎아 벌거숭이로 만들어버릴 가능성이 없지 않다. 내가 납작 엎드려 사퇴하자 벤텐은 "그래?" 하고 중얼거리고는 다시 선생님의 머리를 자르기 시작했다.

부엌으로 가서 정리하는데, '에비스가와 구레이치로 증정'이라고 쓴 아카다마 포트와인이 보였다. "어라, 구레이치로가 왔었습니까?"

"오랫동안 은사를 찾아뵙지 못해 죄송하다고 말이다."

"꽤나 예의를 중시하는 너구리군요."

"말향 내 나는 울보인 줄로만 알았는데 조금은 기골이 생긴 모양이더구나. 구레이치로에게 들었다. 시모가모와 화해했다지?"

"……잘되려나요." 나는 중얼거렸다.

"사이좋은 것은 아름다워라."

벤텐이 가위를 놀리며 노래하듯 말했다.

아카다마 선생님은 "암, 그렇고말고"라고 말했다.

이윽고 벤텐이 "다 됐어요"라며 가위를 던지고 손을 털었다. 심오한 조형물로 변모한 두발 아래 아카다마 선생님은 벙글벙글 웃으며 기뻐했다.

내가 다다미 넉 장 반에서 청소기를 돌리는 동안, 벤텐은 창가에 걸터앉아 팔에 묻은 강철 머리칼을 집어 창밖으로 혹 불어 날렸다. 오늘 저녁 벤텐은 유서 깊은 만찬회에라도 가듯 고혹적인 새카만 드레스를 입고 있었다. 머리가 뻬죽뻬죽한 아카다마 선생님은 고타쓰에 들어가 앉은 채 벤텐의 모습을 홀린 듯 바라보며 고슴도치 괴물처럼 탄산 센베이를 아삭아삭 먹었다. 지난번 벤텐이 아리마 온천에서 가져온 탄산 센베이를 아카다마 선생님은 둘도 없는 특별한 진미처럼 아껴 먹으며 내게는 한 개도 주지 않았다.

내가 청소를 마치고 고타쓰에 다리를 넣으니 벤텐이 돌아봤다.

"야사부로, 금요클럽의 전골은 준비됐어?"

"지켜봐주세요. 잘해내겠습니다."

"혹시 너구리를 잡을 거면 도와줄게."

"아뇨, 괜찮습니다. 다 제게 맡겨주시면 됩니다."

"우후후, 여차하면 네가 네발로 냄비에 들어가면 되니까 간단하네."

아카다마 선생님이 "전골이라니 무슨 소리냐?" 하고 의아스레 묻자, 벤텐은 비밀 이야기라도 하듯 목소리를 낮추었다. "너구리전골 이야기예요. 야사부로가 금요클럽에 들어왔거든요."

선생님은 나를 노려봤다. "무슨 생각이냐."

"이 또한 바보의 피가 그리하게 시키는 것이죠."

"……하여간 바보는 약도 없다더니 어이가 없구나."

나는 잠자코 선생님의 찻종에 아카다마 포트와인을 따랐다.

벤텐은 창틀에서 사뿐 내려와 아름다운 어깨에 선녀의 날개옷 같은 숄을 걸쳤다. "그럼 스승님, 오늘은 이만 가보겠습니다."

"저런, 아직 초저녁 아니냐. 서운하게 그게 무슨 말이냐."

벤텐은 말없이 미소를 지어 선생님의 애원을 가볍게 받아넘기고, 몸을 굽혀 고타쓰 위의 거울을 들여다봤다. 땋아 올린 검은 머리를 살짝 매만지고는 거울에 비친 자기 얼굴을 마치 타인의 얼굴 보듯 곁눈으로 노려봤다. "오늘은 기요미즈데라에서 신사분과 밀회를 하거든요"라고 심상치 않은 말을 했다.

"밀회!" 아카다마 선생님은 찻종을 쥐고 바들바들 떨었다. "상대방은 누구냐."

"말씀드리면 스승님은 화내실 거잖아요."

"설마 그놈이냐? 그놈인 게냐?"

"……질투하시면 안 돼요."

벤텐은 수수께끼 같은 웃음을 남기고 숄을 걸친 채 미끄러지듯 떠났다.

그녀의 의미심장한 말투는 떡과 석쇠와 숯을 주며 "자, 떡을 구워라"*라고 하는 셈이나 다름없었다. 아카다마 선생님은 입을

---

* 일본어로 '질투'는 '焼きもち', 즉 '구운 떡'이라는 말과 발음이 같다.

다문 채 내가 가져온 쇼카도 도시락에 손도 대지 않았다.

나는 엉덩이를 찌르는 선생님의 강철 머리카락을 주워 모으며 생각했다.

'밀회'란 무엇인가. 서로 사랑하는 남녀가 미리 약속해 만나는 것이다.

벤텐의 말투로 보건대, 예상치 못한 밀회의 상대는…….

"설마 2세인 걸까요?" 나는 중얼거렸다.

"그놈은 썩은 콧물처럼 끈적거리는 비열한 난봉꾼이다." 아카다마 선생님은 신음했다. "순진한 벤텐을 구워삶은 것은 아니겠지."

벤텐이 순진한지 아닌지는 차치하고, 밀회라니 심상치 않다.

이윽고 아카다마 선생님은 외출 준비를 시작했다. 작년에 가이세이가 헌상했다는 좋아하는 솜옷을 입고 빵빵하게 부풀어, 내가 크리스마스 선물로 바친 서양식 지팡이를 들었다.

"기요미즈에 간다. 따라와라."

"시모가모 야사부로, 분부 받들겠습니다."

○

기요미즈데라 일대는 밤에도 단풍객으로 축제처럼 북적였다.
아카다마 선생님은 지팡이 소리를 요란하게 울리며 도기를 진열한 기념품 상점과 찻집이 늘어선 좁은 비탈길을 올라갔다. 예술적인 삐죽빼죽한 머리를 가리키며 웃는 자가 있으면 선생님은 지팡이를 휘둘러 쫓아냈다.

"천지사방에 바보뿐이로군." 선생님은 노여워했다. "이래서야 벤텐이 어디 있는지 알 수 없지 않느냐."

"걱정하지 않으셔도 벤텐 님은 당연히 눈에 띌 겁니다."

기요미즈데라 바깥문 앞의 시커먼 인파 너머로 붉은 인왕문과 삼층탑이 보였다.

벤텐을 찾으며 관광객들 틈에 섞여 경내로 들어가자, 단풍이 조명을 받아 어둠 속에 불타오르는 듯했다. 나는 "아름답네요" 하고 감탄하며 올려다봤다. 아카다마 선생님은 "허튼소리"라며 골냈지만, 지나가던 예쁜 여자 대학생에게 참신한 머리 모양이라며 칭찬받고 화를 풀었다.

"선생님은 감주라도 드시고 계십시오. 제가 찾아 오겠습니다."

나는 선생님을 매점 걸상에 앉히고 유명한 '기요미즈의 무대'로 올라갔다.

2세와 벤텐은 금세 찾을 수 있었다.

좌우지간 둘 다 당치도 않게 눈에 띄었다.

두 사람은 기요미즈의 무대에 나란히 서서 반짝이는 야경을 바라보고 있었다. 칠흑처럼 검은 양복 차림의 2세는 머리끝에서 발끝까지 완벽하게 신귀국자다운 모습이었다. 그 곁에 선 벤텐의 칠흑처럼 새까만 드레스 차림 또한 2세에게 조금도 뒤지지 않았다. 군계이학이라 할 미남미녀는 단연코 도드라져, 지나가는 남녀가 단풍은 거들떠보지도 않고 그들을 넋 놓고 쳐다보는 지경이었다.

나는 어린 여자애로 둔갑해 두 사람에게 다가가 대화를 엿들었다.

"봐요."

벤텐이 무대 난간 너머로 몸을 내밀며 야경 저편에 보이는 교토 타워를 가리켰다. 2세는 얼굴을 찌푸리며 고개를 저었다.

"……참으로 추악한데요."

"어머, 밀초 같고 귀엽잖아요. 외로울 때면 저 타워 꼭대기에 올라가곤 한답니다. 그럼 점점 기분이 풀리거든요."

"저 섬뜩한 물체에도 좋은 점이 하나 정도는 있다는 뜻이군요."

"말투가 참 비뚤어졌네요. 스승님이랑 똑같아."

"그 말은 모욕으로 들립니다."

"모욕으로 한 말이니까요."

2세와 벤텐은 마주 보며 미소 지었지만 눈빛은 냉랭해, 마치 가면과 가면이 마주 보는 것 같았다. 달콤한 밀회의 분위기는 눈곱만큼도 없었다.

벤텐은 하얀 손을 뻗어 야경을 어루만지듯 하며 100년 만에 귀국한 2세에게 '현대 교토를 즐기는 법' 같은 것을 이야기하기 시작했다. 날카로운 살기가 종종 그녀의 몸속에 차올랐지만 그때마다 2세가 곁눈으로 벤텐을 노려봐 그녀의 살기를 억눌렀다. 표면적으로는 시대착오적인 미남미녀가 우아하게 밀회를 즐기는 것 같지만, 이것은 살기와 살기의 밀치기 시합이었다. 불발탄 위에 책상다리를 하고 앉은 느낌이라 나는 귀 기울여 들으면서 궁둥이 털이 근질거렸다.

이윽고 2세가 한숨을 쉬며 난간에 몸을 기대고 울적한 표정으로 먼 곳을 바라봤다.

"그만 포기하시죠, 아가씨. 시간과 정력 낭비입니다."

"……그럴까요."

벤텐은 가슴께에서 긴 실 같은 것을 꺼냈다. 그녀가 끄트머리를 잡고 들자 긴 실은 밤바람에 날리며 반짝였다.

"그게 뭐죠?"

"스승님의 머리카락을 이어서 만든 거예요. 당신을 목 졸라 죽이려고요."

"할 수 있으면 한번 해봐요."

"빈틈이 없는걸요. 진짜 재미없는 사람이라니까."

벤텐은 하얀 볼을 볼록하게 부풀려서는 아카다마 선생님의 머리카락을 밤바람에 실어 날려 보냈다. 이발사도 울고 가는 은사의 강철 머리카락은 경내의 야간 조명 불빛을 받아 순간 은색으로 빛났다가 금세 어둠 속으로 사라졌다. 벤텐은 불만스러운 표정으로 2세처럼 난간에 몸을 기대고 한숨을 쉬었다. 장난감을 빼앗기고 토라진 소녀 같았다.

"오늘 시간 내주셔서 고맙습니다." 벤텐은 말했다. "감사해요."

"자다가 습격받는 것보다는 상대를 해드리는 게 낫죠."

"……잘난 척하긴!"

"물론 난 잘났습니다. 적어도 당신보다는 말이죠." 2세는 몸을 일으켜 야경을 보며 말했다. "아가씨, 충고 하나 할까요. 덴구가 되는 건 그만두십시오. 그리로 가봤자 아무것도 없어요."

"그럼 뭐가 되라는 거죠? 아니면 아무것도 되지 말라는 말인가요?"

"그런 말씀은 아닙니다만, 다른 길도 얼마든지 있지 않겠습니까."

"너무 멋대로네요."

"이래 봬도 아가씨를 생각해서 드리는 말씀입니다만."

"나한테 반한 거면 반했다고 말하지 그래요?"

"바보 같은 소리를 하면 곤란합니다."

"당신 의견을 듣느니 너구리 의견을 듣는 게 낫겠어요."

2세는 해쓱한 얼굴로 입을 다물었다.

"······진짜 미적지근한 사람이네."

벤텐은 비웃는 듯한 웃음을 지으며 2세의 가슴을 손가락으로 밀었다.

"왜 돌아온 거예요. 이런 나라, 이런 도시에."

2세는 싸늘한 시선으로 벤텐을 노려봤지만 물음에는 대답하지 않았다. 말없이 뒤도 돌아보지 않고 인파 속으로 모습을 감추었다.

벤텐은 불만스러운 표정으로 경내를 내려다보고 있었다.

눈 아래에는 어둠 속에 불타오른 나무들이 그대로 얼어붙은 듯한 경내의 단풍이 펼쳐져 있었다. 그 너머에 솟은 시커먼 숲에는 조명 불빛 속에 고야스탑이 환상처럼 떠올라 있었다. 벤텐은 순간 기요미즈의 무대에서 몸을 내밀어 날아오를 듯한 동작을 취하더니 생각을 바꾼 것처럼 난간 앞을 떠났다.

내가 뒤따라가자 그녀는 무대에서 내려가 경내에 있는 매점으로 다가갔다.

아카다마 선생님이 걸상에 앉아 삐죽빼죽 머리를 숙이고 졸고 있었다. 침이 길게 늘어져 땅바닥에 떨어진 낙엽에까지 이어졌다. 그녀가 어깨에 손을 얹자, 선생님은 흐리멍덩한 눈으로 벤텐을 올려다보더니 장난치다가 들킨 어린애 같은 표정을 지었다.

"스승님, 이런 데서 뭘 하세요?" 그녀는 부드럽게 말했다. "감기 걸리시겠어요. 댁으로 가시죠."

○

 12월이 되자 거리에 부는 바람에서 겨울 냄새가 나고 아침저녁으로 부쩍 추워졌다. 산들의 단풍도 절정을 지나 낙엽 침상이 그리워지는 계절이다.

 데라마치 거리의 골동품 상점에서 가게를 보는데 웬일로 큰형이 찾아왔다.

 "어이, 일은 언제 끝나냐?"

 "주지로 씨가 모임에서 돌아오면 4시에 퇴근할 수 있는데."

 "잠깐 가짜 덴키브랜 공장에 같이 가자. 구레이치로가 야시로에게 새 실험실을 준 모양인데 어떤지 봐야지."

 "오, 그거 좋다. 나도 보고 싶은데."

 "그나저나 갑자기 추워졌다. 벌써 섣달이군."

 오늘 오후에는 오랜만에 시간이 비었다며 큰형은 "영차" 하고 의자에 앉았다.

 옆얼굴을 보기로 그리 피곤한 기색은 없이 배 속에 아직 여력이 남아 있는 듯했다. 요새 들어 큰형은 야사카 헤이타로와 인수인계를 하는 것에 더해 니세에몬 계승을 앞두고 인사를 다니고 각종 의식을 치르는 한편 에비스가와 구레이치로와 화해 회담까지 갖느라 한층 바빴다. 심야에야 다다스숲으로 돌아올 때도 많았다. 사방에서 날아드는 용건을 닥치는 대로 날려버리면서도 큰형이 피로를 모르고 유쾌해 보이는 것은, 전적으로 어머니가 코피가 나든 말든 마시게 하는 드링크제와 난젠지 교쿠란 덕분일 것이다. 큰형은 짬만 나면 교쿠란과 쇼기를 두면서 내년 초에 하게 될 결혼 생각에 가슴 설레는 모양이다.

나는 찻종에 엽차를 따라 내밀었다.

"형, 관록이 생겼어. 니세에몬이 될 너구리는 역시 다른데."

큰형은 "놀리지 마라"라고 하면서도 싫지 않은 내색이었다.

"소운 모살설이 돌았을 땐 이 일을 어쩌나 싶더라만."

"이젠 형으로 확정된 거잖아."

"아니, 아직 안심할 수 없어. 필요한 절차란 게 있으니까."

차를 마시며 큰형의 결혼 후 비전을 듣는데 기요미즈 주지로가 돌아왔다. 우리는 골동품 상점에서 나와 가짜 덴키브랜 공장으로 향했다. 데라마치 거리에 오가는 겨울옷을 입은 사람들 중 특히 두껍게 껴입어 빵빵하게 부푼 것은 너구리다. 큰형은 지나가는 모든 너구리와 인사를 주고받았다.

가는 길에 큰형은 에비스가와 구레이치로가 얼마나 훌륭한지 이야기했다.

다다스숲에서 화해한 이래로 에비스가와 구레이치로는 여러모로 시모가모가에 신경을 써주었다. 일부러 성명을 발표해 에비스가와 소운 모살설을 일소한 것부터 시작해서, 니세에몬 취임을 앞두고 바쁜 큰형의 일을 일부 대신해주고 '시모가모가,

에비스가와가 화해 기념'이라며 기간 한정 생산으로 가짜 덴키브랜을 만들어 관계자에게 무료로 선사했다.

"구레이치로는 아주 훌륭한 너구리야."

"아무리 친절해도 소운의 아들이잖아."

"안심해라. 도무지 그 작자의 피를 물려받은 것 같지 않으니까."

소운의 죽음과 연관된 소동도 잠잠해져 가짜 덴키브랜 공장은 생산을 재개했다.

정문을 지나 공장의 살풍경한 현관 로비에 들어서자, 에비스가와 구레이치로가 곧바로 계단을 달려 내려왔다. 교토로 돌아온 뒤로 꽤 시간이 지났는데도 여전히 누더기 같은 승복 차림인 데다 방금 여행에서 돌아온 것처럼 꾀죄죄했다. 지금도 청빈한 생활을 계속하는 모양이다. 청빈은 좋지만 이 지독한 냄새는 어떻게 좀 안 되려나.

구레이치로는 기쁜 표정으로 큰형의 손을 붙들고 바로 안내해주었다.

"야시로가 여러모로 신세를 지고 있군. 고맙네."

큰형은 말했다.

"별말씀을요. 저희야말로 야시로 군에게 배울 게 많습니다."

"공부를 열심히 하는 녀석이니까요."

나는 말했다.

"그 정도가 아니라 세기의 천재입니다. 이거야 원, 참으로 훌륭합니다."

야시로의 실험실은 미치광이 과학자의 비밀 연구소 같은 곳이었다. 어찌나 장대한지 큰형도 나도 기절초풍했다. 중앙에 위치한 크기가 다다미 두 장은 될 것 같은 실험대에는 창고 깊숙한 곳에서 주워 모은 듯한 진공관과 배전반 등이 무더기로 쌓여 있고, 주변 벽 또한 용도도 알 수 없는 실험 기구들로 가득했다. 책꽂이에는 동생이 짬만 나면 애독하던 전자학 관련 서적이며 위인전이 빽빽하게 꽂혀 있었다.

실험대 뒤에서 기어 나온 동생은 작업복 차림에 2세가 준 비행 고글을 자랑스레 쓰고 푸르스름한 불꽃을 튀기는 전기밥통 같은 기계를 질질 끌고 있었다.

"인조인간이라도 만들 생각이야?"

나는 어이가 없어 말했다.

"실험실이 근사하지? 구레이치로 씨가 내 마음대로 하게 해주거든."

"창고에서 먼지를 쓰고 있던 기계이니까요." 구레이치로가 말했다. "연구에 활용해주면 저희도 고맙죠."

"감전 위험은 없고?"

큰형이 걱정스레 물었다.

"살짝 따끔따끔할 때도 있지만 도리어 건강해져."

둔갑이 서툴러 금세 꼬리를 홀랑 드러내면서 동생은 전기에만은 유독 강했다. 게다가 손가락에서 전기를 방전하는, 너구리답지 않은 특기가 있다. 천둥 신을 싫어하는 어머니의 아들이 전기에 강하다는 것도 참으로 불가사의한 인연이다.

동생은 가짜 덴키브랜의 창시자인 이나즈마 박사가 다이쇼 시대에 만든 가짜 덴키브랜을 충실하게 재현하려 하는 중이었다. 실험실에서 발견됐다는 박사의 노트를 펴고 전압을 가하는 방식이니 원액의 순환 속도니 방전 장치의 구조 등을 이러니저러니 설명해주는데, 큰형이나 나나 도무지 무슨 말인지 모르겠다.

"대단하군. 하나도 모르겠다."

큰형이 중얼거렸다.

그러나 동생이 시험적으로 만든 가짜 덴키브랜은 대단히 맛없었다. 마치 상한 달걀을 먹물에 담근 듯한 맛이었다. 우리는 한 모금 마시자마자 괴로워했다.

"깊이가 있다고 해야 할지 뭐랄지."

구레이치로가 말했다.

"깊이가 있다고 해야 할지, 냄새가 강하다고 해야 할지."

큰형이 말했다.

"……까놓고 말해서 아주 맛없어."

나는 말했다.

야시로는 시작품을 한 모금 마시더니 "응, 그렇군"이라며 고개를 끄덕였다.

"역시 방전 장치에 문제가 있는 거야. 창고에서 다른 걸 찾아와야겠어."

동생은 어엿한 학자 같은 표정으로 노트를 노려보며 실험실에서 나갔다.

○

에비스가와 구레이치로는 "그럼 편히 계시다 가시지요" 하고는 실험실에서 나갔다.

큰형은 컵을 소중히 들고 찡그린 얼굴로 실패작 가짜 덴키브랜을 마시며 야시로의 실험실을 구경하고 다녔다.

"형, 억지로 마실 거 없어. 그러다 배탈 나."

건성으로 대답하는 큰형의 뒷모습에서 야시로의 종잡을 수 없는 능력에 대한 경외심이 느껴졌다. 마치 자식의 출세를 기뻐하는 아버지 같았다. 큰형이 구레이치로에게 이야기해서 야시로의 실험실을 마련한 것이 분명했다.

이윽고 큰형이 돌아와 내 정면에 있는 나무 의자에 앉았다.

큰형은 진지한 표정으로 손에 든 컵을 응시했다.

"마침 잘됐다. 이 기회에 의논할 게 하나 있어."

"오, 유능한 동생의 도움이 필요하군?"

"도움이랄지……. 뭐, 그런 셈이지. 구레이치로가 교토로 돌아온 뒤로 언젠가 이야기해야지 생각은 했다만, 이게 꽤 섬세한 이야기란 말이지. 너도 잘 알다시피 난 이런 일에는 둔해서 어떤 식으로 이야기를 해야 할지 도무지 모르겠다. 그렇지만 해야 하는 이야기는 해야 할 테고, 이런 일은 나름대로 절차가 필요하기도 하고, 이르면 이를수록 좋지만 저쪽 생각도 있으니까……."

이야기가 너무 멀리 돌아서 무슨 말을 하고 싶은 건지 모르겠다.

"형이 서툰 건 알았으니까 얼른 본론으로 들어가줘."

"지금부터 이야기할 테니까 그렇게 재촉하지 말고."

드디어 본론을 이야기하려나 했더니 시모가모가와 에비스가와가의 반목의 역사라든지, 양가의 화해는 할아버지의 염원이었다든지, 그런 엄청나게 장대한 이야기가 시작됐다. 아무리 기다려도 무슨 말을 하고 싶은 건지 알 수 없었다. 껄끄러운 이야기를 해야 할 때면 큰형은 장대한 이야기를 시작하는 경향이 있다.

이윽고 큰형은 심호흡하고 결심한 듯 말했다.

"……가이세이와 다시 약혼할 생각은 없냐?"

나는 기겁하게 놀라 큰형을 응시했다.

"아니, 갑자기 무슨 소리야?"

"물론 당사자인 가이세이나 구레이치로와도 의논해봐야 하겠다만……."

우리가 아직 어린 너구리였을 때 아버지와 에비스가와 소운이 가이세이와 나를 약혼시켰다. 지금 생각하면 소운이 진심으로 찬동했을지 의심스럽다. 아버지가 너구리전골이 된 뒤 소운은 약혼을 일방적으로 취소했다.

가이세이는 어떻게 봐도 매력적이라 하기 힘든 약혼자였다. 사춘기가 도졌을 무렵부터 내게 모습을 보여주지 않게 된 반면 욕설의 백화점이라 할 만큼 입이 걸었다. 넌더리를 내던 내게 파혼은 오히려 바라던 바였다. 이제 와서 원래대로 돌아가고 싶은 마음은 없었다. 나는 고개를 흔들며 "싫어"라고 똑똑히 말했다.

"자기 결혼식도 하기 전에 동생 신붓감을 찾으려고? 너무 의욕이 넘치는 거 아닌가?"

"너 같은 너구리일수록 얼른 결혼해서 자리를 잡아야 해. 아니면 빌빌거리다가 무슨 짓을 할지 몰라. 머잖아 냄비에 빠질 게 뻔하다."

"그래서 가이세이를 감시자로 붙이겠다고?"

"너도 지킬 대상을 찾으라는 말이야."

"그야 에비스가와가와의 관계도 안정될 테니 형한테는 좋겠지. 그렇지만 난 그렇게 입이 험하고 모습도 보여주지 않는 괴상망측한 약혼자는 절대 싫어. 도대체가 야지로 형은 어쩌고? 작은형도 있는데 용케 그런 제안을 하네."

작은형이 가이세이에게 반한 것은 큰형도 잘 알고 있을 터였다.

그러자 큰형은 타이르듯 말했다.

"야사부로, 이건 야지로의 생각이야."

나는 얼마 동안 할 말을 잃었다. 우물 속에서 쇼기판을 노려보던 작은 개구리의 모습이 떠올랐다.

"……야지로 형은 교토를 떠날 생각이군?"

"보내줄 생각이다, 난."

"난 반대야." 나는 울컥했다. "왜 붙들지 않는 건데, 형."

"그 녀석한테는 그 녀석의 길이 있어."

"형이 그렇게 쌀쌀맞은 너구리일 줄 몰랐어."

"그 녀석한테는 그 녀석 길이 있고, 너한테도 네 길이 있어. 난 시모가모가의 장래를 생각하는 거다. 아버지는 이제 안 계셔. 내가 너희 생각을 해야지 안 그럼 누가 하겠냐."

털북숭이 배 속 깊은 곳에서 부조리한 노여움이 불끈불끈 치밀었다.

"형한테 아버지를 대신해달라고 한 적 없는데." 나는 말했다. "누가 아버지를 대신할 수 있다고. 그런 건 오만이야."

지금 생각하면 참 심한 소리를 했다 싶다.

욕설이 날아올 줄 알았건만 큰형은 미소 짓듯 하며 고개를 숙였다.

"……그러냐." 큰형은 중얼거렸다. "그렇겠지."

그때 문이 열리고 동생이 기재를 가득 담은 상자를 안고 힘들게 들어왔다. 그러더니 깜짝 놀란 것처럼 멈춰 섰다.

"야사부로 형, 왜 그렇게 무서운 얼굴을 하고 있어?"

○

그날 저녁, 나는 쪽빛 어스름에 싸인 로쿠도 진노지로 찾아갔다.

작은형이 너구리계에서 은퇴해 오래된 우물에 틀어박힌 것은 아버지가 저승으로 이사한 것이 발단이었다. 그때부터 이 우물에 몇 번을 왔을까.

방황하는 새끼 너구리들이 뻔질나게 드나들며 고민을 던지는 우물로 너구리계에 널리 알려졌는데, 사실 으뜸가는 단골손님은 나였을지도 모른다. 작은형과 뽀글뽀글 이야기하는 사이에 머리 위 하늘이 밝아온 적도 있다. 보름밤에 벤텐이 뚝뚝 흘린 눈물을 작은형과 함께 올려다봤던 것이 벌써 1년도 더 전의 일이다.

나는 우물가에서 어두운 지하를 향해 불러봤다.

"어이, 형. 살아 있어?"

"……야사부로야? 슬슬 올 줄 알았어."

작은형의 대답을 듣고 나는 개구리로 둔갑해 우물 속으로 뛰어들었다.

신사의 조그만 신등이 우물 속 작은 섬을 흐릿하게 비추고 있었다.

작은형은 우물물이 찰랑찰랑 밀려드는 물가에 찰싹 주저앉아 당초무늬 보자기에 늘어놓은 물건을 보고 있었다. 나는 섬으로 기어 올라가 들여다봤다. 어린애 장난감처럼 보이는 그것들은 작은형이 우물 속에 숨겨둔 전 재산인 듯했다.

"개구리의 가재도구는 손수건 같은 보자기면 충분한걸. 나도 놀랐어. 여행은 짐이 적을수록 좋다고 하지만 말이야."

"진짜로 떠날 생각이구나."

"……무슨 말을 하고 싶은지는 알아. 넌 반대하지?"

"아직 둔갑술도 완전히 회복된 게 아니잖아."

"어떻게든 될 거야. 할머니 약도 있고."

"어머니가 슬퍼하실 텐데."

"……그 이야기를 꺼내면 나도 괴로워. 그렇지만 꼭 돌아올 테니까."

작은형은 침울한 분위기를 날려버리듯 명랑하게 개골개골 울었다.

"자, 봐. 내 재산 자랑 좀 하자."

작은형은 당초무늬 보자기에서 물건을 하나씩 소중하게 집어 유래를 내게 설명해주었다.

난젠지 교쿠란에게 선물 받은 휴대용 쇼기판과 말, 아버지가 남긴 쇼기 책, 세쓰분에 아카다마 선생님이 준 덴구 콩, 다누키다니 후도의 할머니가 만들어준 환약이 든 주머니, 어머니가 준 시모가모 신사의 부적, 둔갑술 연습에 썼던 에이잔 전철의 폴라로이드 사진, 가모가와강 변에서 주운 평범한 돌멩이며 유리구슬 하나에 이르기까지 작은형의 추억이 담겨 있었다.

작은형의 여행 준비를 보다 보니 나는 한층 외로워졌다.

작은형은 새끼 너구리 때부터 늘 멍했고 빛나는 재능을 과시하는 일이 전무에 가까워 거의 바보 취급을 받았다. 너구리답지 않게 언제나 쓸쓸해 보였고, 열혈한 같은 부분은 눈곱만큼도 없었으며, 매사에 흐리멍덩하고 믿음직스럽지 못했다. 그러나 작은형의 부드러운 지혜 비슷한 것을 내가 얼마나 좋아했는데.

"가지 마, 형."

"넌 나한테 응석을 부리는 거야, 야사부로." 작은형은 다정한 목소리로 말했다. "우리는 다들 야이치로한테 응석 부리고 있고."

작은형은 "얍" 하며 탱글탱글한 몸을 뻗어 독자적인 준비 체조를 시작했다. 뭘 하는 건가 했더니 어처구니없게도 우물물에 참방 뛰어들어 헤엄치기 시작했다. 긴 여행을 앞두고 찬물에서 수영해 몸을 단련하는 것이라 했다. 그는 거침없이 헤엄쳐나가 신등 불빛도 닿지 않는 어두운 물에서 떴다 가라앉았다 했다. 나는 물가에 주저앉아 작은형이 수영하는 것을 구경했다.

"형, 춥지 않아?"

"엄청 추워. 심장이 멎을 것 같아."

"도리어 몸에 나쁠 텐데."

"이까짓 것 아무것도 아냐. 긴 여행을 떠날 건데."

나는 보자기 있는 곳으로 돌아와 작은형의 재산을 바라봤다. 사과처럼 반들거리는 달마 오뚝이의 한쪽 눈이 까맣게 칠해져 있었다.* 무심코 들어 뒤집어 보니 빨간 등에 어이없을 만큼 힘찬 붓글씨로 '시모가모 야지로 님 부활 기원 에비스가와 가이세이'라고 쓰여 있었다.

어두운 물 저편에서 작은형이 "야사부로" 하고 불렀다.

"왜, 형?"

"운명의 붉은 실을 믿어?"

"글쎄, 모르겠네."

"내가 잘 아는 너구리 두 마리가 있는데, 그 애들은 운명의 붉은 실로 칭칭 동여매여 있어. 붉은 실이란 건 묘하단 말이지. 옆에서 보면 한눈에 알겠는데 본인들은 전혀 모르는 것 같거든."

작은형은 헤엄치며 뽀글뽀글 말했다.

"참 풋풋하기도 하지. 초록 개구리가 빨개지겠어."

---

* 일본에는 달마 오뚝이에 한쪽 눈을 그려 넣어 소원을 빌고 소원이 이루어지면 다른 눈도 마저 그리는 풍습이 있다.

○

 큰형의 말은 잘 알겠지만 가이세이와 다시 약혼하는 것은 싫었다. 작은형 말도 잘 알겠지만 작은형이 여행을 떠나는 것은 싫었다. 다다스숲으로 돌아가 큰형과 이야기해야 한다는 것은 알고 있었지만 그것도 어쩐지 싫었다.

 하나부터 열까지 다 싫었다.

 이런 식으로 울적할 때를 위해 쓰치노코라는 환상의 괴수가 있는 게 아닌가.

 '그래, 쓰치노코를 찾자.'

 로쿠도 진노지의 우물에서 나온 나는 다다스숲으로 돌아가지 않고 산으로 들어가, 쓰치노코를 쫓아 히가시야마산을 떠돌았다. 노골적으로 말하면 '가출'이었다.

 12월 들어 썰렁해진 숲은 고요해 쓰치노코가 있을 듯한 기색이 전혀 없었다. 동면 중일지도 모르겠다는 생각이 들었다. 유서 깊은 괴수씩이나 되어 평범한 파충류의 생활 스타일을 따르겠나 하는 의문도 있었지만, 나는 낙엽을 헤쳐 냄새를 맡고 돌아다니고 삽으로 땅을 파헤치며 끈기 있게 수색을 계속했다.

 밤의 장막이 내리면 다다스숲에서 기다리는 가족들 생각이 나 '내일은 꼭 가자'고 결심하며 잠드는데, 이튿날에는 다시 쓰치노코를 찾게 됐다. 쓰치노코 찾기에 너무 열중한 나머지 내가 쓰치노코가 된 꿈을 꾸었다. 내가 쓰치노코를 쫓는지, 쓰치노코가 된 내가 쫓기는지 알 수 없게 됐다.

그런 식으로 일주일이 지났다.

다다스숲에서는 난젠지 교쿠란을 포함해 시모가모 일족이 협의 중이었다. 처음에는 '가만 놔두자'라며 지켜보던 가족들도 내가 좀처럼 돌아오지 않으니 걱정하기 시작했다. 가족회의 끝에 난젠지 교쿠란이 전권을 위임받아 가짜 덴키브랜 공장을 방문했다.

'시모가모 야사부로, 삐져서 산에 틀어박히다.'

교쿠란이 그런 얼빠진 뉴스를 응접실에서 전달한 상대는 에비스가와 가이세이였다.

그리하여 전 약혼자가 나를 설득하러 나타났다.

○

기타시라카와 천연 라듐 온천에서 목욕하고 우동을 먹은 뒤, 우류산을 얼쩡거리는 사이에 해가 졌다. 나는 낙엽 침상을 마련해 야영지로 삼았다. 건전지를 쓰는 램프로 불을 밝히고 건빵을 와작와작 씹다 보니, 나뭇가지는 어둠에 녹아들고 숲 저편에도 짙은 어둠이 닥쳐왔다.

나는 '쓰치노코 탐험대'라 할 인간의 모습으로 둔갑해 있었다.

어쩐지 잘 기분도 아니라 멍하니 램프 불빛을 바라봤다.

운명의 붉은 실을 믿느냐는 작은형의 말이 생각났다.

사춘기가 도진 에비스가와 가이세이가 내게 모습을 보여주지 않게 된 것은 먼 옛날인지라, 기억에 남아 있는 전 약혼자의 모습은 부엌의 갈색 수세미에 털이 난 것처럼 몽롱했다. 입만 열면 갖은 욕설을 쏟아내는 갈색 수세미를 상대로 운명을 느끼라는 것은 터무니없는 요구다. 게다가 결혼하게 되면 금각과 은각이라는 최악의 바보까지 덤으로 딸려 오는 셈이니, '운명의 붉은 실'을 억지로 끊어서라도 도망쳐야 할 암담한 미래라 할 것이다. 미래의 나 자신에게 동정을 금할 수 없다.

'아무리 그래도 내가 너무 불쌍하잖아……'

그때 캄캄한 숲 저편에서 "이런 데 있었구나, 이 멍텅구리가!"라는 목소리가 들리더니, 검은 용이 못생긴 숲의 요괴처럼 느릿느릿 기어 나왔다.

"이런 데서 뭐 해?"

"널 데리러 온 거잖아, 이 벽창호!" 검은 용은 부들부들 떨었다. "너희 어머니랑 야이치로 씨한테 걱정 끼치고, 교쿠란 선생님한테까지 걱정 끼치고, 다 큰 너구리가 어떻게 그렇게 책임감이 없어? 너 혹시 베이비야?"

입은 험한데 하는 말은 본질적인 부분을 건드리니 더 화난다. 같은 말을 하려도 좀 더 보들보들한 너구리적 커뮤니케이션이 있지 않나. 하도 화가 치밀어서 나는 가이세이를 등지고 벌렁 돌아누웠다.

"그래, 난 베이비야. 그러니까 내버려둬."

"저거 봐, 또 삐졌지. 하여간 귀찮아!"

"난 데리러 와달라고 부탁한 적 없어. 나도 혼자 생각하고 싶을 때가 있다고."

"홍, 그런 속 빈 피망 머리로 뭘 생각한다는 거야. 진지한 문제엔 신통한 지혜도 없으면서. 넌 바보 같은 일에만 재능이 있잖아."

"그만 입 다물어. 안 그러면 궁둥이 털 잡아 뜯는다."

"잡아 뜯을 수 있으면 잡아 뜯어보든지."

"너하곤 이제 말 안 해."

"그럼 나도 말 안 해."

"그래, 좋다."

"응, 좋아."

전 약혼자는 입을 다물었다. 어둠에 싸인 야영지에 침묵이 흘렀다.

자려고 해봤지만 가이세이는 돌아가려 하지 않았다. 그녀는 무슨 청소 로봇처럼 버석버석 낙엽 소리를 내며 램프 불빛 속을 어정버정 다니다가 나무뿌리에 부딪혀 당황하곤 했다. 이윽고 "이건 혼잣말인데"라고 중얼거렸다.

"다시 약혼하는 이야기는 거절할 거야. 괜한 걱정 안 해도 돼."

"나도 혼잣말인데 그건 참 다행이군."

"의견이 일치해서 잘됐네. 안 그래도 바보 같은 오빠가 두 마리나 있는데, 바보가 또 한 마리 늘면 내가 살겠니!"

나는 부스스 일어나 앉아 램프 저편에 있는 검은 용을 노려봤다.

"나도 딱 잘라 거절한다. 어느 세상에 너하고 약혼하고 싶은 너구리가 있겠냐. 그런 너구리는 변태야."

"어머, 그래?"

"성격은 비비 꼬였지, 입은 험하지, 게다가 몇 년씩 모습도 보여주지 않지. 대체 뭐 하자는 건지."

"아, 그래, 넌 모르시겠지."

"약혼이 취소됐을 때 진짜 속이 시원하더라."

"나도 시원했어. 아아, 이제 바보랑 결혼하지 않아도 되는구나 싶어서."

"너랑 결혼하느니 누름돌하고 결혼하는 편이 더 행복해질 수 있을걸."

"네가 누름돌이랑 결혼하면 난 배꼽돌님이랑 결혼할 거야!"

가이세이는 배꼽돌님이 얼마나 이상적인 남편인지 한바탕 칭찬을 늘어놓았다. 상대방을 바보라고 부르지 않고, 금각, 은각과 싸우지도 않고, 너구리전골을 먹는 작자들과 어울리지도 않고, 벤텐이라는 반덴구에게 반하지도 않는다. 이윽고 휘황찬란한 욕설의 일렉트리컬 퍼레이드가 시작되어 "말 뼈다귀 같은 녀석", "털 꼬맹이", "멍텅구리", "두 살짜리 애송이 바보", "송충이 털 뭉치" 등 꽥꽥거렸다. 묘하게도 가이세이는 점점 울먹거리기 시작했다.

"너 왜 우냐?"

"우는 거 아냐. 울긴 누가 왜 울어?"

가이세이는 성난 듯 말했다.

"그렇지만······."

"······그렇게 내 모습이 보고 싶으면 보여줄게. 보면 너도 약혼 같은 거 불가능하다는 걸 알게 될 거야."

그렇게 선언하며 에비스가와의 바리때 공주는 쓰고 있던 용의 탈을 벗어던졌다.

램프 불빛이 비춘 것은 무시무시한 요괴도 뭣도 아니고 반지르르하게 윤이 흐르는 털을 가진 '천하제일로 예쁘다'고 해도 과언이 아닐 암컷 너구리였다. 그 모습을 본 순간, 내 궁둥이가 퐁 터지면서 꼬리가 굴러 나왔다. 어안이 벙벙해하는 사이에 자랑스러운 가짜 거죽이 벗겨져 나는 털 뭉치로 돌아오고 말았다.

나는 아연히 내 털북숭이 앞발을 봤다.

"알겠어?" 가이세이는 나를 노려봤다. "내 모습을 보면 넌 가짜 거죽이 벗겨진단 말이야."

○

가이세이가 그 사실을 깨달은 것은 우리가 아직 아카다마 선생님의 문하생이었을 때였다고 한다.

마침 그 무렵 나는 궁둥이에 버섯이 난 것 때문에 금각, 은각에게 바보 취급을 당하고 자신감을 잃어 풀 죽어 있었다. 난젠지 교쿠란을 따라 항문과 의원에 드나들면서 나는 가짜 거죽이 자꾸 벗겨지는 것을 전부 버섯 탓으로 돌렸다.

"너무 신경 쓰는 것 같긴 하네만, 그럴 수도 있긴 하겠지."

항문과 의원의 염소수염 선생님은 그렇게 말했다.

그러나 가이세이만은 내 슬럼프의 원인이 자신이라는 것을 눈치채고 있었다.

가이세이는 어떻게든 내게 접근해보려고 해봤지만, 그때마다 내 가짜 거죽이 벗겨졌다. 털북숭이 모습으로 어쩔 줄 몰라 하며 금각과 은각에게 쫓겨 다니는 나를 볼수록 가이세이는 내 근처로 오지 못하게 됐다. '가짜 거죽이 두껍다', '자유자재로 둔갑할 수 있다'는 것이 시모가모 야사부로의 가장 큰 자랑거리였기 때문이다. 가이세이가 점차 내 시야에 들어가지 않도록 피하는 동안, 나는 '버섯 후유증'이라 믿으며 궁둥이를 보호하는 데에 한층 전념했으니 참 얼빠졌다.

그나저나 그토록 중대한 비밀을 이토록 오랜 세월, 홀로 털북숭이 뱃속에 감추고 있었다는 것이 믿기지 않았다. 가상함의 가당찮은 낭비가 아닌가.

하도 어이가 없어서 무심코 중얼거렸다.

"……너 바보구나."

가이세이는 램프 불빛 속에서 털을 뭉게뭉게 곤두세웠다.

"너 지금 바보라고 했어?"

"바보가 아니면 그럼 뭐냐."

"그래, 난 바보다!"

"가상하면 다 되는 게 아니잖아."

"그래, 난 가상하고 바보고 부끄럼쟁이야. 어차피 너구리인 걸."

가이세이는 그렇게 말하며 램프 저편에서 나를 노려봤다.

"……아무튼 그래서 다시 약혼하는 건 무리야."

우리는 한동안 서로를 노려봤다.

가이세이가 갑자기 눈의 힘을 빼고 불안스레 등 뒤의 어둠을 쳐다봤다.

"저, 어째 이상한 소리 안 들려?"

그렇게 말하며 그녀는 조심조심 램프 주위를 돌아 내 쪽으로 다가왔다.

귀 기울여 들어보니 아닌 게 아니라 누가 훌쩍이는 듯한 소리가 어두운 숲에서 띄엄띄엄 들려왔다. 게다가 그 유령 같은 소리는 점점 이쪽으로 오는 듯했다. 어렸을 때부터 가이세이는 괴담 종류에 무척 약했다. 그녀는 온기의 극치라 할 몸뚱이를 내게 바짝 갖다 대며 불안스레 코를 바르르 떨었다. "저 기분 나쁜 소리는 뭐야?"

"어린애가 우는 것 같은 소리인데."

"이런 시간에? 이런 산속에서?"

우리는 몸을 맞댄 채 숨죽이고 귀를 기울였다.

이윽고 어두운 숲 바로 근처까지 울음소리가 다가왔나 싶더니, 어둠 속에서 허연 도깨비불 같은 것이 튀어나와 우리 쪽으로 굴러왔다.

꺅 하고 비명을 지르는 가이세이를 나는 붙들었다.

"진정해, 괜찮아. 다누키다니 후도의 할머니야."

"뭐? 할머님?"

가이세이가 어리둥절해 말했다.

훌쩍훌쩍 우는 여름귤 크기의 수백 털 뭉치는 우리 앞으로 굴러와 몸을 맞대고 있는 가이세이와 나 사이에 말없이 파고들었다. 그러고는 안심한 듯 몸서리를 치며 "아아, 무서워라!" 하고 소녀 목소리로 말했다. "여기는 따뜻해서 좋구나."

"혼자 오셨어요? 이런 데서 뭘 하세요?"

"산책 나왔다가 길을 잃었어. 난 아무것도 못 보는걸."

할머니는 내 냄새를 맡더니 "어머나?"라고 했다. "나 혹시 총각을 알아?"

"알 거예요. 여름에 만났거든요."

"그럴 줄 알았어! 그렇지만 여기 언니는 모르겠네."

"가이세이라고 해요."

가이세이는 당혹스러워하며 자기소개를 했다.

"가이세이구나. 이제 외웠어. 있지, 가이세이, 나 혹시 이상한 냄새 안 나?"

가이세이는 할머니의 하얀 털에 코를 킁킁거렸다. "아주 좋은 냄새가 나요."

"역시 그렇지? 이상한 냄새는 안 날 줄 알았어."

할머니는 기쁜 듯 말했다.

우류산의 야영지에서 북서쪽으로 내려가면 다누키다니 후도로 이어진다. 할머니는 갑자기 생각이 나 산책을 나왔다가 돌아가는 길을 찾지 못하고 숲속을 헤맸던 모양이다. 지금쯤 다누키다니 후도에서는 교조의 행방을 몰라 벌집을 쑤신 듯한 소동이 벌어졌을 것이 틀림없다.

할머니는 나와 가이세이 사이에서 몸을 말고 산이 밤에 얼마나 무서운지 이야기했다. 대말처럼 팔다리가 긴 저승사자가 자신을 쫓아왔다고 했다. "붙들리면 저승으로 끌려가는 거야. 휙 하고." 할머니는 두려운 듯 말하며 몸서리를 쳤다.

이윽고 느닷없이 "둘은 부부야?" 하고 물었다.

"부부 아니에요." 가이세이가 대답했다.

"어머, 그렇지만 붉은 실로 칭칭 동여매여 있는데. 내 눈엔 보여."

"뭐, 언젠가 부부가 될 거예요. 약혼자니까."

내가 말하자 할머니는 "역시 그렇구나!"라며 득의양양하게 털을 떨었다.

"저희가 잘살 수 있을까요?" 나는 할머니에게 물었다.

"그런 걱정을 하는 거야, 총각?" 할머니는 킥킥 웃었다. "몰랑몰랑하게 있다 보면 어떻게든 돼. 우리는 너구리잖니. 보들보들한 게 매력인걸."

"그럼 됐네요."

"얘, 내가 가르쳐줄게. 나도 결혼했었거든. 힘들었던 건 다 잊어버리고 근사한 것만 기억나. 예쁜 털 뭉치를 많이 낳았던가……. 그리고 보니까 다들 어디로 흩어진 걸까. 많이 웃고 오동통한 털 뭉치들……."

할머니는 하품을 크게 했다.

"난 금세 잠이 들어. 언제 어디서나."

잠들기 직전 할머니는 잠에 취한 목소리로 "열심히 해, 총각. 열심히 해"라고 연신 말했다. 나는 "노력할게요"라고 대답하고 할머니의 아름다운 하얀 털을 쓸었다.

"흐름이 막혔어. 털을 반듯하게 해둬야 해."

"알았어요. 반듯하게 할게요."

"풍파를 일으켜서 재미있게 하는 거야."

"풍파를 일으킬게요. 척척 일으킬게요."

내가 그렇게 말하자 할머니는 웃고는 보드라운 몸을 떨었다.

"재미있는 것은 좋은 것이다. ……그렇지, 총각?"

할머니는 소금주먹밥이 구멍에 굴러떨어지듯 잠에 퐁 빠졌다.

가이세이와 나는 잠시 조용히 할머니의 숨소리를 귀 기울여 들은 뒤, 작은 목소리로 의논해 '다누키다니 후도의 너구리들에게 할머니를 모셔다 드리자'라는 결론에 도달했다. 가이세이가 쓰치노코 탐험대의 여자애로 둔갑해 할머니를 안고 어두운 밤길에 램프를 들었다. 나는 여전히 너구리 모습이었다.

우리는 다누키다니 후도를 향해 깜깜한 산길을 내려갔다.

이윽고 어두운 숲을 가득 메운 다누키다니 후도 너구리들의 술렁임이 느껴졌다. 시커먼 삼나무 아래 무수한 손전등 불빛이 깜박거렸다. "큰삼촌이랑 다른 너구리들이 올라오는데." 내가 말하자 가이세이는 램프를 높이 쳐들고 아래에서 잘 보이도록 크게 좌우로 흔들었다. 순백의 할머니는 가이세이의 품 안에서 부풀었다 쪼그라들었다 반복하며 새근새근 잠들어 있었다.

가이세이는 쭈그리고 앉아 내 귓가에 대고 소곤거렸다.

"정말 괜찮아?"

"……그래."

"나랑 같이 있으면 네 자랑스러운 가짜 거죽이 벗겨지는데."

"어떻게든 되겠지."

"⋯⋯하여간 엉터리라니까."

"이 또한 바보의 피가 그리하게 시키는 것이니."

내가 그렇게 말하자 가이세이는 "흥" 하고 코웃음을 치며 일어섰다. 그리고 잠든 할머니를 안은 채 잠자코 마중 나온 불빛을 쳐다봤다.

○

교토 타워는 너구리가 둔갑한 것이라는 도시 괴담이 있다.

참고로 시운잔 조호지紫雲山頂法寺 롯카쿠도 앞에 자리한 배꼽돌님이 너구리라는 사실은 널리 알려져 있다. 솔잎으로 그슬린다는 천재적인 수법으로 그것을 만천하에 알린 것은 어린 시절의 나였다. 나는 교토 타워의 가짜 거죽도 같은 수단으로 확인할 심산이었으나 '배꼽돌님 사건'으로 호되게 야단맞은 탓에 단념했다. 지금까지도 교토 타워에 관한 너구리 의혹을 불식하지 못하고 있다.

작은형이 교토를 떠나는 날 아침, 작은형과 나는 교토역 앞에 서서 맑디맑은 하늘에 우뚝 솟은 덴구 버섯 같은 교토 타워를 올려다보고 있었다.

"형, 이 타워 너구리 같지 않아?"

나는 말했다.

"나도 그런 생각을 한 적이 있는데. 그렇지만 야사부로, 솔잎으로 그슬리는 건 하지 마라."

"아무리 그래도 이젠 그런 짓 안 해."

나는 교토 타워 꼭대기를 가리켰다.

"가끔 벤텐 님이 저기 걸터앉아서 칵테일을 마시나 봐."

"아닌 게 아니라 덴구가 앉기에 딱 좋긴 하네."

"……아버지는 왜 그런지 이 타워를 좋아하셨는데."

"나도 교토에 돌아올 무렵엔 이게 그리워질까."

우리 아버지 시모가모 소이치로는 교토 너구리계의 대표로서 일본 각지의 너구리들을 만나러 가곤 했는데, 여행에서 돌아올 때마다 교토 타워가 점점 더 그리워진다고 말했다. 어딘가 너구리의 향수와 서로 통하는 데가 있나 보다.

아침의 역 앞은 시영버스가 쉴 새 없이 드나들고 허연 입김을 내쉬는 통근자와 학생들이 빠른 발걸음으로 오갔다. 나는 머저리 대학생 모습, 작은형은 출근하는 직장인들 틈에 녹아드는 양복 차림이었다. 작은형은 전 재산이 든 보퉁이를 소중히 안고 있었다.

이윽고 큰형이 교쿠란과 야시로를 데리고 나타났다.

"늦어서 미안하다, 야지로. 어머니를 못 찾아서."

"어쩔 수 없어. 그 편이 나도 차분하게 출발할 수 있고."

"그럴지도 모르지."

"여기서 어머니가 붙들기라도 해봐. 그럼 나 못 떠날걸."

"어머니는 정말 배웅을 싫어하시네."

지난밤, 데라마치 거리의 바 '아케가라스'에서 열린 송별회에서도 어머니는 배웅 나가기 싫다고 잔뜩 떼를 썼다. 오늘 아침에도 교토역으로 데려가려는 우리를 걷어차고 다다스숲을 도망쳐 다닌 끝에 택시를 잡아타고 어디론가 가버렸다.

아버지 생전에도 그러더니 어머니는 긴 여행을 떠나는 너구리를 배웅하는 것을 몹시 불편해했다. 한번은 규슈 이키로 떠나는 아버지를 배웅하러 교토역까지 왔다가, 이별을 아쉬워하는 사이 열차에 같이 올라타는 바람에 고베까지 따라가서 다카라즈카 관람으로 마음을 달래고 돌아온 적도 있다.

"야지로 형, 약은 잘 챙겼어?" 야시로가 말했다. "꼬박꼬박 먹어야 해. 개구리로 돌아가버리면 안 되잖아."

"할머니한테 받아 와서 보통이에 잘 넣었어."

작은형은 두꺼운 열차 시간표를 펴고 철도 노선도를 우리에게 보여주었다.

먼저 구라시키의 고마치 온천에 사는 너구리들을 찾아간다. 구라시키의 고마치 너구리는 수십 년 전 난젠지 너구리들로부터 분가해 구라시키로 이주한 너구리들인데, 난젠지 쇼지로가 놀러 가달라고 부탁했다. 구라시키에 며칠 머문 뒤 오노미치와 도모노우라를 돌며 그 일대 너구리들을 만나겠다고 작은형은 말했다.

"그다음은 여행하면서 찬찬히 생각해보려고."

"혹시 시코쿠로 가게 되면 긴초 일문에 인사하고 와라."

큰형이 말했다.

고마쓰시마의 긴초 일문은 아버지와도 긴밀한 교류가 있어, 큰형과 작은형은 아버지를 따라 찾아간 적이 한 번 있었다. 아버지의 사후, 교류를 이어갈 기회가 좀처럼 없었던지라 세토 내해를 사이에 둔 털북숭이 유대를 다시 단단히 굳히고 싶다고 했다.

난젠지 교쿠란이 어머니에게서 받아 온 부싯돌을 꺼내 고개를 움츠린 작은형 뒤에서 딱딱 쳤다. "이제 됐어. 꼭 좋은 여행을 할 수 있을 거야, 야지로 군."

"고마워. 내가 돌아올 때쯤엔 교쿠란이 내 형수가 돼 있겠네."

"이런 중요한 순간에 무슨 이상한 소리를 하는 거야."

교쿠란이 부끄러워했다.

작은형은 정색하고 우리를 향해 머리를 깊이 숙였다.

"배웅에 감사드립니다. 시모가모 야지로, 이제 여행을 떠나 한층 투실투실하게 성장해 돌아올 생각입니다. 여러분도 부디 건승하시기를."

"그만 됐다 싶으면 언제든지 돌아와라" 큰형이 말했다. "다들 기다리고 있으마."

"응, 기다릴게." 동생이 말했다. "선물 사 와야 해."

"……형, 꼭 돌아오는 거야."

나는 다짐을 두었다.

"지금의 나한텐 돌아올 곳이 있어. 그러니까 반드시 돌아올 거야."

작은형은 보퉁이를 흔들며 총총걸음으로 개표구를 통과했다. 그러고는 힘찬 발걸음으로 걸어가 한 번도 돌아보지 않은 채 혼잡한 역 구내로 사라졌다.

작은형의 모습이 보이지 않게 된 뒤로도 오랫동안 우리는 기도하는 심정으로 개표구를 쳐다보고 있었다. 그렇게 하면 작은형의 앞길에서 기다리는 행운이 커질 것 같았다. 마지막까지 개표구 앞을 떠나려 하지 않은 것은 큰형이었다.

이리하여 시모가모 야지로는 여행을 떠났다.

○

가모 대교 서쪽 어귀 당구장에서 어머니를 발견했다.

유리문을 열고 발을 들여놓으니, 가게 안에 따스한 공기가 가득하고 가모가와강이 내다보이는 유리창으로 비쳐 든 햇빛이 마룻바닥을 비추고 있었다. 2층에서 공 치는 소리가 들려왔다.

내가 커피를 들고 올라가니 다카라즈카 향기를 흩뿌리는 검은 옷의 왕자가 혼자 당구를 치고 있었다. 나는 의자에 앉아 커피를 마시며 공 치는 어머니의 모습을 잠자코 지켜봤다.

이윽고 어머니는 입을 열었다.

"……떠났니?"

"지금 교토역에서 배웅하고 오는 길이에요."

"드디어 숲으로 돌아왔나 했더니 또 가버리네."

"형은 꼭 돌아올 거예요."

어머니는 내가 건넨 커피를 두 손으로 쥐고 창가로 다가갔다.

"……소 씨는 그 애가 교토를 떠날까 봐 두려워하고 있었어. 다시는 안 돌아올지도 모른다고 말이지. 그래서 그 애만은 멀리 보내고 싶지 않았던 거야."

창유리 너머에 올해 들어 가장 춥다는 겨울 아침이 있었다. 가모가와강에 하얀 백로가 날고, 히가시야마산이 렌즈를 통해 보는 것처럼 선명하게 보였다. 그러나 어머니는 그런 풍경에는 눈도 주지 않고 멍하니 먼 곳만 쳐다보고 있었다. 어머니 눈에 비치는 것은 교토역 개표구를 지나는 작은형의 뒷모습일 게 틀림없었다.

"……배웅하러 오지도 않다니 몹쓸 어미라고 생각했을까."

어머니는 누구에게랄 것 없이 혼잣말처럼 중얼거렸다.

"그렇지만 그 애 손을 놔줄 자신이 없었어. 붙들기라도 했다간 그 애는 틀림없이 못 떠났을 거야……."

"형은 건강하게 잘 떠났어요. 분명히 좋은 여행을 하고 올 거예요."

내가 그렇게 말하자 어머니는 돌아보고 웃음을 지었다.

"그래, 그렇겠지?" 어머니는 말했다. "너희가 스스로 결정한 일인걸. 소 씨도 분명히 용서해줄 거야."

그때 나는 작은형이 떠나는 것을 허락한 큰형이 옳았다는 생각이 들었다.

작은형은 분명 근사한 여행을 하게 될 것이다. 여행길에서 만나는 너구리며 인간은 모두 친절할 테고, 작은형의 털에는 언제나 포근한 햇빛이 비칠 것이다. 무엇보다도 중요한 것은 작은형이 반드시 교토로 돌아오리라는 것이다.

나는 진심으로 그렇게 믿었다.

○

12월 전반을 나는 딱히 할 일도 없어 다다스숲에서 뒹굴뒹굴하며 보냈다.

벗은 나뭇가지를 바람이 흔드는 소리를 듣고, 꿀을 탄 생강차를 마셔 감기를 예방하고, 규중처자로 둔갑해 어머니와 함께 당구를 쳤다.

내가 뒹굴거리는 동안, 큰형은 교쿠란이 선물한 빨간 목도리를 매고 허연 입김을 자욱하게 뱉으며 자동 인력거로 섣달의 교토를 여기저기 뛰어다녔다. 하늘에서 떨어지고 땅에서 솟아나는 일거리를 닥치는 대로 해치우며, 몸속의 피가 모두 드링크제로 바뀌지 않았을까 싶을 만큼 맹렬한 기세로 일했다.

가이세이와의 약혼을 되살리는 문제에 관해서도 큰형은 에비스가와 구레이치로와 의논했다. 구레이치로는 반대하지는 않는 모양이라고 했지만, 소운의 장례를 치른 지 얼마 안 된 탓도 있어 정식 발표는 조만간 기회를 봐서 하기로 했다. 충분히 그럴 만도 할 것이다.

내가 다다스숲 침상에서 뒹굴거리자 어머니는 자꾸만 가이세이 걱정을 했다.

"만나러 가지 그러니?"

하지만 가짜 거죽이 벗겨지는 것을 금각과 은각이 보면 곤란한 데다가, 애초에 가이세이를 만날 생각을 하면 대단히 창피했다. 보나 마나 가이세이도 창피해할 텐데, 만나러 가봤자 이야기가 될 리 없다.

"만나러 가는 건 싫어요. 가이세이가 화낼걸요."

"약혼자인데 왜 화를 내?"

"어쩌면 좋을지 모르면 일단 화부터 낸다고요, 걔는."

"소중한 약혼자를 그런 식으로 말하는 게 아니에요."

"도대체가 가이세이랑 무슨 이야기를 하라는 건데요?"

"어머나, 그런 걸 엄마가 어떻게 이야기하니? 어쩨 기쁘기도 하고 창피하기도 한 말을 이것저것 하는 거야. 아휴, 부끄럽다, 얘."

"약혼자가 됐다고 '그럼 오늘부터 열심히 밀어를 속삭입시다' 할 순 없다고요."

내가 그렇게 말하자 어머니는 "아휴 참, 창피해라"라며 낙엽 속에 숨어버렸다.

소운이 세상을 떠난 뒤로 모든 게 거짓말처럼 순조로웠다.

에비스가와가와의 역사적 화해도 실현됐고, 가이세이와의 약혼도 부활했고, 작은형은 여행을 떠났으며, 큰형의 니세에몬 취임은 확실시되고 있었다. 아카다마 선생님과 벤텐과 2세의 다툼도 기요미즈데라의 밤 이래로 교착 상태에 빠져 있었다. 수평선 저편에 이르기까지 풍파가 일어날 낌새가 눈곱만큼도 없었다.

나는 천하태평을 사랑하는 너구리이지만 '그것만으로는 곤란하다'고 바보의 피가 속삭였다.

> 언제든지 풍파를 일으켜요 ♪
> 척척 일으켜요 ♪
> 언제든지 평화를 어지럽혀요 ♪
> 팍팍 어지럽혀요 ♪

겨울철의 쓸쓸한 가모가와강 제방에 앉아 너구리로서 있을 수 없는 데인저러스한 노래를 흥얼거리는데, 자동 인력거가 달려와 눈앞에 멈춰 섰다. 큰형이 몸을 내밀었다.

"야사부로, 잠깐 같이 가자. 야사카 씨가 불러."

나는 벌떡 일어섰다. 뭔가 재미있을 듯한 냄새가 났다.

"뭐 문제라도 생겼어?"

"기뻐해라, 네가 나설 차례라더라."

○

문제란 너구리 선거의 입회인을 둘러싼 다툼이었다.

너구리계의 두령 니세에몬은 연말에 열리는 장로들의 송년회에서 선출된다. 그 자리에 입회인으로 덴구를 초청하는 것이 오랜 관습인데, 덴구는 왕왕 너구리를 업신여기는 터라 이것저것 트집을 잡아 출석을 꺼리는 경향이 있다. 작년에는 구라마 덴구가 복통을 이유로 아카다마 선생님에게 역할을 떠넘겼다.

자동 인력거를 타고 가며 큰형은 심각한 표정으로 팔짱을 꼈다.

"아카다마 선생님이 올해 입회인 역할을 허락해주시지 않아. 그러면서 후임 덴구를 추천하겠다고 하시는데……."

"……들으나 마나 벤텐 님이겠지."

"아무리 그래도 너무하지 않냐. 벤텐 님은 금요클럽 인간이라고. 너구리전골을 먹는 인간을 너구리계 두령을 정하는 연회에 부르라는 말씀이시냐."

"아예 덴구 없이 할 수는 없어?"

"그건 안 돼. 니세에몬의 권위는 너구리계 전체의 의견과 덴구 님의 승인에서 비롯되는 거다. 그 절차를 생략해봐라, 니세에몬은 종이호랑이가 되고 말아."

"하여튼 답답하네."

데마치 상점가 뒤편의 연립 '코포 마스가타' 앞은 마치 빚쟁이처럼 아카다마 선생님에게 달려온 너구리들로 북적거렸다. 아카다마 선생님은 너구리가 대거 몰려오는 것을 싫어하지만, 너구리들 입장에서는 뇨이가타케 야쿠시보에 대한 경의를 털뭉치의 머릿수로 표현해야 직성이 풀린다.

자동 인력거가 멈춰 서자, '야사부로 형제가 왔다'라는 말이 퍼져 야사카 헤이타로가 일부러 맞이하러 나왔다.

"미안하다, 야사부로. 덴구 전문가인 네 힘을 좀 빌려야겠다."

"야사카 씨도 참, 꼭 그렇게 추켜세운다니까요."

"야쿠시보 님이 골이 잔뜩 나셔서 나하고는 말도 하려 하지 않으시는군. 헌상품도 바쳤고 선생님의 위대함도 칭송했고 엎드려서 우는 시늉까지 했어. 이제 더는 쓸 방도가 없다. 입회인 역할을 받아들여 주시도록 네 화술로 구워삶아."

문을 열고 선생님 집에 들어가니, 선물 포장을 한 아카다마

와인과 과자 세트 등 헌상품으로 부엌이 발 디딜 틈도 없었다. 아카다마 선생님은 허연 겨울 햇빛이 비쳐 드는 다다미 넉 장 반에서 고타쓰에 발을 넣고 큰 접시에 담은 거대한 다랑어 김초밥을 우물우물 먹으며 곁에 둔 쇼기판을 들여다보고 있었다. 연립을 포위한 너구리계 중진들은 염두에 전혀 없는 듯했다.

"시모가모 야사부로, 대령했습니다."

"왜 왔느냐. 부른 적 없다."

"또 생떼를 써서 너구리를 괴롭히신다면서요. 덴구 중의 덴구, 천하의 뇨이가타케 야쿠시보 님은 역시 다르시군요."

내가 책상다리를 하고 앉자 선생님은 나를 쩨려봤다.

"네 털북숭이 속셈을 내 모를 줄 알고. 그럴싸한 말로 나를 끌어내려는 심산이지. 야사카 헤이타로가 부탁하더냐."

"저런, 다 아시는군요."

"작년엔 네 감언이설에 넘어가서 험한 꼴을 봤다."

"꽤 즐기시지 않았습니까."

"멍청한 놈." 선생님은 역정을 냈다. "입회인은 벤텐에게 시킬 것이다. 나는 더 할 말 없어."

아카다마 선생님은 벌렁 드러누워 내게 등을 돌렸다.

나는 온갖 수를 동원해 설득을 시도했으나, 심통이 난 선생님은 입도 열지 않고 자버렸다.

바깥은 점차 어두워졌다. 선생님은 전등 줄 잡아당기는 것조차 귀찮아하는지라 다다미 넉 장 반은 폐허처럼 캄캄해졌다. 연립 밖에서 참다못한 너구리들이 술판을 벌이기 시작한 소리가 들려왔다. 참 태평하기도 하다. 큰형이 붕장어튀김을 얹은 덮밥을 가져다줘 어두운 부엌에서 아귀아귀 먹었다.

이윽고 선생님이 부스스 일어났다. 담배와 향수와 노인네 냄새가 혼연일체가 된 어둠 속에서 덴구 담배의 불이 깜박거렸다.

"……시시한 하루가 오늘도 저무는구나."

"왜 불을 안 켜세요?"

"왜 내가 해야 하느냐. 네가 켜라."

"싫습니다. 직접 켜세요."

내가 말하자 선생님은 토라졌다.

아카다마 선생님은 어째서 벤텐을 입회인으로 보내고 싶어 하나.

애초에 벤텐이 뇨이가타케 야쿠시보를 잇기를 원하는 것은 아카다마 선생님뿐, 이와야산 긴코보며 아타고야마 다로보를 비롯한 교토 덴구들은 기껍게 여기지 않는다. 덴구적 능력이 풍부한 2세가 귀국한 지금, 벤텐의 형세는 한층 악화됐다. 그 때문에 아카다마 선생님은 '너구리 선거의 입회인'를 구실로 벤텐을 억지로 후계자로 지정해 말하자면 기정사실로 만들려는 심산일 것이다. 덴구계의 후계자 다툼에 말려드는 너구리들에게는 재난이라 할 수밖에 없지만, 너구리에게도 너구리의 긍지라는 것이 있다.

덴구 담배의 불이 꺼졌다. 선생님은 고타쓰에 발을 넣은 채 입을 열지 않았다. 자는 모양이다. 나는 다다미 넉 장 반 구석에 정좌하고 머리를 숙였다.

"너무 오래 있었습니다. 오늘은 이만 물러가겠습니다."

○

'뇨이가타케 야쿠시보 대책 본부' 텐트가 설치된 연립 앞은 마치 반상회의 축제처럼 떠들썩했다. 눈부시게 빛나는 백열등 아래, 야사카 헤이타로를 비롯한 너구리들은 전기난로에 발을 쬐며 술판을 벌이고 있었다.

내가 발소리도 요란하게 계단을 내려가자, 털북숭이 취객들은 흠칫 놀라 입을 다물고 진지한 표정을 지었다. 나는 두 손을 들며 "손들었습니다"라고 말했다.

너구리들 입에서 하얀 입김과 실망에 찬 목소리가 흘러나왔다.

"벤텐 님께 부탁드리는 수밖에 없나. 그런 벤텐 님께……."

연립 대문 앞에서 밀치락달치락거리는 너구리들은 그렇게 말하며 몸서리를 쳤다. 용기를 내려 술을 마시는 이도 있었다. 당장이라도 벤텐이 연립 지붕에 내려설 것처럼 불안스레 겨울 밤하늘을 올려다보는 이도 있었다. 나는 텐트로 들어가 의자에 앉았다.

"이제 어쩌죠, 야사카 씨."

"난감하군. 이거 난감해."

야사카 헤이타로는 팔짱을 끼며 허공을 노려봤다.

그의 시선 끝에는 모든 역할에서 해방되어 누리게 될 약속의 땅, 남국의 모래사장이 펼쳐져 있을 것이다. 이 난국을 어떻게든 헤쳐나가 남쪽 바다로 가고 싶다, 그것도 되도록 자신에게 불똥이 튀지 않는 방법으로. 지혜를 쥐어짜는 듯 보이지만 결정적인 발언은 뭐 하나 하지 않는, 이 진한 중년남 너구리주의가 바로 너구리계의 평화와 안녕의 토대이기도 했다.

그는 도움을 청하듯 큰형을 쳐다봤다.

"어쩌면 좋을까, 야이치로 군."

"그러게요."

큰형도 팔짱을 끼며 신음했다.

너구리들은 백열등 불빛에 번들번들 빛나며 진지한 표정으로 침묵했다. 그들의 얼굴을 둘러보는데 '풍파를 일으켜서 재미있게 하는 거야'라는 다누키다니 후도 할머니의 말이 되살아났다. 데운 술을 마시며 궁리하다가 천계를 얻었다.

"재미있는 생각이 났는데."

나는 말했다.

"보나 마나 신통치 않은 생각이겠지."

큰형이 신음하듯 말했다.

"2세한테 부탁하는 거야. 2세가 나서면 벤텐 님도 참견하지 못해. 고잔 오쿠리비 때 호되게 패배했으니까."

"그건 그렇다만……."

큰형이 중얼거리는 것을 가로막고 야사카 헤이타로가 몸을 내밀었다.

"2세가 수락해주시겠나?"

"밑져야 본전이잖습니까."

"그러게. 잘만 되면 그게 제일 바람직하긴 한데……."

그때 큰형이 "전 찬성하지 않습니다"라고 말했다. "덴구의 후계자 싸움은 어디까지나 덴구계의 문제입니다. 덴구의 싸움에 휘말리는 건 최대한 피해야 합니다. 여기서 입회인을 2세한테 부탁하면 아카다마 선생님과 벤텐 님이 얼마나 노여워하시겠습니까."

"전부 내가 꾸민 일이라고 하면 돼. 책임은 지겠어."

"……너 진심이냐."

"재미있는 것은 좋은 것이야, 형. 나한테 맡겨."

야사카 헤이타로는 "좋아"라며 무릎을 쳤다. 어쨌거나 눈앞의 문제가 해결되어 만족한 듯했다. 주위 너구리들도 한시름 놓은 표정이었다.

"이 문제는 야사부로에게 맡기자. 좋은 동생을 뒀군, 야이치로 군."

헤이타로가 명랑하게 웃어도 큰형은 쓸쓸한 표정으로 아무 말도 하지 않았다.

나는 큰형의 등을 툭 쳤다.

"왜 그래, 형. 기운 내라고. 재미있어질 거야."

야사카 헤이타로와 그 자리에 모인 다른 너구리들 눈이 있으니 "나한테 맡겨"라고 호언장담하기는 했지만, 이건 너구리의 분수에 맞지 않는 일대 도박이었다. 벤텐과 2세라는 2대 거두가 높은 곳에서 대치하는 교착 상태를 이용해 모험을 감행해보겠다는 계획인데, 조금이라도 계산을 그르쳤다간 벤텐이 철제 냄비에 던져 넣을 것이다.

벤텐이 속삭이는 목소리가 귓전에 들리는 듯했다.

"잡아먹고 싶을 만큼 좋아하는걸."

○

다음 날 오후 일찍, 나는 2세를 설득하러 저택으로 찾아갔다.

뾰족지붕이 세련된 저택은 겨울 햇빛 아래 고요했다.

와이셔츠와 카디건 차림의 2세는 앞마당의 벌거벗은 나무 아래 테이블을 내놓고 해바라기를 겸해 파이프를 손질하고 있었다. 나는 마당을 둘러싼 하얀 울타리에 손을 얹고 "시모가모 야사부로, 대령했습니다"라고 인사했다. 2세는 얼굴을 들고 미소를 지었다.

"오, 야사부로 군. 오늘은 무슨 일이지?"

"일이라고 할 정도는 아닙니다만, 일단 근황 보고를 할까 합니다."

"앉아. 이놈 손질을 먼저 끝내지."

내가 맞은편 의자에 앉자 2세는 파이프를 하나하나 집어 설명했다. 이국의 섬뜩한 괴수를 조각한 상아 파이프, 반들반들 윤이 흐르는 브라이어 파이프, 딱 때리면 너구리도 죽일 수 있을 듯한 해포석 파이프. 재질뿐 아니라 크기도 다양해서 소인국의 기념품 같은 것부터 나스 요이치*가 당긴 활처럼 긴 것까지 있다.

이윽고 2세는 벚나무로 만들었다는 파이프를 집어 담배를 담고 긴 성냥을 그어 불을 붙였다. 달콤한 연기가 맑은 하늘에 피어올랐다. 그는 가늘게 뜬 눈으로 연기의 행방을 좇으며 외국 담배 향과 포근한 햇빛을 만끽했다.

오후 햇볕은 따스하고 바람은 뚝 그쳐 마치 저택이 자리한 옥상이 시간의 흐름 밖을 떠다니는 듯했다.

"우선 공기총에 관해 보고드릴 게 있습니다."

나는 아리마 온천에서 벌어진 사건의 경위를 이야기했다.

올해 5월부터 나는 2세에게 전권을 위임받아 교토 시내에 흩

---

* 헤이안 시대 말기의 무장으로 어린 시절부터 천하의 활 솜씨를 가졌다고 전해진다.

어진 2세의 가재도구를 회수해왔다. 너구리들이 주워 모은 것은 되찾을 수 있었으나 가장 위험한 물품이 여태 돌아오지 않았다. 덴마야의 수중에 떨어진 독일제 공기총이었다.

아리마 온천에서 공기총이 에비스가와 소운의 목숨을 빼앗았다는 이야기를 듣고 2세는 불쾌한 듯 눈살을 찌푸렸다.

"예술품을 너구리 죽이는 데에 쓰면 곤란한데."

"덴마야라는 자가 신출귀몰한 괴인이라 그날 밤 이래로 행방을 알 수 없습니다. 설령 찾아낸다 해도 환술을 쓰는 탓에 섣불리 손댈 수 없고 말이죠. 이건 전적으로 제 책임입니다. 어떻게 사죄를 드려야 할지 모르겠습니다."

내가 머리를 숙이자 2세는 손을 내저었다.

"무슨 말인가. 자네에게는 충분히 도움을 받고 있어. 이렇게 가재도구가 돌아온 것도 자네 덕분인데. 자네에게 큰 빚을 져서 마음이 아주 불편하군."

나는 즉각 얼굴을 들고 물었다.

"그렇게 너구리에게 신세 지는 게 신경 쓰이십니까?"

"자네가 사례금을 받아주면 고맙겠네만……."

"독일제 공기총을 빼도 빚이 꽤 클까요?"

내가 그렇게 재차 확인하자 2세는 담배를 피우며 어리둥절한 표정을 지었다. 그러더니 한쪽 뺨에 웃음을 띠며 "어이쿠" 하고 말했다. "어째 너구리 냄새 나는 이야기가 됐군."

"너구리 내가 진동하는 느낌이죠?"

"이 대화의 종착점은 어디지? 확실하게 이야기해봐."

나는 연말로 닥친 너구리 선거에 관해 이야기했다.

선친의 뒤를 이어 '니세에몬'이 되는 것은 큰형에게 오랜 꿈이다. 동생 입장에서 어떻게든 그 꿈을 이뤄주고 싶다.

그런데 아카다마 선생님은 너구리 선거의 입회인이 되기를 거부하며 벤텐을 대리로 지정했다. 덴구적 재능이 코에서 줄줄 흐를 만큼 풍부하다고는 하나, 벤텐은 아직 정식 덴구가 아닌 데다 너구리전골을 날름 먹는 금요클럽의 인간이다. 너구리의 두령을 선출하는 회의 석상에 너구리전골을 먹는 인간을 초대하라는 것은, 아무리 덴구적 생떼를 마음껏 부리는 아카다마 선생님이라지만 너무하신 말씀 아닌가. 이것만은 너구리계도 승복할 수 없다.

"……그런 연유로 2세께서 꼭 입회인이 되어주시면 감사하겠습니다."

내가 말하자 2세는 담배 연기를 내뿜으며 떨떠름한 표정을 지었다.

"자네는 나더러 덴구가 되라는 말인가."

"아뇨, 입회인이 되어주십사 하는 것뿐입니다."

"하지만 입회인은 덴구의 역할이잖아."

"그건 너구리계나 덴구계에서 그렇게 생각하는 것뿐입니다.

그런 고정관념에 사로잡힐 필요는 없죠. 마음대로 생각하게 내버려두면 그만입니다. 2세는 2세로서 입회인이 되어주시면 됩니다."

스스로 생각해도 근사한 억지 논리였으나 2세는 그렇게 쉽사리 구워삶아지지 않았다.

"그 늙은이 뒤치다꺼리를 하는 것은 사양하겠네."

"……그렇습니까. 아, 이제 어쩌나."

나는 풀 죽어 어깨를 축 늘어뜨리는 척하며 다음 수단을 강구했다.

2세는 하늘을 향해 연기를 뱉으며 말했다.

"하여간 방심할 수 없는 너구리로군, 자네는."

"에헤헤, 그렇게 대단한 건 아닌데요."

"저번에도 기요미즈데라에서 날 염탐했지?"

"어라, 들켰습니까?" 나는 갑자기 창피해져 머리를 긁적였다. "나쁜 뜻은 없었습니다. 순수한 호색적 호기심이란 거죠."

"늙은이가 울며 매달렸겠지."

"……그 점에 관해서는 노코멘트입니다."

"너구리를 시켜 정부의 동향을 감시하게 하다니 기가 막힐 노릇이야. 노추의 극치야. 난 그 벤텐이란 여자를 미워하니까 늙은이가 염려하는 실수가 벌어질 리 없어. 조금이라도 의심을 받았다는 것조차 내게는 모욕이나 다름없는데."

"2세는 벤텐 님을 정말 싫어하시는군요."

내가 말하자 2세는 냉랭한 표정으로 나를 노려봤다.

"싫어하는 게 아니야. 미워하는 거지. 거기엔 명확한 이유가 있어."

○

발단은 다이쇼 시대로 거슬러 올라간다.

뇨이가타케 야쿠시보 부자의 사랑의 쟁탈전은 히가시야마산 36봉을 뒤흔드는 큰 싸움으로 발전했다. 당시 아직 덴구적 능력이 넘쳤던 아카다마 선생님이 가까스로 승리를 거두며 젊은 시절의 2세를 미나미좌 대지붕에서 시조 거리로 걸어차 떨어뜨린 것은 앞서 서술한 바 있다.

길바닥으로 추락한 2세는 쏟아지는 비를 맞으며 도주했다.

당시 교토 거리는 지금과는 비교도 안 될 만큼 조용했다. 하물며 천둥 치고 폭풍이 부는 밤이었으니 캄캄한 길거리에 오가는 사람이 있었을 리 없다. 다닥다닥 붙은 상가 저택의 기와지붕을 커다란 빗방울이 때리고 푸르스름한 번개가 하늘을 가를 때마다 자갈길이 번득였다. 2세가 유리문이나 전봇대를 붙들며 가라스마 거리를 북쪽으로 올라가자, 이윽고 번갯불에 비친 시계탑이 보였다.

시계탑이 있는 건물은 군수산업에 진출한 무역상이 세계대전으로 벌어들인 떼돈을 들여 지은 서양식 저택이었다. 폭풍에도 아랑곳없이 밤의 밑바닥에 전등 불빛을 아낌없이 흩뿌리며 보석함처럼 반짝였다. 놋쇠 간판에는 '신세기 호텔'이라는 글자가 새겨져 있었다.

2세가 현관 앞에 서자 호텔 직원들은 2세가 다친 것을 보고 소란을 피웠다.

"어떻게 되신 겁니까?"

그를 구호하려는 사람들을 밀어내고 2세는 "영애께서는?" 하고 물었다.

안면이 있는 직원들은 거북한 듯 입을 다물었다.

불길한 예감이 든 2세는 빗물을 뚝뚝 떨어뜨리며 로비를 가로질러 계단을 달려 올라갔다. 붉은 양탄자와 회벽이 이어지는 복도를 지나 객실 문을 두들겼다.

그러나 대답이 없었다.

문을 열자 방은 텅 비어 있었다.

그 객실에 살던 영애는 '신세기 호텔' 주인의 딸이었다.

유럽에서 불어닥치는 세계대전의 바람을 타고 막대한 돈을 번 아버지는 화려한 서양식 저택과 마찬가지로 딸에게도 큰돈을 들였다. 팔다리의 뼈가 황금으로 된 것이 아닐까 싶을 만큼 아름다운 여인이었다는데, 이건 난생처음 사랑에 빠진 인물이 100년

전을 회상하며 하는 말이니 에누리해서 들어야 할 것이다.

어쨌거나 그녀는 종종 남장을 하고 외출한다든지 2세와 아카다마 선생님을 농락했다고 하니 평범한 인물이 아니다. 팔다리의 뼈가 황금으로 되어 있었다 해도 가녀린 뼈는 아니었던 것 같다.

이윽고 호텔 직원이 쫓아와 눈을 내리깔고 말했다.

"어제 아무도 모르게 떠나셨습니다."

"어디로?"

"저희도 모릅니다. 어제부터 벌집을 쑤신 것 같은 소동이 벌어져서 어쩔 줄 몰라 하던 참입니다."

"남긴 말은 없고?"

"편지를 전해드리라고 하셨습니다."

2세는 영애가 남긴 편지를 황급히 폈다. 거기에는 사랑의 말은커녕 단 한 마디도 쓰여 있지 않았다. 그저 커다랗게 '×'가 그려져 있을 뿐이었다.

2세는 화가 난 나머지 머리가 폭발할 것 같았다. 2세가 아카다마 선생님과 사력을 다해 싸움을 벌이게 된 것은 따지고 보면 황금의 뼈를 가진 영애에게 반한 것 때문이었다. 그런데도 두 덴구가 교토 상공을 누비며 싸우는 동안 영애는 2세에게 실격의 낙인을 찍고 수수께끼처럼 사라진 것이다.

객실의 어두운 창문이 비를 맞아 자갈이 날아드는 듯한 소리를 냈다.

절망한 2세는 다시 폭풍 속으로 나왔다. 폭풍 부는 밤의 기억은 2세의 가슴에 뚜렷이 아로새겨졌다. 너무나도 큰 굴욕감에 그 기억을 가슴속 깊은 곳에 묻고 두 번 다시 떠올리지 않겠다고 결심했다. 그 뒤 2세는 일본을 떠났다.

그로부터 100년.

영국 런던 근교 북쪽에 햄프스테드 히스라는 공원이 있다.

여름이 되려면 아직 이른 싸늘한 공원의 숲속을 2세는 서양식 지팡이를 휘두르며 걸었다. 얼마 동안 산책하고 있으려니 어두운 하늘에 천둥이 치고 진눈깨비 섞인 비가 내리기 시작했다. 진눈깨비는 사박사박 소리를 내며 2세 주위에 쏟아졌다. 2세는 나무 그늘에 들어가 비가 그치기를 기다리기로 했다. 나무들 사이로 햄프스테드 히스의 마른 잔디로 덮인 황량한 언덕이 보이고 낮게 드리운 먹구름 틈새를 번개가 달렸다.

그때 2세는 인적 없는 언덕을 한 여자가 올라가는 것을 봤다. 진눈깨비 섞인 비가 오고 쉴 새 없이 천둥이 치고 있건만 여자의 발걸음은 소풍이라도 나온 것처럼 가벼웠다. 어이없어하며 바라보던 2세는 문득 관심이 동해 숲에서 나와 그녀를 향해 걸어갔다.

여자는 언덕 꼭대기에 서서 번갯불에 비치는 먹구름을 올려다보고 있었다.

"이런 데 서 있으면 위험합니다, 아가씨."

2세는 손등으로 진눈깨비를 가리며 말했다.

그러자 여자는 돌아보며 젖은 머리를 걷었다. 언짢은 목소리였다.

"괜찮으니까 그냥 내버려두실래요?"

여자는 그해 봄 세계 일주 크루즈를 떠나 영국에 도착한 벤텐이었다. 그녀의 얼굴을 본 순간, 100년의 세월이 사라지고 시간의 흐름은 폭풍이 휘몰아치던 교토의 밤에서 여기 영국의 언덕으로 곧장 이어졌다. 마음속 깊은 곳에 묻었을 굴욕적인 기억이 되살아났다.

"내가 얼마나 놀랐는지 알겠나, 야사부로 군." 2세는 넌더리 내듯 한숨을 쉬었다. "벤텐의 얼굴은 영애와 판박이였어."

○

태양이 구름 뒤에 숨으면서 갑자기 옥상이 추워졌다.

2세는 벨벳을 바른 상자에 파이프 컬렉션을 넣고 저택 앞마당을 천천히 걷기 시작했다. 낙엽이 2세의 검정 구두 밑에서 메마른 소리를 냈다.

정원 쪽문 곁에 먼 옛날 런던의 가스등을 본뜬 외등이 있었다. 날이 저물면 자동적으로 불이 들어와 부드러운 빛을 발한다.

요시다산 다케나카 이나리 신사 경내에 추락해 한밤중에 괴담 같은 불빛을 발하는 것을 힘들게 주워 온 것은 나다.

2세는 가스등 밑에 서서 거리에서 들려오는 희미한 소리에 귀를 기울였다.

"크리스마스 음악이 들리는군."

"요새는 어디를 가나 들리더군요."

"묘한 일이야. 무슨 이유로 그렇게 빠져드는 건지."

"왠지 몰라도 즐거워서 너구리는 크리스마스를 좋아합니다. 별 근거가 없다는 점이 특히 근사하죠. 그리고 켄터키 치킨은 맛있습니다. 그걸 싫어하는 너구리는 없어요."

"그건 먹어본 적이 없군. 언젠가 한번 시도해보지."

나는 2세 곁에 서서 정원 쪽문 밖에 펼쳐진 옥상을 봤다.

옥상 저편에 높낮이가 들쭉날쭉한 건물들이 보였다.

살풍경한 콘크리트 옥상과 실외기, 물탱크, 비상계단과 전깃줄이 자아내는 세계는 너구리의 영역이 아니라 덴구의 영역이다. 이 옥상 세계 어딘가에서 벤텐은 지금도 덴구 담배를 피우고 있을지도 모른다.

과거에 2세는 벤텐을 똑닮은 영애에게 실연당해 사랑이 지나치다 못해 백 배의 증오로 변했다. 하지만 그렇다면 증오가 지나치다 못해 백 배의 사랑으로 변할 수도 있다. 백 배의 백 배는 만 배다.

"그나저나 2세는 벤텐 님께 친절하시군요."

내가 말해보자 2세는 노여움에 하얀 뺨을 붉혔다.

"무슨 바보 같은 소리인가. 친절함은 눈곱만큼도 없어."

"죄송합니다만 기요미즈데라에서 들었거든요. 2세는 벤텐 님이 덴구가 되는 걸 말리셨습니다. 벤텐 님을 생각해서 하신 말씀이죠?"

"전혀 아니야! 자네는 크게 오해하고 있어."

"그런가요?"

"그런 여자는 덴구가 되기에 적합하지 않다고 생각한 것뿐이야."

본인은 시인할 성싶지 않지만, 2세가 100년 만에 귀국하게 된 것은 영국 런던에서 벤텐을 만났기 때문이라는 것은 명백했다.

그러나 100년 만에 돌아와보니 과거에 복수를 맹세했던 아버지는 영락해 벤텐의 엉덩이 꿈만 꾸며 살고 있다. 벤텐을 사랑하는 아버지와 벤텐 탓에 돌아온 아들. 부자가 둘 다 100년 전과 똑같은 추태를 벌이고 있다는 것이 2세에게 얼마나 굴욕적으로 느껴졌을까. 천지사방 모든 것이 불쾌하다. 어쩌다가 이런 나라 이런 도시로 돌아왔나. 바보가 아닌가. 모두 그 여자 잘못이다. 그 여자가 제악의 근원이다. 그런 여자는 싫다. 너무너무 싫다. 2세의 이 뻿성 구슬에 바로 너구리가 파고들 틈이 있었다.

나는 2세의 발치에 엎드려 아뢰었다.

"이대로 가면 벤텐 님은 2대 뇨이가타케 야쿠시보가 되실 겁니다. 그런 일이 있어도 되는 걸까요. 이제 와선 2세께 매달리는 것밖에 벤텐 님을 저지할 방법이 없습니다. 제발 저희 너구리에게 힘을 빌려주십시오."

"야사부로 군, 그런 촌스러운 짓은 그만둬."

"수락해주실 때까지 그만두지 않을 겁니다."

"……알았다, 알았어."

2세는 한숨을 쉬며 두 손을 들었다.

"너구리 제군에게 전해. 입회인은 내가 되겠네."

"감사합니다."

"이걸로 빚은 갚은 거야, 야사부로 군."

○

사이고쿠 33개소 제18번 시운잔 조호지.

건물 사이로 홀연히 모습을 드러내는 절 경내, 가지를 늘어뜨린 버드나무 밑에 신비한 육각형 돌이 있다. 이것이 바로 교토의 요석, 일명 '배꼽돌'인 유서 깊은 돌멩이다. 실은 너구리가 둔갑했다는 것은 너구리들만 아는 비밀인데, 그렇기에 배꼽돌님은 니세에몬보다 더 잘난 존재다. 그 때문에 예로부터 내려온 관습에 따라 니세에몬 선거를 앞두고 너구리계 중진들은 롯카쿠도에 모여 배꼽돌님께 인사드린다.

그날 나는 가족과 함께 롯카쿠도로 갔다.

건물들 사이로 도려내진 하늘은 구름 한 점 없이 파랗고 맑았다. 1년 전과 같은 색이었다.

큰형은 기분이 좋아 롯카쿠도로 가기 전 들른 양식점에서 방석 같은 햄버그스테이크를 두 개나 먹어치웠다.

"체력이 없으면 니세에몬은 힘드니까 말이지. 드링크만으로는 오래 버티지 못해. 평소에 원기를 돋워주는 음식을 먹을 필요가 있어."

"맛있는 걸 많이 먹는 건 좋은 일이야." 어머니는 말했다. "그래도 그 햄버거스테이크는 진짜 크더라! 꼭 너구리처럼 크던데."

"불길한 말씀 하지 마세요, 어머니. 동족상잔 같지 않습니까."

"너구리전골 아닌 너구리햄버거스테이크······."

나는 무시무시한 상상을 하고 말았다. 전골도 싫지만 간 고기도 싫다.

"햄버그스테이크는 맛있지."

동생이 말했다.

그런 말을 주고받으며 롯카쿠 거리를 걸어가니, 각양각색의 모습으로 둔갑한 너구리들이 롯카쿠도 문에서 바깥까지 넘쳐흘러 꿈틀거리고 있었다.

늘 하는 생각인데, 각각의 너구리는 세세한 데까지 머리를 써서 교묘하게 둔갑하는데도 여럿이 모이면 주위 공기에 털이 난 것 같은 너구리적 분위기가 농후해진다. 털 뭉치가 잔뜩 모여 몸을 맞대면 긴장이 풀리는지도 모른다.

검은 승복을 입은 승려들이 바깥문 앞에 서서 얼쩡거리는 너구리들을 경내로 유도했다. 금각, 은각 수하의 친위대가 둔갑한 가짜 승려다.

바깥문을 지나려다가 가짜 승려 모습의 금각과 은각을 발견했다.

"웬일이냐, 너희가 그렇게 얌전하게."

"야사부로 님 아니십니까." 금각이 합장하며 머리를 숙였다. "참으로 날씨가 좋군요. 배꼽돌님도 기뻐하시겠지요. 훌륭한 일입니다."

"멋진 일입니다, 나무나무." 은각이 말했다.

도를 완전히 터득한 듯한 어조가 더없이 섬뜩했다.

"……너희 뭐 이상한 거라도 먹었냐?"

"무슨 말씀이십니까. 저희는 바보로부터 탈피하고자 구레이치로 형에게 가르침을 받아 밤낮으로 수행에 힘쓰고 있습니다."

"형도 나도 폭신폭신하고 시원한 찐빵처럼 마음이 평안합니다."

"구레이치로 형은 긴카쿠지에 교토 타워를 올린 것만큼 격조

높은 너구리입니다. 아아, 저희는 얼마나 바보였는지요."

"부끄럽고 또 부끄럽습니다. 쥐구멍이라도 찾고 싶네요. 나무 나무."

"야사부로 님께도 단연코 불도를 추천드립니다. 바보의 시대는 이제 끝났어요."

금각과 은각은 바보로 그득한 너구리계조차 '언어도단'이라며 포기할 만큼 순도가 높은 바보다. 그런 그들이 바보로부터의 탈피를 기도하면 어떻게 될 것인가. 털북숭이 양파 껍질을 벗기듯 탈피를 거듭해 급기야 흔적도 없이 지상에서 소실되고 말 것이다.

"그래, 잘해봐라. 응원하마."

나는 금각과 은각을 격려한 뒤 롯카쿠도 경내로 들어갔다.

○

건물과 건물 사이에 있는 롯카쿠도는 연못 속에 가라앉은 것처럼 어둑어둑했다.

경내에서 올려다보니 맑은 하늘은 한층 환해 보였다.

그리 넓지도 않은 경내에 들뜬 너구리들이 한가득했다.

누구는 롯카쿠도 지붕에 있는 금빛 보주를 탐내듯 바라보며 얼쩡거리고, 누구는 향불 연기를 마시고 에취 에취 재채기를 연발해 웃음을 터뜨리고, 또 누구는 동자 지장보살 앞에 붉은 융단을 깔고 도시락 포장지를 벗기고 있었다.

"어째 소풍 나온 기분이 드네." 어머니가 말했다.

"도시락 가져올걸." 동생이 말했다.

큰형은 우리와 헤어져 배꼽돌님 쪽으로 갔다. 야사카 헤이타로와 에비스가와 구레이치로, 난젠지 쇼지로 등이 일어서 큰형을 맞이하는 모습이 보였다. 호쾌하게 웃는 야사카 헤이타로는 무척 기분이 좋아 보였다. 이윽고 어두운 보라색 방석에 앉은 털뭉치 모습의 장로들이 '괜찮다, 괜찮아' 하고 중얼거리며 경내로 운반되어 왔다.

"폐문!" 하고 외치는 소리와 함께 롯카쿠도의 바깥문이 닫혔다.

알로하셔츠 차림의 야사카 헤이타로가 배꼽돌님 곁에 서서 엄숙하게 경내를 둘러봤다. 너구리들은 배꼽돌님을 열 겹, 스무 겹으로 둘러싸 의식이 시작되기를 기다렸다.

"정숙해주십시오."

야사카 헤이타로는 배를 통통 두들겼다.

"지금부터 회의를 시작하겠습니다. 회의를 개최함에 있어 시운잔 조호지에서 각별히 배려해주신 것에 감사드립니다. 또한 바쁘신 중에 참석해주신 장로님들께도 감사 인사 드립니다. 회의에 앞서 감사하게도 배꼽돌님께서 말씀을 내려주셨습니다. 이 자리에서 낭독하겠으니 제군께서는 기립해주십시오."

경내의 너구리들이 일제히 일어섰다.

"'감기가 들었을 때는 발을 따뜻하게 하고 머리를 시원하게 해라. 그러면 의사가 필요 없다. 벌꿀 생강차를 마시는 것도 진짜 좋고!', 이상입니다."

경내의 너구리들이 일제히 머리를 숙인 다음 앉았다.

야사카 헤이타로는 배꼽돌님께 절한 뒤 에헴 하고 헛기침했다.

"여러분도 아시다시피 작년 너구리 선거가 미증유의 혼란 속에 중단된 것은 참으로 슬픈 일이었습니다. 니세에몬을 선출하지 못해 저 같은 범인이 은퇴 시기를 늦춰 1년을 더 머문 것은 참으로 유감의 극치가 아닐 수 없습니다."

나는 "고생 많으셨어요!" 하고 외쳤다. 어머니가 "노력가네!"라고 소리쳤다.

야사카 헤이타로는 쓴웃음을 지으며 손을 들고 인사를 이어갔다.

"그러나 이렇게 무사히 1년을 마무리해 지금은 그저 기쁠 따름입니다. 니세에몬에 입후보한 야이치로 군은 참으로 멋진 너구리죠. 이런 유망한 신세대에게 미래를 맡기고 은퇴할 수 있어 참으로 다행스러운 일이라 생각합니다. 이제 에비스가와 구레이치로 군이 응원 연설을 해주겠습니다만, 구레이치로 군 또한 에비스가와 소운 군의 사후 에비스가와가를 짊어지는 유망한 신세대입니다. 너구리계의 빛나는 미래는 그들에게 달려 있습니다. 그럼 구레이치로 군, 나와주십시오."

에비스가와 구레이치로가 조용히 일어섰다.

"에비스가와 소운의 장남, 에비스가와 구레이치로입니다."

그는 머리를 깊이 수그린 다음 경내의 너구리들에게 말했다.

"너구리계 여러분께 오랜 세월 인사드리지 못한 것을 사죄드립니다. 제 아버지 에비스가와 소운은 가짜 덴키브랜 공장의 근대화에 진력했으나, 너구리로서 입에 담지 못할 악행을 저질러 만절晩節을 더럽힌 것을 잊어서는 안 될 것입니다. 그런데도 야이치로 군은 양가의 대립을 뒤로하고 '함께 살아가자'고 말해주었습니다. 이렇게 너그러운 너구리가 또 있을까요. 야이치로 군은 반드시 훌륭한 니세에몬이 될 테지요. 에비스가와가는 새 니세에몬에게 협조를 아끼지 않고 너구리계의 밝은 미래를 위해 온힘을 다하고자 합니다."

큰형이 감동한 표정으로 일어나 구레이치로에게 악수를 청했다.

"고맙네, 구레이치로. 고마워."

손을 맞잡은 양가의 두령을 야사카 헤이타로는 만면에 웃음을 띠고 바라봤다. 그 자리에 있던 너구리들이 "신시대!", "21세기!" 하고 명랑하게 외치고, 떠나갈 듯한 박수갈채가 터져 나왔다. 새로운 시대의 도래를 축복하는 우레 같은 박수가 미풍을 일으켜 방석에 파묻혀 졸고 있는 장로들의 털을 살랑살랑 흔들었다.

큰형은 배꼽돌님께 공손히 절한 뒤 살며시 손을 갖다댔다.

건물 사이로 박수 소리가 계속해서 울려 퍼졌다.

이윽고 야사카 헤이타로가 손을 들었다.

"여러분, 정숙해주십시오."

개운한 표정의 헤이타로는 이미 남국의 태양 아래 있는 것 같았다.

"이로써 배꼽돌님께 드리는 보고는 끝났습니다. 향후 일정에 관해 여러분께 알려드리고 가부를 정하고자 합니다. 먼저 장로회의는 12월 26일 밤, 2대 뇨이가타케 야쿠시보 님의 저택에서 개최하겠습니다. 이의 있으십니까?"

경내 너구리들은 이상하다는 표정이었지만 불만을 말하는 이는 없었다.

"그럼 이의가 없는 것으로 알겠습니다. 이어서 하나 더. 너구리계의 두령 니세에몬을 정함에 있어 작년에는 뇨이가타케 야쿠시보 님께서 입회인으로 참석해주셨습니다. 그러나 올해는 야쿠시보 님의 사정이 여의치 않아 2세께서 참석해주시게 됐습니다. 이 결정에 관련해 시모가모가의 야사부로 군이 힘써주었습니다. 감사의 뜻을 표하는 바입니다."

야사카 헤이타로는 나를 향해 한쪽 눈을 찡긋 감았다. '책임 소재를 명확히 해뒀지!'라는 뜻인 듯했다.

"이의 없으시죠?"

너구리들은 어리둥절한 표정으로 아무 말도 하지 않았다.
야사카 헤이타로는 안도한 얼굴로 회의를 마치려 했다.
"그럼......."
그때 롯카쿠도 지붕에서 맑은 목소리가 들려왔다.
"이의 있습니다."

○

롯카쿠도 지붕에서 내려선 벤텐은 냉랭한 시선으로 눈 아래 너구리들을 노려봤다.

그녀는 불길한 칠흑빛 후리소데에 주홍색 허리띠를 매고 긴 담뱃대를 들고 있었다. 건물 사이로 비쳐 드는 빛을 받아 황금 대통이 번득였다. 당장이라도 터질 듯한 뻣성 구슬을 배 속에 꾹 눌러 담고 있는 것을 알 수 있었다.

나도 모르게 아름다운 모습을 홀린 듯 바라봤지만, 다른 너구리들은 그럴 계제가 아니었다.

교토 너구리들에게 벤텐은 아름다우냐 아름답지 않으냐 하는 차원을 넘어선 존재다. 덴구의 힘을 가졌는데 덴구가 아니고 너구리전골을 먹는데 인간이 아니다. 완전히 하늘을 나는 재앙이다. 재앙은 머리를 낮추고 지나가기를 기다리는 수밖에 없다.

"벤텐 님이 납시셨다!"

야사카 헤이타로가 엎드리자 다른 너구리들도 앞다투어 엎드렸다.

멍하니 있던 나를 어머니가 끌어당겨 엎드리게 했다. 어머니는 내 팔을 꽉 끌어안은 채 놓지 않았다.

모든 것이 얼어붙은 듯한 침묵이 경내에 흘렀다.

"스승님께서 너구리 선거의 입회인이 되라고 하셨는데." 벤텐은 담배 연기를 뿜으며 말했다. "……보아하니 난 필요 없는 모양이네."

야사카 헤이타로는 조심조심 얼굴을 들었다.

"저런, 그러셨습니까. 뭔가 착오가 있었던 모양이군요."

"그 영국 물 먹은 작자가 수락했다면 상관없고."

"감사합니다."

"그나저나 어쩌다가 그런 착오가 발생했는지 사정을 알고 싶네. 혹시 너구리들은 내가 입회인이면 불만이야?"

야사카 헤이타로는 당장이라도 꼬리를 드러낼 듯한 것처럼 부들부들 떨며 얼굴을 들었다.

"아닙니다, 결코 그런 것은……."

"됐어, 괜찮아. 이해해. 아닌 게 아니라 난 인간이고 너구리전골을 먹는 여자니까. 나도 바보는 아니니까 너구리들 심정 정도는 알 수 있어."

벤텐은 조금도 진심이 느껴지지 않는 간드러진 목소리로 말했다.

"……심정은 이해해도 먹긴 하지만. 그렇잖아? 난 인간인걸."

벤텐이 노려보는 시선을 받으며 야사카 헤이타로는 숨넘어갈 듯 보였다.

다른 너구리들도 지장보살이 된 것처럼 꼼짝하지 않았다.

이윽고 벤텐은 롯카쿠도 지붕 가장자리에 서서 팔을 들고 경내 너구리들의 머릿수를 세는 듯한 동작을 시작했다. 마치 올해 전골 재료로 쓸 너구리를 고르는 듯했다. 교토에서 그런대로 존경받는 너구리들이 창백해져 술렁거렸다.

"너구리전골을 얼마든지 먹을 수 있겠네."

벤텐은 경내 너구리들을 향해 담배 연기를 내뿜었다.

흔들리는 버드나무를 스치고 비둘기들이 날아올라 사라졌다. 장로들은 방석에서 대굴대굴 굴러떨어졌다. 곳곳에서 퐁퐁 꼬리 튀어나오는 소리가 들리기 시작했다. 흡사 새벽에 연못의 연꽃이 피듯 너구리들의 가짜 거죽이 간단히 벗겨졌다.

마침내 벤텐이 나를 발견했다.

"어머나, 야사부로. 그런 곳에 숨어 있었어?"

내 주위에 밀치락달치락하던 너구리들이 모조리 우르르 달아나, 어느새 내 곁에 어머니와 야시로만 남아 있었다. 큰형이 황급히 달려왔다.

"안 봐도 뻔해. 네가 꾸민 짓이지?" 벤텐은 나를 내려다보며 말했다. "잘도 그 작자를 구워삶았네."

"무슨 말씀이신지 전 도무지……."

"거짓말 마."

"거짓말입니다. 죄송합니다."

"어처구니없는 너구리네. 스승님의 분부를 어기고 나를 함부로 취급하다니."

"벤텐 님은 야사부로라는 너구리를 잘 아시지 않습니까. 제게 흐르는 바보의 피가 괴상망측한 짓을 하게 시키는 겁니다. 하여간 뭘 하고 싶은 건지. 아카다마 선생님을 배신하고, 벤텐 님을 배신하고, 2세를 구워삶고……."

"난 그 남자가 진짜 싫거든."

"2세도 벤텐 님이 진짜 싫다고 하시더군요."

벤텐은 코웃음을 쳤다.

"넌 어때? 그 작자랑 나랑 둘 중에 누가 좋아?"

"……두 분 다 덴구로서 존경합니다."

내가 그렇게 대답하자마자 벤텐은 팔을 쳐들어 황금 담뱃대를 내게 던졌다. 담뱃대는 내 발치로 곧장 날아와 땅에 푹 꽂혔다. 어머니와 야시로가 비명을 지르며 내게 매달렸다. 나는 잠자코 벤텐을 올려다봤다.

그때 롯카쿠 거리에 면한 바깥문이 열렸다. 경내 너구리들이 일제히 돌아봤다.

실크해트를 쓴 2세가 냉랭한 얼굴로 서 있었다.

벤텐은 돌아서 거만하게 2세를 내려다봤다.

"너구리 제군." 2세는 경내 너구리들에게 말했다. "가이세이라는 너구리가 롯카쿠도에서 성가신 사건이 벌어지고 있다 알려줘서 말이지. 그런데 딱히 문제가 있는 것 같지 않네만."

2세는 그렇게 말하며 경내를 둘러봤다. 벤텐에게는 눈길도 주지 않았다.

2세와 나를 노려보던 벤텐은 문득 토라진 것처럼 홱 돌아섰다. 한쪽 소매를 팔랑거리며 롯카쿠도 꼭대기에서 반짝이는 보주를 바라보고 있었다. 이윽고 벤텐은 "참 어쩔 수 없는 애로구나, 마음대로 하렴"이라고 말했다.

"자비를 베풀어주셔서 감사합니다" 하고 나는 엎드렸다.

"넌 아무것도 몰라, 야사부로."

그녀는 날아오르기 전에 그렇게 말했다.

"난 언제나 다정했어."

○

이튿날, 여행 중인 작은형에게서 편지가 왔다.

다다스숲 시모가모가 귀하

근계.

모두 잘 지내시는지요.

저는 지금 히로시마의 세토내해에 면한 도모노우라라는 항구 마을에 있습니다. 오랜 역사를 지녔다는 곳이라 여기저기에 에도 시대의 자취가 남아 있습니다. 앞바다에 센스이라는 작은 섬이 있는데, 이곳 휴양 시설 뒤편에 너구리들이 삽니다. 매우 환영해줘서 당분간 이곳에서 쉴 수 있을 것 같습니다.

교토를 떠난 지 얼마 안 됐을 때는 둔갑해서 여행을 계속하는 것만 해도 벅찼지만 이제는 완전히 익숙해졌습니다. 구라시키와 오카야마, 오노미치에서도 다양한 너구리를 만나 신기한 경험을 많이 했는데, 그런 추억들을 다 담기에는 이 편지지가 너무 작군요. 언젠가 다다스숲으로 돌아갔을 때 찬찬히 이야기할 수 있으면 좋겠습니다.

새로운 곳으로 계속 옮겨 가는 것은 그것만으로도 재미있습니다.

센스이섬의 휴양소에서 시코쿠의 마루가메에서 배를 타고 바다를 건너왔다는 너구리를 만났습니다. 쇼기 이야기를 하면서 친해졌답니다. 자기 배로 시코쿠로 돌아간다고 하니 저도 동승해서 시코쿠로 건너가

고마쓰시마의 긴초 일문에게 인사드리러 갈까 합니다.

어쨌든 저는 아주 잘 지내고 유쾌한 여행을 하고 있습니다. 나날이 제 자신이 부쩍부쩍 커가는 것 같습니다. 꼭 털북숭이 죽순 같죠.

가족 여러분도 모두 건강하시기를 바랍니다. 또 편지 쓰겠습니다.

이만 총총.

시모가모 야지로

○

작은형의 편지를 내가 읽은 것은 소동이 모두 끝난 다음이었다. 편지가 다다스숲에 도착했을 때 나는 벤텐의 눈을 피하기 위해 교토 시내를 떠나 있었다.

삼십육계 줄행랑이 제일이다.

'도망쟁이 야사부로'라는 이름이 또다시 교토를 뒤흔들었다.

야음을 틈타 오사카 관문을 지나 내가 간 곳은 비와호였다.

제7장

덴구의 피, 바보의 피

12월 중순, 시모가모 야사부로는 교토 시내에서 연기처럼 사라졌다.

크리스마스이브에 은신처로 찾아온 난젠지 교쿠란에게 듣기로, 아무도 내 행방을 몰라 사망설까지 돌았다고 한다.

내가 도망친 곳은 비와호였다.

비와호 호숫가는 벤텐이 태어난 고향이다. 그녀는 오사카 관문 저편에 밀어넣은 과거를 혐오하는지 어지간해서는 가까이 가려 하지 않는다. 벤텐에 관한 한 비와호는 가장 가까우면서도 먼 곳이라 몸을 피할 곳으로는 최적의 장소였다.

교토 시내에서 탈출한 날 밤, 아야메이케 화백의 집을 찾아갔다.

돌이켜 생각하면 올 7월에 갔던 뒤로 처음이다. 돌 대문의 얄팍한 목판에 번진 '아야메이케'라는 글자와 대문 안에서 주황색으로 빛나는 미닫이문이 몹시 반갑게 느껴졌다.

"이런, 잘 왔어요."

아야메이케 화백과 부인은 무척 환영해주었다.

인사만 할 생각이었건만 어쩌다 보니 화백의 호의로 저녁을 얻어먹었다. 배를 꺼뜨리려고 뒹굴거리는 사이에 목욕물이 덥혀졌다. 목욕하고 나오니 맥주가 준비되어 있고 고타쓰에 앉은 화백이 "어서 이리 와요"라며 유혹했다. 고타쓰에 발을 넣고 맥주를 마시며 달콤한 가루가 묻은 시원한 곶감을 먹다 보니 '이 집에 은신하고 싶다'는 생각이 가슴속에 팽배했다.

이렇게 근사한 피신처가 또 있으랴. 아니, 없다.

이리하여 나는 아야메이케 화백의 집을 은신처로 정했다.

○

내 도망 생활은 태평하고 명랑했다.

밤에는 툇마루 밑에서 자고, 낮에는 화백과 함께 빗자루로 쓸어 모은 낙엽을 분류하거나 호박 그림을 그리거나 흙을 파 벌레를 찾으며 놀았다.

오후에 낮잠을 자고 나서 간식을 먹은 뒤 화백과 쇼기를 두는 것이 일과였다.

고타쓰에서 쇼기를 두는데, 화백은 승패에는 관심이 없이 언제까지고 말을 꼬물꼬물 움직여 반상의 일각에 자신의 미의식에 합치되는 진형을 만드는 데 열중했다.

"이 금장 군은 꼭 여기에 앉아주면 좋겠단 말이죠." 화백은 중얼중얼 말했다. "그럼 아주 재미있는 형태가 되거든요."

"아하, 그렇습니까. 그럼 전 이래야지."

"……이런, 당신도 좋은 수를 두는군요."

화백과 놀다가 날이 저물면 야음을 틈타 오쓰를 산책했다.

주택가를 지나면 나오는 상점가에는 고색창연한 양품점이며 혼돈으로 가득한 철물점 등이 늘어서 있는데, 내가 산책할 시간이면 이미 셔터를 내려 한산했다. 썰렁한 오쓰항까지 가면, 비와 호 저편에 먼 거리의 불빛이 이어지고 야간 크루즈 유람선이 선창으로 빛을 흩뿌리며 어두운 호수 위를 미끄러지듯 나아가는 모습이 보였다.

구 오쓰 공회당 앞을 지나 어두운 거리를 어슬렁거리다가 메이지 시대에 러시아 제국의 니콜라스 2세가 황태자 시절 습격당했다는 장소를 발견했다. 이른바 오쓰 사건의 장소다. 이제는 아무 특징 없는 길모퉁이에 멈춰 서서, 호수 남쪽 땅을 러시아 제국의 황태자가 인력거를 타고 달렸던 시대를 상상해봤다.

메이지 천황의 시대, 문명 동점東漸의 풍파에 휩쓸린 인간들은 어쩔 줄 모르고 쩔쩔맸지만, 너구리들 또한 가짜 기차를 운행하거나 하며 갈팡질팡하고 있었다. 나가사키에서 아카다마 선생님에게 납치돼 온 2세가 뇨이가타케산 속에서 울적한 기분으로 덴구로 가는 사다리를 마지못해 오르던 시절이다. 어머니를 그리워하는 홍안의 소년은 이윽고 자신이 바다를 건너 100년이나 돌아오지 않을 줄은 몰랐을 것이다.

'인간도 너구리도 덴구도 참 먼 길을 왔군.'

나는 그런 생각을 하며 아야메이케 화백의 집으로 돌아갔다.

태평한 도망 생활을 하며 다다스숲의 가족 생각을 많이 했다. 야음을 틈타 다다스숲에 작별을 고했을 때, 큰형은 나를 덴구 문제에 끌어들인 것을 계속 후회했다. "대체 어떻게 되는 거냐"라고 헤어지는 순간까지 한탄했다.

나는 "어떻게든 되겠지"라고 대꾸했지만 어떻게 되게 할 방법은 딱히 생각나지 않았다.

○

동짓날 오후, 아야메이케 화백과 쇼기를 두는데 미닫이문이 드르르 열리는 소리가 나더니 누가 "실례합니다"라고 했다. 현관 앞으로 나가보자 요도가와 교수가 서 있었다. 운산에 도전하는 등산가처럼 빈틈없는 장비를 갖추고 있었다.

"저런, 자네도 와 있었나."

교수는 기쁜 표정으로 말했다.

"그 차림새는 뭡니까. 등산이라도 가시게요?"

"연슈림은 눈이 많이 와서 확실하게 무장하지 않으면 조난당하거든. 인간은 왜 너구리처럼 털북숭이가 아닌 걸까. 진화 과정에서 체모를 구조 조정한 건 정말이지 실패였다고 난 생각해⋯⋯. 어라, 이런 곳에 멋진 문명의 이기가!"

요도가와 교수는 고타쓰에 발을 파묻고 온천물에 몸을 담근 산원숭이처럼 황홀한 표정을 지었다.

암시장에 물건 사러 가는 사람 같은 배낭에서 큼직하고 볼록한 호박과 색이 선명한 유자가 대굴대굴 굴러 나왔다.

"어머나, 유자가 참 실하네요."

부인이 말했다.

"동짓날이니까요. 목욕물에 유자를 띄우지 않는 자는 사람이 아닙니다."

"난 목욕이 싫어요." 화백이 난처한 표정으로 말했다. "목욕하면 머리가 간지러워지거든요."

"이이는 그냥 두면 절대 목욕을 안 한다니까요. 옛날부터 그랬어요."

"그렇지만 아야메이케 선생님." 요도가와 교수가 의아스레 말했다. "목욕을 안 하는 편이 머리가 더 간지럽지 않습니까?"

"간지러운 것을 견디면 간지럽지 않게 되거든요. 그럼 아무리 목욕을 안 해도 간지러워지는 일이 절대 없어요. 세상만사 초반에 참는 게 중요해요."

"아휴 참, 지저분하게."

부인이 얼굴을 찡그렸다.

"오오, 그렇습니까. 전혀 몰랐군요. 그렇지만 전 목욕이 좋은데요. 연습림에선 드럼통에 물 끓여서 목욕하는데, 캄캄한 숲에 눈이 사락사락 내리는 가운데 김이 피어오르는 걸 보면 천지와 일체가 된 것 같은 웅대한 기분이 들죠. 쌓인 눈에 위스키를 따라 마시면 내가 살아 있는 건지 죽은 건지 알 수 없게 된다니까요."

요도가와 교수는 칼 소리도 요란하게 호박을 잘라 달콤한 조림을 만들었다. 그러면서 "감자, 문어, 호박은 젊은 처자가 좋아한다는데, 나는 다 좋아하니까 그럼 나는 젊은 처자인가"라느니, "호박에는 베타카로틴과 비타민 C가 들어서 몸에 좋습니다"라느니 "중국 대륙 오지에 거대한 호박 속을 파서 그 속에서 생활하는 사람을 본 적 있는데, 호박 괴수에게 잡아먹힌 줄 알았지 뭡니까"라느니, 유익한 이야기와 유익하지 않은 이야기를 잇따라 늘어놓아 우리를 웃겼다가 감탄하게 했다가 했다. 자기가 만든 조림을 자기가 거의 다 먹어치우고는 "저런, 산으로 돌아가야 할 시간이군요"라며 채비를 했다.

나는 미이데라역까지 교수를 배웅하러 갔다. 고요히 흐르는 비와호 수로를 따라 외등이 점점이 반짝였다.

요도가와 교수는 주위를 살핀 뒤 목소리를 낮추고 말했다.

"금요클럽 송년회가 다가오고 있네. 그자들은 슬슬 걱정되기 시작했을걸."

"이쪽은 너구리를 조달할 마음이 터럭만큼도 없으니까요."

"자네가 금요클럽에 들어가겠다고 했을 땐 이제 어떻게 되려나 싶었네만 참으로 훌륭한 작전이었어. 자네가 이대로 끝까지 도망치면 그자들은 기대가 어긋나 실망하겠지."

"쌤통이죠, 아하하."

"그렇지만 주로진은 만일의 가능성을 생각해 대책을 마련해 뒀을지도 몰라. 좌우지간 덴마야 씨는 수상해."

"그러게요."

"여차하면 내가 쳐들어가서 너구리를 구출할 생각이네."

외등 아래서 요도가와 교수는 대담무쌍한 미소를 지었다. 산중 서바이벌 생활로 인해 늠름해진 옆얼굴은 너구리 사랑에 불타오르고, 너구리를 냄비에서 구해내기 위해서는 연회장 습격도 불사하겠다는 굳은 결의가 엿보였다.

○

너구리는 크리스마스를 좋아한다. 축하할 이유가 별달리 없다는 점이 아주 좋다.

시모가모가에서는 크리스마스에 치킨을 먹고 야시로의 전구 장식을 구경하는데, 올해 크리스마스에는 참가할 수 있을 것 같지 않아 서운했다. 그 때문에 12월 24일 오후, 우는 아이도 뚝 그친다는 켄터키 할아버지의 비밀 스파이스 향기가 현관 앞에서 풍겨 왔을 때 기분이 몹시 들떴다. 난젠지 교쿠란이 찾아온 것이었다.

"아무한테도 안 들키게 몰래 산을 넘어왔어. 시모가모가 어머님이 어떻게 지내는지 한번 보고 오라고 하셔서."

교쿠란은 큰형과 세트인 빨간 목도리를 매고 치킨 상자를 들고 있었다. 아야메이케 화백에게 머리를 숙여 자기소개를 한 뒤, 교쿠란은 고타쓰 위의 쇼기판을 보며 "이게 뭐래!"라고 소리쳤다. "이런 건 처음 보네!"

"당신은 분명 쇼기를 잘 두겠군요."

아야메이케 화백이 상냥하게 말하자 교쿠란은 얼굴을 붉혔다.

나는 교쿠란과 함께 정원으로 나와 어슬렁어슬렁 걸으며 이야기했다.

교쿠란은 오늘 밤 다다스숲의 크리스마스 파티에 초대받았다고 했다. 야시로가 가짜 덴키브랜 공장에서 얻어 온 부품을 연결해 장대한 전구 장식을 만든 모양이다.

"에비스가와가에서 구레이치로 씨도 온대. 야이치로 씨의 일도 도와주고 구레이치로 씨는 참 친절하네. 옛날엔 그렇게 울보였는데 어엿한 너구리가 됐어."

교쿠란은 내가 모습을 감춘 뒤 교토 시내의 분위기가 어떤지 가르쳐주었다.

롯카쿠도에서 내가 벤텐의 역린을 건드린 뒤로 체념과 안도가 너구리계에 퍼진 듯했다. '가엾은 야사부로 군, 안녕히'라는 체념과 '야사부로가 잡아먹힌다면 내가 냄비에 빠질 염려는 없겠다'라는 노골적인 안도다.

야사카 헤이타로는 '야사부로는 괜찮으려나' 하고 걱정하면서도 하와이로 떠날 준비에 몰두하며 기온 나와테에 있는 사무실도 이미 비웠다. 연초에 큰형과 교쿠란의 결혼식을 보고 나서 바로 떠날 심산이라 했다.

"원해서 니세에몬이 된 너구리가 아니니까 은퇴하고 싶어 죽겠나 봐."

"대다수 너구리는 니세에몬 따위 절대 사양이라고. 큰형 같은 변태가 아니면."

"그 변태를 위해 앞발 벗고 나선 것 때문에 네 목숨이 지금 풍전등화거든. 너도 어엿한 변태라고 생각하는데. 야이치로 씨더러 뭐라 할 처지가 못 돼."

"시모가모가는 변태 집안이란 뜻이네."

"아아, 난 변태 집안으로 시집가는 변태야?"

교쿠란은 낙엽을 차며 킥킥 웃었다.

그러더니 고개를 숙이고 낙엽을 응시하며 조금 슬픈 표정을 지었다.

"……아카다마 선생님이 널 파문했어."

"그래, 역시 그렇겠지."

예상했던 일이라 나는 놀라지 않았다.

"덴구한테는 덴구의 긍지가 있고 너구리한테는 너구리의 긍지가 있는 거야."

"터무니없는 말씀을 한 건 선생님인데."

"잠잠해질 때까지 기다릴 거야. 어차피 내가 없으면 선생님도 곤란하셔."

과거에 벤텐의 부추김에 넘어가 마왕 삼나무 사건을 일으킨 뒤 선생님 주변에서 멀어졌던 적이 있다. 그러나 그건 자발적 근신이었고 본격적으로 파문당한 것은 처음이었다.

바람에 흔들리는 헐벗은 나뭇가지를 올려다보고 있으려니, 어둑어둑하고 썰렁한 연립에 구부정하게 앉은 아카다마 선생님의 모습이 떠올랐다. 벤텐의 엉덩이 대신 차가운 달마 오뚝이를 안고 아카다마 포트와인을 마시며 어둠 속에서 덴구 담배를 피우는 모습이.

"교쿠란, 선생님께 뭐 좀 가져다드려 주겠어?"

"그럴게."

"면봉이 떨어지지 않게 해주고. 면봉이 없으면 선생님은 귀가 간지럽다고 회오리바람을 일으키거든." 나는 또 말했다. "뭐, 그래봤자 산들바람 수준이지만."

"걱정 마. 알아서 잘할게."

"그 덴구를 보살피려면 힘들어. 진짜 성가신 덴구라고."

"……야사부로는 선생님을 정말 좋아하는구나."

"다른 데 가선 그런 말 하지 마. 내 체면이 걸린 문제니까."

내가 그렇게 말하자 교쿠란은 우후후 웃었다.

○

이렇게 아야메이케 화백의 집에 숨어 지낸 채 니세에몬 선거 전날 밤을 맞이했다.

그날 밤, 나는 정원에 면한 툇마루 밑에서 화백이 피우는 파이프 담배의 달짝지근한 냄새가 밴 낡은 담요를 몸에 말고 있었다. 조금 전까지 온조지 너구리들이 정원에서 얼쩡거렸는데 이제는 그들의 모습도 보이지 않았다. 나는 좀처럼 잠들지 못하고 앞발 털을 세우며 잠이 오기를 기다렸다.

겨울밤은 소록소록 깊어갔다.

이렇게 잠 못 이루는 밤을 보내고 있으려니 아버지가 전골이 된 날 밤이 생각났다. 큰형을 비롯한 가족들은 다다스숲에서, 작은형은 여행지의 하늘 아래서 아버지 생각을 하고 있을 것이다.

아버지가 맞이한 최후의 전말을 요도가와 교수에게 들은 것은 작년 가을이었다.

폰토초 요정의 썰렁하고 널따란 방, 가모가와강 건너편에 반짝이는 거리의 불빛, 우리 안에서 부스스 몸을 일으킨 아버지의 털북숭이 모습을, 마치 내 눈으로 직접 본 것처럼 선명하게 그릴 수 있었다. 이야기를 들은 날 밤 요도가와 교수는 알루미늄 포일로 싼 주먹밥을 나눠주었는데, 그때 먹은 차가운 쌀의 맛은 아버지가 마지막으로 먹은 주먹밥 맛과 통했다.

그러다가 나는 꼬박 잠이 든 모양이다.

문득 정원 안쪽에서 바작바작 얇은 유리 깨지는 것 같은 소리가 들렸다.

헐벗은 나무들이 빠른 속도로 안개에 싸여갔다. 엉덩이가 쓰릴 정도의 냉기가 땅을 기어 와 빗자루로 쓸어 모아놓은 낙엽을 새하얗게 얼렸다. 툇마루 밑에서 기어 나온 내 눈앞에서 정원을 메운 나무들이 활짝 핀 벚꽃처럼 얼음꽃을 피워 투명한 꽃잎이 사락사락 떨어졌다. 푸르스름한 빛이 주위를 메웠다.

나무들 너머에서 벤텐이 나타났다.

주위를 맴도는 처절하리만큼의 냉기가 그녀의 뺨을 하얗게 만들어 마치 소녀처럼 어려 보였다. 그녀는 쓸쓸하고 아련한 눈빛으로 춤추듯 떨어지는 얼음 꽃잎을 올려다보고 있었다. 과거 아카다마 선생님에게 납치된 날, 벤텐은 그런 표정으로 눈 내리는 비와호 호숫가에 우두커니 서 있지 않았을까.

그녀는 나를 보고 생긋 웃었다.

도기 같은 뺨에 눈물이 주르르 흘렀다.

"왜 우세요?"

"나한테 잡아먹힐 네가 불쌍해서."

그녀는 말했다.

흠칫 놀라 눈을 뜨니 주위는 어스름에 싸여 있었다.

'뭐야, 꿈인가' 하고 납득하고 툇마루 밑에서 슬금슬금 기어 나왔다.

나는 하품하며 정원을 돌아다니다가 양동이에 언 얼음을 톡톡 쳤다. 코가 얼 것 같은 차가운 아침 공기를 마시고 허연 입김을 후후 불었다. 나는 "아침이군" 하고 중얼거렸다.

니세에몬이 결정되는 날.

바꿔 말하면 우리 아버지의 기일.

바꿔 말하면 금요클럽의 송년회 날.

질풍노도의 하루는 그렇게 조용히 시작됐다.

○

그날, 큰형도 나와 마찬가지로 아침 일찍 일어났다.

큰형은 몰래 잠자리에서 빠져나와 어머니와 야시로가 깨지 않도록 낙엽을 밟으며 다다스숲을 걸어갔다. 겨울 숲은 창백하고 차가운 아침 안개에 가라앉아 있었다.

큰형은 살을 에는 듯한 찬 개울물로 세수하고 아버지의 쇼기판 앞에 앉아 묵상했다. 머리가 점차 맑아지고 오체에 힘이 솟았다.

'드디어 이날이 왔구나.' 형은 생각했다.

이윽고 어머니가 허연 입김을 내쉬며 다가와 큰형 옆에 털싹 앉았다.

"드디어 오늘이네." 어머니는 말했다.

"드디어 오늘입니다." 큰형은 말했다.

둘은 밝아오는 다다스숲을 바라봤다.

그날 오전 중, 먼저 야시로가 가짜 덴키브랜 공장으로 갔다. 야시로는 최근 이나즈마 박사의 실험 노트를 해독하려고 날마다 실험실에 드나들었다. 아직은 도저히 마실 게 못 되는 것밖에 만들지 못하지만, 야시로는 "이제 얼마 남지 않았어!"라며 의기충천했다.

"너무 무모한 실험은 하지 마라. 전기는 위험해."

"응, 조심할게. 큰형도 열심히 해. 축하 파티엔 완성품을 가져

갈게."

야시로는 책과 노트를 가득 담은 배낭을 메고 다다스숲을 떠났다.

큰형도 외출 준비를 했다. 난젠지 쇼지로를 비롯한 젊은 너구리들이 미리 축하하는 의미로 마련해준 자리에 나갔다가 2세의 저택에서 열릴 장로 회의로 갈 예정이었다.

어머니는 부싯돌을 쳐 큰형을 배웅했다.

"'아케가라스'를 예약해놨으니까 장로님들 회의가 끝나면 그리로 오렴. 야사부로도 밤엔 돌아올 테고."

어머니는 자동 인력거에 탄 큰형의 모습을 눈부신 듯 올려다보며 "아아!" 하고 감격스레 말했다. "드디어 네가 니세에몬이 되는구나."

"……아버지가 기뻐해주실까요."

"물론 소 씨는 기뻐할 거야. 저쪽에서 껄껄 웃고 있을걸."

"그럼 어머니, 다녀오겠습니다. 좋은 소식을 기다려주십시오."

큰형은 다다스숲에서 출발했다.

자동 인력거는 순조롭게 달려 시모가모 신사 참배길을 지나 데마치야나기로 나왔다. 가모가와강 삼각주에 거적 복대를 두른 소나무가 늘어서고 소리개가 느긋이 하늘을 날고 있었다. 봄날처럼 포근한 햇빛 아래, 가모가와강 변의 풍경은 천하태평 그

자체였다.

큰형은 가모가와강을 따라 남쪽으로 내려갔다.

드디어 아버지 뒤를 이어 니세에몬이 된다고 생각하니 뱃속 깊은 곳에서 기쁨이 후끈후끈 솟았다. 마침내 나는 '시모가모 소이치로의 피를 이어받지 못한 살짝 가엾은 자식들'이라는 오명을 벗게 됐다. 아버지의 영혼이 기뻐하고 어머니도 기뻐하고 교쿠란도 기뻐할 것이다. 시모가모가는 적당한 영광을 되찾고 너구리계는 내 지도 아래 적당한 발전을 이룰 것이다. 적당한 영광을 칭송하는 내 동상이 세워질지도. 동상의 코 위에 비둘기가 적당하게 똥을 쌀지도.

그런 망상에 빠져 있는 사이에 자연히 얼굴에 미소가 피었다.

큰형은 시조 대교 서쪽 어귀의 도카사이칸 앞에 인력거를 세웠다. 망상으로 흐물흐물해진 얼굴을 손바닥으로 찰싹 때려 기합을 넣은 다음, 고색창연한 수동 엘리베이터를 타고 올라가자 기모노 차림의 교쿠란이 복도에 서서 큰형을 맞이했다.

"다들 벌써 모였어."

난젠지 교쿠란은 큰형의 손을 잡듯 하고 연회실로 이끌었다.

검은 원형 테이블이 늘어선 연회실에서 난젠지 쇼지로를 비롯한 몇몇 너구리가 큰형의 도착을 기다리고 있었다. 가모가와강이 내다보이는 기름한 창으로 찬연한 불빛이 흘러들고, 눈 아래 보이는 시조 대교를 사람들이 오가고, 강 건너 미나미좌의 대지붕이 보였다.

큰형의 도착을 기다리지 못하고 이미 마시기 시작한 난젠지 쇼지로는 야이치로를 보더니 허둥지둥 손으로 사오싱주 잔을 가렸다. 교쿠란에게 "벌써 마셔?"라고 야단맞아 쇼지로가 쓴웃음을 지었다.

"드디어 이날이 왔군, 야이치로." 쇼지로는 웃었다. "이제 기다리기만 하면 돼."

승복 차림의 에비스가와 구레이치로가 일어나 머리를 숙였다.

"축하드립니다."

"아니, 아직 일러, 구레이치로."

"돌다리는 이제 그만 두들깁시다, 야이치로 씨."

큰형을 둘러싼 너구리들은 사오싱주를 따른 잔을 들고 일어나 너구리계의 앞날을 짊어질 니세에몬의 적당한 영광을 기원하며 건배했다.

큰형의 니세에몬 취임이 이미 정해진 것처럼 다들 웃었다.

큰형은 창밖에 펼쳐진 평화로운 거리 풍경을 바라봤다. 그렇게 생각에 잠겨 있으려니 교쿠란이 다가왔다. "동생들 생각하지?"

"……용케 아네." 큰형은 움찔했다.

"그럼 알지. 야이치로 씨는 늘 걱정만 하잖아" 교쿠란은 웃었다. "야사부로는 도망 생활을 즐기고 있었어. 야지로 군도 분명히 괜찮을 거야. 지금쯤 이미 시코쿠로 건너가지 않았을까?"

"……난 걱정이 취미니까."

"알아. 그래도 오늘은 자기 일에 집중하자."

○

그날 아침 10시경, 작은형은 JR 미나미고마쓰시마역에 내려섰다.

고마쓰시마는 기이 수도水道에 면한 아와도쿠시마의 도시인데, 먼 옛날부터 시코쿠와 간사이를 연결하는 해상 교통의 요지였다. 아와 너구리 전쟁의 무대로도 잘 알려져 있으며, 전설의 주역 히가이노 긴초의 자손이 지금도 이 땅에서 털북숭이 혈맥을 유지하고 있다.

'어쨌거나 상대방은 명문이야. 예의를 차리자.'

작은형은 역 화장실에서 단정한 양복 차림으로 둔갑했다.

역 앞으로 나와보니 손님을 기다리는 흰색과 붉은색 택시 말고는 길 가는 사람도 없이 한산했다. 광장 구석에 작은 너구리 동상이 있었다.

작은형은 긴초 신사를 향해 고마쓰시마 시내를 터벅터벅 걷기 시작했다. 길가에 은행이며 항만 회사 사무실 등이 늘어서 있고, 화창한 하늘 아래 거리는 포근했다. 바다가 가까이 있어서 그런지 어딘지 모르게 교토와는 하늘의 색이 달랐다.

교토의 시모가모가와 아와의 긴초 일문은 먼 옛날부터 교류가 있었다.

에도 시대에 벌어진 아와 너구리 전쟁에서, 당시 우연히 머물고 있던 시모가모가의 조상님이 긴초에게 힘을 보탰다는 전설은 메이지 시대에 시모가모 데쓰타로라는 허풍선이 너구리가 날조한 것이며 신빙성은 제로다. 그러나 시모가모가와 긴초 일문의 세대를 초월한 느긋한 관계가 에도 시대로 거슬러 올라간다는 것은 분명한 모양이다. 여행을 좋아하던 할아버지는 긴초의 저택을 거점으로 시코쿠 88개소를 순례했고, 아버지도 종종 시코쿠로 가곤 했다. 긴초 일문이 교토로 왔을 때는 시모가모가가 뒤를 돌봤다. 긴초는 우리 형제에게 아와 너구리 전쟁 전설을 들려주었다. 초대初代 긴초의, 도무지 같은 너구리라는 생각이 들지 않는 기개 넘치는 여러 에피소드에 우리 형제는 압도됐다.

이른 오후 작은형은 가까스로 긴초 신사에 도착했다.

신사 주변에는 추수가 끝난 논과 주택지가 펼쳐져 있었다.

검은 얼룩이 진 석조 도리이를 지나자 포석이 깔린 경내에 낙엽이 흩어져 있었다. 손 씻는 곳을 오른편으로 보며 나아간 곳에 본당이 있고, '긴초 다이묘진'이라 쓴 붉은색의 큰 제등이 걸려 있었다. 새전함 너머에는 너 말들이 술통과 가마가 늘어서 있었다. 초대 긴초에게 내려졌다는 '정일품'이라는 글자가 당당했다. 위대한 초대 긴초의 혈맥을 오늘날까지 이어온 너구리들은 이 신사 경내를 본거지로 삼았다.

그런데 경내에 너구리의 기척이 전혀 없었다.

"여기 맞을 텐데……."

본당 뒤로 돌아갔다가 작은형은 놀라 멈춰 섰다.

한 젊은 여자가 본당에 기대서 강아지풀을 흔들고 있었다.

겨울인데도 물 빠진 미색 원피스 차림에 다리는 맨다리, 아무렇게나 늘어뜨린 옅은 갈색 머리가 이른 오후의 햇빛에 불타는 듯했다. 야성적인 차림새와는 달리 작은형을 쳐다보는 눈은 맑고 아름다웠다. 정체는 너구리인 모양이었다.

그녀는 말없이 팔짝 뒤로 물러나 작은형과 거리를 두었다.

"긴초 일문 분이십니까?" 작은형은 말했다. "수상한 자가 아닙니다, 실은……."

그러면서 앞으로 나선 순간, 발이 쑥 빠지면서 몸이 갑자기 땅속으로 빨려 들었다. 기겁한 작은형은 개구리 모습으로 돌아갔다. 정신이 들어보니 큰 구멍 속에 있었다.

작은형은 잔뜩 뿔이 나 하늘을 올려다봤다.

구멍 가장자리에 아까 그 여자가 나타났다. 작은형을 보더니 눈을 동그랗게 떴다.

"너구리인 줄 알았더니 개구리였네!" 여자는 말했다. "둔갑할 수 있는 개구리는 처음 봐. 개구리계에서 유명하겠어, 당신."

"전 너구리입니다. 개구리가 아니에요."

"어후! 그렇게 맨들맨들한 너구리가 어디 있어."

"거짓말 아니에요. 오랫동안 개구리로 둔갑해서 지낸 탓에 지금도 긴장을 풀면 개구리 모습으로 돌아가는 겁니다. 사실은 털이 났어요."

"어머나! 희한하네! 희한한 일이네!"

그녀는 고개를 갸웃하며 생긋 웃었다.

"왜 그렇게 오래 개구리로 지냈는데? 귀여워서? 나도 자주 개구리로 둔갑하거든. 개구리는 참 좋지. 동면할 땐 구멍에 숨으니까, 분명히 구멍에 관해 잘 아는 멋진 녀석들······. 벌레 먹는 건 징그럽지만."

아연한 작은형에 아랑곳없이 여자는 이야기를 계속했다.

"이 구멍은 내가 판 거야. 아버지는 구멍을 파지 말라고 했지만 그러느니 차라리 죽는 게 낫지. 분명히 난 온 세상에 구멍을 파기 위해서 태어났을 거야. 내가 워낙 비뚤어져서 옛날엔 아무리 불러도 구멍 속에서 안 나왔지 뭐야. 구멍 속은 진짜 마음이 편한걸. 그렇지만 아직 이상적인 구멍을 판 적이 없어서 아버지 잔소리를 무시하고 매일 정진하고 있는 거지."

"예술가군요."

작은형은 가까스로 추임새를 넣었다.

"응, 바로 그거야! 예술가! 구멍엔 일가견 있다고." 그녀는 득의양양하게 말했다. "······그래서 가끔 얼빠진 누군가가 내 구멍에 빠지지 뭐야."

그녀는 퍼뜩 놀란 것처럼 입을 다물더니 섬뜩한 듯 작은형을 내려다봤다.

"······왜 그럴까? 당신한테는 아무 이야기나 다 하게 되네."

그녀는 구멍에 손을 넣어 작은형을 꺼냈다. 작은형을 두 손에 올려놓고 코를 갖다 대 냄새를 맡더니 얼굴을 빛냈다.

"당신, 시모가모 너구리구나. 가짜 에이잔 전철에 태워줬잖아, 기억 안 나?"

작은형은 과거에 아버지와 함께 긴초 일문을 찾아왔을 때 기억을 떠올렸다.

아버지가 시켜 작은형은 가짜 에이잔 전철로 둔갑했다. 땅거미가 깔린 전원을 긴초 일문 너구리들을 잔뜩 태우고 질주해 크게 호평을 받았다고 기억한다. 그때 운전석 창문에 들러붙어 "와, 엄청나다! 엄청나!" 하고 흥분한 여자애가 있었다. 구멍에서 좀처럼 나오지 않는 골칫덩이 여자애가 오늘은 웬일로 나왔다며 긴초가 기뻐했다.

"뭐야, 시모가모 너구리였구나. 그럼 아버지한테 안내해줄게."

그녀는 작은형을 하늘에 바치듯 들었다. 그러고는 "라라라, 개구리~" 하고 노래하며 본당 마루 밑으로 들어갔다.

○

그 무렵, 나는 아야메이케 화백의 집 툇마루에 걸터앉아 파이프를 빨고 있었다.

점심때가 지나 한가로운 햇살이 정원에 비치고 있었다. 아야메이케 화백과 부인은 방에 자리를 깔고 사이좋게 낮잠을 자는 중이었다.

주위는 고요했고 담배통에서 담배가 바직바직 타는 소리가 들렸다.

오전 중에 화백과 함께 정원에서 놀았을 때는 대문 앞 골목을 오토바이가 지나가는 소리, 겨울방학이 시작된 아이들의 노는 소리가 들렸는데, 지금은 흡사 시간의 흐름이 멈춘 것처럼 조용했다. 움직이는 것이라곤 투명한 햇빛 속을 떠다니다 사라지는 담배 연기 정도였다.

'지금쯤 큰형은 너구리 선거 장소로 갔으려나.' 나는 생각했다.

그렇게 툇마루에서 다리를 흔들고 있는데 작은 네발로 낙엽을 밟는 소리가 들리더니 정원 나무들 사이에서 너구리 한 마리가 나타났다. '어째 귀여운 너구리가 왔는데'라고 생각한 순간, 내 가짜 거죽이 벗겨지면서 파이프가 달카당 소리를 내며 떨어졌다. 나는 허둥지둥 차를 끼얹어 담뱃불을 껐다. "예고도 없이 나타나지 마." 나는 말했다.

에비스가와 가이세이가 정원에 동그마니 앉아 웃고 있었다.

"네가 만나러 안 오니까 내가 와줬잖아."

"되지도 않는 소리 하지 마. 난 지금 도망 중이라고."

"너구리 주제에 어중이 덴구한테 싸움 거니까 그렇지."

"야, 잠깐. 난 너구리계를 위해 앞발 벗고 나선 건데."

"솔직히 재미있어서 한 거면서. 넌 냄비에 빠져도 자업자득이야."

인간의 집 정원에서 약혼자와 말다툼을 벌일 수는 없는 노릇이다. 나는 툇마루에서 내려와 가이세이를 데리고 나무들을 지나 마른 풀로 덮인 물 없는 연못으로 내려갔다.

거기서 가이세이가 가짜 덴키브랜 공장에서 도망쳤다는 이야기를 듣고 놀랐다.

"도망쳤다니 무슨 소리야?"

"구레이치로 오빠가 어째 아주 이상해."

10년 만에 교토로 귀환환 이래로 에비스가와 구레이치로는 과거 속세를 버렸던 너구리 승려 같지 않게 정력적으로 활동했다. 우리 큰형의 니세에몬 취임과 관련해서는, 너구리계 일을 대신 맡아주거나 장로들에게 인사 다닐 때 동행해주는 등 흠잡을 데 없을 만큼 협조해주었다. 가짜 덴키브랜 공장의 경영에 관해서도 발군의 수완을 발휘해 어느새 가이세이가 하던 일을 대신하게 됐다. 금각과 은각은 구레이치로의 카리스마에 완전히 심취해 말대답 하나 않는다고 했다.

"구레이치로는 두령이니까 분발하는 거겠지."

"오빠는 그런 너구리가 아니었어."

"10년이나 지났는데 구레이치로도 변하지 않겠어?"

"그게 다가 아냐. 더 묘한 게 있다고."

그러면서 가이세이는 아닌 게 아니라 그냥 들어 넘길 수 없는 이야기를 했다.

며칠 전, 가이세이가 공장 부지 내를 걷는데 고故 이나즈마 박사의 혼령을 모신 이나즈마 신사에 수상한 인물이 얼쩡거리는 것을 발견했다. 에비스가와가의 성지인 신사에는 공장 관계자조차 쉽게 접근하지 못하는지라 외부 사람은 더더욱 들어갈 리 없었다.

가이세이가 반사적으로 말을 걸려는데, 에비스가와 구레이치로가 빠른 걸음으로 다가와 수상한 인물과 악수했다. 가이세이는 몰래 숨어 엿보았다. 그들은 이나즈마 신사로 들어가 뭔가 밀담을 주고받는 듯했다.

"그게 그 수상쩍은 환술사였단 말이야." 가이세이는 말했다.

"아니, 잠깐만. 구레이치로가 덴마야하고 관계가 있다고?" 나는 기절초풍했다. 괴인의 가짜 같은 치아가 뇌리에서 하얗게 번득였다. "그건 정말 묘한 일인걸."

그때부터 가이세이는 눈에 띄지 않게 구레이치로의 주위를 탐색하기 시작했으나 구레이치로는 좀처럼 꼬리를 잡히지 않았다. 이내 가이세이는 도리어 자신이 감시당하고 있다는 것을 알아차렸다. 그녀가 어디를 가든 에비스가와 친위대의 너구리들이 몰래 따라오는 것이다. 추궁해도 그들은 시치미를 뗐지만, 에비스가와 구레이치로의 지시라고 생각할 수밖에 없었다.

"게다가 말이지, 구레이치로 오빠는 우리가 다시 약혼하는 것도 싫은가 봐."

"큰형한테는 내년에 정식으로 발표하겠다고 한 모양이던데."

"야이치로 씨한테 대놓고 싫다고 할 수 없으니까 일단 그렇게 말한 거 아닐까. 아버지의 상중이란 건 평계야. 아무튼 구레이치로 오빠는 정체를 모르겠어."

그러더니 가이세이는 자랑스레 말했다.

"아무튼 어째 마음에 안 들어서 '야사부로와 사랑의 도피를 하겠다'고 편지 써놓고 도망친 거야. 오빠가 기절초풍했을걸."

"……야, 그런 짓을 했다간 일이 또 복잡해질 거 아냐."

"무슨 그런 똥구멍 쪼그만 소리를 하고 있어."

"도로 약혼하고 나서 사랑의 도피라니 완전히 순서가 뒤죽박죽이군."

무슨 말을 하려던 가이세이가 문득 입을 다물더니 나무들 쪽으로 시선을 돌렸다. 젖은 코를 킁킁거리면서 "느낌이 이상해"라고 중얼거렸다. 나도 나무들 쪽을 돌아봤지만 헐벗은 나뭇가지가 포개져 있을 뿐이었다.

가이세이는 불안 어린 목소리로 소곤거렸다.

"어디서 축제라도 해? 축제 음악이 들리는 것 같은데······."

그 순간, 나무들 뒤에서 '탕' 하고 용수철이 튀는 것 같은 메마른 소리가 나고 뭔가가 하늘을 가르는가 싶더니 가이세이가 깽 하고 비명을 지르며 쓰러졌다. 나는 황급히 달려가 "왜 그래!"라며 몸을 흔들었지만, 가이세이는 초점이 맞지 않는 눈으로 나를 쳐다볼 뿐이었다. 앞발을 흔들흔들하더니 눈을 감고 말았다.

덴마야의 명랑한 목소리가 울려 퍼진 것은 그때였다.

"으하하!"

나무들 뒤에서 모습을 드러낸 덴마야는 그의 자랑거리인 빨간 셔츠 위에 호사스럽기 그지없는 모피를 걸치고 반들거리는 독일제 공기총을 겨누고 있었다. 꼭 북국에서 온 벼락부자 취향의 사냥꾼 같았다. 지금까지 어떻게 기척을 감추었는지 도무지 알 수 없었다.

나는 가이세이를 끌고 덴마야로부터 도망치려 했지만, 의식을 잃은 약혼자는 털북숭이 누름돌처럼 무거웠다. 안고 달아나려 해도 둔갑할 수 없다. 네발의 불편함에 나는 이를 갈며 으르렁거릴 뿐이었다.

"자, 자, 한 발 더!" 덴마야의 목소리가 울려 퍼졌다.

목덜미에 세찬 아픔과 충격이 느껴지더니 뜨거운 느낌이 온몸에 퍼졌다.

빠른 속도로 시야가 좁아지고 눈앞의 경치가 멀어져갔다.

터널 저편에 있는 것처럼 작은 경치 속을 모피를 입은 덴마야가 저벅저벅 걸어왔다. 손에 든 커다란 우리가 겨울 햇빛을 받아 빛났다.

나는 의식을 잃었다.

마지막까지 눈에 아로새겨진 것은 덴마야의 가짜 같은 순백색 치아였다.

○

긴초 신사의 어둑어둑한 복도에 너구리 굴이 잔뜩 있었다.

긴초의 딸은 너구리 모습이 되어 작은형을 등에 태우고 큰 굴에 들어갔다. 얼마 동안 기어가니 굴은 벽돌 벽으로 보강된 훌륭한 터널이 되어, 이윽고 앞쪽에 낡은 가스등 불빛이 비치는가 싶더니 큰 저택 복도로 나왔다.

"여기가 긴초의 너구리 굴이야."

긴초의 딸과 작은형은 인간으로 둔갑해 걸어갔다.

마루를 깐 구불구불한 복도 양옆으로 방이 죽 늘어서 있었다. 어느 방에나 너구리들이 대굴거리면서 긴초의 딸이 지나가면 친근하게 인사했다. 순례자 모습을 한 너구리들이 뒹구는 방이 있는가 하면 가족끼리 탁구를 즐기는 방도 있었다. 방마다 툇마루와 정원이 있고 그 너머로 하얀 회반죽을 바른 담장이 보이는데, 날씨도 제각각이었다. 한여름의 소나기구름이 우뚝 솟은 곳도 있고, 꽉 닫힌 장지 너머에 차가운 비가 쏟아지는 곳도 있었다.

"여기에 늘어선 건 모두 시라미네 사가미보 님의 안방이래." 여자는 또박또박 걸으며 말했다. "긴초 일문은 사가미보 님께세 들어 사는 거야."

"넓이가 어느 정도 되지?"

"무지막지하게 넓어서 상상만 해도 하품이 날 정도야. 그게다가 아니라 크기랑 형태가 계속 바뀌거든. 사가미보 님이 와서 방을 몇 개 가져가기도 하고, 새 방을 가져와서 붙여놓기도 해. 그때마다 너구리들이 이사하느라 대소동이 벌어진다니까."

이윽고 그들은 연회장처럼 널따란 방에 다다랐다.

툇마루 너머에는 산뜻한 초여름 하늘이 펼쳐지고 마당의 빨래건조대에 널린 색색의 수건이 팔랑팔랑 흔들렸다. 방 한가운데에 늘어놓은 고색창연한 카메라 컬렉션을 두 남자가 바라보고 있었다.

한 사람은 흰 바탕에 굵은 검정 줄무늬가 들어간 유카타를 입었고 털이 호쾌하게 자란 가슴팍에는 작은 호리병이 흔들리고 있었다. 얼굴은 수염이 텁수룩하고 전체적으로 둥글둥글하다.

인간의 모습으로 둔갑했는데도 뿜어져 나오는 너구리 기운을 감추지 못하는 인상이었다. 그가 제18대 긴초였다. 긴초 곁에 정좌하고 앉아 빙글거리는, 고지식한 느낌의 유카타에 안경을 쓴 몸집 큰 남자가 긴초 일문의 참모로 유명한 후지노키데라藤ノ木寺의 돈비라는 너구리였다.

두 너구리는 카메라 담론을 중단하고 작은형을 의아스레 바라봤다.

긴초의 딸은 작은형을 소개한 후 "그럼" 하고는 서슴없이 나갔다.

작은형은 긴초 앞으로 나아가 정좌하고 머리를 숙였다.

"오랜만에 인사드립니다. 시모가모 소이치로의 둘째아들 야지로입니다. 긴초 님께서 더욱 건승하신 듯하니 기쁩니다."

"어이쿠, 시모가모가에서."

긴초와 돈비는 허둥지둥 돌아앉아 작은형에게 머리를 숙였다.

그때 작은형은 방에 너구리가 또 한 마리 있는 것을 깨달았다. 구석에 깐 꾀죄죄한 이부자리에서 스님인 듯한 대머리 남자가 요란하게 코를 골고 있었다. 뽈록한 배를 내놓고 먹다 만 주먹밥을 오른손에 쥐었는데, 이쪽도 온몸에서 뿜어져 나오는 너구리 기운을 감출 생각조차 없었다.

'긴초의 식객인가.' 작은형은 생각했다. '참 겁 없는 식객인데.'

작은형은 두 너구리에게 교토 너구리계의 근황을 이야기하고 니세에몬 자리에 있던 야사카 헤이타로가 은퇴하고 시모가모 야이치로가 니세에몬이 된다는 것, 야이치로도 조만간 인사하러 찾아오리라는 것, 아버지 대까지 이어진 관계를 앞으로도 변함없이 이어가고 싶다는 것을 이야기했다.

긴초는 기쁘게 씩 웃었다.

"니세에몬이라니 야이치로도 많이 컸군. 무슨 일 있으면 사양 말고 말해주게. 소이치로의 아들 부탁이라면 얼마든지 네발 다 벗을 테니까."

"……아아, 그나저나 소이치로 군에 관해선 참으로 아까운 너구리를 잃었습니다."

후지노키데라의 돈비가 곱씹듯 말하자 긴초도 "그러게 말이야"라고 했다.

긴초가 서글픈 듯 둥글둥글한 몸을 흔들자 호리병에서 작게 찰랑찰랑 소리가 났다.

작은형은 목소리를 낮추고 작년에 드러난 에비스가와 소운의 음모에 관해 이야기했다. 소운이 아버지를 철제 냄비에 빠뜨린 전말을 알자, 긴초는 "끔찍한 일이군"이라며 굵은 눈썹을 찡그렸다.

"그렇지만 이제는 작은아버지도 돌아가시고 시모가모가와 에비스가와가도 화해했습니다."

"그럼 지금 에비스가와가의 두령은 누군가?"

"다행히 맏아들인 에비스가와 구레이치로가 교토로 돌아와서 말입니다."

작은형이 말하자 긴초와 돈비가 어리둥절한 표정을 지었다.

"그건 묘하군요." 돈비가 고개를 갸웃했다. "에비스가와 구레이치로 씨는 당가에 머물고 있는데요."

이번에는 작은형이 어리둥절해할 차례였다.

"……그게 사실입니까?"

"그럼, 벌써 1년도 넘었군." 긴초는 말했다. "수행을 하는 것도 같고 안 하는 것도 같고 도를 깨친 것도 같고 안 깨친 것도 같은, 참으로 묘한 너구리 승려지. 무로토곶에서 돌연히 대오한 줄 알았더니 기분 탓이었더라 하는 것 같은. 먹는 건 너구리 열 마리 분량을 거뜬히 먹어치우고, 잠은 사흘 밤낮 내처 자거든. 이 친구가 어째선지 나하고 죽이 잘 맞아서 말이야."

그때 방구석에서 졸린 듯한 목소리가 들려왔다.

"어째 묘한 이야기를 하는군."

"어라, 구레이치로. 드디어 깼나." 긴초가 말했다.

조금 전까지 요란하게 코를 골던 승려가 일어나 앉았다. 말라붙은 주먹밥이 가슴팍에서 굴러떨어지는 것을 황급히 잡아 입에 넣었다.

"교토에 있는 녀석이 구레이치로라고 주장한다면 그래도 상관없긴 하네만……."

승려는 작은형을 똑바로 쏘아보며 지저분한 대머리를 슥 어루만졌다.

"그럼 여기 있는 나는 누구지?"

○

오후 3시가 지나 큰형과 다른 너구리들은 위풍당당하게 도카사이칸에서 출발했다.

시조 거리를 걸어가는 큰형 뒤로 미리 축하해주러 모였던 너구리들이 따라갔다. 난젠지 쇼지로에 따르면 큰형의 뒷모습에서 벌써부터 니세에몬의 품격이 느껴지더라고 했다.

장로 회의는 2세의 저택에서 열렸다. 그들이 건물 앞에 도착했을 때, 현관 앞에는 야사카 헤이타로를 비롯한 너구리계 중진들이 기모노 차림으로 모여 있었다.

"여러분, 오늘 잘 부탁드립니다."

큰형은 머리를 숙여 인사했다.

너구리들이 줄줄이 계단을 올라가 옥상으로 나오니, 이미 석양빛이 비치고 엉덩이를 차게 식히는 겨울바람이 불었다.

2세는 정원의 가스등 옆에 서서 너구리들을 맞이했다.

"잘 왔네, 너구리 제군."

2세는 너구리들의 회의를 위해 저택의 인테리어를 바꾸었다.

고지식하게 배치했던 서양 가구는 거실의 안쪽 벽 쪽에 모아 치밀한 계산에 의거해 천장 가까이에 이를 만큼 높다랗게 쌓아 올렸다. 꼭대기에 놓인 2세의 소파가 덴구적 균형을 유지했다. 천장에서는 샹들리에가 유리 성처럼 반짝이고, 바닥에는 너구리 100마리를 태우고 하늘을 날 것 같은 페르시아 양탄자가 깔려 있었다.

"난 여기서 구경하기로 하지."

2세는 훌쩍 날아올라 소파에 앉아서 파이프에 불을 붙였다.

페르시아 양탄자에 방석을 늘어놓고 장로들이 앉았다.

야사카 헤이타로를 필두로 너구리들은 2세 앞에 엎드려 절했다.

"바쁘신 중에 저희 너구리들 회의에 참석해주신 것에 감사드립니다. 어물어물할 것으로 사료되오나 부디 너그러이 보아주시면 다행이겠습니다."

"상관없네, 야사카 헤이타로. 좋을 대로 하도록."

그러더니 2세는 의아한 표정을 지었다.

"그런데 야사부로 군이 보이지 않는데."

"벤텐 님의 역린을 건드린 탓에 현재 도망 중입니다."

"이거야 원······. 그 친구도 바쁜 너구리군."

그리하여 호화로운 페르시아 양탄자 위에서 장로들의 회의가 시작됐다.

장로들의 회의는 참으로 느긋하다. 장로들은 거품이 뽁뽁 터지는 듯한 목소리로 소곤거리고, 마음 내키는 대로 잤다가 깼다가 하면서 이승과 저승의 경계를 둥실둥실 떠다닌다. 이승의 회의장과 저승의 회의장을 오감으로써 이승의 사정과 저승의 사정을 다각적으로 검토한다는데, 사실은 어떤지 아무도 모른다.

그때 난젠지 교쿠란은 너구리들의 말석에서 회의의 행방을 지켜보고 있었다.

그녀는 천장 부근에 자리한 2세를 흥미롭게 쳐다봤다.

2세는 소파에 긴 다리를 꼬고 앉아 파이프 담배 연기를 팍팍 내뱉어 호화로운 샹들리에 주위에 구름을 만들었다.

'너구리들이 회의를 한다는 게 덴구 님께는 우스우려나?'

교쿠란은 그렇게 생각하며 진지한 표정의 너구리들을 둘러봤다.

그때 그녀는 묘한 것을 깨달았다.

에비스가와 구레이치로가 보이지 않았다.

○

그 무렵, 어머니는 다다스숲에서 불안에 휩싸여 있었다.

오후 3시 반을 지나 겨울 해는 저물기 시작해 다다스숲에 황혼의 기척이 숨어들었다. 마른 낙엽이 차가운 바람에 휩쓸려 굴러갔다.

혼자 생각하면 생각할수록 근심거리는 얼마든지 떠올랐다. 어머니는 평소 시모가모가 최대 사이즈의 간담을 자랑한다 해도 과언이 아닌데, 어쨌거나 오늘은 전에 아버지가 너구리전골이 된 날이기도 한 탓에 불길한 상상만 자꾸 들었다.

"소 씨, 소 씨, 애들을 지켜줘요."

어머니는 죽은 아버지를 부르며 자식들의 무사를 빌었다.

그런 식으로 안절부절못하고 있었으니, 갑자기 야시로에게서 전화가 왔을 때 어머니는 놀라 펄쩍 뛰어올랐다. 침상에서 휴대전화를 집어 전화를 받으니 야시로는 훌쩍훌쩍 울고 있었다. 뭔가 심상치 않은 분위기였다.

"어쩌죠, 어머니. 저 사고를 일으켰어요."

"사고라니?"

"실험실이 엉망진창이 돼서 금각이랑 은각이 막 화내요. 그렇지만 전 왜 그렇게 된 건지 전혀 모르겠는걸요."

"진정해. 엄마가 갈 테니까 기다리렴."

어머니는 검은 옷의 왕자로 둔갑해 침상에서 뛰쳐나와서는, 위타천*처럼 참배길을 달려 마장馬場을 지나고 시모가모혼 거리로 나왔다. 택시를 잡아타자마자 "에비스가와 발전소로 전속력!"이라고 큰 소리로 부르짖었다.

---

* 불교 천신의 하나로 달음질을 잘하는 신으로 유명하다.

15분 뒤 어머니는 가짜 덴키브랜 공장 대문을 지났다.

넝쿨로 뒤덮인 벽돌 건물 구관과 창고들이 늘어선 부지는 기이하게 조용했다. 저무는 해가 공장의 지저분한 창을 주황색으로 물들였다. 공장 현관 앞에 에비스가와 전용 소방차가 빨간 램프를 켜고 서 있었다.

어머니가 계단을 올라 긴 복도를 걸어가니 차츰 떠들썩한 소리가 들려왔다.

야시로의 실험실 앞에 소방 호스가 나와 있고 소방복을 입은 에비스가와 친위대가 바삐 움직이고 있었다. 복도는 타고 남은 잔해와 물로 질척이고, 복도에 늘어선 창유리는 깨져 찬 바람이 불어들었다. 그 가운데 야시로가 꼬리를 죄다 드러내고 의기소침하게 벽에 기대서 있었다. 야시로에게 달려간 어머니는 복도에서 실험실을 들여다봤다가 경악했다.

실험실 안은 풍신님이 미친 듯이 춤춘 것처럼 엉망진창이었다. 부서진 기계와 타다 남은 잔해가 혼연일체를 이루고 있었다. 비로소 얼마나 큰 사고였는지를 안 어머니는 갑자기 겁이 나 야시로의 얼굴을 여기저기 만지고 귀를 잡아당기고 꼬리가 타지 않았는지 꼼꼼히 확인했다.

"전 괜찮아요." 야시로가 신음하듯 말했다.

"괜찮긴 뭐가 괜찮아. 어쩌다 이렇게 된 거니?"

그때 바쁘게 돌아다니던 소방복 너구리들 중에서 금색 소방복을 득의양양하게 입은 금각이 나섰다. "참으로 당치도 않은 일입니다."

금각이 엄숙한 얼굴로 설명한 바에 따르면, 야시로가 개발 중이던 가짜 덴키브랜 제조기가 폭주하면서 예상치 못한 화학반응의 연쇄가 폭발 사고를 일으킨 모양이었다. 야시로는 마침 휴식하러 나가고 없어 화를 면했다.

"시모가모가에선 자식 교육을 어떻게 하는 건지 궁금하네. 가짜 덴키브랜 공장에서 이런 커다란 폭발 사고가 벌어지다니 전대미문이라고. 난 내 방에 있었는데 쾅 소리가 나는 바람에 나도 모르게 꼬리가 나왔다니까."

"그건 이상해. 폭발할 리 없어!"

"아마추어 연구자 말을 어떻게 믿어? 난 전부터 이렇게 되는 게 아닐까 싶어 걱정이었다고. 구레이치로 형의 호의로 실험실을 얻어놓고 이런 사고를 일으키다니 너무하네. 이런 게 바로 은혜를 원수로 갚는 거잖아."

"확실하게 조사해볼게……."

야시로가 실험실에 들어가려 하자 금각은 서슬이 시퍼래서 막아섰다.

"증거 인멸은 용납 못 해. 현장검증은 우리가 할 일이야!"

"얘, 금각." 어머니는 말했다. "이런 소동이 벌어져서 정말 미안하게 생각하지만, 그런 식으로 단정하기엔 아직 이르지 않을까. 야시로도 아니라고 하고, 무슨 착오가 있는 건지도 모르잖니."

"실제로 실험실이 폭발했다고요, 어머니!"

"난 네 어머니가 아닌데." 어머니가 매섭게 말했다.

"……좌우지간 실험실에서 발생한 폭발 때문에 공장 내 전기 계통이 몽몽해져서 제조 라인이 멈춰 섰다고요. 피해 막대, 전대 미문. 우리 에비스가와가는 시모가모가에게 정정당당하게 손해 배상을 청구할 겁니다. 꼬리털까지 모조리 잡아 뜯어줄 테니까 각오하시지."

"가이세이는 어디 있니? 가이세이를 만나게 해줘."

"가이세이는 방에 틀어박혀 있어. 요새 가짜 덴키브랜 공장 경영에서 밀려나서 좀 삐졌거든. 애가 예민한 나이란 말이지."

"이렇게 큰 사고가 났는데 방에 틀어박혀 있다고? 그런 건 가이세이답지 않아."

"가이세이는 안 불러줄 거야. 가이세이 방에 들어가봐, 털북숭이 말뚱이라느니 병균 대장이라느니 얼마나 심한 욕을 하는데. 내 섬세한 영혼이 일일이 상처받는다고."

가이세이가 모습을 보이지 않는다는 사실에 어머니의 의심은 더욱 깊어졌다.

"너희, 무슨 짓을 꾸미는 거야?"

어머니는 야시로를 끌어안으며 말했다.

그때 은색 소방복을 입은 은각이 타다 남은 잔해로 뒤덮인 실험실에서 나타났다. "형, 이상한 걸 발견했어"라며 금색으로 번쩍이는 기름한 기계를 금각에게 건넸다.

금각은 가공할 문명의 이기를 야시로의 코끝에 들이댔다.

"왜 이런 게 네 실험실에 있지?"

"몰라. 난 그런 거 모른단 말이야!"

"이건 2세가 찾으시던 독일제 공기총일 텐데. 가엾은 우리 아버지가 아리마 온천에서 목숨을 잃으셨을 때 탄환을 발사한 총이야." 금각은 어머니와 야시로를 노려봤다. "왜 이런 게 네 실험실에 있지?"

어머니와 야시로는 서로 끌어안은 채 망연자실했다.

"대체 이게 어떻게 된 일입니까."

뒤에서 목소리가 들려왔다.

어머니와 야시로가 돌아보자 에비스가와 구레이치로가 슬픈 얼굴로 서 있었다.

○

그런 일이 벌어지고 있을 줄은 꿈에도 모르고 작은형은 난카이 페리를 타고 느긋이 기이 수도로 출발했다.

작은형은 갑판에 서서 바다 냄새를 가슴 가득 들이마시며 멀어져가는 도쿠시마항을 바라봤다. 늘어선 창고들과 시멘트 공장, 붉은색과 흰색으로 칠한 굴뚝이 빠른 속도로 작아졌다. 페리는 바다 건너 와카야마항을 향해 저물어가는 바다를 나아갔다.

'좀 더 여행하고 싶었는데.'

작은형은 난간 너머로 몸을 내밀고 멀어져가는 아와 지방에 작별을 고했다.

긴초 너구리는 친절했다. 구레이치로를 만나고 놀란 작은형에게 '일단 교토로 돌아가는 게 낫지 않겠나'라고 충고해주었다. 그들이 너구리 굴을 지나 긴초 신사 마루 밑으로 기어 나오니, 예술적 구멍 파기에 힘쓰던 긴초의 딸이 "벌써 가게?"라며 김샌다는 표정을 지었다. 그러나 긴초에게 사정을 듣더니 도쿠시마항까지 작은형과 구레이치로를 차로 데려다주었다.

'세상에는 친절한 너구리가 차고 넘치네.'

작은형이 그런 생각을 하는데 구레이치로가 컵라면을 먹으며 다가왔다.

구레이치로는 "여, 아와 지방도 멀어졌는가" 하고 중얼거리며 작아져가는 항구를 바라봤다.

구레이치로는 긴초 신사에서 도쿠시마항으로 가는 동안에도 만주를 먹고, 페리 출항 시간이 다 됐는데 매점에서 음식을 사들여 작은형을 조마조마하게 했다. 구레이치로는 "면목 없어"라고 말했다. "내내 잤더니 배가 고파서."

작은형은 옛 동창생을 뜯어봤지만, 눈앞에서 라면을 먹는 파계승 같은 너구리와 과거 나무 밑에서 불경을 읽던 구레이치로가 연결되지 않았다. 교토에 먼저 나타났던 구레이치로 쪽이 훨씬 더 예전의 구레이치로 같았다.

"수행을 많이 했나 봐, 구레이치로."

"수행을 자랑할 것 같으면 도를 깨치기까지 아직 먼 거야."

"자네는 깨쳤고?"

"아니, 못 깨쳤어. 거참, 깨치지 않는 자는 먹지도 말라."

그렇게 말하며 구레이치로는 라면을 먹었다.

작은형은 구레이치로가 없는 동안 교토에서 있었던 일을 이야기했다.

자신의 아버지가 너구리를 죽여 만절을 더럽히고 인간 손에 목숨을 잃었다는 이야기를 듣고도 구레이치로는 눈썹 하나 까딱하지 않았다.

"……하여간 아버지다운 말로군."

"슬프지 않나?"

"그저 아버지는 그렇게 살았다는 것뿐이야. 털 뭉치 한 마리가 어떻게 살건 어떻게 죽건 천지의 대세와는 아무 상관이 없네. 그렇지만 한 치 털 뭉치에도 닷푼의 혼이야. 정말이지 속 시키먼 너구리였네만 아버지에게는 아버지 나름의 긍지가 있었을 테지. 죽고 난 지금은 그런 너구리도 가끔씩은 태어나도 괜찮겠지

싶군."

구레이치로는 문득 맑은 눈으로 작은형을 봤다.

"미안해, 자네한테는 아버지의 원수였는데. 사과하지, 야지로."

"괜찮아." 작은형은 이제 와서 화낼 마음도 나지 않았다.

"그나저나 대체 누가 나로 둔갑한 건지." 구레이치로는 재미있다는 듯 말했다.

"적어도 내 눈에는 진짜 구레이치로로 보였는데 말이야."

"교토로 돌아가서 가짜와 대면할 일이 기대되는군. 부처를 만나면 부처를 죽여라, 자신을 만나면 자신을 죽여라. 그 김에 돌아가신 아버지 영전에서 바보다라니경이라도 읽어줄까."

그 뒤, 둘은 찬 바람에 떨며 너른 하늘과 바다를 바라봤다.

"문제가 해결되면 난 다시 시코쿠로 건너갈까 해." 작은형은 말했다.

"그거 좋겠군." 구레이치로는 씩 웃었다. "긴초의 딸도 좋아할 거야."

"왜 웃는 건데, 구레이치로."

"웃는 거 아니야, 야지로."

작은형은 도쿠시마항 승선장에서 긴초의 딸과 헤어졌을 때를 떠올렸다. 그녀는 보는 눈도 아랑곳하지 않고 맨발로 서서 "또 놀러 와, 다음엔 가짜 에이잔 전철로 무로토곶까지 데려가

줘"라고 했다. 작은형과 구레이치로가 배에 올라타려 하자, 그녀는 발돋움을 하고 '봉 부아야주!' 하고 손을 흔들었다. 그녀의 반짝이는 눈은 이미 그리운 추억이었다.

"그러고 보니까 이름이 뭐지?"

"뭐야, 모른단 말인가?" 구레이치로는 눈을 둥그렇게 떴다. "하여간 어이없는 친구로군. 세이란星瀾이라고 해. 별의 파도라는 뜻이지."

"우주적으로 근사한 이름인데. 가이세이海星를 닮았어."

"그야 그렇겠지."

구레이치로는 유쾌하게 웃었다.

"세이란의 이름을 지은 건 니세에몬 시모가모 소이치로거든."

○

간신히 정신을 되찾았을 때, 나는 내가 어디 있는지 알 수 없었다.

머리가 유난스레 몽롱하고 세계가 심하게 흔들렸다. 코를 쳐들어보니 싸늘한 철제 우리에 닿았다. 보라색 천으로 우리를 싸서 밖이 보이지 않았다.

'당했군. 금요클럽 냄비로 직행하게 생겼는데.'

내 곁에서는 가이세이가 몸을 말고 기분 좋게 자고 있었다. 커다란 온천 만주 꿈이라도 꾸는 것처럼 태평한 얼굴로, 몸을 흔들어도 깰 눈치가 전혀 없다. 그녀의 털이 코를 간질여 나는 "에취" 하고 재채기했다.

그러자 흔들리던 우리가 갑자기 멈추더니 찰캉 하고 바닥에 놓였다.

황급히 자는 시늉을 하자 덴마야가 보자기를 풀고 안을 들여다봤다. 공작부인의 나들이옷 같은 천박한 모피를 걸치고, 우리를 잡고 흔드는 손목에는 황금 팔찌, 손가락에는 반지를 덕지덕지 꼈다. 벼락부자 취향으로 요란하게 치장했는데, 하아하아 내뿜는 허연 입김에서 은단 냄새가 희미하게 났다.

우리 바깥으로 보이는 북적이는 거리가 막연히 눈에 익었다. 교토 시내로 끌려 온 듯했다. 얼핏 보인 하늘은 연분홍으로 물들어 있었다.

"그래, 그래." 덴마야는 다시 보자기로 싸서 걷기 시작했다.

10분쯤 흔들리니 유리문이 열리는 소리가 나고 주위가 훅 어두워졌다.

"실례합니다. 덴마야입니다."

"덴마야인가. 수고 많았네."

멀리서 노인의 쉰 목소리가 들렸다. 흡사 하늘의 목소리 같았. 보라색 보자기를 통해 오래된 목재 냄새와 다다미 냄새, 축축한 흙내, 향냄새가 혼연일체로 났다. 안뜰이 있는 오래된 상가 저택이 뇌리에 떠올랐다. 이윽고 덴마야는 보자기를 스르르 풀었다.

"너구리를 배달하러 왔습니다."

그곳은 어둑어둑하고 싸늘한 6첩쯤 되는 다다미방이었다.

금요클럽의 수령 주로진이 장식 단상을 등지고 단정히 앉아 있었다. 상아를 깎고 색을 입힌 너구리상을 사방침으로 삼아 쓰다듬고 있었다. 장식 단상에는 달을 올려다보는 너구리 족자가 걸려 있다. 주로진은 가느다란 눈을 더욱 가늘게 뜨고 우리 속에서 자는 척하는 나를 바라보는 모양이었다.

"잘했다, 덴마야. 이제 전골을 먹을 수 있겠군."

"……그럼 이 신참 야사부로 군은 제명되는 겁니까?"

"다름 아닌 벤텐 씨가 추천했다지만 송년회에 너구리를 가져오지 않는 것은 언어도단이지. 벤텐 씨가 잘못 본 모양이더군."

"제법 재미있는 청년이었습니다만. 참 아쉽게 됐습니다."

"네가 신경 쓸 일이 아니다."

"그렇지만 손해 보는 역할을 하는 건 마음에 안 듭니다. 저도 천하의 덴마야란 말이죠. 남 뒤치다꺼리만 떠맡아선 체면이 깎이거든요."

덴마야는 몰래 지니고 있던 독일제 공기총을 다다미에 세웠다.

"이걸로 한 발, 탕 쐈죠. 약으로 재운 것뿐이니까 팔팔 뛰는 신선한 놈들입니다. 이 너구리들, 냄비에 빠질 때까지 꿈꾸는 기분일걸요."

"어디서 손에 넣었나?" 주로진이 물었다.

"아야메이케란 그림쟁이 집 정원에서입니다. 우리 친구 에비스가와 씨가 친절하게 가르쳐주더군요. 거기 정원에 너구리 한 마리가 살고 있으니까 몰래 찾아가면 단박에 잡을 수 있다고 말입니다. 그래서 갔더니 글쎄, 너구리 두 마리가 밀회 중인 겁니다. 생각지도 못한 행운이었어요. 사이좋은 것은 아름다워라. 너구리도 하여간 방심할 수 없는 색골이군요."

"슬픈 일이로군. 밀회 다음이 냄비 속이라니."

"전골은 길동무, 세상살이는 인정*이라고 하니까요."

덴마야에게 너구리를 팔아넘기다니 에비스가와 구레이치로는 상종 못 할 망할 중놈이었다. 공장을 빠져나온 가이세이까지 말려드는 것은 예상 밖의 사태였을 것이다. 그러나 구레이치로의 본성을 알았다 해도 우리 안에서는 어쩔 도리가 없다.

"두 번째 환갑을 앞두고 너구리전골로 원기를 보충해야겠군."

주로진은 일어나 장지를 열고 어두운 안마당을 둘러싸는 복도를 걸어갔다. 덴마야는 우리를 안고 그 뒤를 따랐다. 상가 저택 뒤로 나와 캄캄한 광 속을 지나자, 가시철사를 휘감은 높다란

---

*   본래 속담은 "여행은 길동무, 세상살이는 인정旅は道連れ世は情け".

제7장   덴구의 피, 바보의 피

담장으로 둘러싸인 묘한 공터가 나왔다.

그곳에 주로진이 애용하는 3층 전철이 당당하게 서 있었다.

1층 선두에 위치한 운전석에 주로진이 올라타 조작하자 전철 전체에 불이 들어왔다. 운전석 옆에는 아카다마 선생님의 차솥 엔진이 붙어 있었다. 주로진은 덴구의 도구를 차지해 교토의 제공권을 장악할 셈인가.

주로진은 서재의 책상 뒤에 앉아 덴마야를 빤히 쳐다봤다.

"그나저나 덴마야, 꽤나 주머니 형편이 좋은 모양이군."

"에헤헤, 돈은 돌고 도는 것이고 덴마야의 호주머니로 들어오는 것이죠. 에비스가와 씨가 제가 애용하는 공기총을 자꾸 탐내길래 지극히 양심적인 가격으로 매각했거든요."

"네가 갖고 있는 총은 뭐지?"

"……어라, 어떻게 된 거지? 거참 별일이네."

"에비스가와를 속였군."

"아니, 그런 남들이 들으면 오해할 말씀을. 전 꿈을 판 겁니다."

"덴마야, 네놈도 참 악랄하군. 그러다 지옥에 떨어질 것이야."

주로진이 그렇게 말하자마자 서재 구석에 세워놓은 지옥도에서 비릿한 바람이 뿜어져 나왔다. 책상 위의 재래식으로 철한 책이며 천장에서 늘어진 족자가 바람을 맞아 팔락거렸다. 덴마야는 우리를 끌어안은 채 섬뜩한 표정으로 뒷걸음쳤다.

"오늘도 지옥의 바람이 부는군." 주로진은 책상 뒤에서 미소 지었다. "슬슬 나졸이 네놈을 데리러 올지도 모르겠어."

"끔찍한 말씀 마십시오. 전 남보다 곱절은 속세를 좋아하는 사람입니다."

그때 비릿한 바람이 한층 강해지면서 누가 지옥도에서 쑤욱 나왔다. 덴마야는 캭 하고 비명을 지르며 우리를 내던지고 차창에 들러붙었다. 그러나 나타난 것은 지옥의 나졸이 아니라 어두운 밤 같은 드레스를 입은 벤텐이었다.

"어머나, 덴마야 씨." 그녀는 몸에 휘감기는 불길을 털어내며 말했다. "어째 이상한 냄새가 난다 했더니 당신이었네?"

"그 말씀은 너무한데요." 덴마야가 말했다. "이렇게 너구리를 데려온 건 따지고 보면 야사부로가 도망쳤기 때문이고, 다시 말해 벤텐 씨의 뒤치다꺼리란 말인데요."

"당신 도움을 받으니 지옥 불에 그슬리는 게 낫겠어."

"몸 바쳐서 일하는데 고맙단 말 한마디 없지. 아주 막 몸이 오싹오싹하네."

"넘볼 수 없는 존재는 고맙다는 말 따위 안 하는 법이야."

벤텐은 그렇게 말하며 몸을 숙여 우리 안의 나와 가이세이를 바라봤다.

그녀의 목에 걸린 '용석'이 우리에 부딪쳐 똑똑 소리가 났다.

잠시 침묵이 흐르는가 싶더니 자는 시늉을 하는 내 코에 따뜻하고 찝찔한 물방울이 떨어졌다. 내가 자는 척하는 것을 벤텐이 알아차렸는지 아닌지는 알 수 없다.

"이런, 마귀도 웁니까." 덴마야가 말했다.

"나한테 잡아먹힐 네가 불쌍해."

벤텐은 우리를 끌어안고 내게 속삭였다.

"······그래도 난 먹는단 말이야."

○

2세의 저택 유리문 밖은 날이 완전히 저물었다. 로쿠메이칸* 시대 같은 샹들리에는 한층 화려하게 빛났다. 2세는 지루함을 못 이기고 소파에 드러누워 잠이 든 것처럼 꼼짝하지 않았다.

저승과 이승을 오가는 장로들의 긴 회의가 끝나가자 "그럼 되겠지", "암, 되겠지" 하는 목소리가 거품 터지듯 뽁뽁 울렸다. 마침내 찾아올 영광의 순간에 대비해 큰형이 자세를 바로 했을 때 유리문이 거칠게 열렸다.

금각의 날카로운 목소리에 너구리들은 놀랐다.

"니세에몬 결정은 잠깐 중지!"

"무슨 일이냐, 금각." 야사카 헤이타로가 노기 어린 목소리로 말했다. "장로님들 회의 중에 큰 소리를 내지 마라. 2세도 계시

* 19세기 말부터 국빈이나 외교관을 위한 사교장으로 쓰던 서양식 저택.

는데."

"날 혼내는 건 일단 나중으로 미루시지, 야사카 씨?"

에비스가와 친위대를 거느린 금각은 의기충천해, 당혹한 너구리들을 헤치며 억지로 앞으로 나왔다. 너구리들이 '이게 무슨 일인가' 하고 마른침을 삼키며 지켜보는데, 열려 있던 유리문으로 어두운 표정의 에비스가와 구레이치로가 들어왔다.

금각은 구레이치로를 돌아보며 말했다.

"형, 여기는 나한테 맡겨."

금각은 흡사 유죄를 확신하는 호랑이 검사처럼 씩 웃으며 에비스가와 친위대원이 건넨 독일제 공기총을 득의양양하게 들어 보였다.

"가짜 덴키브랜 공장 내 야시로의 실험실에서 이게 발견됐습니다."

금각은 너구리들을 둘러보며 말했다.

"이것이 바로 우리 아버지 에비스가와 소운을 쏴 죽인 독일제 공기총이 틀림없습니다. 조금전 엉터리 발명가 시모가모 야시로가 가짜 덴키브랜 공장에서 폭발 사고를 일으켰거든요. 현장검증을 하다가 찾아낸 겁니다. 나는 진짜 놀랐단 말이죠, 왜 야시로가 이런 걸 자기 실험실에 숨겨놨을까. 이상한데요! 난 아주아주 이상한데요!"

장로들은 입을 다물고 너구리들은 웅성거렸다. 금각이 공기총을 휘두르자 너구리들은 겁먹어 피했다. 야사카 헤이타로가 "그럴 리가"라며 입술을 떨었다.

금각은 씩 웃으며 큰형을 봤다.

"네 어머니하고 야시로는 가짜 덴키브랜 공장에 있다. 은각이 조사하는 중이야. 곧 야시로가 모조리 실토하겠지."

"너희에게 어머니를 붙들 권리는 없어. 멋대로 행동하지 마라." 큰형은 무릎을 세우고 소리쳤다. "이건 음모야! 에비스가와의 음모라고!"

"여기 확고한 증거가 있는데. 어째서 이걸 숨겼나? 그건 너희가 이 총으로 우리 아버지를 쏴 죽였기 때문이지, 이 너구리 살해자!"

금각은 큰형에게 공기총을 들이댔다.

"보나 마나 그 아나키스트 야사부로한테 시켰겠지. 도대체가 아리마에서 아버지가 총을 맞으셨을 때 그 자리에 있었던 건 야사부로뿐이었다고. 머리 좋은 난 딱 감이 왔거든. 네놈 계획이 다 보이더라, 이 말이야. 야사부로한테 암살하게 시키고 야시로한테 증거품을 은닉하게 해. 그러고 자기는 시치미 떼고 니세에몬이 돼선, 적당한 시기를 봐서 흉기인 독일제 공기총을 2세께 돌려드리려고 한 거지. 이런 털북숭이 팀워크가 다 있나! 참 어처구니없는 형제애야!"

에비스가와 구레이치로가 무릎을 꿇고 붕대를 감은 팔로 눈물을 훔쳤다.

"전 도무지 믿기지 않습니다. 설마 야이치로 씨가 아버지를 암살했을 줄이야. 그래서는 서로 죽고 죽이기 아닙니까."

"이대로 모른 척하고 니세에몬이 될 수 있을 줄 알고?"

금각이 말했다.

그 자리에 있던 너구리들 머리에 올가을 너구리계를 석권했던 에비스가와 소운 모살설이 또다시 먹구름처럼 드리워지기 시작한 듯했다. 큰형은 침묵하고 너구리계 중진들도 침묵했다.

큰형은 마치 환술에 걸린 듯한 기분이 들어 망연자실했다.

그때 어둠에 잠긴 앞마당의 가스등에 불이 들어오고 그 밑으로 에비스가와 친위대 중 한 마리가 달려왔다. 그는 가쁜 숨을 몰아쉬며 회장에 뛰어들어서는 "시모가모 야사부로가 금요클럽에 붙들렸다!" 하고 소리쳤다. "지금쯤 벌써 철제 냄비에 빠졌을 걸."

"야사부로가……?"

큰형은 숨을 훅 들이마시며 일어섰다.

소식을 듣고 막연한 체념이 회장을 메웠다. '야사부로라면 그럴 수도 있어'라는 너구리들의 속내가 뻔히 보여 큰형은 노여움에 사로잡혔다. 야사부로가 벤텐의 분노를 산 것은 따지고 보면 너구리계를 위해 앞발 벗고 나섰기 때문이 아닌가. 그런 야사부로가 붙잡혔다는데 네놈들은 왜 멍하니 있나.

에비스가와 구레이치로의 얄미울 정도로 침착한 표정을 봤을 때, 큰형은 모든 것이 이 너구리 승려의 함정이었음을 깨달았다. 이 녀석이 진짜 흑막이었던 것이다. 이 너구리가 주의 깊게 감춘 음흉함을 나는 조금도 꿰뚫어 보지 못했다.

어느새 곁에 다가와 있던 교쿠란이 큰형의 손을 꽉 쥐었다. 그녀는 아무 말 없이 그저 큰형 옆을 지키며 결단을 기다려주었다.

문득 큰형의 피가 끓어오르며 배 속 깊은 곳에서 웃음이 치밀었다.

야사부로는 내 동생이다. 그놈은 내 동생이란 말이다.

동생의 목숨이 걸린 위기에 망설일 게 뭐가 있나.

큰형은 부쩍부쩍 털을 길러 호랑이로 둔갑해서는 페르시아 양탄자를 쿵쿵 밟았다.

"뭐가 전통이냐, 뭐가 너구리계의 미래냐, 뭐가 니세에몬이냐."

큰형의 호통이 회의장을 뒤흔들었다.

금각은 '성공!'이라 하듯 만면에 웃음을 지었다.

"내가 똑똑히 들었다, 야이치로. 잘도 장로님들 면전에서 그런 말을 하는군."

그러나 큰형은 이제 주춤하지 않고 당당하게 선언했다.

"나는 시모가모 소이치로의 장남 야이치로다. 훌륭한 아버지의 피를 물려받지 못한 한심한 장남이 바로 나다. 그러나 내게도 바보의 피는 흐른다. 설령 철제 냄비 바닥에 가라앉는 한이 있더라도 동생을 구해내고 말겠다. 너희는 마음껏 여기서 놀고 있어라."

호통치는 큰형의 등에 교쿠란이 펄쩍 올라탔다.

큰형은 구레이치로를 노려보며 말했다.

"니세에몬이든 뭐든 그까짓 것 얼마든지 주마!"

어안이 벙벙한 너구리들을 무시하고 큰형과 교쿠란은 옥상으로 뛰쳐나갔다. 겨울 해는 이미 완전히 저물고 거리의 불빛이 반짝이기 시작했다. 전골을 먹기에 딱 좋은 추운 날이었다.

휑뎅그렁한 옥상을 달려가며 큰형은 흥분에 몸을 부르르 떨었다.

"미안하다, 교쿠란. 결국 나도 바보야."

교쿠란은 큰형의 목에 매달리며 웃었다.

"알아. 그래서 내가 있는 거잖아?"

○

그 무렵, 어머니와 야시로는 가짜 덴키브랜 공장 부지 내에 위치한 창고에 있었다.

낡은 기계가 잡다하게 놓여 있고 콘크리트 바닥은 썰렁했다. 전기난로의 붉은빛이 주위를 흐릿하게 비추었다.

"아휴 참, 또 우리에 갇혔네. 작년이랑 똑같잖니."

"엉덩이가 무지 차요."

"배도 고프고. 원래는 지금쯤 '아케가라스'에서 야이치로를 기다리고 있었을 텐데, 에비스가와 바보들 탓에 엄청난 송년회가 되고 말았구나."

그때 창고 문이 열리고 은각이 들어왔다.

"여, 저녁밥을 갖고 왔어. 날달걀 넣어줄게."

은각은 쇠고기덮밥에 날달걀을 깨서 얹고 어머니와 야시로의 우리에 넣어주었다. 그러고는 보온병에 든 된장국을 작은 그릇에 따랐다. 은각이 정성스레 끓인 된장국은 잘게 썬 유부와 파가 들어 의외로 맛있었다. 쇠고기덮밥과 따뜻한 된장국을 먹으니 배 속이 뜨뜻해져 어머니와 야시로는 침착을 되찾았다.

은각은 "빨리 따뜻해지지 않네"라며 난로를 조절했다.

"얘, 은각." 어머니는 말했다. "우리가 에비스가와 씨를 쏴 죽였다니, 설마 그런 걸 진짜로 믿는 건 아니겠지?"

"으음, 난 뭐라 말 못 하겠네!"

"그렇지만 우리 애들은 그런 너구리가 아닌걸."

"부모는 원래 다 그렇게 말하잖아." 은각은 난로에 손을 쬐며 말했다. "우리 아버지도 그렇게 말씀하셨거든. 우리 애들이 그렇게 바보일 리 없다고."

"그야 너희를 보면 그렇게 말하겠지." 어머니는 한숨을 쉬었다. "너희 어머니는 늘 걱정하셨었어."

"어머니 이야기는 하고 싶지 않아." 은각은 말했다. "쓸쓸해지니까."

에비스가와 소운의 아내, 은각 형제의 어머니는 가이세이가 태어난 지 얼마 안 됐을 때 급환으로 세상을 떠났다. 에비스가와 가에서 애지중지하며 기른 탓에 허영심 많고 자기 본위적인 부분도 없지는 않았지만, 자식들에게는 좋은 엄마였을 게 틀림없다고 어머니는 말했다.

"너희도 어머니를 일찍 여의고 힘들었겠네."

어머니가 말하자 은각은 입을 다물고 난로의 붉은빛을 쳐다봤다.

"너희 어머니는 분명 너희 걱정을 많이 하고 계실 거야. 자식이 몇 살이 되든 너구리 부모는 걱정인 법이거든. 하물며 바보라면 더 말할 것도 없지. 넌 사실 다정한 면도 있는 너구리니까 어머니가 보고 싶을 때도 있을 거야. 이렇게 추운 밤이면 외로워질 때도 있을 테고. 그건 전혀 부끄러운 일이 아니라고 생각해."

"난 외롭지 않아." 그렇게 중얼거린 은각은 외로워 보였다.

어머니는 우리를 열어달라고 여러 번 부탁했지만, 은각은 "그건 안 돼"라며 고개를 흔들었다. "형들한테 혼날 거야."

"그렇지만 난 알 수 있는걸. 넌 착한 아이야."

"……착하긴 뭐가 착해."

이윽고 일어나 밖으로 나가려던 은각은 문을 잡은 채 생각에 잠겼다. 그러더니 "우리에서 꺼내주는 건 안 되지만 가이세이랑 의논하는 건 괜찮을지도"라고 중얼거렸다.

"그러게. 우리는 여기서 기다릴게."

어머니는 가이세이에게 희망을 걸고 은각이 돌아오기를 기다렸다.

야시로가 울먹이며 말했다.

"야이치로 형은 니세에몬이 못 돼?"

"일이 복잡하게 됐으니 말이지."

"……분명히 야사부로 형이 어떻게든 해줄 거야."

"글쎄다. 그 애는 아무것도 모르잖니."

어머니와 야시로는 내가 철제 냄비에 빠지기 일보직전이라는 사실을 알지 못했고 큰형이 이미 니세에몬 자리를 버리고 회의장에서 뛰쳐나왔다는 것도 알지 못했다. 하물며 작은형이 또 한 마리의 구레이치로를 데리고 도쿠시마에서 교토로 돌아오는 중이라는 것도 알지 못했다.

이윽고 은각이 돌아와 깜짝 놀랄 말을 했다.

"이 일을 어쩌지, 가이세이가 방에 없어. 완전 난감하네."

"무슨 이야기야?"

"……이런 편지가 있었는데, '사랑의 도피'가 뭐야?"

어머니는 편지를 읽고 나서 코를 쿵 했다.

"어머나…… 대체 뭐가 어떻게 된 거람?"

○

자는 시늉을 하는 사이에 진짜로 잠든 모양이다.

정신을 차려보니 나는 썰렁하고 어두운 복도 같은 곳에 있었다.

붉은 벨벳 의자와 목제 테이블이 벽을 따라 길게 늘어서 있고, 복도 끝은 흐릿한 어둠에 싸여 있었다. 곳곳에 고풍스러운 난로가 있었다.

'아케가라스군.' 나는 깨달았다.

교토 시내의 너구리들이 모이는 데라마치 거리의 바 '아케가라스'는 손님이 아무리 많이 와도 빈자리가 있다고들 했다. 가게는 안으로 끝없이 이어지고, 1년 내내 겨울철처럼 춥다. 그 끝은 저승으로 이어진다고 했다. 어쩌면 나는 지금 이승과 저승의 경계를 넘으려 하는 중일까.

복도 끝의 어둠에서 축제 음악 같은 소리가 희미하게 들려왔다.

나는 홀로 테이블에 앉아 불가사의한 소리에 귀를 기울였다. 이별의 소리라는 생각이 들었다. 탁자에 턱을 괴고 숨을 내쉬자, 복도를 메운 한기 속에 내가 뱉은 숨이 허옇게 얼었다. 어린 시절, 아버지와 함께 다다스숲의 개울가를 걸었던 겨울 아침이 생각났다.

어느새 테이블 위에 너구리 모습의 아버지가 오도카니 앉아 있었다.

이상하게도 나는 놀라지 않았다.

"아버지, 전 벌써 전골이 된 걸까요."

"그렇지 않다. 잠든 것뿐이야. 이건 네 꿈이란다."

"아버지는 왜 너구리 모습이시죠?"

"……이제 둔갑할 수 있는 몸이 아니니까."

"꿈속이니까 둔갑하면 될 텐데."

"하고 싶은 대로 다 할 순 없는 노릇이야. 그게 꿈이란 것이다."

잠시 아버지의 다정한 눈을 바라보던 내 입에서 문득 "아버지는 너무해요"라는 말이 튀어나왔다. 아버지는 멋대로 덴구에게 싸움을 걸고 에비스가와 소운의 원한을 산 끝에 우리 가족을 이승에 남기고 너무나도 간단히 너구리전골이 되고 말았다. 아무리 아버지 자신은 각오한 일이었다 해도 남은 이들은 놀랄 수밖에 없다. 가족의 유대는 강해졌지만 우리는 크나큰 괴로움도 겪어야 했다.

"미안하다." 아버지는 말했다. "바보의 피가 그리하게 시키는 것이라 말이지."

"저희는 뭐든 다 바보의 피 탓으로 돌리는 경향이 있다니까요."

"이 녀석 봐라, 너도 아비 말 할 처지가 아닐 텐데?"

"그러게요."

"개구리의 자식은 개구리, 털 뭉치의 자식은 털 뭉치인 법."

아버지는 털북숭이 앞발을 응시하며 말했다.

"야사부로, 넌 재미있게 살고 있느냐?"

"재미있게 살고 있어요." 나는 가슴을 펴고 대답했다가 내가 이제 곧 너구리전골이 되게 생겼다는 사실이 생각났다. "덕분에 이제 곧 냄비에 빠지게 됐네요."

"그때는 아비가 반드시 마중 나가마."

"고맙습니다, 아버지……. 그렇지만 냄비에 빠질 순 없어요." 나는 고개를 흔들었다. "여차하면 아버지처럼 웃으면서 전골이 돼주마 생각했지만, 가이세이까지 말려들게 할 순 없고 아직 현세에 미련도 있거든요."

"그래." 아버지는 웃었다. "어차피 누구나 가는 길인데 서두를 이유가 어디 있겠느냐."

나는 어처구니가 없어 한숨을 쉬었다.

"자식이 냄비에 빠지게 생겼다는데 아버지는 어째서 웃으시는 겁니까?"

"왜 너답지 않은 소리를 하느냐, 야사부로." 아버지는 부드러운 눈빛으로 나를 봤다. "우리는 너구리야. 웃으면 안 되는 때란 없다."

지금까지 아무렇지도 않게 말했건만 느닷없이 눈물이 치솟아 탁자 위의 아버지 모습을 가렸다. 멀리서 이별의 소리가 들려왔다. 아버지를 부르려 했지만 말이 나오지 않았다. 어두운 복도는 한층 어두워져 아무것도 보이지 않았다. "아카다마 선생님을 부탁하마"라고 아버지의 그리운 목소리가 말했다. "너는 아직 할 일이 있어."

눈을 떠보니 나는 여전히 우리 안에 있었다.

의식이 없는 동안 전철 3층으로 옮겨진 듯, 목욕탕 탈의실 구석에 놓여 있었다. 옆에서 가이세이가 태평하게 새근새근 자고 있다.

그때 나는 흠칫 놀라 몸을 일으켰다.

기괴한 인물이 나타나 빠른 걸음으로 다가왔다. 그 인물은 옛 학생복의 검정 망토를 입고 얇은 종이로 만든 싸구려 너구리 가면을 쓰고 있었다.

"폼포코 가면*이 구하러 왔네."

요도가와 교수가 말했다.

○

"삼십육계 줄행랑이 제일이야, 털 뭉치 제군."

요도가와 교수는 망토에서 털이 텁수룩한 손을 꺼내 우리를

---

* 작가의 전작 『거룩한 게으름뱅이의 모험』에 등장하는 교토의 수수께끼의 정의의 사도. 너구리 가면을 쓰고 있다. '폼포코'란 너구리가 배를 북처럼 두드리는 소리를 나타내는 의성어.

안아 들었다.

그때 아래층 연회장에서 명랑한 무리가 올라오는 소리가 들렸다. 냄비에 빠질 너구리에게 작별을 고하러 온 금요클럽 회원들이었다.

"오늘은 두 마리나 있다나 봅니다."

"어이쿠, 덴마야 씨도 참 의욕이 넘쳤군. 너구리를 두 마리나 어떻게 먹어?"

"주로진은 작년에 못 먹은 걸 만회할 생각이겠죠."

"으음, 듣기만 해도 속이 더부룩한데."

그렇게 주고받는 말이 들리는가 싶더니 금요클럽의 네 사람, 다이코쿠와 비샤몬, 에비스, 후쿠로쿠주가 계단 위에 나타났다. 쾌활하게 떠들던 그들은 너구리 우리를 안은 괴인을 보더니 놀라 멈춰 섰다.

"어이, 넌 뭐야!"

"앗, 봐요. 저놈, 너구리를 훔치려는 거 아닙니까?"

그러나 그들도 정체불명의 괴인에게 덤벼들 만용은 없다. 옷바구니가 흩어진, 대자리를 깐 탈의실에서 금요클럽과 폼포코 가면은 얼마 동안 서로 노려보며 대치했다. "그래서 넌 누구냐?" 하고 비샤몬이 묻자 요도가와 교수는 용맹하게 가슴을 폈다.

"너구리의 수호자, 폼포코 가면이다!"

목소리를 듣자마자 금요클럽 회원들은 맥이 빠진 모양이었다.

"에이, 요도가와 씨잖아. 괜히 놀랐네."

"대학교수씩이나 되는 사람이 그게 무슨 꼴입니까?"

"이건 불법 침입이에요."

그러나 요도가와 교수는 들은 척도 하지 않았다.

"하늘이 부르고 땅이 부르고 사람이 부른다. 너구리를 구하라고 나를 부른다. 내 너구리 사랑 앞에 일체의 법률이 무효다. 육법전서 따위 무슨 소용이랴. 궤변 만세, 조언 반대!"

"어이구, 그래요, 요도가와 씨. 알았으니까 그만해요."

"하여간 대책 없는 사람이네. 얼른 잡자고."

그러나 요도가와 교수는 남미에서 채취해 왔다는 기묘한 도꼬마리를 마구 뿌려 금요클럽 회원들의 접근을 막았다. 교수가 "그거 가시에 독이 있거든" 하고 소리친 탓에, 회원들은 비명을 지르며 2층으로 내려가는 계단으로 굴러떨어지듯 퇴각했다. 교수는 옷 바구니와 옷장을 던져 계단을 봉쇄한 다음, 우리를 안고 옥상으로 향했다.

그러나 때는 이미 늦어 3층 전철은 공중에 떠 있었다.

옥상의 대숲은 바람에 술렁이고 대숲을 지난 곳에 있는 연못은 출렁거렸다. 감색 저녁 하늘에 떠오른 3층 열차는 선회해 비행선처럼 천천히 건물 꼭대기를 스치듯 날아갔다.

교수는 푸른 대나무를 끌어안고 흘러가는 건물 불빛을 원통하게 바라봤다.

"설마 이런 시내에서 열차를 띄울 줄이야……."

그때 금요클럽이 저마다 옷 바구니며 유카타 허리끈을 들고 나타났다.

"다치게 하고 싶지 않으니까 얌전히 있어줘." 다이코쿠가 소리쳤다.

"당신은 봐줄 테니까 너구리만 놓고 가." 비샤몬이 말했다.

대숲 속을 도망쳐 다니는 요도가와 교수를 금요클럽 회원들이 뒤쫓았다. 부유하는 3층 전철 옥상에서 그런대로 지위도 명예도 있는 다 큰 어른들이 너구리를 둘러싸고 몸싸움을 벌였다. 다이코쿠는 요도가와 교수에게 떠밀려 연못에 빠졌고, 에비스는 활극에 압도당해 꼼짝하지 못했다. 이윽고 힘센 비샤몬이 통신교육으로 익혔다는 수상쩍은 권법으로 요도가와 교수를 연못가로 몰아넣었다.

"당신, 평범한 교수가 아니군."

"물론 나는 교수가 아니다. 폼포코 가면이다."

"아직도 그 소리냐. 훌륭한 마음가짐이네!"

대숲에서 갑자기 뛰쳐나온 후쿠로쿠주가 요도가와 교수의 검정 망토를 붙잡았다. 아무리 변장을 위해서라지만 어째서 그런 검정 망토를 골랐는지 도무지 이해가 안 된다. 교수가 휘청거리자 즉각 비샤몬과 다이코쿠가 달려들어 마침내 교수는 제압당하고 말았다.

회원들이 우리를 빼앗으려 해도, 교수는 부모 몰래 주워 온 버려진 개를 감싸는 어린애처럼 완강히 버티며 "제발 못 본 척 해줘!" 하고 엉엉 울었다. 뜨거운 눈물을 맞으며 나는 생각했다. 분투에도 불구하고 철제 냄비에 빠지는 사태가 벌어지면 털북숭이 영혼이 되어 반드시 교수의 머리맡에 출몰해 감사 인사를 드리자.

그때 덴마야가 히죽거리며 대숲에서 나타났다.

"어이쿠, 이게 웬 소동입니까?"

거리의 불빛이 그의 얼굴을 창백하게 비추고 독일제 공기총이 번득 빛났다.

"요도가와 선생, 너구리를 독차지하면 쓰나요."

폼포코 가면도 독일제 공기총 앞에서는 꼼짝할 수 없다.

이제 끝장인가 싶었을 때 옆 건물 옥상에서 야수의 포효가 들려왔다. 무슨 일인가 하고 얼굴을 든 금요클럽 회원들은 공포에 질려 얼어붙었다. 거대한 호랑이 두 마리가 건물 옥상을 질주하며 따라붙고 있었다.

"잠깐만, 저게 뭐야?" 비샤몬이 비명을 질렀다. "왜 올해도 호랑이가 나오는데!"

두 마리 호랑이는 으르렁거리며 이쪽으로 펄쩍 건너뛰었다.

○

2세의 저택에는 무거운 공기가 드리워져 있었다.

큰형이 뛰쳐나간 뒤, 너구리들은 소풍이 끝나고 뒤에 남겨진 어린애들처럼 페르시아 양탄자 위에서 어쩔 줄 몰라 하고 있었다.

2세가 소파에서 일어나 앉아 눈 아래 너구리들에게 말했다.

"일이 성가시게 된 모양이군. 참으로 딱하게 생각하네만 나도 바쁜 몸이라 말이지. 이제 그만 끝내주겠나."

"잠시 기다려주실 수 없겠습니까." 야사카 헤이타로는 신음하듯 말했다.

니세에몬 야사카 헤이타로의 낙담은 보는 이의 동정을 사기에 충분했다. 하와이로 떠날 준비는 이미 완벽했다. 기온 나와테에 있던 사무실을 비우고 막대한 양의 하와이 굿즈도 처분했다. 남겨둔 것은 고인이 된 시모가모 소이치로, 난젠지 선대와 함께 단체 여행을 갔을 때 산 하와이 이즈모 대사의 부적뿐이었다. 야사카는 "내 하와이가……"라고 중얼거리더니 조용해졌다.

숨 막히는 침묵을 깬 것은 금각이었다.

"내가 제안할 게 하나 있는데."

"뭐냐, 금각." 야사카 헤이타로는 신음하듯 말했다. "어디 말해봐라."

"구레이치로 형을 니세에몬 대리로 정하는 건 어때? 대리가 확실하게 있으면 야사카 씨도 안심하고 남쪽 섬으로 떠날 수 있을 거 아냐? 물론 형이 니세에몬이 될지 아닌지는 나중에 장로님들이 정식으로 결정하기로 하고."

"……너답지 않은 묘안이군." 야사카 헤이타로가 말했다.

그 뒤 수군수군 상의한 너구리들은 차츰 밝은 표정을 되찾았다. 10년 만에 교토로 돌아온 이래로 에비스가와 구레이치로가 보여준 성실한 활동은 너구리계에 널리 알려져 있었다. 게다가 어쨌거나 유서 깊은 가짜 덴키브랜 공장의 후계자이니 믿을 수 있다. 금각, 은각 같은 문제아도 아니다. 장로들도 '우선 대리를 정한다면 구레이치로가 아니겠나' 하고 중얼중얼 말했다.

에비스가와 구레이치로는 엄숙한 표정으로 고개를 끄덕인 뒤 장로들에게 엎드려 절했다.

"에비스가와 구레이치로, 니세에몬 대리 자리를 받아들이겠습니다. 참으로 황송한 일입니다만 너구리계를 위해 분골쇄신 하겠습니다."

너구리들은 꼼지락꼼지락 나란히 서서 자세를 바로 하고 높은 곳에 앉은 2세에게 엎드려 절했다.

"……이렇게 됐습니다."

"어이구, 이제 끝났나."

2세는 가뿐하게 바닥에 내려섰다.

"내 공기총을 돌려줘."

금각은 반짝이는 황금 독일제 공기총을 정중하게 바쳤다. 그런데 2세는 공기총을 살펴보더니 이상하다는 듯 고개를 갸웃했다. "이건 가짜야. 이런 장난감으로는 금붕어도 못 죽일걸. 총알이 나오지 않으니까. 이게 대체 어떻게 된 일인가?"

금각은 "그럴 리가"라며 말을 잇지 못하고, 너구리들은 술렁였다.

"어째 묘하게 됐는데, 구레이치로 군."

2세는 온화하게 말했으나 눈빛은 싸늘했다.

구레이치로는 당장 얼굴이 창백해져 어물거렸다.

"……송구합니다만 2세, 그럴 리가 없습니다."

"다름 아닌 내가 가짜라고 하는 거야."

구레이치로는 "그럴 리가……"라고 중얼거리더니 입을 다물어버렸다.

심상치 않은 전개에 야사카 헤이타로는 안절부절못했다.

다른 너구리들도 숨을 삼키고 2세와 구레이치로를 지켜봤다.

그때 정원에 면한 유리문을 열고 웬 괴승이 훌쩍 들어왔다.

'이놈은 또 뭐냐' 하고 모두가 어안이 벙벙했다.

승려는 큼직한 소라 같은 기암을 목에 걸고 꾀죄죄한 자루를 등에 졌다. 무로토곶에서 바닷바람을 듬뿍 맞은 몸에서는 지금도 바다 냄새가 났다. 매너 없이 커다란 덮밥을 손에 들고 덥석덥석 먹으며 걸어왔다. 그리고 푸릇푸릇한 대머리 꼭대기에 작은 개구리 한 마리를 올려놓고 있었다.

개구리를 보고 야사카 헤이타로가 저도 모르게 일어섰다.

"시모가모가의 야지로 아닌가. 여행을 떠났다고 들었는데 여긴 어떻게……."

"알려야 할 일이 있어 급히 시코쿠에서 돌아왔습니다."

개구리 모습의 작은형은 괴승의 대머리를 찰싹찰싹 때리며 말했다.

작은형은 아와도쿠시마에서 난카이 페리로 기이 수도를 건너 난카이 전철과 지하철 미도스지선을 갈아타 한큐 전철로 가라스마까지 온 것이었다.

"아, 저 녀석이군, 가짜 나라는 게……."

괴승은 그렇게 소리치더니 너구리들을 밀쳐내며 방을 가로질렀다. 덮밥을 먹으며 구레이치로를 내려다본 승려는 그 즉시 폭발하듯 큰 소리로 와하하 웃어 구레이치로의 얼굴을 밥풀 범벅으로 만들었다.

"아, 이거 재미있군. 이 녀석이 구레이치로일 리 있나."

"뭣이? 도대체가 넌 누구냐?" 야사카 헤이타로가 물었다.

"에비스가와 구레이치로야."

"거짓말 마라. 에비스가와 구레이치로는 저기 앉아 있잖냐."

"너희 눈은 장식으로 달렸냐. 저기 앉은 건 에비스가와 소운이라고."

너구리들은 흠칫 놀라 돌아봤다.

구레이치로는 그러면 어쩔 거냐는 듯 뻔뻔한 표정으로 얼굴에 붙은 밥알을 꼼꼼히 떼고 있었다.

사태가 여기에 이르자 야사카 헤이타로는 할 말을 잃고 망연히 눈을 감았다.

제발 부탁이니까 누가 이 혼란에 막을 내려달라고 빌었다.

○

주로진의 3층 전철은 시가지 상공을 떠다니고 있었다.

건물 옥상에서 건너 뛰어온 호랑이 두 마리는 연못에서 기어 나와 물을 튀기며 요도가와 교수를 밀쳐내고 우리를 빼앗았다. 교수는 망토에 싸인 채 데굴데굴 굴러가 도토리처럼 연못에 빠졌다. 내 목숨을 구하기 위해 분투해준 교수에게는 미안하지만, 적과 아군이 뒤섞인 너구리 쟁탈전의 와중에 큰형에게 섬세한 배려를 요구하는 것은 가혹한 일일 것이다.

"형, 공기총을 조심해!" 나는 부르짖었다.

큰형은 덴마야가 급히 발사한 총알을 아슬아슬하게 피한 다음, 제2탄을 장전할 틈을 주지 않고 들이받아 덴마야를 연못에 처넣었다. 분노로 시뻘게진 덴마야는 바로 기어 나오려 했지만 요도가와 교수가 들러붙는 바람에 버둥댔다.

금요클럽 남자들은 대숲으로 뛰어들어 뿔뿔이 도망쳤다.

비로소 자유의 몸이 된 나는 인간으로 둔갑해 팔다리를 폈다.

가이세이가 자고 있는 우리를 교쿠란이 흔들며 "가이세이가 깨질 않네" 하고 걱정스레 말했다. 잠자는 가이세이를 외면하며 내가 "덴마야가 총을 쏴서 잠재웠어"라고 하자, 교쿠란은 "그런 몹쓸 짓을 하다니!" 하고 분개했다. "대체 뭐가 어떻게 된 거야?"

피차 묻고 싶은 것은 산더미처럼 많았지만, 요도가와 교수를 떼친 덴마야가 연못에서 기어 나오려 하고 있었다. 일단 여기서 도망쳐야 한다.

우리는 대숲을 지나는 오솔길을 달리기 시작했다.

"어이, 전철이 상승하는데." 큰형이 소리쳤다. "그럼 달아나지 못해."

"이 전철을 납치해주자고." 나는 말했다.

대숲 오솔길을 지난 곳에 목욕탕 굴뚝이 있고 그 곁에 계단 어귀가 있다. 비샤몬이 조심조심 얼굴을 내밀어 상황을 살피고 있었다. 큰형이 무시무시하게 포효하며 달려가자 비샤몬은 "왔나!" 하고 절규하며 쏙 숨었다.

우리는 큰형을 선두로 나선계단을 달려 내려갔다.

금요클럽 남자들은 "호랑이! 호랑이! 호랑이!" 하고 악쓰며 굴러떨어지듯 도망쳤다. 우리는 나선계단을 빙빙 돌아 내려가 눈 깜짝할 새에 1층 서재로 침입했다. 큰형은 서화와 골동품을 헤치며 돌진해 갈팡질팡하는 남자들을 앙 물어 휙 던졌다. 천장에 달린 족자가 쫙 찢어지고 도기가 가득 든 선반이 척척 쓰러졌다.

"에잇, 이게 무슨 일이냐!"

주로진이 형형한 눈빛으로 운전석에서 돌아봤다.

나는 주로진에게 덤벼들어 운전석에서 끌어내려 했으나, 주로진은 "무례한 놈 같으니!" 하고 소리치며 조종간에 들러붙어 떨어지려 하지 않았다. 그가 난폭하게 조종간을 움직이니 3층 전철은 서화 골동품과 승객을 마구 뒤섞으며 좌우로 요동쳤다. 승객들이 "이러다 추락하겠어!" 하고 비명을 질렀다. 주로진은 도무지 두 번째 환갑을 눈앞에 둔 노인 같지 않게 초인적인 끈질김을 발휘해 좀처럼 운전석을 내주려 하지 않았다.

"교토의 제공권은 내 것이다." 주로진이 신음하듯 말했다.

"교토의 제공권은 덴구 것이다." 나는 말했다. "인간 주제에 어디서 건방지게!"

내가 주로진의 머리를 잡아당기자 주로진은 "우오오" 하며 몸을 뒤로 젖혔다. 그 틈을 타서 큰형이 주로진의 기모노 옷깃을 물고 운전석에서 끌어 내렸다.

나는 즉각 조종간에 달려들어 가까이 있던 아카다마 포트와인병을 집었다.

아카다마 포트와인을 차솥 엔진에 모조리 쏟아붓고 조종간을 힘껏 당겼다. 급부상하는 차체가 휘청 기울어 조종간을 붙든 나를 빼고 온갖 것이 단체로 차량 후방으로 굴러갔다.

운전석 창으로 시가지의 야경이 한눈에 보였다. 정면에 반짝이는 교토타워, 시조 거리의 불빛과 교차하는 가모가와강, 기온 야사카 신사의 불빛, 시커멓게 솟은 히가시야마산 36봉. 나는 3층 전철을 급선회해 적당한 착륙 지점을 찾았다.

갑자기 좋은 향기가 뒤에서 나나 싶더니 하얀 팔이 목에 감기면서 나는 조종간을 빼앗겼다. 차고 매끄러운 볼이 내 뺨을 눌렀다.

"그쯤 해두렴, 야사부로." 벤텐이 속삭였다.

"……벤텐 님 아니십니까."

"깨끗이 포기할 줄 모르는 너구리구나. 너희 아버지는 미련 없이 전골이 됐는데."

"전 아직 할 일이 남아서요."

그때 나는 마침내 찾고 있던 불빛을 발견하고 쾌재를 불렀다.

하늘을 나는 전철에 날개는 없지만 감히 말하련다.

날개여, 저것이 가스등의 불빛이다!

"벤텐 님, 지금부터 저기로 돌진하면 어떨까요." 나는 2세의 저택 불빛을 가리켰다. "2세가 꽤나 놀라실 겁니다."

순간 말문이 막힌 벤텐은 고개를 내밀어 착륙 지점을 노려봤다. 혼돈의 여신의 하얀 볼에 마치 생일에 멋진 장난감을 선물받은 소녀처럼 한 점 티 없는 웃음이 떠올랐다. 물론 장난감은 그녀의 손에 산산조각으로 부서질 운명이었다.

그녀는 명랑하게 내 등을 쳤다.

"야사부로도 참, 나쁜 애네!"

그리하여 내 폭주를 제지할 이는 세상에 아무도 없게 됐다.

○

나는 반짝이는 가스등을 향해 3층 전철을 강하시켰다.

3층 전철은 옥상에 착륙해 비명 같은 바퀴 소리를 내며 2세의 저택을 향해 돌진했다. 나는 경적을 마구 울려댔다.

전철은 하얀 정원 울타리를 뭉개고 가스등과 정원수를 쓰러뜨렸다.

번쩍이는 전조등이 베란다 저편에 있는 거실을 비추자, 너구리들이 잇따라 털 뭉치로 돌아가 안쪽으로 우르르 도망치는 것이 보였다. 전철은 베란다를 넘어 2세의 저택 안으로 돌진했다. 유리문이 깨지고 뾰족지붕이 무너졌다.

전철은 선두 부분을 2세의 저택 안에 밀어 넣은 모양새로 멈춰 섰다.

이윽고 벤텐이 "훌륭해!" 하고 손뼉 치며 일어서, 금요클럽 회원들이 무사한지 확인하러 전철 후방으로 갔다. 벤텐이 부르는 목소리에 회원들이 멍하니 대답했다.

벤텐과 엇갈려 큰형과 교쿠란이 앞으로 나왔다.

"죽는 줄 알았다, 야사부로." 큰형이 신음하듯 말했다.

앞쪽 탑승구로 내려 저택 안을 둘러보는데, 아무리 나라 해도 가슴이 아팠다.

2세가 자랑하던 저택은 무참히 붕괴하고 말았다. 뾰족지붕은 3층 전철에 들이받혀 부서진 틈으로 밤하늘이 보이고, 바닥에는 가재도구와 샹들리에의 잔해가 흩어져 있었다. 전조등 불빛 속에 분진이 자욱했다.

너구리들은 안쪽 벽 앞에 한데 뭉쳐 숨을 멈추고 있었다.

털북숭이 산 가운데 에비스가와 소운이 앉아 눈을 번득였다.

"살아 있었느냐, 야사부로." 소운은 나를 노려보며 말했다.

"작은아버지야말로 저승길로 떠나신 줄 알았습니다."

"피차 이승에 대한 미련이 과한 것 같군."

소운은 정체를 숨기려 하지도 않고 당당하게 털북숭이 모습을 드러내고 있었다.

2세의 추궁으로 꼬리가 잡히고, 아와도쿠시마에서 귀환한 진짜 구레이치로에 의해 가짜 거죽이 벗겨진 참에, 철제 냄비에 빠졌을 조카가 3층 전철을 몰고 쳐들어왔으니 '이제 끝장인가' 하고 배짱이 생겼을 것이다. 기가 꺾이기는커녕 소운의 두 눈은 불굴의 투지로 번득이고 도리어 생기가 넘쳐 보였다.

내 가슴속에 솟아난 것은 노여움도 놀람도 아니었다. '대단한 녀석이군'이라는 감탄이었다. 아리마 온천의 총살극에서 구레이치로를 가장한 귀환에 이르기까지 철두철미 거짓 가죽이었다. 에비스가와 소운은 너구리계를 통째로 술수에 빠뜨린 것이다. 이보다 더 자유자재로 모습을 바꾸며 악행을 저지르는 너구리가 있겠느냐 싶어 장대함에 웃지 않을 수 없었다.

그러나 교쿠란의 품에 안긴 가이세이를 보고 소운도 말문이 막힌 듯했다.

"가이세이는 덴마야의 총에 맞은 거야." 나는 말했다.

"……뭣이?"

"네 음모에 말려든 거라고. 부끄러운 줄 알아."

그때 어둠 속에서 누가 뿅 하고 뛰어올라 내 어깨에 올라탔다.

"여전히 무모하네." 작은형이 말했다. "하마터면 깔려 죽을 뻔했잖아."

"어라, 형. 형이 왜 이런 데에 있어?"

"아무튼 눈앞의 문제부터 처리하는 게 좋겠어."

그 말에 나는 돌아섰다.

멈춰 선 3층 전철에서 금요클럽 회원들이 기어 나왔다.

번쩍이는 전조등 불빛 속에 기모노 차림의 주로진이 천천히 일어섰다. 금요클럽의 가공할 수령은 싸늘한 노기를 온몸에 띠고 있었다. 그 곁에서 덴마야가 독일제 공기총을 겨누고 있었다. 덴마야는 너구리 무리를 보고 휘파람을 불었다.

"이거 절경이군요. 전골을 얼마든지 먹겠는데요."

"덴마야, 여기 있는 너구리를 한 마리도 남기지 말고 냄비에 처넣어라."

"어이쿠, 그건 일대 사업인데요."

그 말을 듣고 너구리들이 끽끽 비명을 질렀다.

"여, 야사부로. 너도 참 대단한 악당이군."

"너구리는 쏘지 말지, 덴마야 씨."

"그럴 순 없어. 난 지금 주인 말에 복종해야 하는 개 신세거든. 하지만 난 지금도 너하고 손잡을 마음이 있어. 네가 좀 털북숭이라 해도 말이지."

큰형이 앞을 가로막으며 포효했지만 주로진이나 덴마야나 조금도 겁내는 눈치가 없었다. 주로진은 "종이 호랑이 녀석, 네 놈을 양탄자로 만들어주마"라고 일갈했다.

폼포코 가면 요도가와 교수가 그늘에서 나타나 팔을 벌리며 두 사람 앞을 가로막았다. 누더기가 된 검정 망토는 요괴 다시마 같고 너구리 가면의 잔해가 가까스로 코에 걸려 있을 뿐인 몰골이었다. 그러나 그의 죽음도 불사하는 너구리 사랑 앞에 공기총 따위 문제가 아니었다.

"한 마리도 못 넘겨줘. 너구리를 쏠 테면 나를 쏴라!"

"하여튼 난감한 사람이군요." 덴마야가 쓴웃음을 지었다.

"덴마야, 미련한 놈은 신경 쓸 것 없다. 무시해라."

주로진의 말에 덴마야는 번득이는 독일제 공기총을 들었다.

그러나 총구에서 탄환이 튀어나오기도 전에 너구리들 사이에서 에비스가와 소운이 뛰쳐나와 재빨리 바닥을 가로질렀다. 소운은 그를 걷어차려는 덴마야의 다리에 들러붙더니 단숨에 기어 올라가 덴마야의 귀를 꽉 깨물었다. 덴마야는 악 하고 비명을 지르며 몸부림쳤다.

"네놈 탓에 다 망치지 않았느냐!" 하고 악쓰는 목소리는 비통했다. 가짜 공기총을 팔아 음모를 망치고 사랑하는 딸을 쏜 덴마야에게 조금이라도 보복하고 싶었을 것이다. 소운의 목숨을 건 항의를 우리는 어안이 벙벙해 지켜보고 있었다.

그때 붕괴한 2세의 저택을 무시무시한 목소리가 뒤흔들었다.

"덴마야!"

마치 지옥 밑바닥에서 터져 나온 듯한 목소리에, 그 자리에 있던 모든 이가 공포에 몸을 움츠렸다. 덴마야도 여기에는 간담이 서늘해진 듯 반광란의 소운을 떼어내리던 자세 그대로 얼어붙은 듯 꼼짝하지 못했다.

"네놈을 데리러 왔다!"

다음 순간, 전철 운전석 창이 산산조각 나고 돌풍 같은 웃음소리가 울려 퍼졌다.

통나무처럼 우람한 도깨비의 한 팔이 창에서 튀어나왔다. 조릿대 숲처럼 억센 털이 무성하고, 삶은 문어처럼 시뻘겠다. 도깨비의 팔은 덴마야와 소운을 낚아채듯 잡더니 이무기가 굴로 돌아가듯 재빨리 운전석으로 빨려들었다.

거대한 파도에 휩쓸린 것처럼 순식간에 벌어진 일이었다. 너무나도 무시무시한 사태에 인간들은 오금을 펴지 못하고, 큰형은 너구리로 돌아가고, 다른 너구리들도 그저 부들부들 떨기만 했다.

나는 조심조심 운전석의 깨진 창으로 안을 들여다봤다.

벤텐이 지옥도 옆에서 미소 짓고 있었다.

지옥도 안쪽에 타오르는 불길이 보이고 비릿한 바람이 불어나왔다.

지옥의 바람을 타고 벤텐이 조용히 저택 안으로 들어섰다.

○

벤텐은 냉기를 흩뿌리며 2세의 저택 거실을 경쾌하게 가로질렀다.

방 중앙에서 멈춰 서 목에 건 용석을 벗었다.

그녀는 천장을 향해 입을 크게 벌리고 주저 없이 용석을 입에 던져 넣었다. 하얀 목을 꿀꺽꿀꺽 움직여 덴구의 힘의 원천인 신비한 돌이 배로 내려가자, 그녀의 볼은 얼어붙은 것처럼 더욱 하얘졌다. 땋아 올린 머리에 서리가 내리는 게 보였다.

벤텐은 소파를 한 손으로 들어 벽 근처 너구리들에게 다가갔다.

"나오시지, 겁쟁이."

벤텐의 차가운 바람을 맞아 너구리들이 흩어지자 털 뭉치 무더기 밑에서 2세가 나타나는 것을 보고 나는 놀랐다. 참으로 죄송하게도 그때까지 2세의 존재를 잊어버리고 있었다.

2세는 반항기 소년처럼 무릎을 세우고 벽에 기대 앉아 있었다. 자랑거리이던 신사복은 너구리 털로 범벅이 되고 머리는 헝클어져 있었다. 너구리와 인간에게 유린된 저택을 힘없는 눈으로 둘러보고는 될 대로 되라는 양 아카다마 포트와인을 병나발 불고 있었다.

벤텐은 엉덩이에 손을 얹고 2세를 내려다보며 코웃음을 쳤다.

"그런 데서 토라져 있었어? 한심한 덴구네."

"닥쳐. 난 덴구가 아니야."

"……당신 정말 밉네."

벤텐이 소파를 던지자 2세는 팔로 쳐냈다.

2세는 "하여간 예의를 모르는 녀석들뿐이군"이라 고함치고는 아카다마 포트와인병을 깼다. "이놈이고 저놈이고 다 화나. 대체 어떻게 된 일인가. 덴구도 너구리도 인간도 너희는 어째서 그렇게 어리석은 거냐. 사방 어디를 둘러봐도 바보밖에 없지 않나!"

2세의 뻣성 구슬은 빵빵하게 부풀어 파열하기 직전이었다.

2세의 몸 곳곳에서 불이 뿜어져 나와 폐허가 된 실내를 비추었다. 가구의 잔해에 불이 번져 활활 타오르기 시작했다.

덴구의 뻣성 구슬 앞에서 너구리가 할 수 있는 일은 아무것도 없다.

"2대 뇨이가타케 야쿠시보 님께서 납시셨다!"

나는 서둘러 장로들을 그러모아 안고 크게 외쳤다.

"말려들지 않도록 전원 철수!"

내 목소리를 신호로 인간도 너구리도 함께 도망쳤다.

우리가 옥상으로 달려 나갔을 때, 저택 지붕이 모조리 날아가면서 벤텐과 2세가 밤하늘로 날아오르는 것이 보였다. 찬 바람과 뜨거운 바람이 불어닥쳐 우리를 이리 밀고 저리 밀었다.

벤텐과 2세는 건물에서 건물로 날아다니며 덴구 바람을 부딪고 상가 저택의 기와를 던지고 전봇대를 뽑아 불꽃을 튀기며 싸웠다. 2세가 고압전선을 채찍처럼 휘둘러 벤텐을 때리자, 벤텐은 물탱크에서 분출하는 물을 얼려 2세를 찌르려 했다. 두 사람이 날뛰며 옥상에서 발을 구를 때마다 건물 전 층의 유리창이 깨져 눈 아래 거리에서 지나가던 이들이 비명을 질렀다.

우리는 머리 위에서 벌어지는 싸움을 아연히 바라보는 수밖에 없었다.

"이 싸움은 언제 끝나는 거냐." 큰형이 소리쳤다.

"저걸 누가 무슨 수로 말려." 나는 소리쳤다.

2세의 저택은 바야흐로 업화에 싸여 2세가 유럽에서 가지고 돌아온 물건들이 모조리 재가 되려 하고 있었다. 타오르는 불길이 천장을 그슬렸다. 검은 연기의 행방을 눈으로 좇으니, 양복 차림의 구라마 덴구들이 괴조처럼 밤하늘을 날며 2세와 벤텐이 벌이는 결투의 행방을 지켜보고 있었다. 밤하늘에 치솟는 검은 연기는 흡사 다가올 덴구 대전을 예고하는 봉화 같았다.

사력을 다해 충돌한 2세와 벤텐은 만신창이였다.

급기야 덴구적 능력이 다한 그들은 날뛰는 어린애처럼 들러붙어 싸우기 시작했다. 검은 연기 주위를 선회하면서 마귀 같은 형상으로 서로 머리를 잡아당겼다. 벤텐의 머리는 있는 대로 헝클어져 마치 산속의 마귀할멈 같았다.

문득 2세가 그녀를 끌어안고 머리에 입을 맞추는 시늉을 했다.

벤텐이 놀라 몸을 비튼 순간, 2세가 숨을 불어넣은 그녀의 머리가 화르르 타올라 흡사 마른풀에 불을 붙인 것처럼 하늘 한 부분이 환해졌다.

벤텐은 비명을 지르며 2세를 밀쳐내고 별똥별처럼 불꼬리를 끌며 속수무책으로 추락했다.

2세는 숨을 몰아쉬며 그녀가 떨어진 곳을 노려봤다.

뒤를 쫓으려 하지는 않았다.

○

우리는 옥상에 내려선 2세를 숨죽이고 쳐다봤다.

자랑거리이던 신사복은 갈가리 찢겨 2세는 거의 반나 다름없는 상태였다. 눈은 뺏성 구슬의 빛으로 형형히 빛났다. 주위에 몰아치는 덴구 바람이 머리를 곤두세우고 몸 곳곳의 작은 불길을 쉴 새 없이 부채질했다.

2세가 저택으로 다가왔다.

타오르는 저택 앞에 우뚝 선 채 2세는 불을 끄려 하지도 않았다. 노여움에 사로잡혀 덴구 바람을 일으킬 때마다 거대한 풀무로 불을 일으키는 것처럼 불기둥이 화르르 치솟았다. 자욱한 검은 연기는 붉은 불길과 한데 섞여 하늘을 향해 올라가는 용의 배처럼 꿈틀거렸다. 불길이 하도 거세서 옥상 구석에 있는데도 머리가 어질어질했다. 내 주위에서 2세를 지켜보는 너구리들은 털북숭이 사탕처럼 빛났다.

미쳐 날뛰는 2세를 어떻게 달래야 할지 짐작도 가지 않았다.

문득 천둥이 쳐 너구리들이 끽 하고 비명을 지르며 몸을 움츠렸다.

하늘이 갑자기 흐려졌다.

몰려드는 먹구름을 번개가 환히 비추었다. 천둥과 함께 불기 시작한 폭풍이 굵은 빗방울을 쏟아냈다. 무시무시한 소리를 내며 타오르던 저택의 불길이 점차 줄어들었다. 옥상에 휘몰아치던 열풍은 미지근한 바람으로 바뀌었다.

요란한 천둥소리와 더불어 아카다마 선생님 즉 뇨이가타케 야쿠시보가 옥상에 나타났다.

은사는 억수처럼 쏟아지는 비를 아랑곳없이 한데 뭉쳐 있는 너구리들을 노려봤다. 손에 풍신뇌신의 부채를 들고 있었다.

선생님은 나를 보자 "야사부로" 하고 불렀다.

나는 너구리들 무리에서 기어 나와 엎드렸다.

"시모가모 야사부로, 대령했습니다."

내가 그렇게 말하자 선생님은 엄숙한 표정으로 말했다.

"야사부로야, 이번에 네 활약이 각별했다. 수고 많았다."

"영광입니다."

아카다마 선생님은 "음" 하며 고개를 끄덕이고는, 자갈돌처럼 쏟아지는 빗속에서 2세를 향해 걸어갔다. 비에 젖은 백발이 머리에 찰싹 달라붙었다.

꺼져가는 불길을 등지고 2세는 아카다마 선생님을 노려봤다.

피 한 줄기가 2세의 하얀 볼을 타고 흘러내려 쏟아지는 비에 지워졌다.

영국 신사의 허울이 벗겨진 2세의 얼굴에 온갖 것이 스쳤다. 영문도 모른 채 나가사키에서 납치되어 온 소년 시절, 뇨이가타케산에서 덴구 수행에 밤낮을 지새웠던 나날, 첫사랑의 여인을 둘러싸고 친아버지와 벌인 사랑의 쟁탈전, 온 교토를 뒤흔든 사흘 밤낮 동안의 사투. 그리고 아카다마 선생님의 덴구 웃음과 어두운 비가 쏟아지는 가운데 쑤시는 몸을 끌고 골목길을 도망쳤던 패배의 기억. 아아, 그래도 천지간에 위대한 것은 오로지 나뿐이다. 나는 누구보다도 위대하다. 아버지보다도 내가 위대하다. 그게 2세의 날뛰는 덴구로서의 바탕이었다.

마치 100년 전 결투의 그다음을 보는 듯했다.

그런데 아카다마 선생님은 풍신뇌신의 부채를 던지고 맨몸이 됐다.

"선생님이 부채를 버렸는데." 너구리들이 술렁거렸다. "저러다 죽겠어."

나도 모르게 일어서려는데 누가 살며시 팔에 손을 얹었다. "야사부로, 가만있으렴" 하고 어머니의 목소리가 들렸다. 놀라 옆을 보니 야시로의 품에 안긴 어머니가 작은 털북숭이 팔을 뻗고 있었다. 어머니와 야시로는 은각을 설득해 가짜 덴키브랜 공장에서 빠져나와 지금 막 옥상에 도착한 참이었다.

"선생님은 선생님 생각이 있으셔."

나는 어머니 말을 따라 내밀려던 손을 도로 집어넣었다.

하늘을 날지조차 못하는 맨몸의 아카다마 선생님의 뒷모습이 갑자기 커 보였다. 방금 전까지는 날뛰는 2세와 대치하는 불쌍한 노인으로 보였는데, 지금은 2세가 도무지 미덥지 못한 소년처럼 보였다.

2세의 저택을 휩쓸던 불은 완전히 꺼지고 어두운 옥상에 비가 계속 내렸다.

별안간 2세가 선 채로 고개를 떨구고 주먹 쥔 두 손을 이마에 가져다 댔다. 쏟아지는 빗소리에 섞여 2세의 오열이 들렸다.

"……분하냐." 아카다마 선생님은 위엄 있게 말했다. "분했다면 강해져라."

어린애처럼 울어대는 2세를 우리는 말없이 지켜봤다.

○

해가 바뀌고 1월 6일.

가이세이가 깨어났다는 소식에 나는 가짜 덴키브랜 공장으로 찾아갔다.

하늘에 뜬 구름은 방금 띄운 것처럼 반짝반짝 광이 났다. 가모가와강 양옆으로 이어지는 거리에도 구석구석까지 신선한 공기가 가득했다.

에비스가와의 가짜 덴키브랜 공장은 아직 설 연휴 중이라 부지 내는 조용했다. 차를 돌리기 위한 화단이 정비된 현관 앞에는 너구리계 최대의 호화로운 정월 장식이 있었다.

나는 긴 복도를 걸어 동생의 실험실로 갔다.

연말연시 휴가 중인 가짜 덴키브랜 공장에서 동생 야시로만은 열심히 활동 중이었다. 야시로는 폭발로 인해 엉망이 된 실험실을 정리하고 있었다. 아직 정월 장식을 치우기도 전인데 팔을 걷어붙이고 일하다니 도무지 너구리답지 않게 부지런하다.

쓸 수 없게 된 기구류는 대부분 처분하고 이제 몇 안 되는 계기류와 낡은 트렁크 하나, 그리고 초라한 책상만 남아 있었다. 동생은 책상에 편 노트에 뭔가 그림을 그리며 승려 모습의 에비스가와 구레이치로에게 독자적인 이론을 설명하는 중이었다. 구레이치로는 목에 건 무로토곶의 기암을 쓰다듬으며 "호옹, 흐옹, 하앙" 하고 기성을 지르며 감탄했다.

"그렇군. 재미있는 생각을 하는 녀석이네."

"해봐도 될까?"

"얼마든지. 재미있는데, 왜." 구레이치로는 동생의 어깨를 명랑하게 치더니 얼굴을 들었다. "여, 야사부로. 새해 복 많이 받아라."

연말의 소동이 수습된 뒤, 시코쿠에서 돌아온 진짜 에비스가와 구레이치로는 가짜 덴키브랜 공장으로 귀환했다.

처음에는 배불리 먹고 나면 바로 유랑을 떠날 셈이었던 모양이다. 그러나 에비스가와 소운은 덴마야와 함께 지옥도가 집어삼켰고, 가이세이는 잠에서 깨어나지 않는 데다, 금각과 은각은 야사카 헤이타로에게 호되게 야단맞고 무기한 근신 처분을 받아 에비스가와가는 멸망의 위기에 처했다. '이대로 가면 큰 혼란이 벌어진다'고 가짜 덴키브랜 공장 관계자들이 울며 매달리는 바람에 하는 수 없이 출발을 연기했다고 한다.

구레이치로는 쾌활하게 이야기하며 가이세이의 방으로 안내해주었다.

"가이세이는 아직 완전히 회복된 건 아니지만 좀 더 휴양을 취하면 기운을 되찾겠지. 지금도 기운이 넘쳐서 시끄러울 정도야. 오빠는 왜 그렇게 기괴망측한 중이 됐냐느니, 옛날엔 그렇게 사기꾼처럼 생기지 않았다느니……. 뭘 먹으면 애가 그런 식으로 자라는 건지. 내가 여행을 떠나기 전엔 엄청 귀여운 털 뭉치였는데."

구레이치로의 탄식을 들으며 나는 웃음을 참았다.

내가 혼자 침실에 들어가니 가이세이는 서양의 공주님이 쓸 것 같은 캐노피 달린 침대에 잠들어 있었다. 그 털북숭이 모습을 보자마자 가짜 거죽이 벗겨지고 말았다. 나는 침대 옆 출창에 엉금엉금 기어올라 커튼을 걷고 빛을 들였다.

"야, 일어나, 가이세이. 일어나, 얼른 일어나."

음냐음냐 하던 가이세이는 실눈을 뜨고 나를 보더니 "꺅" 하고 소리 지르며 이불 속에 숨었다. 노여움에 떨리는 목소리가 들려왔다. "그런 데서 뭐 해?"

"병문안 왔지. 구레이치로 씨가 들여보내 줬어."

"그 사기꾼 중놈이 진짜. 시집도 안 간 동생을 뭘로 알고. 약혼자라고 뭐든 오케이냐. 무로토곶의 바닷바람을 너무 맞아서 바보가 더 큰 바보가 됐군. 진짜 어처구니없네. 나가 죽어!"

가이세이는 투덜대며 이불 속에서 얼굴을 내밀었다.

"……새해 복 많이 받아, 야사부로."

"그래, 너도 새해 복 많이 받아."

"어느새 해가 바뀌었지 뭐야. 난 아무것도 기억 안 나는데."

"태평하게 쿨쿨 잤으니까. 보나 마나 거대한 온천 만주 꿈이라도 꿨겠지."

"어떻게 알았어!?"

가이세이는 눈을 휘둥그렇게 떴다.

실제로 덴마야에 의해 잠에 빠진 가이세이는 하늘에서 100만 개의 온천 만주가 떨어지는 꿈을 꾸고 있었다 한다. 윤기 흐르는 짙은 갈색 온천 만주는 솜처럼 가볍고 달콤했다. 먹으면 먹을수록 맛있고 행복해서 '어머, 뭐가 이렇게 근사해' 하고 생각하며 정신없이 먹어대다가, 만족스러운 기분으로 눈을 떠보니 캐노피 달린 침대에 누워 있더라 했다. 참 태평하기도 하다.

그렇지만 연말연시를 자면서 보낸 것은 시모가모도 마찬가지였다.

시모가모가뿐 아니라 그때 소동에 휘말렸던 교토 너구리들은 누구나 얼이 빠져 있었을 터다.

○

나는 가이세이의 침대에 앉아 아야메이케 화백의 정원에서 덴마야의 총에 맞은 뒤 우리가 겪은 일을 이야기해주었다.

꼭 먼 옛날 일처럼 느껴졌다.

그날 밤 2세가 아카다마 선생님 앞에서 무릎을 꿇은 뒤, 덴구와 너구리는 저택의 화재를 구경하러 모여든 사람들 틈에 섞여 도망쳤다. 금요클럽 인간들도 모습을 감추었다.

2세의 저택과 함께 불탄 3층 전철은 가엾게도 시커먼 숯덩이가 되어 비를 맞고 있었다. 주로진이 자랑하던 컬렉션도 모조리 재가 됐을 것이다. 어느새 모습을 감춘 주로진은 분명 나를 원망하고 있을 것이다.

가이세이의 병문안을 오기 전날, 나는 요도가와 교수를 만나러 하나세의 연습림으로 갔다.

눈에 파묻힌 들판을 서벅서벅 걸어가자 옷을 잔뜩 껴입은 요도가와 교수가 서 있었다. 조릿대 잎 차를 마시고 허연 입김을 내쉬며 아침의 숲을 바라보고 있었다.

나를 본 교수가 "여어!" 하고 기운차게 손을 흔들었다.

새해 인사를 주고받은 뒤, 요도가와 교수는 얼마 동안 말을 잇지 못하고 내 얼굴만 쳐다봤다. 연말에 벌어진 괴상야릇한 사건에 관해 말하려 한다는 것은 알 수 있었지만, 하도 영문을 알 수 없어 말이 나오지 않는 듯했다. 이윽고 교수는 한숨을 쉬었다.

"……이 도시에선 신기한 일이 일어나는군."

컨테이너 하우스에는 통조림이며 술 같은 선물이 산더미처럼 쌓여 있었다. 너구리들을 감싸며 독일제 공기총에 맞선 교수의 모습은 너구리계에 큰 감동을 불러일으켜, 매일 밤 너구리가 몰래 인사를 드리러 오는 것이다. 교수는 선물을 기뻐하면서도 연신 고개를 갸웃했다.

"자네, 이건 대체 누가 주는 거지?"

○

에비스가와 소운과 덴마야를 지옥도가 집어삼킨 탓에 그들이 꾸민 계획의 전모는 상상하는 수밖에 없었다.

소운은 전부터 가짜 구레이치로가 되어 교토로 돌아올 계획을 세우고 있었을 것이다. 그 때문에 덴마야와 손을 잡았다. 잠복 중이던 아리마 온천에 내가 나타난 것은 예상 밖이었겠지만, 덴마야와 짜고 내 눈앞에서 완벽한 즉흥 연기를 펼쳐 자신이 죽었다고 내가 믿게 했다. 그건 확실히 에비스가와 소운 일생일대의 명연기였다. 이윽고 너구리 박제와 바꿔치기된 소운은 가짜 구레이치로서 자신의 장례식에 당당히 모습을 드러냈다. 가증스러운 나를 금요클럽에 넘기고, 또 시모가모가에 소운을 모살했다는 누명을 씌워 큰형의 니세에몬 취임을 저지해 장차 자신이 정식으로 니세에몬이 될 셈이었을 것이다.

가짜 구레이치로에게 완전히 심취해 그를 무조건적으로 따르던 금각과 은각은 말할 것도 없이, 온 교토에 그의 정체를 알아차린 이는 아무도 없었다. 협력 관계였을 덴마야에게 배신당해 가짜 공기총을 갖게 되지만 않았다면 계획은 성공했을지도 모른다. 정말이지, 정말이지 너구리답지 않은 집념이다.

가이세이는 "진짜 어이없네!"라며 한숨을 쉬었다.

"죽었나 했더니 살아 있고 살아 있나 했더니 지옥에 떨어졌다는 거잖아. 난 이제 뭐가 뭔지 모르겠어."

"소운은 끈질기게 살아 있을 거다. 지옥의 포장마차에서 덴마야랑 같이 라면이라도 삶고 있을걸."

"……넌 그래도 괜찮아?"

"어쩔 수 없어. 죽인다고 죽을 녀석도 아니고."

가이세이는 아무 말도 하지 않았다.

"이만 가야겠다. 난 바쁜 몸이거든. 또 올게."

"흥! 오면 쫓아내진 않을게."

"쓰치노코 탐험대는 대원 2호를 모집 중이거든. 건강을 되찾으면 쓰치노코 탐험대에 들어오지 않을래?"

가이세이는 침대에 누워 "그건 거절할래"라고 대답했다.

가이세이의 방에서 나왔다가 구레이치로와 마주쳤다.

그가 든 커다란 우리에 볼멘 털북숭이 얼굴의 금각과 은각이 들어 있었다.

"여, 금각, 은각. 새해 복 많이 받아라."

내가 명랑하게 인사하자 금각은 노여움에 털을 부르르 떨었다.

"새해 복은 무슨 개뿔. 우리가 이번 설에 몇 번이나 반성해야 했는지 알아? 이렇게 반성을 잘하는 너구리는 찾기 힘들다, 너."

"반성의 프로페셔널이다, 너." 은각이 말했다. "반성 완벽!"

"도대체 왜 우리가 반성해야 하는데. 우리도 아버지 술수에 완전히 넘어갔다고. 제일 불쌍한 건 우리잖냐. 아닌 게 아니라 야시로의 실험실을 폭파한 건 잘못했지만."

"독일제 공기총을 숨겨놓고 누명을 씌운 것도 잘못했지만."

"가짜 구레이치로 형이 시키는데 그럼 어쩌냐."

"장유유서! 장유유서!"

구레이치로가 "그래, 그래, 반성의 프로페셔널들아, 독경 시간이다"라고 하자, 금각과 은각은 "으액!" 하고 한목소리로 아우성쳤다. "불경은 벌써 목에서 피가 나도록 읽었는데!"

"너희 근성을 고쳐놓지 않으면 여행도 못 떠나."

"저희 근성은 어차피 안 고쳐지니까 신경 쓰지 말고 여행 가세요."

"그럴 순 없어. 야사카 씨하고 약속했거든."

찰캉 소리를 내며 걸음을 뗀 구레이치로는 퍼뜩 생각난 것처럼 나를 돌아봤다.

"아, 맞다, 야사카 씨한테서 연락 왔어."

"아, 어떻게 됐습니까?"

"장로들의 허가를 받았다더군. 다행이야. 나도 이제 안심했네."

야사카 헤이타로는 조사위원회를 조직하고 설 휴가도 반납해 에비스가와 소운의 음모를 해명하고 시모가모 야이치로의 결백을 입증했다. 조사 결과를 들고 헤이타로는 신년 인사를 겸해 장로들과 직접 담판을 지으러 갔다. 은퇴 의욕에 불타는 헤이타로는 장로들을 설득해 마침내 니세에몬의 지위를 큰형에게 넘기는 것을 승인받았다. 그것이 니세에몬 야사카 헤이타로의 마지막 일이었다.

"끝이 좋으면 모두 좋은 거야. 야이치로한테 축하한다고 전해 줘."

에비스가와 구레이치로는 그렇게 말하고는 불경을 읊으며 걸어갔다.

○

1월 하순, 큰형과 난젠지 교쿠란이 시모가모 신사에서 결혼식을 올렸다.

그날은 아침부터 추위가 심하고 눈발이 휘날렸다.

신사 서쪽에 있는 서양식 휴게소에 예복 차림으로 둔갑한 너구리들이 모여 양탄자를 밟으며 어정어정 돌아다녔다. 우리 시모가모와 다누키다니 후도의 큰삼촌을 비롯한 친척들, 난젠지 쇼지로를 비롯한 난젠지 일족, 그리고 하와이로 출발을 앞둔 야사카 헤이타로였다.

여러 너구리가 엄숙한 정장으로 꼬리를 감추고 화기애애한 분위기 가운데 "축하드립니다" 하고 인사를 주고받았다. 기모노 차림으로 둔갑한 어머니는 모두가 "'검은 옷의 왕자'가 웬일인가" 하는 바람에 연신 "아휴 참"이라며 창피해했다.

갑자기 야시로가 휴게소 밖을 내다보더니 큰 소리로 말했다.

"어라, 선생님이 오셨나 본데?"

흩날리는 눈 속에 휴게소 앞에 택시가 멈춰 서더니 아카다마 선생님이 나타났다.

정장한 너구리들은 황급히 현관 앞에 정렬해 위대한 은사를 맞이했다. 큰형의 결혼식을 위해 모인 너구리들은 모두 아카다마 선생님의 문하생이었다.

"털 뭉치들이 웬 위엄인가."

눈을 가늘게 뜬 선생님에게 어머니는 머리를 깊이 조아렸다.

"뇨이가타케 야쿠시보 님, 이렇게 걸음해주셔서 영광입니다."

"……소이치로도 기뻐할 테지."

아카다마 선생님은 그렇게 말하며 눈시울을 훔치는 어머니의 등을 툭 쳤다.

우리는 테이블이 늘어서 있는 대기실로 들어가 차를 마시며 식이 시작되기를 기다렸다.

허옇게 빛나는 창밖에서는 눈이 쏟아졌지만 대기실은 뜨뜻했다. 어머니는 생글거리며 제비꽃 문장이 든 하얀 만주를 연신 먹었다.

"이 만주, 어쩌면 이렇게 맛있니."

"그러게요. 진짜 맛있네요." 야시로가 말했다.

"만주 하나만 해도 격이 다른데." 작은형이 말했다. "봐, 이 전차엔 금가루가 들었어. 자꾸 긴장되네. 신전에서 개구리로 돌아가면 어쩌지?"

"형, 가짜 덴키브랜을 마시지?"

"어이, 야사부로, 아무리 그래도 지금부터 해롱해롱 취할 순 없다고."

"괜찮지 않을까? 식에서도 술이 나오니까 어차피 마실 텐데." 어머니가 말했다.

그때 가문이 들어간 하카마 하오리 차림의 큰형이 훌쩍 대기실로 들어왔다.

긴장한 탓인지 얼굴이 심하게 창백했다.

"형, 좀 더 밝은 표정을 짓는 게 좋을 것 같은데." 작은형이 말했다. "꼭 싫은데 억지로 결혼하는 것 같잖아. 교쿠란이 쓸데없는 걱정을 하겠어."

"왠지 몰라도 죽도록 긴장이 되는군."

"자, 좀 더 보들보들하고 당당한 느낌으로. 꼬리는 잘 넣어두고."

"꼬리는 생각나게 하지 마세요, 어머니. 당장이라도 나올 것 같습니다."

"차라리 확 내놓지? 당당하게 있으면 아무도 모를걸." 나는 말했다.

"바보 같은 놈. 신전에 털을 흩뿌리면 쓰냐."

그때 방울 구르는 듯한 목소리가 들렸다.

"무슨 이야기를 그렇게 재미있게 해?"

우리가 돌아보자 하얀 혼례복 차림의 교쿠란이 서 있었다. 큰형이 말없이 퐁 하고 꼬리를 드러내기에 나와 야시로가 황급히 밀어 넣었다.

큰형과 교쿠란은 함께 아카다마 선생님 앞으로 나아가 은사에게 머리를 숙여 절했다. 선생님은 만주를 입에 넣고 일어서 서양식 지팡이에 몸을 기대고 큰형과 교쿠란을 노려봤다.

"쓰잘머리 없는 털 뭉치 녀석들. 번식하는 재주밖에 없지." 선생님은 그렇게 말하며 큰형과 교쿠란의 머리를 쓰다듬었다. "어서 행복해져라."

우산을 쓴 큰형과 교쿠란을 선두로 우리는 행렬을 지어 식이 거행될 신전을 향해 걷기 시작했다.

시모가모 신사의 화려한 주홍색 누문에 흰 눈이 춤추었다.

너구리의 결혼 행렬이 경내를 지나는데, 관광객들이 저마다 "어머, 결혼식이네", "좋네" 하고 말했다. 그들에게 사진을 찍히고 축복을 받으며 털 뭉치 행렬은 엄숙하게 나아갔다. 구경꾼들은 눈앞을 지나가는 것이 꼬리를 잘 감춘 너구리의 행렬이라고는 상상도 못 할 것이다.

나는 회색 하늘을 올려다보고 곁을 걷는 아카다마 선생님에게 소곤소곤 말했다.

"눈이 옵니다, 선생님."

"그래, 눈이 오는군. 참으로 불쾌하다."

"……혹시 몰라서 여쭈는데 제 파문은 취소된 거죠?"

"불만이면 한 번 더 파문해주마."

"아닙니다, 불만은요."

"너는 구할 길 없는 바보다만 가끔 도움이 될 때도 있어."

아카다마 선생님은 연말의 소동에 관해 아무 말도 하지 않았다. 나도 구태여 묻지 않았다.

"어쨌거나 신년입니다, 선생님." 나는 말했다.

"흥." 선생님은 코웃음을 쳤다. "시시한 한 해가 또 시작되는구나."

우리는 경내를 지나 붉은 융단을 깐 어둑어둑한 신전으로 들어갔다.

양가 너구리들이 엄숙한 표정으로 지켜보는 가운데 식은 경건하게 진행되었다. 술잔을 나눌 즈음에는 큰형도 가까스로 침착을 되찾아 당당한 신랑의 모습을 보여주었다. 하얀 혼례복 차림의 교쿠란은 큰형 옆에서 수줍은 듯 눈을 내리깔고 있었다.

이윽고 큰형은 접은 종이를 폈다.

엄숙하게 서약의 말을 바치는 큰형의 목소리는 아버지와 많이 닮았다.

입에 담기도 황송한 가모미오야 신사의 신전에서 아룁니다.
이번에 니세에몬 시모가모 야이치로와 난젠지 교쿠란이 거룩하신 신의 뜻으로 신전에서 부부의 연을 맺게 된 것을 기쁘게 생각합니다.
앞으로 천 년 또 수천 년 서로 사랑하고 서로 아끼며 조금도 부부의 길에서 벗어나지 않고 서로 도우며 가정을 꾸리고 가문의 번영을 도모할 것을 맹세합니다.

   남편   니세에몬 시모가모 야이치로
   아내   교쿠란

○

큰형의 결혼식이 끝난 뒤 나는 아카다마 선생님을 연립으로 모셔다드렸다.

투덜거리는 은사를 고타쓰에 밀어 넣은 뒤 계단을 내려오니, 담장 밖 눈이 살짝 쌓인 골목에 2세가 검은 우산을 쓰고 서서 나를 쳐다보고 있었다.

2세를 만나는 것은 연말의 소동 이래로 처음이었다.

그 소동으로 가재도구 일체가 재가 됐지만, 2세는 다시 가와라마치오이케의 호텔 오쿠라에 터를 잡고 마치 아무 일도 없었던 것처럼 태연하게 지내고 있었다. 주머니에서 나오는 나폴레옹 금화는 끝이 없는 모양이다.

그러나 소동의 발단이 나라는 것은 명확했다. 꾸중을 들을 줄 알고 가슴이 철렁했는데, 2세는 "여, 야사부로 군" 하며 손을 들었다.

"여전히 그 작자 시중을 드나."

"그야 은사이시니까요."

2세는 "너구리는 참 가상하기도 하군"이라고 중얼거렸다. 그러고는 연립 쪽은 거들떠보지도 않고 "그 작자는 어떻게 지내나?" 하고 짤막하게 물었다.

"춥다, 재미없다 하고 툴툴거리고 계십니다."

"그래, 그거 다행이군."

2세는 서슴없이 걷기 시작했다. "선생님은 뵙지 않으시게요?" 내가 뒤따라가 묻자, 2세는 냉담하게 "만나러 온 게 아니야"라고 했다.

우리는 한산한 데마치 상점가를 걸어갔다.

"그나저나 연말엔 정말 난리가 아니었어."

"……죄송합니다."

"어디까지가 자네가 꾸민 일이고 어디서부터가 사고였지?"

"저도 도통 뭐가 뭔지 모르겠습니다. 좌우지간 음모가 마구잡이로 뒤섞여서……. 그렇지만 이 나라 이 도시에서 이런 소동은 드문 일이 아니거든요."

내가 그렇게 말하자 2세는 눈을 가늘게 뜨고 나를 바라봤다.

2세는 내가 잡아뗀다는 것을 아는 듯했지만 그 이상 추궁하려 하지는 않았다. 나도 2세가 안다는 것을 알았다고 해서 내 털북숭이 속내를 허심탄회하게 털어놓을 생각은 없었다.

"자네는 재미있는 너구리야. 구석구석까지 빈틈없이 생각하는 것처럼 보일 때가 있는가 하면 전혀 아무 생각도 안 하는 것처럼 보일 때도 있어."

"두 개가 같은 게 아닙니까?"

"그게 곧 너구리의 지혜인가?"

"바보의 피가 그리하게 시키는 것이죠."

"자네는 훌륭한 노너구리가 될 수 있겠어."

"2세는 훌륭한 덴구가 되실 겁니다."

"……난 덴구는 되지 않아."

2세는 그렇게 말하고는 입을 다물어버렸다.

우리는 데마치 상점가를 지나 데마치 다리 어귀에서 가모 대교 쪽으로 걸어갔다.

차가운 눈이 날리는 가모가와강 변은 보이는 사람도 거의 없이 황량했다. 옷을 두껍게 껴입은 학생들이며 승려가 가모 대교를 오가고 시영버스가 엔진을 부릉거리며 지나갔다. 가모 대교 난간으로 북쪽을 보니 히에이산은 가루 설탕을 뿌린 양 하얗고 멀리 북쪽 산들은 쏟아지는 눈에 가려져 거의 보이지 않았다.

나는 쉴 새 없이 눈을 쏟는 회색 하늘을 올려다봤다. 너무나도 고요한 하늘은 화룡점정이 없었다. 무엇이 부족한지 나는 물론 알고 있었다.

문득 2세가 마치 수줍은 소녀처럼 작은 목소리로 말했다.

"우리는 친구가 될 수 있을까?"

"말씀은 감사합니다만 그건 무리입니다."

"……어째서지?"

"저는 너구리니까요. 덴구는 너구리를 괴롭히는 법입니다."

그러자 2세는 빙긋 웃었다. 지난해 봄에 귀국한 뒤로 2세가 그렇게 산뜻하게 웃은 것은 처음이었다.

"독특하군, 자네는 참 독특해."

"감사합니다."

"또 호텔로 놀러 와. 편하게 생각하고."

가짜 영국 신사는 그렇게 말하고 쏟아지는 눈 속으로 사라졌다.

나는 가모 대교 난간에 기대서서 그의 자세 바른 뒷모습을 배웅했다.

2세는 어째서 자신의 힘을 활용하려 하지 않는 걸까. 아버지의 지도 아래 개화된 덴구의 힘, 그 힘을 멀리서 동경하는 너구리도 있건만.

그러나 너구리는 덴구의 고민을 이해하지 못하고 덴구는 너구리의 고민을 이해하지 못한다.

덴구에게는 덴구의 긍지가, 너구리에게는 너구리의 긍지가 있다.

그렇기에 덴구의 피와 바보의 피는 서로 반응한다.

○

나는 혼잡한 산조 메이텐가이를 홀로 지났다.

1월도 끝나가는 지금, 붐비는 거리에 이미 설의 여운은 얼마 남아 있지 않았다. 깨끗이 정화된 교토 시가지에 이미 새로운 한 해의 혼란이 쌓이기 시작했다.

나는 산조다카쿠라의 부채 가게 '니시자키 겐에몬 상점'으로 갔다.

상호를 돋을새김한 유리 미닫이문을 열자 향내 같은 냄새가 났다. 어둑어둑한 실내에 아름다운 부채가 나비 표본처럼 진열되어 있었다.

언제 와도 마치 시간이 멎은 것 같다.

"실례합니다."

내가 부르자 안에서 겐에몬이 나왔다.

"어이쿠, 야사부로 씨군요."

"오늘은 괜찮을까요?"

"글쎄요, 아직 바다가 많이 거친데요……."

"일단 가보겠습니다."

나는 감색 포럼을 걷고 마루를 깐 긴 복도를 걸어갔다.

안으로 들어갈수록 바다 냄새가 짙어지고 밀려드는 파도 소리가 들려왔다.

복도 끝에서 꺾어져 식당으로 들어가니 재작년 여름에 벤텐을 찾아왔을 때와는 달리 황량했다. 아무것도 없는 마룻바닥은 빗방울과 파도의 물보라로 흠뻑 젖어 있었다. 식당 한가운데에 서서 앞바다를 내다보니 짐승 같은 먹구름이 달리는 하늘 아래, 바다는 무수한 고래가 날뛰는 양 거칠었다.

2세에게 패배한 뒤로 벤텐은 앞바다의 서양식 저택에 틀어박혀 있었다. 전에도 몇 번 찾아왔지만 그때마다 바다가 거칠어 배를 띄울 수 없었다.

나는 날씨가 바뀌기를 기다리며 벤텐을 처음 만났을 때를 거듭 떠올렸다. 벤텐이 난생처음 하늘을 날아 벚꽃이 활짝 핀 나뭇가지 사이로 얼굴을 내민 날이다. 그때부터 나는 이루어질 리 없는 사랑에 빠졌다. "너구리면 안 됩니까." 나는 물었다. 그녀는 "그렇잖아, 난 인간인걸"이라 대답했다.

한 시간쯤 기다리자 점차 비바람이 잦아들고 이리저리 날아다니는 먹구름 틈으로 새로 빤 듯한 맑은 하늘이 보였다.

나는 용기를 내어 보트에 올라타고 바다를 건넜다.

멀리서 고래가 물을 뿜고 구름 사이로 보라색 번개가 번쩍였다.

이윽고 시계탑이 있는 저택이 보이기 시작했다.

침몰을 면한 꼭대기 층에 불을 밝힌 방이 하나 있다.

나는 저택 벽을 기어올라 별관의 어두운 창을 깨고 안으로 들어갔다.

폐허가 된 저택의 문을 열고 복도로 나서니 비슷한 문이 복도 양옆에 규칙적으로 늘어서 있었다. 바닥은 여기저기 무너지고 벽의 회반죽도 떨어졌다.

삐걱거리는 복도를 걸으며 나는 이 저택이 영광을 누렸던 시절을 그려봤다.

2세에게 아직 소년티가 남아 있고 아카다마 선생님이 덴구적 위엄으로 가득하던 시절이었다. 지금은 바닷바람에 녹슨 시계탑도 당시에는 자랑스레 시간을 알렸을 것이 틀림없다. 복도에는 붉은 양탄자가 깔려 있고 순백의 회벽은 얼룩 하나 없었을 것이다. 무수한 전등이 불을 밝히는 밤이면 저택은 마치 여왕의 보석함처럼 보였을 것이다. '신세기 호텔'의 위용이 눈앞에 되살아나는 듯했다.

나는 어느 문 앞에 멈춰 서서 노크했다.

"시모가모 야사부로, 대령했습니다."

○

몸이 얼 것처럼 추운 방이었다.

창가에 작은 책상과 의자가 있고 책상 위에는 서양식 램프가 놓여 있었다. 유리창으로 회색 바다와 하늘에 흘러가는 먹구름이 보였다.

벤텐은 벽 앞 침대에서 새근새근 잠들어 있었다.

나는 침대 옆에 놓인 의자에 앉아 잠자는 벤텐을 바라봤다.

무슨 꿈을 꾸고 있을까 생각했다.

그때 내 머릿속에 겨울, 비와호 호숫가를 홀로 걷는 그녀의 모습이 떠올랐다.

마른논도, 푸릇푸릇한 대숲도, 온갖 것이 눈에 파묻혀 있다.

발자국 하나 없는 비와호 모래벌판을 그녀는 묵묵히 걸어간다. 걷지 않을 수 없는데 어디로 가야 하는지 모르겠다. 몸속에 잠자는 미증유의 힘이 똑똑히 느껴지는데 어떻게 놀아야 할지 모르겠다. 하늘과 땅 사이에 오로지 나뿐, 외로움만 그곳에 있다. 이윽고 한 덴구가 날아와 지상에 손을 내밀자, 그녀는 차가운 겨울 하늘을 향해 주저 없이 손을 뻗는다.

내가 그런 생각을 하는데 벤텐이 깨어나 돌아누웠다.

그녀는 아무 말도 하지 않고 나를 쳐다봤다. 눈은 고열에 시달리는 것처럼 촉촉하고 신비하게 빛났다. 2세가 태운 머리는 소년처럼 짧게 잘려 있었다.

나는 잠자코 손을 뻗어 그녀의 보드라운 새 머리를 만져봤다.

벤텐은 나를 보며 중얼거리듯 말했다.

"……나 불쌍하지."

"불쌍하다고 생각해요."

내가 그렇게 말하자 벤텐은 눈물을 뚝뚝 흘리며 베개에 얼굴을 묻었다. 작게 오열하는 소리가 불분명하게 들려왔다. 그녀는 어린애처럼 울었다.

"더 불쌍하게 생각해."

"더 불쌍하다고 생각해요."

빗발이 다시 세져 굵은 빗방울이 유리창을 때렸다. 객실 안은 고요해 들리는 소리라곤 신세기 호텔을 감싼 빗소리와 벤텐의 오열뿐이었다.

2세의 말처럼 너구리는 가상하다.

이렇게 그녀의 머리를 쓰다듬으면서도 나는 잘 알고 있었다.

벤텐에게 필요한 것은 내가 아니다.

너구리면 안 되는 것이다.

옮긴이 권영주

서울대학교 외교학과를 졸업하고 동 대학원에서 영문학을 전공했다. 모리미 도미히코의 『다다미 넉장반 세계일주』 『열대』, 무라카미 하루키의 『오자와 세이지 씨와 음악을 이야기하다』 『애프터 다크』, 미야베 미유키의 『세상의 봄』, 온다 리쿠의 『육교 시네마』 『유지니아』 등을 옮겼으며, 『삼월은 붉은 구렁을』로 2015년 일본 고단샤에서 수여하는 '노마 문예번역상'을 수상했다.

유정천 가족 2 — 2세의 귀환

초판 1쇄 2024년 1월 2일

지은이 모리미 도미히코 | **옮긴이** 권영주
펴낸이 박진숙 | **펴낸곳** 작가정신
편집 황민지 | **디자인** 이현희 | **마케팅** 김영란
재무 이수연 | **인쇄 및 제본** 한영문화사

주소 (10881) 경기도 파주시 회동길 216 2층
대표전화 031-955-6230 | **팩스** 031-955-6294
이메일 editor@jakka.co.kr | **블로그** blog.naver.com/jakkapub
페이스북 facebook.com/jakkajungsin
인스타그램 instagram.com/jakkajungsin
출판 등록 제406-2012-000021호

ISBN 979-11-6026-334-3 03830

이 책의 판권은 저작권자와 작가정신에 있습니다.
이 책 내용의 전부 또는 일부를 재사용하려면 양측의 서면 동의를 받아야 합니다.